中公クラシックス J1

一休宗純

狂雲集

柳田聖山 訳

中央公論新社

目　次

『狂雲集』の仕掛け

柳田聖山

『狂雲集』は、一休の語録である。一休和尚（一三九四～一四八一）諱《いみな》は宗順（純）、一休はその道号で、自ら狂雲子と名のる。あるいは瞎驢《かつろ》、夢閨とも。大徳寺の第四十八世だが、好んで江湖に落魄《らくはく》し、そのことを漢詩にうたったので、後小松天皇の落胤《らくいん》といい、洛南《らくなん》田辺の墓所は、明治政府の管理下におかれて、今も宗純王の墓とよばれる。

あるいは又、その『狂雲集』を一貫する、色っぽい作品を評価し、風狂の詩人とすることがある。禅僧の詩を偈頌《げじゅ》とよぶので、一休の作品は詩であって、偈頌ではないとし、詩と偈頌を分けようとする説もある。晩年、住吉薬師堂に遊んで、盲目の森女《しんにょ》と邂逅するので、一種の私小説的興味で、その作品を解釈するのである。詩の方が偈頌より、おもしろいのはいうまでもない。

いずれにしても、破天荒の言行が独り歩きして、作品を正しく読む努力を欠き、大徳寺入山《にっさん》という禅僧の本分を軽く解したためである。もともと、一休一代の作品は、晩年に自ら再編し、特定の弟子に与えるので、幾本かのテキストがあった。同じ系統の刊本以外、ここに訳注する寛永十九壬午《じんご》（一六四二）の刊本と、すべて写本で伝えられて、転写の手をくぐるわけだが、収録する作品の多いものは、千首を超え、少ないものは三百首を欠くのに、共通するものはほとんど同じテキストである。

かつて大和文華第四一号（昭和三十九年）で、現存するテキストを校合し、定本作製を試みたことがあって、総数一千六十首とする。いずれも晩年の大徳寺入山をふまえており、再編であることは明らかである。再編は特定の弟子、もしくは一休みずから行ったとみてよい。

入山は文明六年甲午《こうご》の春（一四七四）で、和尚はすでに八十一歳。本書229〜239についてみると、さいごに退院《ついえん》の法語がついていて、入山と同時に退山している。当時、大徳寺は応仁・文明の兵火で焼け、建物は何もないので、儀式は行わず、法語をつくったにとどまるが、已《や》むを得ぬ仕儀というよりも、それが和尚の本懐であったろう。言うならば、架空の入退山で、一休は大徳寺第四十八世となる。それほどまでに、一休はどうして入山にこだわるのか。その答えが、一休の語録『狂雲集』である。後小松院の落胤説も、師匠華叟宗曇《かそうそうどん》との出会いも、洛南田辺の酬恩庵《しゅうおんあん》も、そして住吉薬師堂での盲目の森女の出現も、すべてそのうちにある。今日、我々にのこされるのは、一代の語録『狂雲集』だけで、個々の収録作品を裏付ける、歴史的ソースはほとんどない。

いったい語録は中国にはじまる、禅仏教に独自のテキスト。選ばれた禅者の言行録だが、語録として総括される動機は、何といっても勅をうけて禅院を開く、入山の記録が第一。いわゆる「聖寿万歳万々歳」を三呼する、祝聖の部分にある。続いて、本師の名を明かし、将軍か檀那《だんな》に謝意をあらわす、おひろめの儀式である。

祝聖は中国民族が、理想の天子とする堯《ぎょう》帝の故事で、堯は天下を治めること五十年、おしのびで民情視察に出る。国境の町華山にくると、駅長が天子をたたえて、我れ聖人の寿を祝せんという。堯は辞退する。駅長は笑う、寿なれば富み、多くの男子を生む。何が気に入らぬのか。寿なれば辱《はじ》多し、富めば事多し、男子多ければ争い多し。徳を養う所に非ず。

問答はさらに続くが、要点はすでに明白。禅院の上堂は、これを逆手にとって、俗物の天子を戒めるのである。第290はそんな祝聖がテーマである。

俗物の権力者が多いように、俗物の禅僧が増大し、中国の禅仏教は行きづまるが、禅の語録のユーモアが、日本にのこるのはうれしい。さらにまた、第323を、一休その人の祝聖とみてはどうか。『狂雲集』の入山前後を、とくと味わってよいだろう。

とりわけ一休は、住吉薬師堂で出会う、盲目の美人に導かれて、大徳入山を決意する。大徳寺は大灯国師《だいとうこくし》宗峰妙超《しゅうほうみょうちょう》（一二八二〜一三三七）が開く、本格の専門道場である。本格の禅道場は、五条橋下での無宿体験が条件。一休と同時代、徳禅の禅興が大灯の行状を書く。徳禅は大灯につぐ徹翁《てっとう》の塔所《たっしょ》である。本書の2は、そんな徳禅の行状に見えない、一休の新しい行状である。禅興の行状は応永三十三年（一四二六）の作、その時一休は五十八歳。自から五条橋下より、大徳寺に上るのである。前後、約四半世紀の放浪の果てである。

住吉薬師堂は、住吉神社の第二神宮寺、慈恩寺のことである。大徳徹翁と、その弟子気叟に帰依した国夏が開山で、その弟の卓然宗立が第二代となる。卓然は直接徹翁についで、大徳寺第八世となるが、一休もまた直接卓然につぐので（236）、そんな超世代の嗣法を合理化する壮大な文学的フィクションが美人森女にほかならぬ。

当時、一休はすでに洛南田辺の酬恩庵にいる。本書第557に、薪園《しんえん》居住とある。酬恩庵はすでにそこにあった妙勝寺、すなわち大応国師の塔所に添えて、一休が創する露地草庵であり、おおよそ康正二年丙子（一四五六）、一休六十三歳のことである。泉南、近江、奈良等、近畿各地を放浪のはて、漸くここにおちつくので、弟子もすでに増加する。先にいう応仁・文明の前夜、大乱はすでに始まっていて、一所にいることは少いが、借り住居の酬恩庵が、一休の後半生を支える。それというのも、一休はすでにみずから虚堂《きどう》七世を名のり、やがて直接虚堂再来の自覚に立つ。有名な梅花《ばいか》像の誕生である。

当時、渡唐天神の信仰がある。わが天神さま菅公が、径山《きんざん》の無準《ぶじゅん》に参じて、その法をつぐ話を図像化したもの。一休の梅花像と、渡唐天神像のかかわりは、今一つよく判らないが、大切なのは大唐五山之上、径山興聖万寿寺の名である。

径山は浙江省杭州府余杭県の西北にあり、禅院としての歴史は唐代にはじまるが、政治や文化の世界で、重要な意味をもつのは南宋末から明代にかけて、モンゴルの南下に追われ、杭州が南宋の行在となった時、民族の意識が高まって、いわゆる五山十刹の制を生み、径山を五山之上と定めたことによる。五山は風水信仰の一つで、衰えた五体をよみがえらせる、五つの灸のツボである。南宋はモンゴル族の元朝に屈し、五山と五山之上の制度は日本に亡命するけれども、元朝の支配下にあって、江浙の禅仏教は大いに栄える。

当時、江浙の禅仏教を代表するのは、虚堂智愚《きどうちぐ》（一一八五～一二六九）と無準師範《ぶじゅんしはん》（一一七七～一二四九）で、いずれもわが宋僧が参禅し、中世日本禅の祖山となる。とりわけ前者に建長寺大応《だいおう》国師《こくし》あり、後者に東福寺の聖一国師があり、さらに来朝僧無学祖元《むがくそげん》の下に、高峰顕日《こうほうけんにち》とその弟子夢窓《むそう》が出て、五山の禅の主流となる。

虚堂も無準も、江浙各地の禅院に歴住し、径山にのみいたのでないが、径山は先にいうお灸のツボで、もっとも重要な心臓である。

あらかじめ結論を先どりすると、同じ径山の禅をうけて、無準派は五山の主流となり、大応につぐ大灯国師の系統は、五山の外に出る。一休が大徳寺と大灯国師、さらに溯《さかのぼ》って、大応国師と妙勝寺にこだわるのも、新しい径山を創立するにある。言ってみれば虚堂智愚の顕彰を通して、日中文明を再編する努力である。

渡唐天神と一休の梅花像と、前後関係は判らないが、両者に共通するのは、径山の禅仏教に梅花を点じたこと、禅仏教と梅花の関係は、両方に動機があった。たとえば道元の『正法眼蔵』に「梅花」の巻があって、天童如浄の上堂をふまえる。道元の「梅花」は渡唐天神にも一休にも先だつ。道元はまた「嗣書」の巻でも、入宋《につそう》時の経験を語って夢に大梅山法常に出会って、一枝の梅花を授かったという。梅花は伝法のシンボルで、達磨が慧可《えか》に与える伝法偈で、一花五葉を開くという花も、当時は勿論梅花のはず。嗣書は梅花文の綾子にかかれる。

今、問題を一休にもどす。一休が梅花像に興味をもつのは、虚堂の梅花像を入手したのが動機である。長禄三年（一四五九）、弟子の一人が京都で買い、酬恩庵に贈るのだが、その前夜、酬恩庵にいた弟子は、一休が帰ってくる夢をみる。像主と全く同じ、梅花文の袈裟《けさ》をつけていたのだ。もともと、袈裟は伝法のあかしで、頂相《ちんそう》とよばれる画像は、特定の弟子にのみ与えられる。一休が虚堂像を入手するのは、酬恩庵を径山とする、新しいテーマの出発を意味する。

一休は今、智愚が大応に与える偈を我が身に引きよせる。

明々に説与す、一休叟、東海の児孫、日に転《うた》た多し。

一休・虚堂同体の根拠は、実はこの偈にある。一休はやがて東海の純一休と名のる。虚堂の未来記は、東海の酬恩庵にある。

須弥南畔《しゅみなんばん》
誰か我が禅を会《え》する。
虚堂来也、
半銭に直《あた》らず。

一休は遺偈を二枚かいて、酬恩庵と真珠庵にのこす。最も大切なことは、その最後に自署して、東海の純一休とあること。半銭に直らぬのは、東海の純一休であった。もともと「不直半銭」(半銭に直らず)の四字は、はじめに再来の二字をおく、円悟の達磨評価による(碧巌録第一則)。一休の遺偈は、虚堂との同体共感によるので、真箇に同体ならば、再来もいらず、両箇の名もない。一休はそんな深い同体感で、『狂雲集』を再編している。同体感とは、『狂雲集』を一貫する、色っぽい詩魂のこと、要するに同衾《どうきん》である。

酬恩庵は、大応国師の塔所、妙勝寺に添って建てられる。一休後半生の拠点だが、大応国師はいうまでもなく、入宋して径山に参じ、智愚の正法を日本に伝えた人。くりかえして言えば、大応が日本に帰るとき、智愚は東海の禅の未来に絶大の期待をかけている。

門庭を敲磕して、細かに揣摩《しま》し、
路頭尽くる処、再び経過す。
明々に説与す、虚堂叟、

東海の児孫、日に転た多し。

送別と同時で、印可状である。虚堂は喜んだ、
大応は、博多で開法し、嗣法の書を径山に送る。

吾が道、東せり。

私の部屋の中を家探して、丁寧に埃をたたいて、何もないと判っても、さらにまたくりかえす。

はっきりと、私は私自身に言いきかせる、
東の海の子供たちが、日に日に大きく育っている。

おおよそ、こんな意味だろう。もはや絶法かとおもった正法眼蔵が、東海にひこばえの根をおろす。虚堂は泣いた。うれし泣きである。大応が入宋した時、虚堂は故あって獄中にある。本書第一首がそれだ。

入宋経験のない一休は、詩偈を介して中国に空想する。同時代の雪舟が、みずから入宋することで、中国の山水を実見しつつ、作品の絵は空想の長巻を描くのも、すでに入宋によって果されぬ、新しい時代に来ていることを示す。夢窓は入宋を志す弟子に、たとえお前が入宋しても、俺に勝る師匠はおるまいと注意する。ひょっとすると、渡唐天神像の出現は遣唐使の派遣をやめた天神さまの、新解釈であったかも。

一休は十三歳のとき、東山建仁寺に入り、慕喆竜攀《ぼてつりようはん》に『三体詩』を学ぶ。慕喆竜攀は、江西竜派の弟で、共に当代第一級の詩人。中巌円月が義堂周信の後をうけ、五山文学の連峰をなすが、慕喆は伽藍《がらん》仏教を嫌って、江湖に隠遁する。共に栄西にはじまる黄竜宗に属し、当時としては少数派である。『三体詩』は、その名のように漢詩の様式を、七絶、七律、五律の三つに分け、唐詩のうちから百六十七人、四百九十四首を選ぶ。主として作詩の手本とするので、あるいは「唐賢三体詩法」、「唐詩三体家法」ともよばれる。

唐詩の選集としては、『唐詩選』が有名であるが、一休の当時、この本はまだ存在せず、中世日本人は、『三体詩』によって唐詩を学び、作詩の手本とする。とりわけ『三体詩』は、『唐詩選』に比べて中唐より晩唐の作家を選び、繊細幽艶の詩を好む。言ってみれば艶詩が大半で、杜牧《とぼく》や許渾《きょこん》、李商隠《りしょういん》など、広くマイナー・ポエットの詩魂をとる。雄渾、悲壮、高華、瀏亮《りゅうりょう》とされる。杜甫《とほ》や李白をとらず、経国の大業とされる、ますらおぶりを敬遠する。閨怨、隠遁、遠人など、とてもめめしいのである。十三歳の一休が、『三体詩』を学んだことは、この人の生涯を決すると共に、わが中世の精神史を変える。たとえば連歌や、狂言、枯山水、茶道など、日本民族の新しい美意識は、一休とその『狂雲集』にもとづく。大山脈のひこばえである。『狂雲集』は杜甫や李白をとっても、自己の好みに合わせるので、落薄の詩に共感している。

因みにいう、若い虚堂は杜甫の「天河」をよんで、深く共感するところがあって、禅僧として大成するのだが、わが大覚禅師蘭渓《らんけい》は虚堂を嘲り、「能《よ》く許渾の詩を学んで禅を識《し》らず」とする。虚堂の語録に、許渾の影響を探すことはほとんど無謀な注文だが、杜甫のことは「行状」にあり、そうした評価があったためである。大覚禅師道隆の批評は、今のところ典拠を見ないが、あえて杜甫を許渾とすることで、その評価を下げたとすると、興味ある時の課題となる。少くとも一休は、許渾をとるのであり、杜甫評価もまた許渾をふまえる。

いったい『三体詩』は、宋末元初の詩人周弼《しゅうひつ》の編集で、モンゴル軍の南下による、危なかしい民族の命運を眼前にして、我ら詩人は如何にあるべきか。救いようのない焦燥感が、編者をこの仕事に向わせる。当時、同じ思いの詩人は、ゴマンといても誰も手を出すことができない。興味ぶかいのは、当代の行在《あんざい》がある杭州の町に、陳宅書籍舗と名のる本屋があって、主人の陳起が江湖派の詩人であること、家集をみずから『江湖集』と名づけ、別に『中興江湖集』や、「南宋群賢小集」とよばれる『江湖小集』百十二巻を編み、みずから出版していることだ。『江湖集』に収める詩人は、僧俗あわせて数百家に達し、いずれも当時を代表するマイナー・ポエットである。江湖集とは、江湖に退いて志を隠す、亡国の詩人の私集である。

周弼の『三体詩』は、江湖派の詩人を相手に、作詩の手段を教える入門書で、出版もまた陳宅書籍舗であった。入宋する我がくにの禅僧が、そんなテキストを日本に伝える。あたかも時を同じくして、無門恵開《えかい》の『禅宗無門関』あり、蜀僧松坡《しょうは》の『江湖風月集』がある。無門は西湖《せいこ》畔の護国寺にあり、蜀僧松坡は径山無準に参じ、出世を嫌って「江湖集」を編する。共に出版されて、日本に来ている。『無門関』に序跋《じょばつ》をつけている役人の一人は、陳宅書籍舗の主人と昵懇《じっこん》で、序跋のあとに太鼓判を押している。『江湖風月集』は、日本で江西竜派が注し、『続翠抄』をつくる。続翠は竜派の字号だが、おそらくは『江湖風月集』をふまえる名のりである。

若い一休が学ぶ七絶の艶詩は、そんな亡国の詩人のため息である。『三体詩』の名優の一人、屈原はみずから汨羅《べきら》に投身し、絶世の美女楊貴妃の亡魂を問う皇帝は、江湖に流離して果てる。二十二歳の一休は、師匠宗為に死に別れ、瀬田のあたりで入水《じゅすい》する。一休は王孫の美誉を演ずるのだ。

『三体詩』は先にいう、七絶と七律、五律を集めるが、日本人が好んだのは七絶のみ。七絶を唐詩の花といえば、確かにその通りであるが、わが中世の日本人にとって、『三体詩』による衝撃は、それほどに大きかったのでないか。『狂雲集』を一貫する、風狂、風雅、風流の美意識については、のちにあらためて考える。それらを覆うもう一つの要素、数奇を「好き」に短絡する、これまでの解釈は誤りではないか。数奇は侘びと結合し、利休茶道の哲学を生むが、数奇にはもう一つ、徹根して癒されにくい、深い怨念に似た挫折感が潜んでいる。挫折が大きいほど、侘びの艶は深まる。侘び数奇の美学は単に利休の人格に終始できぬ深い宗教哲学を含む。仮りにこれを禅とよぶと、『狂雲集』の仕掛けが解ける。一休の艶歌は、禅仏教の風流である。「仏界入り易し魔界入り難し」という『狂雲集』に表面化しない、時の課題が解けてくる。『狂雲集』は、新しい日本の『三体詩』、『江湖風月集』である。

一休は瀬田の唐橋で死にそこね、堅田《かたた》の華叟《かそう》に救われる。一休はこれを納敗一場とよぶ。納敗は挫折の挫折で、『狂雲集』を一貫する、もう一つのテーマである。一休は華叟の下で、洞山《とうざん》三頓《とん》の公案を透過し、ここで初めて一休となる。一休という道号は、華叟が与えた印可証明である。洞山三頓とは何か。難解な禅の公案という、通り一遍の解釈ではすむまい。公案ゆえに、明快な論理が必要。年譜によると、瞽者《こしゃ》の演ずる妓王失寵《しっちょう》の歌が、一休開悟の動機のようだが、年譜は一休後年の艶歌に、強いて重ねあわせただけで、何故に洞山三頓なのか、すでに解釈できなかった。さらにまた、二十七歳のとき、鴉を聞いて悟ったというのもおかしい。

じつをいうと、洞山三頓の公案は雲門につぐ洞山守初《しゅしょ》の話だが、表面だけに終わらぬ後日譚があって、今はその方が大切なのである。先にいう納敗一場、つまり徹底して罪悪感と超師の決意を含むのである。

530と531の二首、洞山三頓棒の偈は、そんな一休自身の反省である。出典と歴史的注釈を424と共に、右の二首の語注にゆずる。一休は先師謙翁宗為《けんおうそうい》の下を離れ、新たに華叟の弟子となる。大徳寺の一休誕生である。一休誕生は単に一休の私事にとどまらず、それは、同時に大徳寺華叟の誕生となる。後年、あえて大徳寺に入山し、今に『狂雲集』をのこす理由である。慈明と黄竜、兜率《とそつ》と清素《しょうそ》、黄竜と楊岐、等々、この時代の禅仏教を演出する、名優が登場する所以《ゆえん》。いずれもこの時の堅田一休のシナリオなのだ。

もともと華叟は宗門に背を向け、弟子をとることを断念して、堅田に隠遁している。一休に言わせると、法兄の養叟には理解できぬ、師匠華叟の深い手傷である。本書58・59二首、清素侍者と兜率のものがたりを、一休は先師華叟と、自分自身にかさねる。相互に何かわけありの、暗い過去をひきずっている。華叟を一休は蜜漬《みっし》の茘支《れいし》四十年（123）とする。十三歳以来、『三体詩』で錬りあげた、恰好の課題である。美人の失寵と得寵は、文字通りの狂雲もので、全くあてにならぬ。『三体詩』は多く寵を失うが、「狂雲集」はむしろ、得寵を歌う。節を守って、生涯の隠遁を志した僧が、ひょいと出世して名を残す。つじつまがあわぬのが、恥かしいのである。納敗一場とはそのこと。強いて言えば、大灯国師然り、虚堂然り、一休もまた、その一人。虚堂再来とは、そのことだろう。一休の語録「狂雲集」は、再編された。

『狂雲集』の用字例を、索引によって検すると、総字数約三万、文字の種類は二千強とみてよい。一字平均十五回の頻度となるのに、風字が四百十数回、とりわけ風狂の例が百五十回で、風流、風月、風雅、風韻など、他の術語例を引きはなす。禅百五十九、仏九十八に比しても、風字は四倍乃至二倍である。『漢詩大観』にしても、『三体詩』『唐詩選』にしても、風字の頻度は高いが、『狂雲集』はやっぱり異常。風狂の禅者一休の、真面目といってよい。

風狂とは何か。結論をいうと、風顚漢《ふうてん》であり、風疾である。中国の禅宗史では、前者は臨済、後者は慧可。風字は種々の広がりをもつが、禅語としては病気のこと。狂がつくと、まさにドンピシャだ。とりわけ一休の場合、老後の自分をあらわすのに、「老狂の薄倖」と称している。老人の気まぐれであるが、老人とは病人のこと。近代医学は、病気を異常とするが、病気は老人の大切な隠れみのである。大隠は町に隠れ、老人は病いに隠れる。病いに隠れて、雲霧を夢見る。

老後の一休は、渇病にかかる。渇病は異常にのどがかわく。消渇《しょうかち》とも言われ、今日の糖尿病らしいが、中国では、司馬相如が渇病にくるしみ、一休は俺も相如なみだと、みずからごまかす。一休は又、気痢にくるしむ。神経性の下痢である。もの忘れのひどいことをなげく。要するに詩人ゆえの病気で、誰でもかかるわけではない。現代人は、皆な詩人である。

渇しては水を夢みる、寒うしては裘《かわごろも》を夢みる。閨房を夢見るは、乃ち余が性なり。

のどがかわくと、谷川の夢をみる。寒い夜は、毛皮の夢をみる。美人のベッドを夢みるのは、ボクの生い立ちのせいである（岩波「日本思想大系」16巻〈狂雲集〉参考819以下五首のまえがき）。

有名な「三夢記」の出だしで、一休が自から夢閨と名のる、雅号の由来を説く一節。谷川も毛皮も、もちろん美女のことで、「美人の淫水を吸う」という（本書544以下）、別の作品とも重なる。詳しくは私の別の文章（参考文献）に詳しいが、一休の色好みは、老後の渇病のせいである。風狂、風雅、風流等、風字の秘密が解けるのでないか。

狂雲は、ちぎれ雲、はなれ雲のことだが、風があって流れるので、単なる自然現象ではない。天地いっぱいの病気である。東海もまた然り。大灯国師が二十年、五条橋下に身を潜めたことを、一休は「風飡水宿《ふうさんすいしゅく》」とよぶが、この場合の風水は、もっと広義にとってよい。一休の「狂」を、近代の魯迅や国木田独歩にかさねるのは興味ある読みにちがいないが、性格はややちがうのではないか。さらに又、戦後五十年、これまでの解釈は、戦後民主主義に偏した嫌いがある。水戸黄門まがいの勧善懲悪と、その逆作用としての破戒僧一休は、あまりにも戦後的である。破戒は破家とかさなる禅語である。今回の試みは、一つの軌道修正である。

いずれにしても『狂雲集』という本には、何度もくりかえし読むに価する、むしろ老後のテキストとして、読みかえすことの可能な、ふしぎな仕掛けがあるようにおもわれる。

さいごに民友社の本にあって、他の諸本に欠く、辞世の偈を附録しよう。自筆の遺偈と全く別の、作者の息づかいが聞こえてくる。十三歳の長門春草や、十五歳の春衣、花に宿すと、互いに呼応する感じである。

十年花下に芳盟を理す、一段の風流、無限の情。
別れを惜しむ、枕頭児女の膝、夜は深し、雲雨三生を約す。
花とむつんで、十年たって、まだまだ飽きない、同《おん》なじ言葉。
さらばさらばと、美人の膝に、夜がふけてゆく、来世の雨も。

凡例

一　底本は、寛永壬午（一六四二）に、西村又左衛門が開版する、『狂雲集』上下二巻である。
二　上下二巻を一括して、1―559の通し番号を付し、初めに標題、改行して訓読文を掲げる（漢字は現在通用のものに改めた）。
三　訓読は出来る限り、底本の訓点を保存し、「国訳禅宗叢書」第九巻（大正九＝一九二〇年）を参考するが、従い難いものは断ることなしに改めた（ただしテキストを改める場合は、訳注に明記する）。
四　訳文は散文体直訳とし、脚韻部分に／の印をつけて、調子を整えるが、訳文だけで大意のとれるように、原文にない言葉を（　）でくくって補った。
五　訳注は、訳文に出しにくい原作者の意図、および原作がふまえる原典の割り出しにつとめた。原作には、今日すでに差別に関わる表現がある。訳注で配慮するが、なお足りないところがある。
六　訳注で他のテキスト、もしくは作品を参考する場合は、奥村本『狂雲集』（岩波書店版「日本思想大系」16『中世禅家の思想』）と、伊藤敏子編「考異狂雲集」（『大和文華』第四十一号）による。

狂雲集

狂雲集 上

虚堂和尚《きどうおしょう》を賛《さん》す。

1 育王《いおう》の住院《じゅういん》、世は皆な乖《そむ》く、法衣《ほうえ》を放下《ほうげ》して、破鞋《ほあい》の如《ごと》し。
臨済《りんざい》の正伝《しょうでん》、一点も無し、一天の風月、吟懐《ぎんかい》に満つ。

虚堂さま。

育王山の主宰者となった晩年、あなたは無謀な官権に引かれ、世界中の人が見棄てたとき、僧衣をはぎとられても、破れ草履をすてるのと同じ心境だった。／臨済禅の法統をつぐ誇りなど、何の未練ものこさずに、牢屋の窓から入ってくる、空いっぱいの風と明月を、己の胸にだきしめて、詩人の楽しみを失わなかった。

大灯国師行状《だいとうこくしぎょうじょう》の末《まつ》に題す。

2 大灯を挑《かか》げ起して、一天に輝く、鸞輿《らんよ》、誉《ほまれ》を競う、法堂《はっとう》の前。
風飡水宿《ふうさんすいしゅく》、人の記《き》する無し、第五橋辺、二十年。

大灯国師の伝記をよんで。

国師は確かにその名のように、大きい禅の灯火をかかげて、世界中を明るくされたから、きらびやかな牛車をつらねて、貴族たちが争って説法をききにくる、法堂開きの栄誉を得られた。／しかし、川風にさらされて水上に眠る、無宿者であったことを、記憶する人は誰もいないようだ、それが京の五条の橋のあたりで、二十年も続いたことを。

3
如何《いか》なるか是《こ》れ臨済下《りんざいか》の事《じ》。五祖《ごそ》の演《えん》の曰《いわ》く、五逆《ごぎゃく》、雷《らい》を聞く。
機先《きせん》の一喝《いっかつ》、鉄囲崩《てっちくず》る、五逆は元来《がんらい》、衲僧《のうそう》に在り。
桃李《とうり》の春風、清宴《せいえん》の夕、半醒半酔《はんせいはんすい》、酒は繩《じょう》（澠）の如し。

臨済禅の極意とは、どういうところか。五祖法演のコメント、五逆の罪をおかして、春雷をきく痛快さ。

先手をとって急所をつく、ただ一声の大喝で、宇宙のすみまでガタつくところ、もともと五逆の罪というのは、禅の坊主のためにあるのだ。／桃や李の花が笑いかけ、春風が肌をさそう夜の宴会で、酔えば酔うほど快く醒めてくる、澠水のように良質な酒の味といえようか。

4
如何なるか是れ雲門宗《うんもんしゅう》。演の曰く、紅旗閃爍《こうきせんしゃく》。
花旗《かき》の風は暖かにして、春台に動く、八十余員《はちじゅうよいん》、師席《しせき》開く。
一字の関兮《かんか》、三句の体《たい》、幾《いく》ばく人《にん》か、眼裏《げんり》に紅埃《こうあい》を着《つ》く。

雲門の宗旨は、どういうところか。法演のコメント、紅旗がきらめくところ。

きらびやかな錦ののぼりが、暖かい春風にさそわれて、礼部の役所で音をたて、八十余人の審判が、ずらりと席につく。／一字の関所といい、三句の体系という、むつかしい議題をめぐって、どれほどの人が、眼の中に紅い埃をつけられたことか。

如何なるか是れ潙仰宗《いぎょうしゅう》。演の曰く、断碑《だんぴ》、古路《ころ》に横たう。
5 恵寂《えじゃく》は釈迦《しゃか》、霊祐《れいゆう》は牛、披毛作仏《ひもうさぶつ》、也風流《やふうりゅう》。
古碑の路は断つ、長渓《ちょうけい》の客、万世の姓名、黄葉《こうよう》の秋。

潙仰の宗旨は、どういうところか。法演のコメント、古い碑石が、幾つにも割れて、路ばたにころがっているところ。

弟子の仰山恵寂は、釈迦の再来で、師匠の潙山霊祐は、牛の生れかわり、一方は動物、一方は仏さまとは、何とまた生命《いのち》花やぐことか。／古い碑石に、路をさえぎられて、長渓の秋をたずねた旅人は、万代つづく家の姓を葉という、子供だましの黄色い木の葉みたいな男である。

如何なるか是れ法眼宗《ほうげんしゅう》。演の曰く、巡人《じゅんにん》、夜を犯す。
6 一滴《いってき》の曹源《そうげん》、一滴深し、巡人は閙々《どうどう》、夜は沈々《ちんちん》。
青山満目《せいざんまんもく》、是れ何の法ぞ、家醜《かしゅう》、猶《な》お捧心《ほうしん》を学ぶが如し。

法眼の宗旨は、どういうところか。法演のコメント。おまわりさんが、夜あそびをするところ。

曹渓の水の深さは、一滴一滴の水の中にあって、おまわりが何ぼさわぎたてても、夜はいよいよふけてゆく。／目の前いっぱいの青い山とは、いったいどういう教えであろう。家庭の事情というものは、西施が胸をおさえて顔をしかめたように、当人でなければ判るまい。

臨済《りんざい》の四料簡《しりようけん》。奪人不奪境《だつにんふだつきよう》。

7　百丈《ひやくじよう》、潙山《いさん》、名は未《いま》だ休《きゆう》せず、野狐《やこ》の身《み》と水牯牛《すいこぎゆう》と。
前朝《ぜんちよう》の古寺、僧の住する無し、黄葉と秋風と、共に一楼《いちろう》。

臨済の四つの体系。人を召しあげるが、境（物）は召しあげない。

百丈も潙山も、動物の名がいまも名高くて、一方は野狐に生れかわり、一方は水牛に生れかわった。／国破れて古い寺あとに、一人の僧もとどまらず、黄色い木の葉と秋風が、たった一つの建物を、わがもの顔に独占している。

奪境不奪人《だつきようふだつにん》。

8　臨済の児孫《じそん》、誰か的伝《てきでん》、宗風は滅却《めつきやく》す、瞎驢辺《かつろへん》。

芒鞋《ぼうあい》と竹杖《ちくじょう》と、風流の友、曲椽《きょくろく》と木床《もくしょう》と、名利《めいり》の禅。

境（物）を召しあげるが、人は召しあげない。

臨済の弟子は、誰が本物だろう、宗旨は瞎驢のところで、ぶっつぶれたはずである。／たった一つの麦わら草履と竹の杖が、生命花やぐ行脚のお相手で、名利いっぱいの講義用の椅子や、坐禅の椅子など、すべて関係ないものだ。

人境倶奪《にんきょうぐだつ》。

9 雉翳《ちえい》と亀焦《きしょう》と、身は迍邅《ちゅんてん》、弁汾《へいふん》、信《しん》を絶《ぜっ》して、話頭《わとう》、円《まどか》なり。

夜来、滅却す、詩人の興《きょう》、桂《けい》は折る秋風、白露《びゃくろ》の前。

人も境（物）も、どちらも召しあげる。

おとりの雉《きじ》や、火にあぶられる亀の骨は、その身にとっては何ともお先まっくらなことで、弁州と汾州が、中央政府にたてついて、孤立した話にも、非常によく出ている。／昨夜から、詩人としての（ボクの）誇りを、完全にぶっつぶしたのは、美しい秋風白露を前にして、国家試験に合格し、それを歌う詩によって、桂の枝を折ってしまったことだ。

人境倶不奪《にんきょうぐふだつ》。

10
道《い》う莫《な》かれ、再来は銭半文《ぜにはんもん》と、婬坊《いんぼう》、酒肆《しゅし》に、功勲《こうくん》有り。
祇《た》だ人の相如《しょうじょ》が渇《かつ》を話《つ》ぐるに縁《よ》って、腸《はらわた》は断《た》つ、琴台《きんだい》、日暮《にっぽ》の雲。

人も境（物）も、どちらも召しあげないところ。エピゴーネンは、一文にもならぬなどと、叱らないでほしい、女郎屋や酒場にだって、それなりの手がらはあるのである。／漢の司馬《しば》相如が、つねに胸の渇きを訴えたという、人々の言い伝えがあるだけのことで、ボクは毎日夕暮の雲をみて、相如と卓文君がちぎりをかわした琴台に、断腸の思いをはせるのだ。

11
陳蒲鞋《ちんほあい》。
諸人《しょにん》を売弄《まいろう》し、諸方《しょほう》を瞞《たぶらか》す、徳山《とくさん》、臨済、没商量《もっしょうりょう》。
拈槌《ねんつい》、竪払《じゅほっ》は、吾が事に非《あら》ず、只《た》だ要す、声名の北堂《ほくどう》に属せんことを。

わらじづくりの陳和尚。人々に見せびらかして、騙されぬ奴はないほどで、棒喝で知られた徳山や臨済も、手のうちようがなかった。／槌を打ったり、払子《ほっす》を立てたりする、専門の説教は、俺に何の関係もない、ただただ、その名を世間にひろめて、母に孝行したいだけのことだ。

岩頭船居《がんとうせんきょ》の図《ず》、二首。

12 会昌以後《えしょういご》、僧形《そうぎょう》を毀《やぶ》る、一段の風流、何似生《かじせい》。
棹《さお》を舞《まわ》して未だ為人《いにん》の手を懐《ふところ》にせず、杜鵑《とけん》、月に叫んで、夜三更《よるさんこう》。

岩頭の水上生活、二首。

会昌の破仏令このかた、坊主姿をくずしたまま、いっそう生命花やぐこの人は、何たることだろう。／オールさばきがとても見事で、決して衆生済度の手を隠してしまったわけじゃない、真夜中でも、ホトトギスは月をみて、新しい時代をよぶのである。

又。

13 蒲葉《ほよう》、半ば凋《しぼ》む、江漢《こうかん》の秋、生涯の受用《じゅゆう》は、扁舟《へんしゅう》に在り。
乾坤一箇《けんこんいっこ》の閑家具《かんかぐ》、年代、撈波《ろうは》して、情は未だ休《きゅう》せず。

さらに。

岸をおおう蒲《がま》の葉も、秋の霜にちぢみあがる、揚子江《ようすこう》から漢江のあたりで、暮しの手段といえば、小船がたのみである。／天にも地にもただ一つ、使いならした小道具ゆえに、何年たっても波をさらえつづけて、いまだに嫌気のさすことがない。

二祖《にそ》を賛す。

14 大唐、今古、禅師没《な》し、断臂《だんぴ》の虚伝《きょでん》、人は知らず。
只だ許す、南山道宣《なんざんどうせん》が筆、恰《あた》か痛所《つうじょ》に針錐《しんすい》を下《くだ》すが如し。

二祖大師さま。

ひろい大唐の国に、昔から今まで、禅の先生というものはない、臂を斬ったという作り話を、誰も信用しはしない。／わずかに終南山道宣が、『続高僧伝』に記す伝記だけは、あたかも癢《かゆ》いところに手のとどく、ツボをおさえた書きぶりである。

栽松《さいしょう》道者を賛す。

15 周家《しゅうけ》に当処《とうじょ》に、出生《しゅっしょう》し来《きた》る、法の為めに身を喪《そう》するは、徒《ただ》に苦《く》なる哉《かな》。
宿昔《しゅくせき》、何《いず》れの時の徳本《とくほん》をか植うる、栽松老漢、也《ま》た黄梅《おうばい》。

栽松道者さま。

周氏の家に、すぐに生れかわってきて、仏法のために喪身失命するとは、全くもって痛々しい。／前生《ぜんしょう》の何の世で、功徳の種をまいたのだろう、あなたはいったい、松を栽えていた老人なのか、それとも黄梅の和尚なのか。

松源和尚《しょうげんおしょう》の三転語《さんてんご》。大力量の人、甚《なん》に因《よ》ってか、脚を擡《もた》げ起さざる。

16 鬼窟黒山《きくっこくざん》の禅を商量《しょうりょう》して、神力《じんりき》の金剛《こんごう》、目前《もくぜん》に現《げん》ず。
普天《ふてん》の下《もと》、是れ王土、脚を擡ぐる句中《くちゅう》、公案《こうあん》、円《まど》かなり。

松源和尚の三つの質問。並はずれの力もちが、どうして脚をもちあげられぬのか。
死人の集まる黒山で、長く坐禅したと名のりをあげて、ものすごい仁王が、目の前におどりだす。
／どこまでも広がる大空の下、すべて仁王のくにである、脚をもちあげるという言葉に、ヒント
は完全に含まれている。

口を開くこと、甚に因ってか、舌頭上《ぜっとうじょう》に在らざる。

17 三寸の舌頭、禍門《かもん》を開く、河沙《がしゃ》の諸仏、転《うた》た多言《たごん》。
夜来《やらい》の百労《ひゃくろう》、五更《ごこう》の月、奈《いかん》ともせず、声々《しょうしょう》、夢魂《むこん》に祟《たた》らるることを。

ものを言うのに、どうして舌の先と関係がないのか。
舌先三寸に、まちがいのもとがあって、ガンジス川の砂ほど、大勢の仏たちも、説けば説くほど、
（説き尽せぬ）おしゃべりとなる。／昨夜は、百舌《もず》が月に向って鳴きつづけ、とうとう五更の朝
となったが、一声一声、夢にうなされつづけて、どうすることもできぬのだ。

18
明眼《みようげん》の衲僧《のうそう》、甚《なん》に因《よ》ってか、脚跟下《きやくこんげ》、紅糸線《こうしせん》の断たざる。
二三《にさん》、四七《ししち》の諸禅師、衆《しゆ》を領《りよう》じ徒《と》を匡《ただ》して、心、糸を乱す。
銭《ぜに》に因って癖《へき》有るは、是れ和嶠《わきよう》、娘生《じようしよう》、脚下《きやくか》に、血淋漓《けつりんり》たり。

悟りを開いた修行僧が、どうして脚の下の紅《あか》い糸を、断ち切ることができぬのか。中国の六代、インドの二十八代、伝統の祖師の誰もが、弟子を集め、学生を教えて、心の糸を乱しつづけた。／けちんぼうで有名な晋《しん》の和嶠も、銭が原因である、母から生れた脚の下には、誰も赤い血が盛んに流れている。

19

虚堂和尚の三転語。己眼《こげん》未だ明らかならざる底《てい》、甚に因ってか、虚空を将《も》って布袴《ふこ》と作《な》して着る。

画餅《がびよう》、冷腸《れいちよう》、飢《うえ》未だ盈《み》たず、娘生の己眼、見て盲の如し。
寒堂《かんどう》、一夜、衣《え》を思う意《こころ》、羅綺千重《らきせんじゆう》、暗《あん》に現成《げんじよう》す。

虚堂和尚の三つの質問。自分の眼の開かぬものが、どうして大空をスカートにして、身につけているのか。

絵にかいた餅は食えず、腹のたしにならないし、生れたままの眼はあるにはあっても、開かねば無きにひとしい。／冷たい部屋で夜っぴいて、衣服のことを考えつづける妄念が、千枚重ねの仙人の衣服を、人知れずにでっちあげるのだ。

地を劃《かく》して牢《ろう》を為《な》す底《てい》、甚に因ってか、者个《しゃこ》を透《とお》り過ぎざる。

20 何事ぞ春遊の興《きょう》、未だ窮《きわ》まらざる、人心《にんしん》は尤《もっと》も是れ客盃《かくはい》の弓。

天堂成就《じょうじゅ》して、地獄滅す、日は永し落花、飛絮《ひじょ》の中《うち》。

地面に線を引いて、牢屋だという男自身、そこをどうして出られないのだろう。春の山遊びの楽しさは無限だなんて、いったい何としたことか、盃にうつる弓の影に、一番おびえつづけているのは、旅の男の妄念である。／天国をでっちあげれば、地獄はすぐに消える、桃の花が散り、柳のわたが飛ぶ、長い白昼の夢である。

21

海に入って沙《すな》を筭《かぞ》うる底、甚に因ってか、針鋒頭上《しんぽうずじょう》に足を翹《つまだ》つ。

土を撒《さつ》し沙を筭えて、深く功を立つ、針鋒に脚を翹てて、神通《じんずう》を現《げん》ず。

山僧《さんぞう》が者裡《しゃり》、無能の漢、東海の児孫、天沢《てんたく》の風《かぜ》。

海をさらえて沙の数をかぞえる人は、どうして針の先に足をつけて立つのか。土をまきちらし、沙の数をかぞえるように、人々は知識をひろげることに努め、針の先に足をつけて神通力を誇る。／山坊主のボクのところは、何の能もない男ばかりが、虚堂和尚に期待された日本の児孫として、天沢の風《ふう》をついでいる。

大灯国師の三転語。朝に眉《まゆ》を結び、夕に肩を交《まじ》う、我れ何似生《かじせい》。
22 透関《とうかん》、更に一重の関有り、例に随《したが》い条に依《よ》って、攀《よ》ずべからず。
奇菓《きか》の茘支《れいし》、天上の味、名は天宝《てんぽう》より、人間《じんかん》に落つ。

大灯国師の三つの質問。朝は（その人と）眉をくっつけ、夜は肩をまじえ（て眠）る、その我とは何ものなのか。

関所をこえると、また一つの関所が待っているが、どこまでも前例にならい、条文を守ってゆくと、もはやよるべき前例も、条文もなくなる。／茘支という珍しい果物も、かつては天子だけの召し物だったのに、天宝の末年以来、その評判が俗界におちてしまった。

露柱《ろちゅう》、尽日往来《じんじつおうらい》、我れ甚に因ってか、動《どう》せざる。
23 草鞋《そうあい》、脚痩せて、知音《ちいん》没し、露柱同行《ろちゅうどうあん》、我が吟《ぎん》に伴う。
銭《ぜに》に霊神《りょうじん》有り、十万貫、杜鵑、血に啼《な》いて、春心を託す。

丸柱は一日中、動きまわっている、ボクはどうして動かずにいるのか。
草鞋《わらじ》をつけて旅をする、ボクの脚の痛みを知る人は、ボク以外に誰もいない、丸柱が同行者として、ボクの歌につきあってくれるだけだ。／十万貫の銭には、悪魔の力が働いて人の心を動かすものだし、ホトトギスは（望帝の）春のたのみに応えて、血をはくように鳴くのである。

若し个《こ》の両転語《りょうてんご》を透得《とうとく》せば、一生参学の事、畢《おわ》んぬ。

24 二十余年、曾《かつ》て苦辛《くしん》す、乾坤《けんこん》、誰か是れ我れ般《つら》の人。
参じ来って直《じき》に幽玄の底《そこ》に徹す、歇《けっ》し去って独り要路の津《しん》に登る。

以上、二つの質問をパスすることができるなら、一生かかるべき修行が、完全に終ったのと同じである。

二十年以上も、よくも苦労をしつづけたものだ、誰がいったい、天にも地にも、ボクほどの苦労をしただろう。／とことん学びつづけて、ずばりと地獄の底をふみぬき、大暇をあけて、秘密の脱け穴を、たった一人で天に登ったのである。

霊山徹翁《れいざんてっとう》和尚末後《まつご》の垂示《すいじ》を挙《こ》して、以《もっ》て徒《と》に示す。其の垂示に云く、正法眼蔵《しょうぼうげんぞう》、人に付する無し。自《みずか》ら荷担《かたん》して、弥勒下生《みろくあしょう》に至らん、噫《ああ》。

25 古仏霊山《こぶつりょうぜん》、名虚《なむな》しからず、当来《とうらい》の弥勒、是れ同居《どうご》。
児孫一个《いっこ》の狂雲子、邪法、大いに興って、殃《わざわ》い余り有り。

霊山徹翁和尚が死にぎわに語った、特訓を読みあげて、学生たちに教えたもの。その特訓のことば、わが正法眼蔵を託せる男は、誰もいない、自分で弥勒にたのむために、その出現のときまで、背負いつづけることにする、おおい、弥勒よ。

霊鷲山《りょうじゅせん》の古仏にあやかる、その名は名だけのものでなかった、すでに未来の弥勒と一緒であった。／ところが、その孫弟子の狂雲子ときたら、正法ならぬ邪法のおかげで、（その名のように気まぐれで）たいへんな迷惑をかけている。

26 牢関《ろうかん》の一句、工夫《くふう》を費《つい》やす、百煉《ひゃくれん》の精金《しょうきん》、再び炉《ろ》に入る。
話《わ》して当来来劫《とうらいらいごう》の暁に到る、只《た》だ愁《うれ》う、枕上《ちんじょう》に夢魂《むこん》無きことを。

誰も逃さぬ死にぎわの一言に、どえらい手間をかけたものだ、百回もうちなおした刃金を、もう一度炉にいれたにひとしい。／しかし、やがてくるはずの、永遠の夜明けまで、話しつづけて尽きぬ言葉に、ちょっとだけ気になるのは、夢枕に立つ、その相手のないことである。

凡《およ》そ参禅学道の輩《ともがら》は、須《すべか》らく日用清浄《しょうじょう》なるべし。日用不浄なる可《べ》からず。所謂《いわゆる》、日用清浄というは、一則《いっそく》の因縁を究明して、無理会《むりえ》の田地に到って、昼夜工夫怠らず、時々に根源を切断して、仏魔も窺《うかが》い難き処、分明《ふんみょう》に坐断《ざだん》して、往々に名を埋《うず》み跡を蔵《かく》し、山林樹下に、一則の因縁を挙揚《こよう》して、時に無雑《むぞう》純一なり矣。之《これ》を日用清浄の人と謂《い》う。然《しか》るに、吾は善知識と称して、杖払《じょうほつ》を擎《ささ》げ、衆を集めて法を説き、人家《にんけ》の男女を魔魅《まみ》す、心に名利《みょうり》を好んで、学者を室中に招き、玄旨《げんし》を悟らしめんと道《い》う。参ぜしむる者は、相似《そうじ》模様の閑言語《かんごんご》。教《なら》(傚)わしむる者は、片箇《へんこ》の情なり。這般《これつら》の輩は非人なり。寔《まこと》に日用不浄の者なり。仏法を以て度世《とせい》の謀《はかりごと》と為《な》す。是れ世上栄衒《えいげん》の徒なり。凡そ身有れば着ずということ無く、口有れば食《くら》わずということ無し。若《も》し此の理を知らば、豈《あ》に世に衒《てら》わん哉《や》、豈に官家《かんけ》に諛《へつら》わん哉。是《かく》の如きの徒は、三生六十劫《さんしょうろくじゅうごう》、餓鬼に入り、畜生に入って、出期《しゅつご》無かる可し。或いは人間に生れては、(中略)仏法の名字《みょうじ》を聞かず。懼《おそ》る可し、懼る可し。

右、霊山徹翁《れいざんてっとう》和尚、栄衒の徒に示す法語、其の後に題して云う。

27 工夫は是れ涅槃堂に非《あら》ず、名利前に輝いて、心念忙《いそが》わし。
道《い》うことを信ず、人間食籍《じきせき》の定《じょう》、羊糜《ようび》一椀《いちわん》の橘皮湯《きつぴとう》。

禅を学ぶほどのものは、平生から純粋清潔でなくてはならず、平生から不潔ではいかん。平生から純粋というのは、一つの根本問題を追求して、手も足も出ぬ境地にいって、夜も昼も手をゆるめず、刻々に妄念の根をたちきり、仏という魔物すら寄りつけぬところを、はっきりと尻の下におさえこむことだ。昔はそうした人がいて、名をかくし足跡をみせず、山林樹下で一つの根本問題を掲げて、純一無雑ということが、時には稀にあったのである。これが、平生から純粋な人である。ところが、俺は大善知識だとばかり、拄杖《しゅじょう》や払子《ほっす》をふりかざし、人々を集めて説教して、他家の若ものを酔わせ、名聞利養が大好きで、学生たちを自室に引きこみ、奥義を悟らせるなどという。学ばせた中味は、ステロタイプの無駄ばなし、習わせるのは、片寄った意地にすぎぬ。こういう連中は、人にして人にあらず、まったく平生から不潔な手合いである。仏法を世渡りの手段と考える、世にいわゆる栄衒（ゴマすり）の学生である。いったい、人は生命があれば衣服をつけ、口があればものを食うに決っているので、この道理が判ったなら、何も世間にゴマをすることはないし、役人にこびることもないはずだ。こんな連中は、三度生れかわり、六十劫という長いあいだ、餓鬼となり畜生となって、年季のあけるときはあるまい。たとえ人間に生れても、(中略)仏法の名すら耳にする機会はあるまい。クワバラ、クワバラ。

右は霊山徹翁和尚が、ゴマすりの徒に示す法語、その後に題していう。

修行のこつというやつは、死に際の問題ではなくて、名聞利養が眼の前にちらついて、気がせくばかりの平生のことである。／思い知るのは、人間一生の食いぶちが、始めから決っていることで、(死に際にさえ)雑炊いっぱいに、みかんの皮のジュースという、古人の言葉があるほどだ。

元正《げんしょう》。

28 現成公案《げんじょうこうあん》、天真《てんしん》に任《まか》す、鳳暦《ほうれき》、元《げん》を開く、世界の春。
今日山僧《こんにちさんぞう》、眼を換却《かんきゃく》す、堂中の古仏、面門《めんもん》新たなり。

　正月一日。

今日という今日は、（古い）裁判が完全に済んで、天然自然の真理のままに、鳳凰のカレンダーが、世界の春の一ページをあける。／山坊主のボクが今、両の眼をとりかえたように、あい対する僧堂の古仏たちは、どの顔もみな一段と新しい。

　桃花浪《とうかろう》。

29 随波逐浪《ずいはちくろう》、幾ばくの紅塵《こうじん》ぞ、又た値《あ》う、桃花、三月の春。
恨《うらみ》を流す、三生六十劫《さんしょうろくじゅうごう》、竜門、歳々、腮《あぎと》を曝《さら》す鱗《りん》。

　桃花の洪水。

幾重にも波をうって、おしよせてくる紅い塵は、どれほどあるのか、今年もまた春三月の、桃花の洪水に出会った。／残念でたまらないのは、三度も生死をくりかえして、六十劫という長い時間、来る年も来る年も、竜門の滝に腮をひっかけて、竜とならずに死体をさらす、魚くずどものことだ。

端午《たんご》。

30 千古、屈平《くっぺい》、情豈《じょうあ》に休《きゅう》せん、衆人《しゅうじん》は此の日、酔《よ》うて悠々。
忠言、耳に逆《さか》らう、誰か能《よ》く会《え》せん、只《た》だ湘江《しょうこう》の順流《じゅんる》を解《よ》くする有り。

端午の節句。

千年すぎても、万年たっても、屈原の恨みの消えようはないのに、今日も人々は酔いつづけて、全く関係ないかのようだ。／屈原の忠告が耳に痛いなど、誰に通ずることだろう、わずかに湘江の水の動きが、（昔のように逆ではなくて）立派に理にしたがって、流れているだけである。

冬至《とうじ》、示衆《じしゅう》。

31 独り門関《もんかん》を閉《とざ》して、方《ほう》を省《せい》せず、這《こ》の中《うち》、誰か是れ法中《ほっちゅう》の王。
諸人、若し冬来《とうらい》の句を問わば、日は今朝より、一線長し。

冬至の夜の説法。

門の扉をしめきって、独りぽっちでよそものを相手にしない、この寺の中の誰がいったい、仏のくにの王さまなのだろう。／君たちがもし、冬至のことばを（ボクに）求めるなら、太陽の日ざしが、今朝から畳の目一こまだけ長くなったと答えよう。

仏の誕生。

32 三世一身《さんぜいっしん》、異号《いごう》多し、何人《なんぴと》か今日、諸訛《ごうか》を定めん。
娑婆来往《しゃばらいおう》、八千度、馬腹《ばふく》、驢腮《ろさい》、又た釈迦。

　誕生仏のうた。

過去と未来と現在と、同じ仏が三世にわたって、多くのちがった名前をもつなんて、そんなややこしい関係を、誰が見とどけられようか。／娑婆世界（苦しみに耐えるくに）に八千度も、馬の腹にやどり、驢《ろ》馬のつらして生れたかとおもうと、今度はさらに釈迦族の子である。

　仏の成道《じょうどう》。

33 天上、人間に、独尊と称す、今朝《こんちょう》、成道《じょうどう》、誰《た》が恩を受く。
分明《ふんみょう》なり、衲子《のっす》が流星の眼、便《すなわ》ち是れ瞿曇《くどん》が的々《てきてき》の孫《そん》。

　仏のさとり。

人の世に生れ出て、天にも地にも唯我独尊という君は、今日の悟りが、誰のおかげだと思うのか。／今もなお、はっきりと、流れ星の行くえをにらみつける、修行僧の眼の動きこそは、まぎれもないゴータマの血をうける、子孫であることの証拠なのだ。

34 仏の涅槃《ねはん》。
滅度《めつど》す、西天《さいてん》の老釈迦《ろうしやか》、他生《たしよう》に出世して、誰が家にか到る。
二千三百年前の涙、猶お扶桑《ふそう》二月の花に洒《そそ》ぐ。

仏が亡くなった。

釈迦仏という、古代インドの老人は、今月今日、涅槃に入ったあと、次の世に生れて、何という家の子になったのか。／二千三百年も昔、釈迦仏の死を悲しんだ人々の涙が、今も日本の二月の（梅の）花に、とめどもなくふりそそぐのである。

35 達磨忌《だるまき》。
毒薬、数《あまた》たび加う、賊後《ぞくご》の弓、大千に逼塞《ひつそく》す、仏心宗《ぶつしんしゆう》。
西来に意無く、我に意有り、熊耳山中《ゆうじせんちゆう》、落木《らくぼく》の風。

ダルマ大師の死をいたむ。

何ぼダルマ大師に毒をくわせても、泥棒が逃げてから、弓をもちだすようなものだ、大千世界いっぱい広がった、仏心宗の真実を、どうしようもないのである。／ダルマ大師が何のつもりで、インドから中国に来たのか、つもりはむしろこちらのことで、ダルマ大師には関係なし、今も熊耳山中の墓に、木の葉の落ちる音がしている。

大灯国師百年忌、二首。

36 嚢《のう》に青銅《せいどう》を覓《もと》むるに、半文《はんもん》無し、恩に酧《むく》ゆる一句、豈《あ》に群を驚かさん。
祖師の遷化《せんげ》、已《すで》に百載、空しく婆年《ばねん》を拝す、婆子《ばす》が裙《くん》。

大灯国師の百年祭、二首。

何度、頭《ず》陀《だ》袋をひっくりかえしてみても、半文の銭もない貧しいボクが、人々を感心させるような、国師の御恩に応える詩句を、どうしてお供えできるものか。／御先祖さまが亡くなって百年、いまだに思いきれないその人の、死後の年を数える老婆みたいに、毎年供養するだけのことである。

又。

37 児孫《じそん》、多く踏む、上頭《じょうとう》の関《かん》、一个《いっこ》の狂雲《きょううん》、江海の間《かん》。
大会斎《だいえさい》、還《かえ》って何処《いずく》にか在る、白雲《はくうん》、飯《ぼん》を蒸《む》す、五台山《ごだいさん》。

さらに。

国師の弟子たちはみな、上へ上へと禁闕《きんけつ》の階段をのぼってゆくのに、狂雲子のボクだけが、海や川ばかりの、田舎まわりの旅をつづけている。／そもそも百年祭の大ぶるまいは、どこらあたりで行われるのだろう、むくむくと飯をむすように白雲が立ちのぼる、五台山のあたりである。

僧、岩頭《がんとう》に問うて云く、古帆《こはん》未だ掛けざる時、如何《いかん》。頭云く、小魚、大魚を呑《の》む。僧云く、掛けて後、如何。頭云く、後園《こうえん》の驢《ろ》、草を喫《きっ》す。

38
寒温、苦楽、愧慚《きざん》の時、耳朶《じだ》、元来、両片皮《りょうへんぴ》。
一二三兮《か》、三二一、南泉《なんせん》、手に信《まか》せて、猫児《みょうじ》を斬《き》る。

ある僧が岩頭和尚にきく、ぼろぼろの（人工の）帆をあげず（自然の海の流れにまかすと）、いったい何処にゆきつくでしょう。頭、小魚《こざかな》が大魚をのみこむところ。僧、帆をあげると、どうなります。頭、驢馬《ろば》が裏庭につながれて、（与えられた）草をくうところ。
暑いの寒いの、苦しいの楽しいのと、自分勝手が恥かしくて、よくよく反省してみると、感情をあらわす耳たぶは、二つともに外に向いている。／一二三、三二一と、力まかせの南泉の腕は、（耳の力を借ることなしに）、猫を殺してしまったじゃないか。

雲門、衆《しゅ》に示して云く、古仏、露柱《ろちゅう》と相交わる。是れ第幾《だいいく》ばく機《き》ぞ。自ら代って云く、南山に雲起れば、北山に雨を下《くだ》す。

39
小姑《しょうこ》、底《なん》に縁《よ》ってか、彭郎《ほうろう》に嫁《か》す、雲雨《うんう》、今宵《こんじょう》、夢一場。

朝《あした》には天台に在り、暮には南岳、知らず、何処《いずく》にか韶陽《じょうよう》を見ん。

雲門が弟子たちに訓辞した、古仏が丸柱と恋仲におちる。これはいったい、何ばんめの機《はずみ》であろう。自ら弟子に代って答えた、南山で雲がおこると、北山で雨がふる。小姑はどうして、彭郎の嫁になったのか、雲と雨との関わりは、今夜の夢の様《さま》次第である。／朝は天台にいて、晩は南岳にいるボクが、どこで韶陽の雲門にあえることだろう。

苦中楽《くちゅうらく》。

40 酒、三盃《さんばい》を喫して、未だ唇を湿《うるお》さず、曹山老漢《そうざんろうかん》、孤貧《こひん》を慰《なぐさ》む。直《じき》に身を火宅《かたく》の中《うち》に横たえ看《み》れば、一刹那《いちせつな》の間《かん》、万劫《まんごう》の辛《しん》。

苦しみの中にある楽しみ。

酒を三盃たてつづけにのみほして、唇は何も知らぬなどと、曹山おやじは悲しい顔して、親のない子に共感なされた。／ずばり火の車の上に、横になってみるがよい（酒三盃どころではない）、一瞬のうちに、すでに無間《むけん》地獄の苦しみを、万劫も味わいつづけるのに匹敵しようものを。

楽中苦《らくちゅうく》。

41 此れは是れ瞿曇《くどん》が曾《かつ》て経《へ》し所、麻衣《まえ》、草坐《そうざ》、六年の情。

一朝、点検《てんけん》し将《も》ち来って看れば、寂寞《せきばく》たり、霊山《りょうぜん》、身後《しんご》の名。

楽しみのうちにある苦しみ。

ゴータマ・ブッダが、かつて経験なされたのは、言ってみれば麻の衣をきて、草の上に坐りつづける、六年の苦行を敢えてさせる、何ものかへの情念であった。／ある朝、ふっと気が付いてみると、まことに孤独なその寂しさを、死んでも霊山に坐りつづける、大迦葉《かしょう》が受けついで有名にするなど（いったい予想していたかどうか）。

42　百丈野狐《ひゃくじょうやこ》。

千山万水、野僧《やそう》の居《きょ》、甲子《かっし》、今年、五十余なり。
枕上《ちんじょう》、終《つい》に老来《ろうらい》の意無し、夢中、猶《な》お読む、小時《しょうじ》の書。

百丈山のきつね。

千の峰と万の谷をもつ、百丈山がボクの住居で、今年はすでに五十余歳となりました。／夜眠るときさえ、一向に老人らしい気分がなくて、若いころの艶ものがたりを、夢にみるのでござる。

43　聞声悟道《もんしょうごどう》。

撃竹《げきちく》、一朝、所知《しょち》を忘《ぼう》ず、聞鐘《もんしょう》五夜《ごや》、多疑《たぎ》を絶《ぜっ》す。

古人、立地《りっち》に皆な成仏《じょうぶつ》す、淵明《えんめい》か端的《たんてき》、独り眉を顰《ひそ》む。

もの音を聞いて道に気付くところ。ある朝、竹の音を聞いて、過去の悩みを棄てた人があり、五つの鐘の声を聞いて、とまどいを断った人がいる。／こうして古人は、立ちどころに、すべて仏となったのに、陶淵明の場合は、(鐘の声を聞いて)眉をしかめて逃げだしたのである。

44
見色明心《けんしきみょうしん》。

憶《おも》い得たり、寒山《かんざん》、月を見て題するを、眼睛《がんぜい》、地に落ちて、衆生《しゅじょう》、迷う。

洛陽《らくよう》、三月、貴遊《きゆう》の客《かく》、閃爍《せんしゃく》たる紅旗《こうき》、残照《ざんしょう》の西。

ものの色をみて、自己を知るところ。忘れられないのは、寒山が月をみて(わが心は秋の月に似たりと)、心の歌をつくって、死後も人々を、迷わしつづけていることだ。／洛陽の春三カ月、貴公子たちの歓楽にも、天子の紅《あか》い旗のひらめきが、すでに落日の紅さを含むのに、誰が気付いているだろう。

聞声悟道、見色明心。雲門、拈《ねん》じて云く、観世音菩薩、銭《ぜに》を将《も》ち来って胡餅《こびょう》を買う。手を放《ほう》下《げ》して云く、元来《がんらい》、是れ饅頭《まんとう》。

45
即《すなわ》ち現《げん》ず、観音、奴婢《ぬひ》の身《しん》、饅頭、胡餅、精神を谷《やしな》う。
旧時、忘れ難し、見聞《けんもん》の境、満目《まんもく》の山陽、笛裏《てきり》の人。

もの音を聞いて道に気付き、色をみて自己を知るところ。雲門のコメント、観世音菩薩が銭を出して、胡麻餅を買った。下におろして言うことに、なんだい、これは饅頭じゃないか。たちまち、観世音菩薩の姿をしたかと思うと、今度は奴婢の姿をとる、この人は、饅頭や胡麻餅を手玉にとって、元気を発散しているのだ。／昔、我が目に見、我が耳に聞いた、旧居の景色が忘れられず、再び山陽を訪《と》うて、隣人の笛の音に己を忘れた（向秀《しょうしゅう》という）人もあるのに。

大随《だいずい》、庵の辺に一亀《いっき》有り。僧問う、一切の衆生は、皮、骨を裹《つつ》む。這个《しゃこ》の衆生、甚《なん》と為《し》てか、骨、皮を裹む。大随、草鞋《そうあい》を以て、背上に蓋《おお》う。

46
衆生の顚倒《てんどう》、幾ばく時か休《きゅう》せん、前頭《ぜんとう》を打着《だじゃく》し、又た後頭。
手に信《まか》せて猫を救う、趙州老《じょうしゅうろう》、草鞋、戴《いただ》き去って、也風流《やふうりゅう》。

大随和尚の草庵の近くに、一匹の亀がいた。ある僧がきく、生きものは皆、皮で骨をつつんでいます。こやつは、生きものだのに、どうして骨が皮をつつんでいるのです。大随は草履を、亀の背中にかぶせた。
生きものの逆立ちは、いつになって終ることか、前のをたたくと、今度は後が逆立ちしている。

／軽々と猫を助けた趙州おやじのように、草履を頭にのせて出て行く亀も、なかなかの花やぎぶりだ。

黄檗《おうばく》、仏を礼《らい》す。

47 麁行《そぎょう》の沙門《さもん》、鬼眼《きげん》開く、身の長《たけ》七尺、甚《はなは》だ奇《き》なる哉《かな》。知らず、何処《いずく》にか黄檗を見る、法を立つる商君《しょうくん》、法を破り来《きた》る。

黄檗が、仏をおがむところ。

荒っぽい坊主が、ぎょろりと眼をむいた、身のたけ七尺とは、何と見事なもの。／しかし、黄檗和尚をおがめるのは、何処だろう、刑法を創始した商君は、自ら刑を受けて、死んだといわれる。

臨済、机案禅板《きあんぜんばん》を焼く。

48 此の漢《かん》、宗門第一の禅、奪人奪境《だつにんだつきょう》、体中玄《たいちゅうげん》。安身立命《あんじんりゅうみょう》、那処《いずく》にか在《あ》る、劫火洞然《ごうかどうねん》として、大千《だいせん》を焼く。

臨済が、机と坐禅の板を焼きすてた話。

この男こそ、禅宗はじまって以来の、最初の禅坊主で、人を召しあげ、境（物）を召しあげ、全体まるだしの義玄さまだ。／身命のおき場は、いったいどこか、ごうごうと音をたてて、終末の火が、大千世界を焼き尽すところが、そこだ。

翠岩《すいがん》、夏末《げまつ》に衆《しゅ》に示して云く、一夏《いちげ》以来、兄弟《ひんでい》の為《た》めに説話《せつた》す。看《み》よ、翠岩が眉毛《びもう》在りや。

保福《ほふく》云く、賊《ぞく》と作《な》る人、心虚る。長慶云く、生也《しょうや》。雲門《うんもん》云く、関《かん》。

49 眉毛の公案、爛泥《らんでい》の荊《うばら》、保福《ほふく》、雲門、同道に行く。

長慶は身を蔵《かく》して、還って影を露《あら》わす、一話《いつわ》。小楼南畔《しょうろうなんばん》、月三更《つきさんこう》。

翠岩が学期末に、弟子たちに告示した、この学期中、諸君のために説法した。翠岩の眉毛が残っているか、どうか、よく見てくれ。保福のコメント、泥棒は胸がびくつく。長慶のコメント、それでこそ、生えたぞ。雲門のコメント、そこが関所だ。

眉毛の問題は、ぬかるみの底にかくした棘《いばら》のトゲだ、保福も雲門も、同じ仕かけ仲間である。／長慶は、頭かくして、尻かくさず、小粋な南向きの二階部屋で、真夜中の月を独り占めしている。

50

翠岩、眉毛を示す図。

賓中《ひんちゅう》に主《しゅ》有り、主中の賓、関字《かんじ》、銭《ぜに》を失って、生也《しょうや》親し。

賊々、賊々、拿《とら》え得ず、当頭《とうとう》、姦党《かんとう》、是れ何人《なんぴと》ぞ。

翠岩が眉毛を見せる姿。

お客のなかに亭主がいて、亭主のなかにも、客がいた、関所だぞの一声は、銭をおとして罰をくらった男、生えたぞとは、いかにも親切。／泥棒だ、泥棒だと、叫ぶばかりで埒あかず、いちばん最初の悪党は、いったい誰だったのか。

梅子《ばいし》、熟《じゆく》す。

51 熟処《じゆくしよ》、年来、猶お未だ忘ぜず、言中《ごんちゆう》に味《あじ》有り、孰《たれ》か能《よ》く甞《な》めん。人斑《にんぱん》、初めて見る、大梅老《だいばいろう》、疎《そ》雨《う》、淡烟《たんえん》、青已《せいすで》に黄《こう》。

梅の実がうれた。

その熟れようが、前々からずっと、忘れられないで、言葉にひそむ見事な味を、よくしがみ得たのは、いったい誰なのか。／大梅老人が初めて人に、かいまみさせた、その肌の縞模様は、山のみぞれ、あさもやが、何十年ものうちにつけた、黄色がかりの黒なのだ。

盲《もう》。

52 瞎驢《かつろ》は受けず、霊山《りようぜん》の記《き》、四七、二三、須《すべから》く愧慙《きざん》すべし。豈《あ》に光影辺《こうようへん》の事に堕在《だざい》せんや、銅睛《どうぜい》、鉄眼《てつげん》、是れ同参《どうさん》。

盲。

目の見えぬ瞎驢《わたし》が、霊山（大迦葉）の予言など、貰ったおぼえは更になし、達磨も六祖も、全くおそれいったものだ。／禅の伝灯というものが、どうして（目にみえる）光の領域に限られるものか、銅や鉄の眼玉をもつ、ものすごい男たちの、仲間うちの問題なのだ。

聾《ろう》。

53
払《ほっ》を掛けて呵《か》せ遭《ら》る、百煉の金、天生《てんせい》の懐海《えかい》、耳根《にこん》深し。
真聞《しんもん》は真个《しんこ》、何処《いずく》にか在る、為めに鼓《こ》す、無絃《むげん》、一曲の琴《きん》。

聾。

払子《ほっす》を馬祖の椅子にもどして、一喝をくらった百丈には、煉りに煉られた刃金《はがね》の上に、もって生れた海のような、奥のふかい耳があった。／真理の響きを聞きとるに足る耳は、いったい何処にあるのか、そんな耳に対してこそ、絃のない琴を弾じて、一曲聞かせたいものだ。

啞《あ》。

54
一句、披《ひら》かんと欲す、吾が欝襟《うつきん》、舌頭《ぜっとう》、齶《あぎと》を拄《ささ》えて、咲《わら》い吟々《ぎんぎん》。
霊雲《れいうん》、答えず、長生《ちょうしょう》の問い、誰か識《し》る、金言《きんげん》、猶お心《むね》に在り。

啞。

ひとこと、わたしのホンネをきいてくれと、（その人は）舌をぴったり上顎《うわあご》につけて、にこやかにほほえみかけた。／長生の問いかけに、霊雲は何も答えなかったが、何とその人の金言が、霊雲の胸のうちにあることを、誰が見抜けたであろう。

船子《せんす》釣台《ちょうだい》の図。

55 金鱗《こんりん》、得難し、急流の前、坐断《ざだん》す釣台、三十年。
糸線《しせん》、一たび通ず、名利の路、子陵《しりょう》は咲《わら》う可《べ》し、夾山《かっさん》の禅。

釣り場での船子の絵。

激流に糸を下ろして、めざす獲物は容易にかからず、釣り場に三十年も腰をすえた、船子和尚だが。／糸に手ごたえを覚えたとたん、すでに名利のとりことなって、名利を嫌ったかつての厳子陵に、皮肉にも釣りあげた夾山の禅を、笑われるほかはなかった。

又。

56 千尺の糸綸《しりん》、豈《あ》に収むることを得ん、一天の風月、一江の舟。
舟翻《くつがえ》り、人去って、名猶お在り、洙水《しゅすい》、何に因ってか逆流《ぎゃくる》せざる。

さらに。

千尺の水底まで、深くおろした釣り糸を、どうしてかたづけることができよう、大空いっぱいの風と月を、ずっとひとりじめしていた、水上の船子である。／船をくつがえして、船子は姿を消したけれども、その名前が今に残ったのは、やむを得まい、孔子が死んだとき、洙水はどうして、逆流せずにいられたろう。

賊《ぞく》。

57 春風に悩乱《のうらん》して、何の成す所ぞ、遊糸《ゆうし》百尺、多情《たじょう》を惹《ひ》く。
知らずんば、桃花に問取《もんしゅ》し去れ、霊雲《れいうん》の双眼睛《そうがんぜい》を換却《かんきゃく》す。

盗びと。

春風に心をかきみだされて、何ができようか、百尺もある陽炎《かげろう》が、君の浮気をさそうのである。／この道理が判らぬなら、桃の花に聞いてみるがよい、霊雲和尚の二つの眼玉を、とりかえてしまった桃の花なのだ。

清素首座《しょうそしゅそ》を賛す。

58 茘支《れいし》、食し罷《や》めて、吾が曾《そう》を記《き》す、三十年来、一个《いっこ》の僧。
杜牧《とぼく》は平生、丈夫の志、老いて気力無《の》うして、昭陵《しょうりょう》を望む。

清素首座をたたえる。

茘支を食う手をやめて、身の上ばなしに熱が入るのは、三十年のあいだ、一介の修行僧であったためだ。／杜牧だって、平生は気骨のある男だが、年をとって気が弱まると、名君太宗の昭陵を遥拝するほかなかったのである。

59 素老《そろう》は天生《てんせい》、薄福《はくふく》の徒、仏魔《ぶつま》の公案《こうあん》、的伝《てきでん》無し。
鬱襟《うつきん》、忽《たちま》ち発す、烈史《れつし》の筆、永く辱《はずか》しむ、揚雄《ようゆう》、莽《もう》が大夫《たいふ》と。

兜率《とそつ》の悦《えつ》禅師を賛す。

兜率従悦禅師をたたえる。

清素老人は、生れつき運のわるい修行者で、この人が提起した仏魔の問題には、はっきりした根拠がなかった。／ホンネをはく傾きのある、辛口の禅の歴史家は、揚雄を王莽の御用学者だと、今でも非難するのに似ている。

60 沈吟《しんぎん》す小艶《しょうえん》、一章の詩、乾坤《けんこん》を発動して、大機《だいき》を投《とう》ず。
撃竹《げきちく》、見桃《けんとう》、若し相問わば、須弥脚下《しゅみきゃっか》の石烏亀《せきうき》。

円悟《えんご》大師の投機《とうき》。

円悟大師の悟りのいきさつ。

口には出さぬ小艶の詩の一節が、天地を驚かすほど、大きいきっかけとなった。／竹に石が当る音や、桃の花を見つけた心の動きにも、そのいきさつを問うてみると、須弥山を支える脚下の石の亀のように、人の目につかぬ働きがあるものだ。

松源和尚塔の銘を覧《み》る。

61
冶父《やほ》住持、功空《むな》しからず、貧を抜いて富と作《な》す、甚《なん》の家風ぞ。
看来《みきた》れば、省数銭《しょうすうせん》、猶お在り、識らず脚跟《きゃくこん》、糸線《しせん》の紅《あか》きを。

松源和尚の塔銘をよんで。

冶父に道場を構えた時の、和尚の努力は並大抵のものじゃない、貧者を富貴に引きあげることは、何の自慢にもならぬ。／塔銘を読んでみると、省数銭とよばれる和尚の家風は、今も歴然たるもので、知らず識らずのうちに、誰でも脚の下に紅い糸を、引きずっているのである。

魚籃《ぎょらん》観音を賛す。

62
丹瞼《たんけん》、青鬢《せいかん》、慈愛《じあい》深し、自ら疑う、雲雨《うんう》、夢中の心。
千眼《せんげん》の大悲《だいひ》、看《み》れども見えず、漁妻《ぎょさい》、江海《こうかい》、一生の吟。

漁夫の妻となった、観音の化身をたたえる。

赤い眉に、青いまげが、情愛こまやかに感ぜられて、楚の襄《じょう》王が雲夢《うんぼう》で会ったという、巫山《ふざん》の神女《しんにょ》であるまいかと思う。／千手千眼の観音の姿など、何処にもみられず、江海に生きる漁夫の妻として、艶々しい歌声が聞えてくる。

経巻もて不浄《ふじょう》を拭《ぬぐ》う、三首。

63
経巻は元より不浄を除く牋《かみ》、竜宮、海蔵《かいぞう》、言詮《ごんせん》を弄《ろう》す。看よ看よ、百則の碧岩集《へきがんしゅう》、狼藉《ろうぜき》たり乳峰《にゅうほう》、風月の前。

経巻で不浄を浄める、三首。

経巻は始めから、不浄を浄める紙だったのに、海中の竜宮に隠されていたなど、とんでもないフィクションである。／試みに『碧巌集』百則を、読んでみるがよい、風光明媚《めいび》の乳峰を汚してしまうほど乱雑に、つみあげられているではないか。

又。

64
弓影《きゅうえい》、客盃《かくはい》、多く腸を断つ、夜来、新病、膏肓《こうこう》に入《い》る。慚愧《きざん》す、我が禽獣《きんじゅう》にだも及ばざることを、狗《く》は尿《いばり》す、栴檀《せんだん》古仏堂。

さらに。

旅人の盃に映った弓の影には、随分と悲しい思いをさせられたが、昨夜はもう一つ、新手《あらて》の（仏病という）病気が、不治の仲間に加わった。／今は禽獣にも及ばぬ我が身を、情なく思うのみである、狗《いぬ》なら平気で、栴檀の古仏を祭る堂舎にも、小便をひっかけるではないか。

又。

65 手に信《まか》せて拈《ねん》じ来って、不浄を除く、作家《さっけ》の面目、露堂々《ろどうどう》。
南山に雲起り、北山の雨、一夜、落花、流水香《かん》ばし。

さらに。

軽々と手にとって、（経巻で）不浄を浄める禅坊主の顔付きの、何とあからさまで、大らかなことか。／南の山に雲がたちのぼると、北の山では雨が降って、一夜のうちに（惜し気もなく）花が散り尽し、川の流れが花の香りで、うずまってしまうのだ。

大恵《だいえ》禅師、碧岩集を焚《や》く。

66 妙喜老人《みょうき》、千歳の名、宗門の潤色、太高生《たいこうせい》。
子胥《ししょ》、曾《かつ》て呉王《ごおう》の戮《りく》を受く、惜しむ可し、蜀鏤《どくろ》の眼睛《がんぜい》無きことを。

大恵禅師が、『碧巌集』を焼きすてたこと。

妙喜老人大恵の名は、死後も不滅であり、禅の歴史に色をそえた力は、いやがうえにも大きい。／伍子胥は呉王を諌めて、（俺の眼をえぐって門にかけよ、呉の滅亡を見てくれようと言って、敢然と）殺されたが、残念なことに、その髑髏《どくろ》には眼の玉がなかった。

牛。

67 異類行中《いるいこうちゅう》、是れ我が曾《そう》、能《のう》は境に依り、也《ま》た境は能に依る。
出生、忘却《ぼうきゃく》す、来時の路、識らず当年《そのかみ》、誰《た》が氏《うじ》の僧ぞ。

牛。

動物に生れかわって、動物と共に生きるのが、ボクのかつての能（とりえ）であって、能は（動物の）境によって生き、境もまた能によって生きる。／実際、生れかわってみると、ここに来るまでの道中のことを忘れてしまっていて、その昔、何という姓の僧が生れかわったのか、見分けがつかない。

蛙

68 鯨鯢《げいげい》を釣《つ》るに慣《な》れて、咲《わら》い一場、泥沙《でいしゃ》に歩を碾《きし》って、太《はなは》だ忙々《ぼうぼう》。

憐れむ可し、井底《せいてい》に尊大と称して、天下の衲僧《のうそう》、皆な子陽《しよう》。
　蛙。

大きい鯨ばかりを釣りあげつけて、（蛙がかかってくると）ひとしきり笑いこけるのは、蛙が泥の中をはねまわって、大さわぎするからである。／あっぱれ、井戸の中で威張りちらしている世間の修行僧どもは、井底の蛙とよばれた漢の子陽である。

　尺八。

69 一枝の尺八、恨み任《た》え難し、吹いて胡笳塞上《こかさいじょう》の吟に入る。
十字街頭、誰が氏《うじ》の曲ぞ、少林門下、知音少《な》し。
　尺八。

わずか一管の尺八が、辛抱し切れぬほど懐しい思いに、ボクを引きこんでしまうのは、必ず胡笳塞上の曲となるためである。／雑沓《ざっとう》の町かどで、その曲を吹いているのは、いったい何処《どこ》の何某《なにがし》なのか、胡笳塞上を経てきた達磨門下にも、その音色をききわける友人が、すでに全くいないのである。

　傀儡《かいらい》。

70
一棚頭上《いっぽうずじょう》に、全身を現ず、或いは王侯と化し、或いは庶民。
目前の真の、木橛《もっけつ》なるを忘却《ぼうきゃく》して、痴人《ちにん》、喚《よ》んで本来人と作《な》す。

あやつり人形。

ステージいっぱい、身をのりだして、あるときは王侯貴族、あるときは庶民の姿をみせる。／目の前にいる顔が、木の切れ端であることを忘れて、愚かな人々は、本物の人だと言いあう。

71
茶褐《ちゃかつ》の黄花、秋色深し、東籬《とうり》の風露《ふうろ》、出塵《しゅつじん》の心。
天台五百の神通力《じんずうりき》、未だ淵明《えんめい》が一片の吟に入《い》らず。

羅漢菊《らかんぎく》。

ラカン菊。

黒みのある、その茶色の花には、晩秋の気がただよって、東の垣根いったいが、風も露も、すでに俗塵を脱けだしている。／天台山に姿をあらわす、五百羅漢の神通力も、あの有名な陶淵明の一句の心には、とうてい寄りつけそうにない。

72
楊妃、爛酔《らんすい》す、一籬《いちり》の秋、茶褐、相交わって、好仇《こうきゅう》を為す。

菊、羅漢、楊妃《ようき》、同瓶《どうびん》。

神通を失却して、下界に居《こ》す、応身《おうじん》は天宝の辟陽侯《へきようこう》。

菊のはな、楊妃の名をもつ赤い菊と、ラカンが一つの瓶に入っているところ。

楊妃はすでに酔っぱらって、垣根いっぱいに秋の気配を深め、黒みのあるラカン菊と抱きあう姿は、まったく一対の夫婦である。／神通力を失って、俗界におちて来た、ラカンの化身は、楊妃の茶坊主に生れかわった、天宝の辟陽侯といったところだ。

雪団《せつだん》。

73 乾坤《けんこん》、埋却《まいきやく》して、門関《もんかん》没《な》し、収取して即今《そっこん》、雪山と為《な》す。
狂客、時に来って、百雑砕《ひやくざつすい》、大千の起滅《きめつ》、刹那《せつな》の間《かん》。

雪の球。

天も地も、一色に埋めつくされて何処にも境界が見えぬ、そいつを一つに丸めて、雪山をつくる。／ひょいと、酔っぱらいがやって来て、木端微塵《こっぱみじん》にたたき割る景色は、大千世界が一瞬に生れて、一瞬に消えるかのようだ。

嫌仏閣《けんぶつかく》。

74 徳嶠《とくきょう》、韶陽《じょうよう》、門大いに開く、喚《よ》んで嫌仏の一楼台と為す。

這般《これつら》の知識、邪法を説く、問話《もんな》の者は、魔界《まかい》従《よ》り来《きた》る。

嫌仏閣のうた。

徳山と雲門が、表門を八の字にあけると、額いっぱいに、嫌仏閣という、楼の名がある。／善知識と名のる奴らは、すべて世間をまよわしているのであり、参禅にくる連中も、悪魔のまわしもの（という意味）である。

鰥斎《かんさい》。

75 古仏堂中、露柱に交《きよう》す、斬《き》って両段《りようだん》と成《な》して、誵訛《ごうか》を定む。

青山《せいざん》、緑水《ろくすい》、一閑客《いちかんかく》、咲《わら》う可《べ》し、岩頭《がんとう》の黒老婆《こくろうば》。

やもおぐらし。

古仏が部屋のなかで、丸柱といちゃついてるのを、一刀両断にかたづけて、ややこしい関係にけりをつけた。／青い山、碧の川でも、ちょっと気のきいた旅人は、岩頭と黒老婆のことを、笑いとばすはずだ。

竹幽斎《ちくゆうさい》。

76 香厳《きようげん》、多福《たふく》、主中《しゆちゆう》の賓《ひん》、密々参禅、要津《ようしん》に到る。

六六元来、三十六、清風動く処、佳人有り。

竹藪ぐらし。

香厳も多福も、竹藪の客として、ひそかに主人の竹に参禅し、奥儀をきわめた。／六に六をかけて、今、三十六歳はまちがいのないところ、すずしい風と判って、美しい人が姿をあらわす。

陋居《ろうきょ》。

77 目前の境界《きょうがい》、吾が癯《や》せたるに似たり、地老い天荒れて、百草枯《か》る。三月、春風、春意没《な》し、寒雲、深く鎖《とざ》す、一茅廬《いちぼうろ》。

裏だな。

目の前にひろがる景色は、痩せ細ったボクとお似合いで、うちつづく天変地変で、草木の緑が完全に消えてしまった。／三月になっても、春風に春の色がみえず、ちっぽけなあばら屋を、うそさむい雲がすっぽりとつつんでいる。

如意庵《にょいあん》の校割《こうかつ》の末に題す。

78 常住物《じょうじゅうもつ》を将《も》って、庵中に置く、木杓《もくしゃく》、笊籬《そうり》、壁東《へきとう》に掛く。我に此《かく》の如きの閑家具《かんかぐ》無し、江海多年、簑笠《さりゅう》の風。

如意庵の財産引きつぎ帖の尻に書きつける。

公用の仏具は、寺の内側に、杓子や笊《ざる》などの所帯道具は、東の壁にかけておく。／こうした無用の長物は、ボクには関係ないもので、もともと長い田舎ぐらしの、蓑《みの》と笠の方が性にあっている。


如意庵退院《ついえん》、養叟《ようそう》和尚に寄す。
79 住庵十日、意忙々《いぼうぼう》、脚下《きゃくか》の紅糸線《こうしせん》、甚《はなは》だ長し。
他日、君来《きた》って、如《も》し我を問わば、魚行《ぎょこう》、酒肆《しゅし》、又た婬坊《いんぼう》。

如意庵をやめる、あいさつの詩、養叟和尚につきつける。

如意庵に住んで、わずかに十日だが、胸の内は落ちつかず、下半身の赤い糸が、待ち切れんという。／今後、ボクを尋ねてくれるなら、魚屋か酒屋か、あるいは女郎屋とおもってくれ。


南江《なんこう》の山居《さんきょ》に寄す。
80 天下の禅師、人を賺過《けんか》す、黒山《こくざん》、鬼窟《きくつ》、精神を弄《ろう》す。
平生、杜牧《とぼく》は風流の士、吟じ断つ、二喬《にきょう》、銅雀《どうじゃく》の春。

南江（宗沅）が山ずまいするのを、激励してつくる。

歴たる禅の大和尚が、人々をだまくらかして、闇黒の山、悪鬼の洞窟に引きこみ、あやしげな御託宣を与えている。／もともと、杜牧という男は、なかなかの粋好みであって、（有名な赤壁の作で）呉の喬氏の美女二人が、魏《ぎ》の曹操の銅雀台に、幽閉されていたのかと、歌いあげるほどである。

偶作《ぐうさく》。

81 昨日は俗人、今日は僧、生涯、胡乱《うろん》、是れ吾が能《のう》。
黄衣《こうえ》の下に、名利多し、我は要《よう》す、児孫《じそん》の大灯《だいとう》を滅《めつ》せんことを。

折にふれて。

昨日は俗人だったのが、今は出家面《づら》している、そんなけったいな暮し方が、ボクのとりえである。／黄色い僧衣を身につけて、中身は名利の思いで固めている人ばかりの今、ボクは出家の弟子たちに、大灯国師の法灯をぶっつぶすことを求める。

山路、譲羽《ゆずりは》。

82 声を呑《の》んで透過《とうか》す、鬼門《きもん》の関《かん》、豺虎《さいこ》、蹤《あしあと》多し、古路の間。
吟杖《ぎんじょう》、終《つい》に風月の興《きょう》無し、黄泉《こうせん》の境は、目前の山に在り。

山へのみちすじ、ゆずりは山のこと。

息をのむ思いで、鬼の出入りする路という、おそろしい関門をぬけきると、豺や虎のあしあとが、まっくらな地面に、ぎっしりついている。／杖はあっても、風月を詠ずる気分は、完全に消えてしまって、みはるかすかぎり、一色の黄泉の景色に、足をとどめるだけなのだ。

山居、二首、同じ。

83
婬坊《いんぼう》、十載《じっさい》、興窮《きようきわ》まり難し、強《し》いて、空山幽谷の中《うち》に住《じゅう》す。
好境《こうきょう》、雲は遮《さえぎ》る、三万里、長松、耳に逆らう、屋頭《おくとう》の風。

山ずまい、二首、前に同じ。

女郎屋に十年も入りびたりで、興味はまだまだ尽きないのに、今は思いきって、深山幽谷に腰をすえた。／かつてすごした歓楽の巷《ちまた》は、雲が三万里の彼方に隠して、ひょろながい松の大木だけが、耳に逆らう忠言のように、山舎の屋根を吹きまくっている。

又。

84
狂雲は真に是れ、大灯の孫、鬼窟、黒山、何ぞ尊《そん》と称《しょう》せん。
憶う昔、簫歌《しょうか》、雲雨の夕、風流の年少、金樽《きんそん》を倒《たお》せしことを。

さらに。

狂雲はまぎれもない、大灯の児孫である。悪鬼の洞窟や黒山地獄に、息をひそめていた連中を、尊者などとどうしていえよう。／想い起すのは、雲雨の恨みを簫や歌ではらした夜、まだまだ花やかな年頃ゆえに、樽いっぱいの高貴な酒を、一気に呑みほしたことだ。

山中、典座《てんぞ》に示す。

85 帰宗《きすう》の一味、日興《にっきょう》の余《よ》、典座、山中に、功虚《むな》しからず。
覓《もと》むることを休《や》めよ、浄名《じょうみょう》、香積《こうしゃく》の飯《ぼん》、何時の饍《ぜん》にか、美双魚《びそうぎょ》有らん。

山ずまいのとき、典座（炊事掛り）に与えた歌。
廬山の帰宗が唯の一味といったのは、毎日の楽しみに百万両も費やした後のことで、典座は山家《やまが》ずまいでも、一日も手を抜くことができぬ仕事だ。／維摩《ゆいま》が香積世界から取りよせた、香飯を探すわけにはゆかず、杜甫《とほ》が歌った二匹の美味しい鯉が、いつになって膳にのぼるか判ったものではない。

山中、南江の書を得たり。

86 孤峰頂上《こほうちょうじょう》、草庵の居、三要《さんよう》、印消《しょう》して、功未だ虚《むな》しからず。
意《おも》わざりき、玄中《げんちゅう》に玄路《げんろ》有りとは、万行《まんぎょう》、涙を裹《つつ》む、一封の書。

山ずまいのとき、南江の手紙をうけとって。
人の気配のない山頂の、吹けば飛ぶ草屋だが、(内なる)三要の印を消してしまうまで、並大抵の努力ではなかった。/思いもよらず、玄の又玄という道の中に、さらに暗い玄路があって、君がよこした一封の手紙のなかには、万行の涙がつつみこまれているではないか。

山中より市中に帰る。

87 狂雲誰か識《し》る、狂風に属《ぞく》することを、朝《あした》には山中に在り、暮には市中。
我れ若《も》し機《き》に当《あた》って、棒喝《ぼうかつ》を行《ぎょう》ぜば、徳山、臨済、面通紅《めんつうこう》。

山より町へ帰る。
狂雲が狂風の手下であることを、誰が見抜いていただろう、朝は山、夕方は町にいるボクなのだ。/隙をねらって、ボクが棒喝を使うとなると、徳山、臨済だって、顔をあからめるにちがいない。

昔、一婆子《いちばす》有り、一庵主を供養《くよう》す。二十年を経て、常に一《ひと》りの二八《にはち》の女子をして飯《ぼん》を送らしめて給侍す。一日、女子をして抱定《ほうじょう》せしめて云く、正恁麼《しょういんも》の時、如何《いかん》。庵主の云く、枯木、寒岩に倚《よ》る、三冬に暖気無し。女子帰って挙似《こじ》す。婆子云く、我れ二十年、只《た》だ个《こ》の俗漢を供養し得たり。追い出して、庵を焼却《しょうきゃく》す。

88
老婆心、賊《ぞく》の為めに梯《かけはし》を過《か》す、清浄の沙門に、女妻を与う。
今夜、美人、若し我に約せば、枯楊《こよう》、春老いて、更に稊《ひこばえ》を生ぜん。
むかし、ある老婆が二十年あまりも、独りぐらしの青年僧を養っていたときのこと、いつも十五、六の娘に命じて、庵室に食事を運んで世話をさせていたが、ある日、娘に命じて僧に抱きつき、「正恁麼ノ時ハ如何《どう》スル」と言わせた。僧の答えは、「枯木が寒岩によりそうように、真冬でも血の気がない」。娘が帰って、報告すると、老婆のいうことに、「わたしは二十年もかけて、こんな俗物に只飯をくわせたのか、たたき出して、庵室を焼き払ってやろう」。老婆は親切がすぎて、泥棒に追い銭どころか、清潔な修行僧に、若い妻をそわせるとは（とんだ行きすぎだ）。／今晩、その娘がもし、ボクを抱いてくれたら、枯れた柳にも春がかえって、思わぬヒコバエが生えようものを。

89
画虎《がこ》。
覿面《てきめん》、当機《とうき》、誰か一撥《いっさつ》、寒毛《かんもう》、卓竪《たくじゅ》す、老岩頭《ろうがんとう》。
恠《あや》しい哉、伱《なんじ》、扶桑《ふそう》国に在って、凜々《りんりん》たる威風《いふう》、四百州。
虎の絵。

真正面から、隙をねらって、（この虎に）一発くらわす者はいないか、名うての岩頭さえも、身の毛のよだつ思いであった、その虎なのだ。／けったいなことに、君は今、日本に来ているのに、りんとした威厳を、中国の四百余州にとどろかせているとは。

90
宗訢蔵主《そうきんぞうす》、墨を製して以て業と為す。偈《げ》して以て之《これ》に送る。

万杵《まんしょ》の霜花《そうげ》、華頂《かちょう》の天、商量《しょうりょう》し来って、多銭に直《あた》らず。
何ぞ須《もち》いん、知蔵《ちぞう》の経巻を書くことを、小艶《しょうえん》、詩を題して、少年に衒《てら》わん。

宗訢蔵主は、墨をつくるのが仕事である。そこで、偈をつくって、かれにとどけた。

天台の華頂峰特産という、材料の霜花を、万べんも杵《きね》でついて、よくよく吟味して仕上げても、大した銭にはなるまい。／大蔵《だいぞう》経の守り役である蔵主が、経典を写すことはあるまい、彼女をまよわすほどの、恋文や詩をつくってみてはどうか。

91
病僧の紹珠首座《しょうしゅしゅそ》に示す。

業識《ごっしき》、忙々、劫空《ごっくう》従《よ》りす、平生の伎倆《ぎりょう》、今に到って窮《きゅう》す。
四百四病、一時に発《おこ》る、苦屈《くくつ》、苦辛《くしん》、安楽の中《うち》。

病気療養中の、紹珠首座に与える。

迷いの根である業識団は、何のあてどもなしに、永劫につづくもので、ちゃちな手当など、ここにくれば、ぺしゃんこだ。／四百四病が一度におしよせたら、苦しいの何のといっても、極楽浄土にゆくまでのことだ。

92 宗春居士《そうしゅんこじ》の下火《あこ》、行年《こうねん》三十七。

弥勒、釈迦、也《ま》た馬牛、春風に悩乱して、卒《つい》に何ぞ休《きゅう》せん。

六六元来《がんらい》、三十七、一声の念讃《ねんさん》、鐘楼より起る。

宗春居士の火葬、三十七歳の一生。

弥勒菩薩も、釈迦如来も、共に輪回《りんね》して牛馬となるので、(居士と同じ) 春風にかきまわされて、とどまることがない。／六に六をかけると、何と三十七になり、一声の念仏が加わって、鐘つき堂からやってくる。

93 病中、人の曲彔《きょくろく》を送るに還す。

法座上の禅、名利の基《もと》い、諸方の竪払《じゅほっ》と拈鎚《ねんつい》と。

円悟《えんご》、金山《きんざん》に大病に遭《あ》う、苦吟《くぎん》す小艶《しょうえん》、一章の詩。

病臥のとき、説法椅子をくれた人に、返事をかえす。

法会の禅は、名聞利養という、不純な動機を免れず、（それにはそれなりのやり方があって）各地で払子をたてたり、鎚を打ったり、賑やかに行われている。／しかし、円悟が金山で重病にかかったとき、胸の中で吟じつづけたのは、ただ一篇の小艶の歌であった。

文安丁卯《ぶんあんていぼう》の秋、大徳精舎に一僧有り、故無《ゆえの》うして自殺す。事を好むの徒、遂に之《これ》を官に譖《しん》して、其の余殃《よおう》に繋《かか》って囚禁《しゅうきん》に居する者、七五輩。吾が門の大乱と為《す》るに足る。時の人、喧《かまびす》しく伝う。予、之を聞いて、即日、迹《あと》を山中に晦《くら》ます。其の意、蓋《けだ》し忍びざるに出ずる耳《のみ》。

適《たまたま》学者、京城より来って、本寺件々《けんけん》の事を説く。愈《いよいよ》慨嘆するに勝《た》えず。偈を作って懐《おもい》を言う。時に重陽《ちょうよう》に値《あ》う。故に九篇を成すと云う。

94 地老い天荒《あ》る、竜宝の秋、夜来、風雨、悪《あろ》うして収め難し。
他に対して若し是非の話《わ》を作《な》さば、雲門関字《うんもんかんじ》の酬《むく》いに彷彿《ほうふつ》たらん。

文安丁卯（一四四七年）の秋、大徳寺の伽藍で、ある僧が理由なしに自殺した。ものずきの連中が、すぐに役所に密告した。まきぞえをくって、五、六人の仲間が牢に入れられた。宗門の乱れだとばかりに、世間がさわぎたてた。ボクはそれをきくと、すぐに山中に身をかくした。そうするほか、なかったのである。折ふし、学生が京よりやってきて、本山の事情を詳しく知らせてくれた。ますます、腹がたって仕方がない。そこで、偈をつくって、本音をぶちまけた。ちょうど重陽に当って、九篇になった次第だ。
竜宝をめぐって、天も地も、すさみにすさむ秋となり、昨夜からのはげしい風雨が、容易におさまらぬ。／あえて、事のよしあしを、ボクに言えと言うなら、雲門がコメントして、関と言った、（あの翠巌眉毛の話に）そっくりである。

又。

95 慚《は》ずらくは、我が声名《せいめい》の猶《な》お未だ韜《つつ》まざることを、参禅学道、塵労《じんろう》を長ず。
霊山の正法《しょうぼう》、地を掃《は》いて滅《めっ》す、意《おも》わざりき、魔王の十丈高からんとは。

さらに。

お恥かしいことに、ボクはいまだに名声にこだわって、名声をかくすことができず、参禅学道の問題に浮き身をやつしている。／霊山和尚（徹翁）の精神は、地を払って無くなって、思いもよらぬ閻魔大王の（裁きの）気分が、杖十本にまではねあがっているのだ。

又。

96 囚《ひとや》に停《とど》まること一月、老虚堂《ろうきどう》、身上の迍邅《ちゅんてん》、断腸を休《や》めよ。
苦楽、寒温、个《こ》の時節、黄花一朶《いちだ》、重陽《ちょうよう》を識る。

さらに。

一カ月も牢屋にぶちこまれ、年老いた虚堂和尚が、身柄を拘束されて、お先まっくらであったことは、断腸の限りでない。／苦楽といい、寒温といっても、そうしたのっぴきならぬ時節のことで、一枝の黄菊が花を開いて、今はすでに重陽だと知らせている。

又。

97 清浄本然《しょうじょうほんねん》、大千を現ず、現前の境界、是れ黄泉《こうせん》。
戦に慣《なろ》う作家《さっけ》、赤心露《せきしんあら》わる、眉間《みけん》に剣を掛けて、血、天に澆《そそ》ぐ。

さらに。

本来清浄で、何物もなかったところから、大千世界が姿をあらわすというが、まさしく今、ボクの眼にみえるものは、冥府の景色である。／幾度も、死地をくぐった老将軍は、木地のままにふるまうもので、真っ向に剣をふりかざして、相手を血まつりにするのだ。

又。

98 正伝、傍出《ぼうしゅつ》、妄《みだり》に相争う、曠劫《こうごう》の無明《むみょう》、人我《にんが》の情。
人我、担《にな》い来って、担子《たんす》重し、空しく看る、蛺蝶《きょうちょう》、一身の軽きことを。

さらに。

正妻だの側室だの、本家争いをするのは、過去久遠劫《くおんごう》からつづく、無明の迷いであり、自他にとらわれた妄念である。／自他の妄念を背負って、肩の重みにたえられず、ひらひらと飛びまわる蝶の身を、うらめしそうに見つめるだけだ。

又。

99 上古の道光《どうこう》、今日明らかなり、議論す、臨済正伝の名。
屋前屋後《おくぜんおくご》、樵歌《しょうか》の路、憶《おも》う昔、山陽《さんよう》の笛《ふえ》一声。

さらに。

太古の時代の、素朴な道の輝きが、今くらい大切なことはない、今問題になってるのは、臨済の正宗という、名称にすぎない。／草庵の前も後も、樵夫が歌をうたって通る杣道《そまみち》で、ここにいると、晋《しん》の向秀《しょうしゅう》が故郷にかえり、友人と共にきいた昔の笛を一声きいて、思旧の賦をつくったのに重なってくる。

又。

100 棒喝、徳山、臨済の禅、商量す、三要と三玄と。

漢王、印を鋳《い》て却《かえ》って印を消す、胡乱《うろん》、更に参ぜよ、三十年。

さらに。

棒喝は、徳山や臨済が専門だが、とくと問答したいのは、三玄と三要のことである。／漢王は諸侯に授ける印綬《いんじゅ》を、多数に鋳造したのち、さっさと銷《とか》してしまったが、とにもかくにも、更に三十年（一生かかって）、参じてみなければ、意味が判るはずはない。

又。

101 近代、久参《きゅうさん》、学得の僧、語言三昧《ごごんざんまい》、喚《よ》んで能《のう》と為《な》す。無能、味有り、狂雲の屋《おく》、折脚鐺中《せっきゃくしょうちゅう》、飯《ぼん》一升。

さらに。

今ごろ、参禅に年季を入れる専門家は、おしゃべりの修行を、得意にしている。／何の得意もないのに、妙に味わいのあるところが、狂雲の家風であって、（古《いにしえ》のままの）われなべにとじぶたでも、食いはぐれはしない。

又。

102 風外の松杉《しょうさん》、乱れて雲に入る、諸方は衆《しゅ》を動かし、又た群を驚かす。

人境《にんきょう》、機関《きかん》、吾れ会《え》せず、濁醪《だくろう》、一盞《いっさん》、酔うて醺々《くんくん》。

さらに。

ボクの山家は、吹きさらしの松や杉の木立が、思い思いに雲につらなっているにすぎぬが、他の僧堂では、弟子を動員して、員数を誇りにしている。／人だの境だのという、禅のからくりにボクはとりあわず、一盃のにごり酒で、完全に酔っぱらっている。

霊昭女《りんしょうにょ》を賛す。

103 笊籬《そうり》、売却《まいきゃく》して甚だ風流、一句明々たり百草頭《ひゃくそうとう》。相対《あい》して、禅話《ぜんな》を弄《ろう》するに心無し、朝雲、暮雨、愁《うれ》いに勝《た》えず。

霊昭女をたたえる。

笊《ざる》を売り尽したところは、なかなかの花やぎぶりだ、たった一言で、百草（買い手）の心を見分けるのだから。／この人の前に立つと、禅の話をする気がしない、朝は雲、夜は雨といった、巫山の神女《しんじょ》のように、じれったくてやりきれん。

風鈴《ふうりん》、二首。

104 静の時は響無く、動の時は鳴る、鈴に声有るか、風に声有るか。

老僧が白昼《はくちゅう》の睡《ねむり》を驚起《きょうき》す、何ぞ須《もち》いん、日午《にちご》に三更を打《た》することを。

風鈴、二首。

風がやむと声をたてず、風が出ると鳴るのは、鈴が音をたてているのか、風が音をたてているのか。／ボクの昼寝をさまたげるなら、正午に夜半（三更）の時を、知らせてくれるには及ばぬ。

又。

105 見聞《けんもん》の境界《きょうがい》、太《はなは》だ端《はし》無し、好《よ》し是れ清声《せいせい》、隠々《いんいん》として寒し。
普化《ふけ》老漢の活《かつ》手段、風に和《わ》して搭在《とうざい》す、玉欄干《ぎょくらんかん》。

さらに。

見たり聞いたりの相手は、いささか気が散りすぎる、ちょうどよいのは、ぴりっと耳さわやかで、それとは見えぬところだろう。／普化老人の腕のみせどころも、風ぐるみで玉のおばしまに、ひっかけた感じだった。

牛庵《ごあん》、斎名《さいめい》。

106 某甲《それがし》は潙山《いさん》、僧一頭《そういっとう》、長渓《ちょうけい》路上、即ち忘ずるや不《いな》や。
闌中《らんちゅう》、復《ま》た祖師の見《けん》無し、花は春風に属《ぞく》し、月は秋に属す。

牛庵（牛小屋）、書斎の名。

それがしは潙山という、一頭の坊主でござるなどと（名のりをあげる牛は）、もはや出身地の長渓のみちを、忘れてしまったのだろう。／小屋の中には、すでに禅の匂いが何もなくて、（春の）花はすっかり春らしく、月はいかにも秋らしい。

半雲《はんうん》、同じ。

107 膚寸《ふすん》、無根《むこん》、碧空《へきくう》に点《てん》ず、安身立命、其《そ》の中に在り。
夢魂《むこん》、昨夜、巫山《ふざん》の雨、吟断《ぎんだん》す、朝来、一片の蹤《あと》。

半雲（ちぎれぐも）、前に同じ。

ほんのわずかの根すらなくて、まっ青な空中に、ひっかかっているのは、安身立命のところが、そこ以外にないためだ。／運命の夢を追って、昨夜は巫山の雨がきたから、今朝は一かけらの足あとを、追っかけるほかはない。

六祖を賛す。

108 随身《ずいしん》の担子《たんす》、鈯斧《とつぷ》、知らず、何処《いずく》の山翁《さんおう》ぞ。
南方の仏法、会するや否や、盧公老《ろこうろう》、老盧公。

六祖をたたえる。

背負い棒と山斧を、肌身はなさず持っているのは、いったい何処の山男だろう。／南方の仏法を、おたずねしてもよいのでしょうか、ああ、盧家の老公さま、老公さまでおわせられた、そなたさま。

紹鵷蔵主《しょうえんぞうす》、地を規《き》して居を卜《ぼく》す。家は徒《た》だ、四壁立《しへきりゅう》のみ。扁《へん》して土庵《とあん》と曰《い》う。偈《げ》を作って以て証と為《す》と云う。

109 夏巣、冬穴、一身康《やす》し、帯水拖泥《たいすいだでい》、万念《まんねん》忙し。
稼穡《かしょく》の艱難《かんなん》、若《も》し領略《りょうりゃく》せば、栴檀《せんだん》の仏寺、名利の場。

紹鵷蔵主が、土地を探して、居を構えた。その家は四方に壁があるだけの、粗末なもので、土庵という額を掲げている。そこで偈をつくって、タネ明しをしてやる。

夏は樹上に巣をつくり、冬は穴にもぐる鳥や虫は、身一つでさばさばしているが、泥水をひきずって生きる人間は、あれやこれやと気疲れが多い。／畑仕事の苦労を身につけさえすれば、栴檀造りの大寺院など、単なる名利の場所にすぎまい。

大機居士《だいきこじ》、小築を卜し、顔《げん》じて瞎驢《かつろ》と曰う。因って贅《ぜい》するに偈を以てすと云う。

110
大人《だいにん》の消息、誰有ってか通ぜん、霊山記莂《りようぜんきべつ》の中に堕《だ》せず。
臨済の宗風、地を掃《はら》って滅す、紅塵《こうじん》、紫陌《しはく》、閙忽々《どうそうそう》。

大機居士が、小さい家を構えて、瞎驢という額をかかげた。そこで蛇足を加えて、偈をつくる。

大人とよばれる釈迦の呼吸を、説明できる人がいるかどうか、霊鷲山《りようじゆせん》で黙って許した釈迦の未来記に、足をとられぬことである。／そこにくると、己の正法眼蔵を瞎驢辺でぶっつぶした臨済は、もう完全に何も残さず、（瞎驢庵の周辺は）町々の通りや埃《ほこり》が、ごったがえすだけのことだ。

111
樵客《しようかく》、漁人《ぎよにん》、受用全《まつ》たし、何ぞ須《もち》いん、曲椽《きよくろく》、木床《もくしよう》の禅。
芒鞋《ぼうあい》、竹杖《ちくじよう》、三千界、水宿風飡《すいしゆくふうさん》、二十年。

簑笠《さりゆう》、庵号。

簑笠（みのとかさ）、庵の名。

山や川に生きる、樵夫も漁夫も、完全に道を楽しんでいるから、説法用の椅子や坐禅用の木床など、何の必要もないだろう。／草のくつと、竹の杖をもつだけで、三千世界をまたにかけて歩くことができるし、水辺に眠り、風のように乞食《こつじき》して、二十年を過ごしたという（大灯国師の）例もある。

謹んで一休和尚の座下に録呈《ろくてい》し奉る。幻住《げんじゅう》の孫真建《しんけん》九拝。

112
狂風、偏界《へんがい》、曾《かつ》て蔵《ぞう》せず、吹起《すいき》す狂雲、狂更に狂。
誰か識《し》る、雲収《おさ》まり風定《しず》まる処、海東の初日、扶桑《ふそう》に上《のぼ》る。

恭しく一休老和尚の御許に、記録してさしあげます。幻住の孫である、真建が九拝します。
狂風が世界のすみずみまで、吹きつづけて、全く収まる気配もなく、さらに狂雲を吹きあげて、いよいよ狂気が加わってきました。／（狂気のもとは和尚《あなた》にあるので）雲がおさまって風がおち、東海にさしのぼる初日が、扶桑を照す景色を、いったい誰が見知っているでしょう。

和韻《わいん》。

113
慚愧《ざんき》す、声名の覆蔵《ふぞう》せざることを、佯歌《ようか》、爛酔《らんすい》、我が風狂。
吟懐《ぎんかい》、夜々《やや》、中峰の月、幻住の僧に、三宿の桑無《そうな》し。

返歌。

恥さらしにも、悪名をかくすことができず、世間を迷わす歌や、酔っぱらい、風狂の限りをやっています。／しかし、夜ごとに中峰の月をながめ、幻住の修行僧として、桑下（郷国）に三夜つづいて宿をとらぬ、胸の詩心は消えませせぬ。

114
華叟《かそう》老師、光を掩《おお》うて後、既に洎《ほと》んど二十余稔《にじゅうよねん》になんなんとす。壬申《じんしん》の秋、勅して大機弘宗禅師と諡《おくりな》す。仍《よ》って禅詩を製して、大用養叟和尚《だいゆうようそう》に呈寄《ていき》す。且《しば》らく賀忱《がしん》を陳《の》ぶと云うのみ。
曾て塵寰《じんかん》を謝す、五十年、芳声、美誉《みよ》、是れ何の禅ぞ。
子胥《ししょ》、日晩《く》れて倒行《とうこう》し去る、覿面《てきめん》に屍《しかばね》に辱《じょく》す、三百鞭《さんびゃくべん》。

華叟先師が亡くなって、すでに二十年となった。壬申（一四五二年）の秋、勅によって大機弘宗禅師の諡《おくりな》を賜わった。そこで、禅師の弟子としての詩をつくり、大用庵の養叟和尚にさしだし、まずは祝賀のしるしとした。

およそ俗世間と関わりのなかった、先師五十年の生き方に、褒美や栄誉を加えて、それが何の禅の評価となろう。／伍子胥は（父と兄の仇をうつために）、あせって横車をおし通し、（仇敵がすでに死んでいるのを知ると）、墓をあばいて屍を引きだし、その顔に三百も鞭を加えたという。

115
又。
嬾瓚《らんさん》、詔を辞す、也《ま》た何似《いかん》、煨芋《わいう》の烟《けむり》は鎖《とざ》す、竹炉《ちくろ》の裏《うち》。
大用現前《だいゆうげんぜん》、真の衲僧《のうそう》、先師の頭面《ずめん》に、悪水を潑《そそ》ぐ。

さらに。

懶瓚が天子の詔をことわったのと、どうつりあわせたものか、焼芋の煙がこもって、竹の火鉢が見えなくなっているのだろう。／大用庵を前面におしだす、本物のおんぼろ坊主ゆえに、先師の顔に小便を、ひっかけたのである。

116 師子を弄《ろう》する処《ところ》、正《まさ》に心を明《あき》らむ、不托《ふたく》、回頭《かいとう》、口、喑《いん》の若《ごと》し。
読誦《どくじゅ》、蓮経《れんぎょう》、風雪の燭、漁歌一曲《ぎょかいっきょく》、五更《ごこう》の吟《ぎん》。
端師子《たんしし》を賛す。

獅子舞の浄端《じょうたん》をたたえる。
獅子舞の手さばきで、禅の心に気付いた浄端には、変りものの不托や回頭も、何も答えられなかった。／風雪の明りをたよりに、『法華経《ほけ》』を読みつづけて、漁夫の歌を一ふし吟ずると、夜が明けるほどであった。

117
大徳寺、火後《かご》、大灯国師塔に題す。
創草《そうそう》、百二十八年、看来れば今日、体中の玄。
正邪、境法、滅却して後、猶お是れ大灯、大千に輝く。
大徳寺が炎上したあと、大灯国師の塔に書きつける。

開創から百二十八年目、（焼けあとの）塔を拝みつづけていると、体中玄とは今日のことであった。／正法も邪法も、境内の施設も、すべて姿を消してしまって、国師の偉大な灯明だけが、（その名のように）大千世界を映し出しているのだ。

渡江の達磨。

118
脚下《きやくか》、苦なる哉《かな》、平地の波、誰人《たれびと》か梁魏《りようぎ》、聱訛《ごうか》を定めん。
西来《せいらい》、道《い》う莫《な》かれ、大難の意、河広《かこう》、伝え聞く、一葦《いちい》して過ぐると。

揚子江をわたる達磨。

やり切れないのは、大師の脚下に広がる、陸地の波乱であって、梁と魏とのややこしい入りくみを、誰が片づけ得ただろう。／これにくらべたら、祖師西来意の難しさなど、問題にはなるまい、「誰か河を広しという、一葦もて之を航せん」と、昔から伝えているでないか。

臨済和尚を賛す。

119
従来、道業《どうごう》、是れ毘尼《びに》、黄檗《おうばく》の棒頭《ぼうとう》に、所知《しよち》を忘《ぼう》ず。
正伝的々《しようでんてきてき》、克勤下《こくごんか》、吟破す風流、小艶《しようえん》の詩。

臨済さま。

それまでの修行ぶりは、古くさい戒律だったのに、黄檗の痛棒をくらって学んだことはすべて忘れたのだ。／そんな和尚の正法が、過不足なしに円悟克勤門下に伝わり、徹底、生命花やいで、小艶の歌となって発揮される。

普化《ふけ》を賛す。

120 徳山、臨済、同行《どうあん》を奈《いか》ん、街市《がいし》の風顚《ふうてん》、群衆驚く。
坐脱立亡《ざだつりゅうぼう》、敗闕《はいけつ》多し、和鳴《わみょう》、隠々《いんいん》たり、宝鈴の声。

普化をたたえる。

徳山の棒、臨済の喝も、（普化が）一緒ではどうにもならず、町のフーテンざたは、群衆を総立ちにしてしまう。／坐って死んでも、立って死んでも、（普化の死にようには）到底かなわず、響きあってありありと（姿なく空にきえる）、宝塔の鈴だった。

黄檗、三頓《さんとん》の棒。

121 棒頭《ぼうとう》、打着《たじやく》す、羯磨《かつま》の僧、痛処の針錐《しんすい》、伎能《ぎのう》を絶す。
桃李《とうり》、春闈《しゅんけい》、簾《れん》（簾）外《げ》の月、吟魂、一夜、十年の灯。

黄檗が（臨済に）三度も棒をくらわしたこと。

棒の先をふりあげて、生まじめな持律の僧をぶったたき、急所にぴたりの針の痛みは、計算したものではなかった。／桃や李の花ひらく、夜のさかり場をうろつき、カーテン越しに月をみていた、過去十年の青春の灯が、一夜にして燃えあがったのだ。

122
脚下紅糸線《こうしせん》。
持戒《じかい》は驢《ろ》と為り、破戒は人、河沙《がしゃ》の異号、精神を弄《ろう》す。
初生《しょしょう》の孩子《がいし》、婚姻《こんいん》の線《せん》、開落す紅花、幾度の春ぞ。

下半身をしばる紅い糸。
戒を守れば驢馬に生れ、破れば逆に人に生れて、ガンジス河の砂のように無数の、別名によって有難そうにふるまう。／みどり児のときから、すでに縁結びの糸にあやつられて、紅い花を開いたり散らせたりの、青くさい色ごとを、何度くりかえすことだろう。

123
華叟《かそう》和尚を賛す。
霊山《れいざん》の孫、言外《ごんがい》の的伝《てきでん》、蜜漬《みっし》の茘支《れいし》、四十年。
児孫に箇《こ》の瞎禿《かっとく》の漢《かん》有り、頤《やしな》い得たり、老婆、新婦の禅。

華叟さま。

霊山徹翁の孫であり、言外宗忠の第一の弟子として、蜜につけた茘支のように、じっくりと四十年も、人知れずねかされていたお方だ。／ところが、その子に（ボクのような）盲目坊主が生れて、老婆のように口うるさく、新婦のように小心翼々たる、禅風を育てあげたのである。

自賛《じさん》、三首。

124 華叟の子孫、禅を知らず、狂雲面前、誰か禅を説かん。
三十年来、肩上《けんじょう》重し、一人荷担《かたん》す、松源《しょうげん》の禅。

自らほめる、三首。

華叟の子であり孫であるボクは、禅のことを知らないから、狂雲（ボク）の目のまえでは、誰が禅の話をしてもダメだ。／華叟和尚が亡くなってから三十年、ボクはただ一人肩をはって、虚堂の禅の象徴たる、重い松源の伝法衣をつけている。

又。

125 風狂の狂客、狂風を起す、来往す、婬坊《いんぼう》、酒肆《しゅし》の中。
具眼《ぐげん》の衲僧《のうそう》、誰か一拶《いっさつ》、南を画《かく》し北を画し、西東を画す。

さらに。

風にいかれた酔っぱらいが、歩きまわって狂風をまきちらし、女郎屋や酒場をうろついている。／眼のあいた修行僧なら、誰でも一突きするがよい、（狂風が相手ゆえ）東西南北あてもなく、めったうちするだけのことだ。

又。

126 大灯の仏法、光輝没《な》し、竜宝山中、今、誰か有る。
東海の児孫、千歳の後、吟魂《ぎんこん》、猶《な》お苦しむ、許渾《きょこん》が詩。

さらに。

大灯国師の正法も、火が消えたような寂しさで、今の竜宝山には、いったい誰がいるのだろう。／虚堂が期待をかけた、東海日本の弟子（としてのボク）は、虚堂の亡くなった今も、（虚堂が愛した）許渾の心を知る詩人として、胸をいためつづけているのだ。

百丈の餓死《がし》、三首。

127 為人《いにん》の苦行、也《ま》た天然《てんねん》、大用分明《だいゆうふんみょう》に、即ち現前《げんぜん》。
一日、作《な》さざれば、必ず食《くら》わず、大人《だいにん》の手段、作家《さっけ》の禅。

百丈のハンガーストライキ、三首。

人を導こうという苦行も、やむにやまれぬ自然の動きで、偉大な自然の作用が、ずばりと人々の前に出たのである。／働かぬ日は、食わぬというのも、仏の方便であり、腕のたつ禅者のものだ。

又。

128 古人の受用《じゆゆう》、幾ばくか難を嘗《な》む、是れ尋常談笑の間にあらず。飽食《ほうじき》、痛飲、飯袋子《はんたいす》、叉衣《さえ》、翫水《がんすい》、又た遊山《ゆさん》。

さらに。

古人は禅を生かすのに、どれほど苦悩をなめたことか、とてもふだんの苦労話程度の、生やさしいことではなかった。／たらふく食べて、飲み放題、腹がはったら袈裟《けさ》をはずし、腹ごなしの山あるきが、関の山ではなかろうか。

又。

129 工夫《くふう》、長養《ちようよう》、大慈心《だいじしん》、臨済、消《しよう》し来《きた》る、万両《まんりよう》の金。昔日《そのかみ》の艱難、聞いて哺《ほ》を吐く、簑衣《さえ》、箬笠《じやくりゆう》、钁頭《かくとう》の吟。

さらに。

手間をかけて、ゆっくり育てる、（百丈の）偉大な慈悲のおもいを、臨済は身にうけとめて、日に百万もの金を使った。／若い時代の難行のことを、（黄檗は百丈に）聞かされて、食べたものを口から吐きだす（驚きよう）、これも蓑笠を身につけ、鍬《くわ》をもってする苦行ゆえの歌である。

会裏《えり》の徒《と》に示す、三首。

130 楽中に苦有り、一休の門、箇々、蛙は争う、井底《せいてい》の尊《そん》。
昼夜、心《むね》に在《お》く、元字脚《げんじきやく》、是非《ぜひ》、人我《にんが》、一生喧《かまびす》し。

我が門の学生たちに、三首。

楽しそうで苦しいのが、一休教室の入口だから、（君たちは）一人一人、井戸の中の蛙のように、互いに尊大にかまえてござる。／ねてもさめても、文字の末を気にして、よいのわるいのと、唯我独尊ゆえに、口やかましいのは、死ぬまで直らぬ。

又。

131 公案、参じ来って、明歴々《みようれきれき》、胸襟《きようきん》、勘破《かんぱ》すれば、暗昏々《あんこんこん》。
怨憎《おんぞう》、死に到るまで、忘却《ぼうきやく》し難し、道伴《どうばん》の忠言、耳根《にこん》に逆《さか》らう。

さらに。

長く公案を調べて、手にとるようにはっきりしても、胸のうちがわを点検すると、お先まっくらで見通しがつかぬ。／怨みつらみの思いは、死んでも手放さず、親切な友人の忠告など、馬の耳に念仏である。

又。

132 徒《いたず》らに祖師の言句《ごんく》を学得《がくとく》して、識情《しきじょう》は刀山《とうざん》、牙《げ》は剣樹《けんじゅ》。看よ看よ、頻々《ひんぴん》に他の非《ひ》を挙《こ》することを、血を啣《ふく》んで人に噴《は》く、其の口汚《けが》る。

さらに。

祖師の教えをおぼえただけで、分別心は刀の山、口達者なことは、剣の林のようである。／自ら注意するがよい、軽率にも、他人の悪口を言っていないか、口に血をふくんで、相手にふっかけてみても、自分の口が汚れるだけのことだ。

入定《にゅうじょう》の僧に示す。

133 塵縁《じんえん》、塵境、万端稠《まんたんしげ》し、此《ここ》に到って誰人か衆流《しゅうる》を截《き》らん。誓心《せいしん》、決定《けつじょう》すれば、魔宮《まぐう》動く、長信《ちょうしん》の西風、琪樹《きじゅ》の秋。

臨終の弟子をおくる。

未練があり、誘惑があり、あれこれと力んだあげく、断末魔のとき、煩悩《ぼんのう》の川を渡るのは、他の誰でもない、自分である。／一念決定の信心には、閻魔《えんま》の庁も動くだろう、色づいた長信宮の玉樹の庭で、君の母が待っている。

134
碧岩集の序を読む。

夾山《かつさん》の言教《ごんきよう》、価《あた》い千金、一炬《いつこ》、看来《みきた》れば、古今を救う。

寒灰《かんかい》に向って、議論を成《な》すことを休《や》めよ、宗乗滅却《しゆうじようめつきやく》す、老婆心。

『碧巌集』を読みかけて。

夾山（霊泉寺）での、円悟の言葉は、一句千金のすばらしさで、ひとまとめに火をつけてみて、そこで初めて救世の力が発見される。／火の気のない火鉢をかこんで、ぶつくさ言っても役には立たぬ、禅の思想をぶっつぶすのは、外ならぬ禅者のおせっかいである。

135
黄竜《おうりよう》の三関。

仏《ぶつ》と成《な》り驢《ろ》と成って、手脚全《しゆきやくまつた》し、河沙の異号、生縁《しようえん》に任《まか》す。

黄竜関外《おうりようかんげ》、黒雲鎖《とざ》す、積翠《せきすい》の春風、楊柳の前。

黄竜の三つのテスト。

仏になっても、驢馬になっても、手足はちゃんと揃って、ガンジス川の砂のように、無数の姓名と、産地の混乱はない。／黄竜の関所のまわりは、まっくろい雲がとりかこんでいるが、積翠山の奥の院は、春風にさそわれて、柳のみどりがなごやかである。

136 虎丘雪下《くきゅうせっか》、三等の僧、二首。
少林《しょうりん》の積雪、心頭《しんとう》に置く、公案、円成《えんじょう》す、上等の仇《たぐい》。
僧社に詩を吟ず、剃頭《ていとう》の俗、飢腸《きちょう》、食を説く、也風流《やふうりゅう》。

雪がふる虎丘山での、三人の弟子の知恵くらべ、二首。

少林寺の雪の深さが、いつも念頭をはなれず、模範答案を出したのが、上等の弟子である。／禅寺で詩をつくるのは、出家はしても俗家に同じで、腹がへったら、食いたいというのは、なかなか人情花やかだ。

又。

137 禅者、詩人、皆な痴鈍《ちどん》、雪下《せっか》の三等、議論多し。
妙喜《みょうき》、若《も》し是れ大慈心ならば、説食《せつじき》の僧に、香積《こうしゃく》の飯《ぼん》を与えん。

さらに。

禅僧も詩人も、どちらも頭がわるい、雪がふってくれば、三つに分れて話がはずむものだ。／妙喜老人が、弟子を愛する教育者だったら、食いたい坊主にうまい飯をくわせた、香積世界の維摩に賛成するはずだ。

138
大徳寺の修造《しゅぞう》を看て、感有り。
雲門の卵塔《らんとう》、一茅廬《いちぼうろ》、大用《だいゆう》は黄金殿上の居《こ》。
傍出《ぼうしゅつ》、正伝、現前の境、楊岐《ようぎ》の屋壁《おくへき》、古来疎《そ》なり。

大徳寺の再建をながめて、おもうこと。
開山大灯の雲門塔は、草ぶきの一軒屋にすぎず、（養叟の）大用庵は黄金の御殿のようだ。／わきばらと、正妻の子のちがいを、かくもはっきりみせつけられて、思い起すのは楊岐方会の古道場が、雪のふりこむ、あばら屋であったこと。

139
新たに大応《だいおう》国師の尊像を造る。
活眼《かつがん》、大いに開く、真の面門、千秋の後も尚《な》お精魂《しょうこん》を弄《ろう》す。
虚堂《きどう》の的子《てきし》、老南浦《ろうなんぽ》、東海の狂雲、六世の孫《そん》。

大応国師の像を新しく作りかえて。
ぐわっと、眼の玉をみひらき、顔全体で話しかけられて、すでに亡くなった国師が、今やものすごい活力をあらわし出した。／虚堂の血をうけるのは、南浦老人ただひとりであり、東海の狂雲（はなれぐも）のボクは、その六代の孫である。

140 美人の雲雨、愛河《あいが》深し、楼子老禅《ろうしろうぜん》、楼上の吟《ぎん》。
我に抱持《ほうじ》唼吻《しようふん》の興《きよう》有り、竟《つい》に火聚捨身《かじゅしゃしん》の心無し。

婬坊《いんぼう》に題す。

女郎の部屋で。

痴語愛話が深まって、越えられぬ河岸にいることを、楼子老人は楼上の女の歌で悟った。／ボクの方は（悟りなど無用）、ただ抱いて口づけするのが願いで、火あぶりも、八つざきもいとわぬ。

141 無常の殺鬼《せっき》、現前の時、末後《まつご》の牢関《ろうかん》、誰にか説向《せつこう》せん。
百事《ひゃくじ》、休《きゅう》し難うして、五欲閙《いそが》わし、六窓《ろくそう》、鎖《とざ》さんと欲すれば、八風《はっぷう》吹く。

延寿堂《えんじゅどう》の僧に示す。

病室の修行僧に。

地獄の殺し屋が、目の前に来たとき、最後の返事を出すのは、いったい誰か。／あれやこれやと、気になることが多すぎて、欲の皮を五重につっぱり、六つの扉をおさえようとすると、八つの風が吹きまくる。

病中の作。

142 徳山の棒、臨済の喝、嘆ず我れ、他の機境に奪わるることを。
若《も》し人、馬祖《ばそ》の不安を問わば、慚愧《ざんき》す、一生、相如《しょうじょ》が渇。

病気のとき。

徳山の棒や、臨済の喝には、ボクは残念なことに、手も足も出ない。／しかし、馬祖が病気のときに交わした問答について、誰かがコメントを求めたら、「はずかしや、司馬相如と同じ渇きの病いに、一生苦しんできました」と、ボクは答えることにする。

栄衒《えいげん》の悪知識に示す、二首。

143 参禅の婆子《ばす》、楊花の帳《とばり》、入室《にっしつ》の美人、蘭蕙《らんけい》の茵《しとね》。
近代、个《こ》の邪師《じゃし》の過謬《かびゅう》、馬牛の漢《かん》、是れ人倫《じんりん》にあらず。

ゴマすりの似せ指導者に、二首。

かれらの参禅道場ときたら、年増美人が柳のカーテン、若い娘が春蘭の布団だ。／今ごろの、こうしたにせ指導者は、袈裟をつけた馬牛にすぎず、人間ではないのである。

又。

144 捧心《ほうしん》、自称す法王の身、世上の弄嘲《ろうちょう》、徒《た》だ怒嗔《どしん》す。
一个《いっこ》の猢猻《こそん》、巴尾《はび》没《な》し、出頭《しゅっとう》す大用現前《だいゆうげんぜん》の人。

さらに。

病気の西施のまねをして、法王だと尊大にかまえ、世人に笑われると、怒りだすだけのこと。／一匹の、紐の切れた猿にすぎず、愛嬌ふりまいて、大用現前などと大みえをきっている。

関山《かんざん》和尚の塔を拝す。

145 荒草、鋤《す》かず、乃祖《ないそ》の玄《げん》、涅槃正法、妙心の禅。
杜鵑《とけん》、叫び落つ、関山の月、誰か花園躑躅《てきちょく》の前に在る。

関山和尚の墓をおがむ。

荒れ放題で、鋤の入れようがない、君のじいさん恵玄《えげん》こそ、仏陀が残した正法眼蔵《しょうほうげんぞう》（の主人公）であり、妙心寺の開山である。／新しい未来を歌うホトトギスが、「関山の月」を招いている、血の色をした花園のつつじの中に、姿をあらわすのは誰だろう。

雨滴《うてき》、斎名。

146 蕭々《しょうしょう》たる門外《もんげ》、是れ何の声ぞ、会《え》せずんば当機《とうき》、鏡清《きょうしょう》に問え。
顚倒《てんどう》の衆生、迷うて物を逐《お》う、窓前、半夜、一灯青し。

雨だれ、書斎の名。

しとしとと、軒の下で音をたてているのは、何ものだろう、それをずばりと知りたいなら、鏡清和尚にきくことだ。／人々は本末転倒、自分を見失って、外を探している、真夜中になっても、ほのぐらい灯火をたよりに、窓の下で勉強している人がいる。

松窓、同じ。

147 茅蘆《ぼうろ》、竹閣《ちくかく》、興窮《きょうきわ》まり難し、臨済、栽《う》え来って、功空《こうむな》しからず。
枕上、愧慚《きざん》す、閑夢《かんむ》有ることを、夜来、驚起《きょうき》す、屋頭《おくとう》の風。

窓ごしの松、前に同じ。

竹の柱に、茅《かや》の屋根だが、尽きせぬ興がわいてくるのは、臨済が栽えてくれた、松のおかげであろう。／ひとりねの恥かしさは、いまだにつまらぬ夢をみることで、部屋の前の（松）風に、夜中に起こされることがある。

面壁の達磨。

148
誰人か任運《にんぬん》に安心を問う、昔日《せきじつ》の神光《じんこう》、少林《しょうりん》に侍《じ》す。

面壁、功成って、無面目、知らず、積雪の満庭に深きことを。

壁をみている達磨。

だしぬけに、心の坐禅をきくなんて、誰にできるものか、昔から、神光は少林寺の、達磨のそばにひかえていたのである。／壁に向って坐りつづけて、おかげで、すでに目も口もなかった、庭いっぱいに積もった雪のことなど、気がつかない。

苦行の釈迦。

149
六年、飢寒《きかん》、骨髄に徹す、苦行は是れ仏祖の玄旨《げんし》。

道《い》うことを信ず、天然の釈迦無しと、天下の衲僧《のうそう》、飯袋子《はんたいす》。

釈迦の苦しみ。

六年にわたる飢えと寒さが、ずしんと骨身にくる、そんな苦行こそ、仏祖の奥儀である。／ボクは信ずる、生れながらの釈迦仏など、何処を探してもいないのである、今の修行僧たちは、どいつもこいつも、穀つぶしである。

150 言外《ごんがい》和尚。
端《はし》無く滅却す、大灯の家、鉄眼《てつげん》、銅睛《どうぜい》、剣樹《けんじゅ》の牙《きば》。

一句分明《ふんみょう》なり、言外の語、親しく聞く、華叟《かそう》は曇華《どんげ》の若《ごと》しと。


言外和尚。

何の理由もなく、大灯の家系をぶっつぶした人で、鋼鉄の眼、青銅の眼の玉をもち、剣をならべたような、歯なみをしている。／「一句分明」とは、そんな言外の言葉である、それを直接にきいた、弟子の華叟は、三千年に一度だけ花をひらく、ウドンゲの花である。

151 徹翁《てっとう》和尚。
大灯の子、大応の孫、正伝す、臨済の宗門。

儼然《げんぜん》たり、霊山《りようぜん》の一会《いちえ》、何ぞ妨げん、三界の独尊。


徹翁和尚。

大灯の子であり、大応の孫であり、臨済の宗旨を、あやまりなく伝えてござる。／霊鷲山での仏陀の説法が、今も厳粛につづいているのと同じで、欲望と物と心という、三つの世界に透徹する、唯一独尊のお方である。

趙州《じょうしゅう》の三転語、泥仏、水を渡らず、木仏、火を渡らず、金仏、炉を渡らず。

152 詩成って、小艶《しょうえん》、愁情を述《の》ぶ、一枕多年、夜雨の声。
長笛《ちょうてき》、暮楼《ぼろう》、誰が氏の曲ぞ、曲終って江上、数峰青し。

趙州の三つの質問、泥の仏は、川をくぐらない、木の仏は、火をくぐらない、金の仏は、炉をくぐらない。

すれちがいの、恨みを歌う小艶の俗謡をふまえて、ひとりねの長い歳月、夜の雨をききつづけの、本当の詩が出来あがった。／夕ぐれせまる楼上で、長々と笛をふくのは、何処の誰か判らぬが、曲が終ると、向う岸の山なみが、手にとるように青くみえてくるものだ。

龐居士《ほうこじ》、竹漉籬《ちくろくり》を製する図。

153 河裏《かり》、捨て来《きた》る十万銭、庫中《くちゅう》、終《つい》に半文銭《はんもんせん》没《な》し。
真箇《しんこ》、簸箕門下《はきもんか》の客、笊籬《そうり》、売って多銭に直《あた》らず。

龐居士が、竹の笊をつくっているところ。

おしげもなく、十万の銭を河の中に投げこんで、庫にはもはや半文の銭もなかった。／ほんまにほんまに、唐箕屋《とうみや》の一味のゆえに、笊《ざる》を売っても、儲けにはなるまい。

大恵《だいえ》、宏智《わんし》、揖譲《ゆうじょう》の図。

154 眉毛《びもう》相《あ》い結んで、眼睛《がんぜい》同じ、両个《りょうこ》の老禅、機境融《ききょうゆう》ず。
力士の鉄槌《てっつい》、子房《しぼう》の策《はかりごと》、憤心は博浪沙中《はくろうさちゅう》に在り。

大恵と宏智が、席をゆずりあうところ。

お互いに眉毛をくっつけ、眼の玉も一つに、二人の老僧が、内心の緊張をゆるめた。／張良《ちょうりょう》（子房）の周到な策略は、剛のものに鉄槌を用意させ、博浪沙の砂の中に、怒りを隠していたのである。

山庵雑録《さんなんざつろく》に曰く、楚石《そせき》、嘉興《かこう》の天寧《てんねい》に住す。有司の重ねて官宇《かんう》を作って、木石を闕《か》くに値《あ》う。村落無僧の廃庵を取って、需《もと》むる所に応ぜしめんと欲す。因《よ》って諸寺の住持を集めて之《これ》を議す。時に楚石力《つと》めて、不可なる者を陳《の》べて之を沮《はば》む。有司聴《き》かず。遂に退鼓《たいく》を撾《う》って、海塩の天寧に帰る。二老は皆な義を行うに勇んで、師席の尊を棄《す》つることを視《み》る、啻《た》だ弊屣《へいし》を棄つるが如くなるのみにあらず。今、荐《しき》りに禍患の己に嬰《かか》ると雖《いえど》も、猶お濡忍恋々《じゅにんれんれん》たり。亦《ま》た独り何ぞや。予、此《これ》を読んで感有り。因って偈《げ》を作ると云う。又た了庵《りょうあん》の一事有り、之を省す。

155 奪人奪境、事猶お稠《しげ》し、幽谷閑林、自由ならず。
道《い》うこと莫《な》かれ、江山、定主無しと、普天《ふてん》の下《もと》、帝王の州。

『山庵雑録』に、次のような話がある――。楚石梵琦《ぼんき》（一二九六―一三七〇）が、嘉興府の天寧寺に住持していたとき、官の役人が何度も役所の建物をつくって、木や石が欠乏したことがある。村々の無住寺院を召しあげて、需要に応えようとする。そこで、寺々の住持を集めて、説明会をひらく。しかし、楚石は承伏できぬと言って、反対につとめた。役人は、許さない。そこで、退山の太鼓をならして、海塩県の天寧寺に隠居した。二人（後にみえる了庵と共に）は進んで正義を実行し、敢えて長老の尊厳を放棄しようと思えば、破鞋を棄てるどころでなかったのだ。今ごろは、何度か自分が不名誉な目にあわされても、未練たらしく堪えている。自分独りを、何と思っているのだろう。ボクはこの話をみて、黙っていられなくなった。そこで、次の偈をつくったのである。さらに、了庵清欲（一二八八―一三六三）の事件が、もう一つあるのだが、省略する。

人を召しあげ、境（物）を召しあげても、問題はまだ片付かず、深山幽谷でも、思うままにはゆかぬ。／江山風月には、特定の持主がないなどと、単純に考えてはいかん、普天の下、すべてミカドの土地なのだ。

156

竜門亭に偈を題して、天竜寺の再興を賀す。

尽乾坤《じんけんこん》、乃祖《ないそ》の門風、万嶽嵯峨《まんがくさが》たり、烟雨《えんう》の中《うち》。

三級、浪高うして、黒雲鎖《とざ》す、潜鱗《せんりん》、直《じき》に天竜と化するを得たり。

竜門亭（の壁）に偈をかきつけて、天竜寺の再建を祝う。

天がした、地のはてまで、君のおやじの風がゆきわたり、千山万岳、嵯峨（けわしい）として雨ぐもの中にひかえている。／三段からなる滝の水しぶきが、黒雲のカーテンに守られて、高々と天にあがり、水底深く隠れていた金鱗が、揃って天竜となることができた。

157 竜翔寺《りようしようじ》の廃《はい》に感ず。
常住物《じようじゆうもつ》、誰か己身《こしん》に用うる、山門の境致、松筠《しよういん》を剪《き》る。

殿堂は只《た》だ花と与《とも》に零落《れいらく》、廃址《はいし》の秋風、二月の春。

竜翔寺がすたれたのを。

寺の什物《じゆうもつ》を、ネコババするのは何者か、境内の松と竹まで、切りだしている。／仏殿も法堂も、花が散るように、落ちぶれ尽して、春の二月というのに、廃墟に秋の風が舞う。


虚堂和尚の十病、二首。

病は自信不及《じしんふぎゆう》の処に在り、病は得失是非《とくしつぜひ》の処に在り、病は我見偏執《がけんへんしゆう》の処に在り、病は限量《げんりよう》窠臼《かきゆう》の処に在り、病は機境不脱《ききようふだつ》の処に在り、病は得少為足《とくしよういそく》の処に在り、病は一師一友《いつしいちゆう》の処に在り、病は旁宗別派《ぼうしゅうべっぱ》の処に在り、病は位貌拘束《いぼうこうそく》の処に在り、病は自大了《じたいりょう》の一生《いっしょう》、小不《しょうふ》得《とく》の処に在り。

158 是非は元《もと》、勝負の修羅《しゅら》、傍出《ぼうしゅつ》、正伝《しょうでん》、人我《にんが》多し。
近代の邪師、管見《かんけん》に誇る、識情、毒気、偏頗《へんぱ》に任《まか》す。


虚堂和尚の戒め、禅者の悪癖十カ条、二首。

悪癖は、信念の弱さから。悪癖は、よしあしの分別から。悪癖は、我がままの片よりから。

悪癖は、引っこみ思案から。悪癖は、方便のからくりから。悪癖は、小さい自己満足から。

悪癖は、師友の偏狭さから。悪癖は、党派の無理じいから。悪癖は、地位と顔へのこだわりから。悪癖は、一生威張りちらして、何も把《つか》まぬことから。

よしあしの分別は、もともと、阿修羅の喧嘩だのに、わきばらだの、正室だのと、対立ばかりしている。／今ごろのにせ老師たちは、ちょっとした管見が自慢で、いやらしく意気まいて、平気でいらっしゃる。


又。

159 議論、未だ休《や》まず、正と邪と、無慚愧《むざんき》の漢《かん》、是れ天魔。
狂雲が臥病は、相如《しょうじょ》が渇《かつ》、一枕《いっちん》の秋風、我を奈何《いかん》。

さらに。

本ものだ、にせものだと、さわぎつづけて、恥かしいとも思わぬ男は、まさに禅天魔という奴だ。／狂雲の悪癖は、司馬相如の渇病気取りで、独り寝の枕もとにしのびよる秋風に、ボクではどうだとさそいをかけるところ。

拈華微笑《ねんげみしよう》。

160 鷲峰会上《じゆほうえじよう》、現前の辰《とき》、鶏足室中《けいそくしつちゆう》、来劫《らいごう》の春。
毒に中《あた》る人、応《まさ》に毒の用《ゆう》を知るべし、西天此土《さいてんしど》、野狐《やこ》の身《み》。

花を手にとって笑う。

霊鷲山《りようじゆせん》で説法のときは、仏陀の正面に姿をあらわし、鶏足山では、部屋の中に隠れて、遠い来劫の春をまつ、その人である。／毒にやられて初めて、毒を使うことができた人は、インドでは摩訶迦葉《まかかしよう》、このくにでは、野狐の身（の百丈）であろう。

慈恩の窺基《きき》法師を賛す。

161 窺基が、三昧《さんまい》、独り天真、酒肉、諸経、又た美人。
座主《ざす》の眼睛《がんぜい》、猶お此《かく》の若《ごと》し、宗門、唯《た》だ个《こ》の宗純有り。

慈恩宗の窺基法師をたたえる。

窺基法師は、精神集中の達人で、天真独朗とはそのことだが、美酒と上肉と、大乗経典と美人に、精神を集中したという。／教学の第一人者が、これだけの眼の玉をもつなら、禅門第一の達人は、さしずめこの宗純さまだ。

同門の老宿、余が婬犯肉食《いんぼんにくじき》を誡《いまし》む。会裡《えり》の僧、之《これ》を嗔《いか》る。因《よ》って此の偈を作って、衆僧《しゅそう》に示すと云う。

162
為人《いにん》、説法《せっぽう》、是れ虚名、俗漢、僧形《そうぎょう》、何似生《かじせい》。
老宿の忠言、若《も》し耳に逆らわば、昨非今是《さくひこんぜ》、我が凡情《ぼんじょう》。

仲間の先達が、ボクの色好みと肉食を、問題だと忠告してくれた。弟子たちが、それに憤慨した。そこで、次の偈をつくって、人々に与えたのである。

人を指導したり、説法をするのも、内実のない名誉欲だから、俗人も坊主も、大した差はないことになる。／先達の忠告が、耳に痛いといって、うけがわないなら、従来は誤ったが今は正しいという、自分勝手の分別にすぎまい。

病中の作。

163 仏病、祖病、鬼眼《きがん》を迸《はし》らしむ、臨済、几案禅板《きあんぜんぱん》を焚《た》く。
金山大病の辛《しん》を会《え》せず、時人《じじん》、空しく吟ず、艶詩《えんし》の箇《かん》。

病気のとき。

仏好みの病気にかかり、祖師好みの病気にかかって、あやしげな眼をぎょろつかせるから、臨済は(印可のしるしの)机と坐禅板を、すっぱりと焼きすてたのだ。/金山で重病にかかった、円悟の苦労を知らないから、今頃の人は印可状のことを、艶詩のように容易に口にするのだ。

隠渓《いんけい》、斎名。

164 呂公《りょこう》、子陵《しりょう》、真の面目、受用する風飡《ふうさん》、又た水宿《すいしゅく》。
江湖、今有り、贋漁舟《がんぎょしゅう》、我に一竿湘楚《いっかんしょうそ》の竹無し。

隠者の谷、書斎の名。

太公望呂公や、厳光子陵の、本来の精神は、風飡水宿の生活を、心から楽しんだことだ。/今ごろは、到るところの河や湖に、にせものの釣人が多いが、ボクにはもう、湘水や楚雲の下に糸をおろす、一本の竹すら、持ち合せがない。

衆に示す。

165
参玄《さんげん》の衲子《のっす》、道成《みちじょう》じ難し、但《た》だ願わくは常不軽《じょうふぎょう》に帰依《きえ》せんことを。

一片の吟懐《ぎんかい》、誰に向ってか解《と》かん、楚雲《そうん》、湘水《しょうすい》、十年の情。

　弟子たちに与える。

三玄の道を求める修行者は、道を成就することが難しい、ただひたすらに、常不軽菩薩に寄り添いたいものだ。／胸のうちの、ちょっとした詩心を、誰に打ちあけたものか、楚雲湘水のほとりに、釣糸をたれてきた、十年の思いである。

166
邪禅《じゃぜん》を破《は》す。

瞿曇《くどん》、四十九年の説《せつ》、看よ看よ、毘耶《びや》と摩竭《まかつ》と。

邪師《じゃし》、臆説《おくせつ》して話頭《わとう》を拈《ねん》ず、閻王《えんのう》の前《まえ》、豈《あ》に抜舌《ばつぜつ》を免《まぬが》れんや。

　インチキ禅をたたく。

ゴータマ・ブッダが、四十九年にわたって説いた話は、よく注意してみると、毘耶離《びやり》の町の『維摩経』と、摩竭《まが》陀《だ》国の『諸仏要集経』で、一言もなくなってしまった。／インチキ老師たちは今、おもいつきをしゃべりまくっているが、閻魔大王の前に引きだされたら、舌をきられるほかあるまい。

新《あら》たに仏寺を建立す。

167
一生破屋《はおく》、廃庵の居《こ》、這裡《しゃり》の栄華、也《ま》た虚《むな》しからず。
清浄の仏寺、利欲の地、楊岐《ようぎ》の屋壁《おくへき》、古来疎《そ》なり。

あたらしく、仏寺をつくって。

一生涯、やぶれ寺やら、つぶれかかった辻堂に身を寄せてきたが、胸のうちの花やかなことは、なかなか確かなものである。／伽藍とよばれる清浄な道場が、今は名聞利養の巣である、楊岐禅師の古道場は、すきまだらけの小屋だった。

将《まさ》に山中に入らんとし、一偈《いちげ》を屋壁《おくへき》に書し、以て衆に示し去る。

168
慚愧《ざんき》す、禍《わざわい》、蕭墻《しょうしょう》より起れることを、我見《がけん》、人を折《くじ》いて、剣鋩《けんぼう》の如し。
此《これ》より空山、幽谷の路、誰人か来って、板橋《はんきょう》の霜を蹈《ふ》まん。

山中に移ろうとし、壁に偈を書きつけて、弟子たちにのこしたもの。

恥かしや、不祥事が身内から起って、誰も我をおし通して、人をたたくこと、剣のほさきのようにみえる。／これからは、人気のない深山幽谷のみちである、誰が最初にやってきて、（足あとの見えぬ）板橋の、冷たい霜をふむことだろう。

密庵和尚病起《みったんびょうき》の上堂の後に題す。

169 江山の富貴、是れ樵漁《しょうぎょ》、風雨、吟身《ぎんしん》、一草廬《いちそうろ》。
七顛八倒、衆生の苦、耐《た》えず、小魚、大魚を呑《の》むことを。

密庵和尚が病気から立ち直って、最初に行った定例説法での、言葉に重ねて。田舎の生活の豊かさを、満喫しているのは樵夫であり、漁夫であって、風につけ雨につけ、詩心いっぱいの身を、小さい草屋に託している。／人々の生の苦しみは、毎日が七転八倒の極で、「小魚が大魚を呑む」悟りには、堪えられぬのだ。

大用庵養叟《だいゆうあんようそう》和尚が宗恵大照《そうえだいしょう》禅師の号を賜うを賀す。

170 紫衣《しえ》師号、家の貧を奈《いか》ん、綾紙《りょうし》の青銅、三百緡《みん》。
大用現前《だいゆうげんぜん》、贋《がん》長老、看来れば、真个《しんこ》、普州《ふしゅう》の人。

大用庵の養叟和尚が、宗恵大照禅師という師号を頂いたのを祝う。紫の衣や、師号を頂戴しても、家の貧しさをどうするのか、綸旨の用紙一枚に、三百貫の銅銭がかかっている。／大用庵の名のように、にせ坊主の大用で、いくら表面を飾っても、よくよくみると、本物の普州の人（盗賊の親分）である。

大徳寺の僧に寄す。

171 人多く大灯の門に入得《にっとく》す、這裡《しゃり》、誰か師席の尊《そん》を捐《す》つる。
淡飯《たんぱん》麁茶《そちゃ》、我に客無し、酔歌、独り倒《たお》す、濁醪《だくろう》の樽《そん》。

大徳寺の僧に警告する。

大勢の人々が、大灯国師の寺に入りこんで来て、ここでは今、師匠としての地位を棄てることなど、誰もしないのである。／飯も茶もお粗末な、ボクのところに来る客は一人も無い、独りで酔うて、独りで歌い、独りでにごり酒の樽を、空にする毎日だ。

鳥窠《ちょうか》和尚を賛す。

172 巣は寒し、樹上の老禅翁、寂莫たる清高、名未だ空しからず。
諸悪莫作《しょあくまくさ》、善奉行《ぜんぶぎょう》、大機《だいき》は須《すべか》らく酔吟《すいぎん》の中《うち》に在るべし。

鳥窠さま。

ただひとりで、鳥の巣のように、樹のてっぺんに坐っている老僧の姿は、ひっそりとして、すがすがしいが、その名は決してひっそりしていない。／諸悪は作《な》すこと莫《な》かれ、衆善は奉行せよと教えた、和尚の偉大な働きは、酔吟先生と自称する、白楽天の胸のうちにあるはずだ。

養叟の大用庵に題す、二首。

173 叢林零落《そうりんれいらく》して、殿堂疎《そ》なり、臨済の宗門、破滅の初め。

大用は栴檀《せんだん》、仏寺閣《ぶつじかく》、崢嶸《そうこう》たり、林下道人の居。

養叟の大用庵（の壁）に書きつける、二首。

禅の道場は、何処もみな落ちぶれて、仏殿も法堂もすきまだらけ、臨済宗の門戸は、すでに壊れかけている。／大用庵だけは、栴檀がまえの大伽藍で、鼻のたかい（大徳寺系）林下の僧が、ひしめきあう場所である。

又。

174 山林は富貴《ふうき》、五山は衰《おとろ》う、唯だ邪師のみ有って、正師無し。

一竿《いっかん》を把《と》って漁客と作《な》らんと欲す、江湖近代、逆風《ぎゃくふう》吹く。

さらに。

大徳寺系の山林は富み、五山は衰弱してゆくが、インチキくさい師匠ばかりで、本当の師匠がいない。／ボクは今や、釣り竿だけ一本手にもって、漁夫の仲間に入りたい、近ごろは、五山以外の江湖のあたりに、逆風がおこっているのである。

百丈、食を絶つ。

175
大智禅師、難行道、末法の為人《いにん》、真の落草《らくそう》。
飽食《ほうじき》痛飲す、熱鉄丸《ねってつがん》、初めて懼《おそ》る、泉下の閻羅老《えんらろう》。

百丈のハンガーストライキ。

百丈大智禅師は、難行道の方を選ばれて、末世の衆生を導くために、本ものの泥をかぶって、えらいどじのふみようだ。／世の坊主どもは、熱鉄丸を腹いっぱい呑みこんで、やっと地獄の閻魔王の、こわさが判りはじめている。

衆に示す。

176
割截《かっせつ》、禁《た》え難し、忍辱仙《にんにくせん》、捨身《しゃしん》は諸仏の旧因縁。
千歳の声名、断碑《だんぴ》の雨、髑髏《どくろ》、識《しき》尽く、北邙《ほくぼう》の前。

弟子たちに。

耐え難きにたえ、忍び難きをしのんで、身をさかれてきたのが忍辱仙人で、そうした捨身の修行こそ、古来の諸仏の前生譚《ぜんしょうたん》だ。／死んだ後に名が知られ、その名を記した碑が割れて、雨にぬれて横たわる、髑髏の方はとっくに意識が尽きはて、墓原あたりにころがっているのだが。

病中、二首。

177 錯来《あやま》って衆《しゅ》を領《りょう》ず、十年余、実悟《じつご》は知らず、多くは是れ虚《きょ》。
乃ち邪法の輩を破除せんと欲す、夜来、背に発す、范増《はんぞう》が疽《そ》。

病気のとき、二首。

迂闊にも、弟子を集めて十年過ぎたが、本当の悟りに気付かず、大半は空しい修行僧を集めることに終った。／そこで、インチキ先生たちを、たたきだそうと意気がるが、何と夜半から背中にはれもので、范増の悲運を思い知る。

又。

178 薬山《やくざん》は両粥《りょうしゅく》、懶残《らんざん》は芋《う》、昔年、祖師、修行の苦《く》。
棒喝《ぼうかつ》、機関《きかん》、作家《さっけ》の禅、是れ牢関末後《ろうかんまつご》の句にあらず。

さらに。

薬山は、二椀の粥、懶残は芋をくって日を送ったが、これが古来の祖師たちの、苦行のみちだ。／棒をふるい、一喝を与える、そうしたはげしい手段は、腕におぼえのある禅匠のもので、決して臨終どたんばの、苦しみに答える教えではない。

衆に示す。

179
忍辱《にんにく》仙人、常不軽《じょうふぎょう》、菩提果満《ぼだいかまん》、已《すで》に円成《えんじょう》。
撥無因果《はつぶいんが》、孤陋《ころう》に任《まか》す、一个《いっこ》の盲人、衆盲《しゅもう》を引く。

弟子たちに。

忍辱仙人や、常不軽菩薩こそ、悟りの果実が熟して、すでに完全円満な方々だ。／修行の因果を無視して、空《から》見識を通すのは、たった一人の盲人が、大勢の盲人を手引きするものだ。

仰山を賛す、二首。

180
小釈迦《しょうしゃか》、唐朝に出生す、夢中、兜率《とそつ》、太《はなは》だ分明《ふんみょう》。
耽源《たんげん》は体也《たいや》、潙山《いさん》は用《ゆう》、体用の中、唯だ眼睛《がんぜい》を開く。

仰山をたたえる、二首。

わかいお釈迦さまが、唐代に生れてきて、夢で兜率天《とそってん》にのぼっ（て並みいる菩薩に説法し）たことは、たいへん筋が通っている。／一人の師匠の耽源は体で、もう一人の潙山は用であり、体と用を一つにして、ただひたすらに眼の玉を、みがきあげたのである。

又。

181
枕子《ちんす》、夜来、推出《すいしゅつ》する時、一宗敗闕《いっしゅうはいけつ》、人の知ること少し。法身説法《ほっしんせっぽう》、座主《ざす》の説、黄葉《こうよう》一枝、小児を誑《たぶらか》す。

さらに。

夜中に枕をおしだしたのが、潙仰の宗旨をわやにした原因だと、気付いた人は誰もないだろう。／法身がものをいうのは、仏教学者の説にすぎず、黄色い木の葉を一枚みせて、子供をだましたのもあやしい。

182
松源《しょうげん》和尚の上堂《じょうどう》に云く、挙《こ》す、僧、巴陵《はりょう》に問う、祖意《そい》と教意《きょうい》と、是れ同か、是れ別か。巴陵の云く、鶏寒うして樹に上り、鴨寒うして水に下る。白雲師祖の云く、巴陵、只だ一半を道《い》い得たり。白雲は則ち然らず。水を掬《きく》すれば、月、手に在り、花を弄《ろう》すれば、香、衣に満つ。師拈じて云く、白雲、力を尽して道う、只だ八成《はちじょう》を道い得たり。霊隠《りんにん》に問う有らば、只だ他《かれ》に向って道わん、人我《にんが》の無明《むみょう》、一串《いっかん》に穿《うが》つ。

祖意、教意、別と同と、商量、今古、未だ曾《かつ》て窮まらず。

松源老、老婆心切《ろうばしんせつ》、人我の無明、己躬《こきゅう》に属す。

松源和尚は、定例説法で、次のテキストをとりあげた、ある僧が巴陵にきく、祖師の言葉と仏の教えは、同じでしょうか、それとも別でしょうか。巴陵、鶏は寒くなると、木の上にのぼる、鴨は寒くなると、水の中にもぐる。白雲祖師のコメント、巴陵は半分しか答えておらん、白雲なら、そうは言わん。水をすくうと、月がいっしょに掌に入る、花をゆさぶると、花の香が衣服いっぱいに匂う。松源和尚の採点は、こうであった。白雲は精いっぱい答えているが、まだ八分目にとどまる。誰か霊隠（わたし）にきくなら、その人にこう答えるだろう、自他の迷いを一串で突き通すところ。

祖師の言葉と仏の教えが、別ものか同じかを、昔から問答しているが、未だに結論だしていない。／松源おやじさん、おせっかいがすぎて、自他の迷いを、我が身に引きこんだね。

涅槃堂《ねはんどう》。

183
眼光落地《がんこうらくち》、涅槃堂、自ら悔《く》い自ら慚《は》ず、螃蟹《ぼうかい》の湯《とう》。
七手八脚、万劫《まんごう》の苦《く》、無常の殺鬼《せっき》、火車忙《いそが》わし。

臨終の部屋。

眼の玉が落ちた奴ばかりいる、臨終の部屋で、しきりに後悔している、湯の中の蟹たち。／手足をばたつかせて、苦熱千万、地獄の使者と、火の車のさわがしいこと。

竹篦《しっぺい》の背触《はいそく》。

184 背触は首山《しゅざん》の閑話頭《かんなとう》、誵訛《ごうか》、着々《ちゃくちゃく》、来由没《らいゆな》し。
梨花院落《りかいんらく》、黄昏《こうこん》の月、愁人《しゅうじん》に説向《せっこう》すれば、愁《しゅう》を解《よく》せず。

竹篦のうらおもて。

裏か、表かと問いかけて、首山和尚がひまつぶしをやっている、複雑な入りくみは、一手一手のことで、別に理由があるわけじゃない。／白い梨の花が中庭に散りしいて、夕月夜のようである、そんなときに、泣きごと言うても始まるまいぞ。

185 孤峰頂上《こほうちょうじょう》、塵寰《じんかん》を謝《しゃ》す、三十年来、山を出でず。
因《ちな》みに憶う、南陽、葉を擁する意、半身は暖気《なんき》、半身は寒《さむ》し。

山居《さんきょ》の僧、葉を擁《よう》す。

山ずまいの修行者が、葉をまとうところ。

人の気配のない山のてっぺんで、俗塵を遠ざかり、三十年も山を出たことがない。／ふと想い起したのは、唐の南陽が、葉をまとうていたことで、体の半分だけ血がかよって、他の半分は木の葉になっていたのである。

山居の僧。

186
人無き時は喜び、客来れば嗔《いか》る、落葉飛花、独覚の身。
正見《しょうけん》の禅師、若し令《れい》を行《ぎょう》ぜば、三冬の枯木《こもく》、百花の春。

山ずまいの修行僧。

人が来ないと調子がよいが、旅人が訪ねてくると腹をたて、飛花落葉の無常を感ずるのは、小乗仏教の禅である。／本物の禅僧が正法の令を行うなら、真冬の寒い枯木にも、色とりどりの花を開かせる、春の王さまの令となるだろう。

拈華微笑《ねんげみしょう》。

187
世尊拈出《ねんしゅつ》す、一枝の花、一代の禅宗、意気奢《いいきおご》る。
金色の頭陀《こんじきのずだ》、独り伝法、近年、知識、河沙《がしゃ》の若《ごと》し。

華を手にとって笑うところ。

釈尊が花を一枝、取りだしたことで、天下に禅を説く連中の、鼻意気が一挙に高まった。／金色の乞食僧といわれた、摩訶迦葉が一人、釈尊の法を伝えたのに、近ごろは、禅のものしりが、ゴマンと顔を出す。

新法師《しんほっし》に贈る。

188 威音那畔《いおんなはん》、法に師無し、自悟、自然《じねん》、成道奇《き》なり。
偶《たまたま》出家新戒の漢《かん》有り、劫空《ごっくう》、久遠《くおん》、今時に在り。

ほやほやの小僧さんに。

歴史以前、威音王仏のころは、師匠というものがなかった、無師独悟であり、自然法爾である、本来の悟りの、何とすばらしいことか。／ここに今、新たに出家して、戒をうけた男の子がいる、永遠といい、久遠劫というのは、只今のことである。

189

会裡《えり》の衆《しゅ》と絶交の偈、且つ以て自ら警《いまし》むと云う。

徒を匡《ただ》し衆を領《りょう》じて、魔宮《まぐう》を立《りっ》す、汗馬《かんば》、従前、盖代《がいだい》の功。
師弟の凡情、共に姦党《かんとう》、憐れむ可し、韓信《かんしん》が良弓を嘆ぜしことを。

門下生との絶交のうた、そうすることで、自ら誡めたのである。

小僧を養い、弟子を集めて、自分で閻魔の庁をおったてながら、俺も昔はよくやった、世界一の大てがらだと思いこんでいる。／師匠と弟子の関係は、じつはどっちもどっちの悪党である、可哀そうな韓信さんも、御用ずみになった我が身を、強い弓だとなげいてござる。

行脚《あんぎゃ》。

190
咸陽《かんよう》の金玉、幾ばくの楼台ぞ、方寸の封疆《ほうきょう》、帰去来《かえりなんいざ》。
一个、天外に出頭して看よ、須弥《しゅみ》百億、草鞋《そうあい》の埃《ほこり》。

修行の旅。

秦の始皇が営んだ、結構ずくめの咸陽（阿房）宮は、いったい幾棟あったろう、今はいざ、一寸四方の大帝国に、帰ろうでないか。／自分ひとりで、天空の外に飛び出してみるがよい、百億も重なる須弥山だって、草鞋《わらじ》の塵にすぎまいぞ。

191

達磨大師を賛す、半身。

東土西天《とうどさいてん》、徒《いたず》らに神《しん》を弄《ろう》す、半身の形像《ぎょうぞう》、全身を現《げん》ず。
少林冷坐《れいざ》して、何事をか成《な》す、香至《こうし》王宮、蕙帳《けいちょう》の茵《しとね》。

ダルマ大師をたたえる、半身像である。

中国だ、インドだと、やたらに有難そうな恰好をして、上半身かと思うと、また全身のこともある。／少林寺では、ひっそりと、何をでっちあげたのだろう、父母のいます香至の宮殿では、香り草のカーテンと、寝具の中に横たわっていた、高貴の身である。

譲羽山《ゆずりはやま》に、新しく一寺を剏《た》つ。山を虚堂《きどう》と名づけ、寺に大灯と扁《へん》す。因って一偈を述《の》ぶ。

192
茅屋三間《ぼうおくさんげん》、七堂を起《おこ》す、狂雲風外《きょううんふうげ》、我が封疆《ほうきょう》。

夜深うして室内、人の伴う無し、一盞《いっさん》の残灯、秋点《しゅうてん》長し。

譲羽山に、新しい寺を建てて、虚堂山大灯寺と名づけた。そこで、一首。

わずか三間のくず屋をたてて、七堂伽藍をでかしたつもり、狂雲にとっては、屋外の風が自分の王国である。／夜がふけて、部屋の中には、自分の外に誰もいないが、一皿の灯火がもえつづけて、秋の夜の長い時刻を知らせてくれる。

193
病身を救わず、病身を労《ろう》す、蕭墻《しょうしょう》、禍い有り、会中《えちゅう》の賓《ひん》。

十年の剣樹、刀山底《てい》、万劫、消し難し、阿鼻《あび》の辛《しん》。

中川《ちゅうせん》を擯出《ひんしゅつ》する賀頌《がじゅ》。

中川という弟子を追いだす、お祝いの歌。

病気で苦しんでいる、ボクを助けようとはせず、病気のボクを苦しめる、（ボクの）身から出たサビのような、厄介な荷物だった。／過去十年、ボクは剣の林、刃の山という、万劫かけても消えることのない、無間地獄の苦しみを、今になめつづけてきたのである。

中川を擯出する賀偈。勝瓊《しょうけい》に呈す。

194
本より蛇影に非ず、客盃《かくはい》の弓、元字《げんじ》、心《むね》に在り、劫空従《ごっくうよ》りす。

昨日の凡兮《ぼんけい》、今日は聖、無根《むこん》にして雲起る、変通《へんつう》の風。

　中川という弟子を追いだす、お祝いの歌。勝瓊にさしだす。

もともと、蛇なんかじゃない、（天井の）弓が客の盃に影を、おとしていたにすぎず、文字の根はこちらの胸の中にあって、永遠の時間の始まる前から、今につづいていたのだ。／昨日の凡夫が、今日は聖者となり、根なし草のように、雲が起るのは、変じて通ずる、易《えき》の教えであったのだ。

195
馬祖《ばそ》不安《ふあん》の閑話頭《かんなとう》、毘耶《びや》、語を杜《と》じて、愁いに勝《た》えず。

夜々、苦吟《くぎん》す、三十歳、月は満つ茂陵《もりよう》、桂樹《けいじゅ》の秋。

　病《やま》い。

病気。

馬祖は病気になって、むだばなしに救われたが、毘耶離の町では、何も言わない（病室の維摩）が、とても気の毒だ。／くる夜も、くる夜も、名句を考えつづけての、苦しい三十年（一生）であった、（司馬相如が病を養った）漢の武帝の茂陵には、満月の中の桂樹が、その人の一生を慰めていただろう。

紅葉に偈を題す、以て多欲の僧に呈す。

196 満庭の落葉、僧の掃く無し、南陽、擁《よう》し来って、猶お落草。
自ら悔ゆ、欲界の衆生と成るを、君子、財を愛す、是れ何《なん》の道《いい》ぞ。

　紅葉に歌をかきつけて、欲の深い修行僧をひやかす。

庭いっぱいに紅葉がつもって、誰も掃除をする僧がいない、南陽が身にまとったのも、やはりどじをふんだものだ。／欲の世界に生れたことが、残念でたまらぬ、君子は財を愛すといっても、それがどういう意味かが問題なのだ。

長禄庚辰《ちょうろくこうしん》、八月晦日《つもごり》、大風洪水、衆人皆な憂う。夜、遊宴歌吹《ゆうえんかすい》の客有り。之を聞くに忍びず、偈を作って、以て慰むと云う。

197 大風洪水、万民の憂い、歌舞管絃《かぶかんげん》、誰が夜遊《やゆう》ぞ。
法に興衰《こうすい》有り、劫に増減《ぞうげん》、任他《さもあらばあれ》、明月の西楼《せいろう》を下ることを。

長禄庚辰（一四六〇年）、八月のつごもりの日、台風で川が溢れて、人々はおびえきっている。その夜、酒盛を催して、歌を楽しむ人がいる。腹の虫がおさまらず、偈をつくって自ら慰めたのである。

台風で川が溢れて、町中が、おびえているのに、歌えや舞えの笛太鼓は、いったい誰の夜遊びだろう。／ものには栄枯盛衰があり、永遠の時にも、増減がある、（唐の李益が歌うように）夜明けになったら、明月は勝手に西楼を下ってもらおうじゃないか。

198 重ねて霊山和尚の栄衒《えいげん》の徒《と》に示す法語の後に題す。
李下《りか》、従来《じゅうらい》、冠を整えず、世上に奔馳《ほんち》して、豈《あ》に官《かん》に諛《へつら》わん。
江山の風月、我が茶飯《さはん》、自ら咲《わら》う、一生、吟味《ぎんみ》寒し。

あらためて、霊山和尚がゴマすりの弟子を戒めた、法語の尻にかきつける。
李《すもも》畑に来たら、冠は直さぬものだのに、どうして世間にしゃしゃりでて、役人に色目を使ってよいことか。／川に釣し山に木こりして、風月とつきあうのが、ボクの生き方だが、考えてみると、一生のあいだ、ろくな食いものは、何も口にしてないのがおかしい。

白居易《はくきょい》、鳥窠《ちょうか》和尚に問う、如何なるか是れ仏法の大意。窠《か》曰く、諸悪莫作《しょあくまくさ》、衆善奉行《しゅぜんぶぎょう》。白曰《はく》く、三歳の孩児《がいじ》も也《ま》た恁麼《いんも》に道《い》うことを解《よ》くす。窠曰く、三歳の孩児も、道い得ると雖《いえど》も、八十の老人も、行うこと得ず。霊山和尚、毎《つね》に曰く、若《も》し鳥窠の一語無くんば、我が徒《と》尽《ことごと》く本来無一物、及び不思善不思悪、善悪不二、邪正一如《じゃしょういちにょ》等の語に泥《なず》んで、以て因果を撥《はつ》無《ぶ》し、世々《よよ》日用不浄の邪師多からんかと。故に余、此の偈を作って、以て衆に示すと云う。

199 学者、因果を撥無して沈まん、老禅の一句、価い千金。
諸悪莫作、善奉行、須《すべから》く先生が酔裏《すいり》の吟に在るべし。

白居易が、鳥窠和尚にきいた、どういうものが、仏法の極意か。窠、諸悪は作す莫かれ、衆善は奉行せよ。白、三つ児でも、そんな答え方はできる。窠、三つ児でも、答えられるが、八十の老人も、実行ができない。霊山和尚の常のことば。鳥窠の一ことがなかったら、禅の弟子はみながみな、本来無一物とか、不思善不思悪、善悪不二、邪正一如といった言葉に足をとられて、因果の道理を無視し、世の中に日用不浄のインチキ先生が、ごろごろすることになったろう。そこで、ボクは次の偈をつくって、弟子たちを戒めたのである。

学生たちは、因果の道理を無視して、因果に落ちている、霊山老師のコメントが、千金ほども貴い。／諸《もろもろ》の悪事はなさず、善事につとめよとは、酔吟先生が酔って歌った、ホンネであったためだろう。

余《われ》、会裡《えり》の徒に誡めて曰く、酒を喫せば必須《すべから》く、濁醪《だくろう》を用うべし、肴は則ち其の糟而已《かすのみ》。遂に之を名づけて、乾一酒《けんいちしゅ》と曰う。仍《よ》って偈を作って、以て自ら咲《わら》うと云う。

200 酔裡、衆人、酒腸を奈《いかん》せん、醒《さ》むる時、伎《ぎ》尽きて、糟糠《そうこう》を啜《す》う。
湘南の流水、懐沙《かいしゃ》の怨み、狂雲が咲い一場なるを引き得たり。

一門の弟子を、ボクが戒めた言葉。酒をくらえば、にごりざけを選ぶべし、肴ならば、そのカスでよろしい。そこで、乾一酒（天下一品）と銘うち、偈をつくって、大笑いしたのである。

酔っぱらうと、誰でも（酒にのまれて）、肚が言うことをきかず、醒めても手がないから、カスを呑みつづける。／南のはての湘水に、石を抱いて沈んだ人の恨みが、ボクをひとしきり笑いころげさせる。

余《われ》四十年前、秉払《ひんぽつ》の僧の法堂上に在って、禅客の氏族を説くを聞く。商《しょう》に于《おい》て、工に于て、行僕《あんぼく》者の流《たぐい》に于て、各《おのおの》其の業とする所を許《あば》く。甚しき者は、乃ち手を出して以て模様《もよう》を為《な》すに臻《いた》る。吁《ああ》、是れ何為《なんする》ものぞや。即乃《すなわ》ち耳を掩うて出《い》ず。因って二偈を述《じゅつ》す、意、弊を革《あらた》むるに在り。凡《およ》そ四姓《ししょう》の吾が門に入って、皆な釈氏と称することは、其の食を乞うて命を資《たす》け、法を乞うて性を資くるを以てなり。亦た何の貴胄望族《きちゅうぼうぞく》というか之《こ》れ有らん哉《や》。今の世、山林叢林の人を論ずる、必ず氏族の尊卑を議す。是をも忍ぶ可くんば、孰《いず》れをか忍ぶ可からざらん乎《や》。遂に前偈を写して、以て四方に掲示す。誰か敢て節《せつ》を撃《う》たん。其の偈に曰く、

201 説法、説禅、姓名を挙ぐ、人を辱《はずか》しむる一句、聴いて声を呑む。
問答、若し起倒《きとう》を識らずんば、修羅《しゅら》の勝負、無明を長《ちょう》ぜん。

四十年も昔、ボクは代講の僧が法堂の上で、禅客の出身氏名を、バラすのを見たことがある。商であれ工であれ、行者の仲間に対して、その職業をあばくのである。もっともひどいのは、手をあげて様子をみせたりした。ああ、何たることか。（ボクは）耳をふさいで飛びだす。そこで、二つの偈をつくった。ねらいは、悪弊を改めることだ。およそ四姓が何であれ、仏門に入って皆な釈氏とよばれるのは、乞食して生命を支え、法を学んで精神を養うためである。貴族や名門の出であることが、いったい何だというのか。今ごろは、山林の僧堂でも、氏族の尊卑によって、人を扱っている。それをさえ、黙認せよというなら、黙認できないものは、何もないことになるだろう。そこで、先の偈を書いて、公表することにした。進んで賛成する人を待つ。その第一、

仏を論じ、禅を論ずるのに、相手の俗姓を出し、一句で恥をかかせるとは、聞いてびっくりだ。／問答には、相手を起し自分を倒す区別を心得ぬと、すべてがもう、阿修羅の喧嘩であり、無明を増長させるのである。

又。

202 犀牛《さいぎゅう》の扇子、誰人にか与う、行者盧公《あんじゃろこう》、来って賓《ひん》と作《な》る。
姓名、議論す、法堂《はっとう》の上、恰《あたか》も百官の紫宸《ししん》に朝《ちょう》するに似たり。

さらに。

犀牛のうちわを、誰にさしあげたものか（五祖が思ったとたんに）、盧行者が来賓の席にいたのである。／法堂の上で、相手の俗姓をとりざたするのは、まさしく百官が天子の御前に、（門姓別に）拝朝するようなものだ。

203

仏眼の遠《おん》禅師、三自省《さんじせい》に曰く、報縁《ほうえん》、虚幻《きょげん》、彊《し》いて為《な》す可《べ》からず。浮世幾何《ふせいいくばく》ぞ、家の豊倹《ほうけん》に随う。苦楽、逆順、道、其の中に在り。動静《どうじょう》、寒温、自ら愧《は》じ自ら悔《く》ゆ。

自ら悔い、自ら慚《は》ず、温と寒と、看よ看よ三界、本《もと》無安。
愚迷《ぐまい》は正《まさ》に是れ衆生の楽《らく》、蜜を嘗《な》めて、猶お井底《せいてい》の難を忘るるがごとし。

仏眼の（清）遠禅師が、三たび自らを反省して、こう言っている、与えられた寿命は、まぼろしである、強いてはならぬ。はかない現実は、計算できない、富むか貧乏かどちらかだ。苦しくても楽しくても、気に入らんでも、気に入っても、道はそこにある。起居動作、寒くても温かでも、自ら恥じ、自ら悔いることだ。

温かいにつけ、寒いにつけ、自ら悔い、自ら恥じて、欲と色と心の世界には、何処にもおちつけないと看とどけよ。／愚かさとは、自分を見失って、生をむさぼること、蜜をなめて、井戸の底にいるのに気付かぬようなものだ。

偈を作って飯に博《か》えて喫す。
204 東山に来往すること、昔、今の若《ごと》し、飢時《きじ》の一飯、価《あた》い千金。
茘支《れいし》、素老《そろう》が仏魔の話、慚愧《ざんき》す、詩情、風月の吟《ぎん》。

偈をつくって、飯の代りにくう。

東山（建仁寺）に出入りした、小僧の頃が今のようにおもえて、すきばらに食べた一椀は、千金の貴さである。／清素老人が、茘支を食べて白状した、仏魔の一件のごときも、恥かしいことに、風月の詩のようにおもえる。

松源和尚を賛す。
205 娘生《じょうしょう》の眼、太虚空《たいこくう》を照す、天沢《てんたく》の児孫、海東に在り。
宗風を滅却す、三転語《さんてんご》、詞華《しか》、心緒《しんちょ》、一天紅《くれない》なり。

松源さま。

母からもらった、松源の生身の眼が、大宇宙の空を映しだしたおかげで、天沢の孫は今、海東の日本に生れている。／臨済の家風を根だやしにする、和尚の三つの試問によって、ボクの言葉と感情が、東方の一天に紅さす彩りを添えるのだ。

運庵《うんなん》和尚を賛す。

206
悪魔の境《きょう》、鬼眼睛《きがんぜい》開く、五逆は元来、応《まさ》に雷を聴くべし。
臨済、当時《そのかみ》、几案《きあん》を焚《や》く、道場、覿面《てきめん》に衣《え》を却《しりぞ》け来る。

運庵さま。

悪魔がねらいをつけたように、おどろおどろしい眼の玉を丸出しにして、五逆の罪人が雷におびえるのも、なるほどと肯《うなず》かせる。／臨済は黄檗の与えた机を焼きすて、道場山和尚（運庵）は、松源の眼の前に、伝法衣をかえしたのだ。

大応国師を賛す。

207
看よ看よ、仏日、乾坤《けんこん》を照す、天上人間《にんげん》、唯独尊《ゆいどくそん》。
禅老如《も》し東海を渡ること無くんば、扶桑国裡《ふそうこくり》、暗昏々《あんこんこん》。

大応国師をたたえる。

はっきりと、眼をあけてみよ、仏法の日が天地を照して、天上天下、唯我独尊の（国師の）姿を映しだす。／もし老師が、東の海を越えなかったとしたら、日本国中、まっくらくらであったろう。

大灯国師を賛す。

208 画《えが》き出《い》だす面門《めんもん》、覆蔵《ふぞう》無し、須弥《しゅみ》百億、露堂々《ろどうどう》。
徳山、臨済、若し入室《にっしつ》せば、蛍火《けいか》は応《まさ》に須《すべか》らく太陽に遇《あ》うべし。

大灯国師をたたえる。

国師の口もとを、見事に写しきって、何処にも隠れようがない、百億もある須弥山が、眼の前に大きく立ちはだかったようだ。／徳山や臨済が、もしおめどおりしたとしても、蛍は太陽に会って、身のほど知らねばならぬ。

虚堂和尚の三転語。

209 竜門万仞《りゅうもんばんじん》、碧波《へきは》高し、天沢面前、誰か牢《ろう》を画《かく》す。
生鉄《さんてつ》、鋳成《いな》す三転語、作家《さっけ》の炉鞴《ろばい》、吹毛《すいもう》を煆《や》く。

虚堂和尚の三つの試問。

万仞もある竜門の滝つぼに、碧波が高まっているのに、天沢（虚堂）の眼の前で、地面に牢をかくことなど、誰にできるものか。／はがねをたたきあげたような、三つの試問によって、腕におぼえの刀鍛冶は、吹毛剣をうちだすのだ。

漁父《ぎょふ》。

210 学道、参禅は本心を失《しっ》す、漁歌の一曲、価《あた》い千金。
湘江《しょうこう》の暮雨、楚雲《そうん》の月、限り無き風流、夜々の吟。

漁夫。

禅を学び道を求めて、自分を見失ってしまうのだと、漁夫が教えた歌の一ふしは、千金にもかえがたい（忠告だった）。／湘水に日がおちて雨がふると、楚国の月を隠す雲の動きに、夜ごとに無限の花やぎのあることを、漁夫は歌ったのである。

霊山の塔に題し、正伝庵の僧に贈る。

211 看来れば真个《しんこ》、正伝庵、宗乗《しゅうじょう》を説かず、唯だ世談《せいだん》。
凜々《りんりん》たる威風、人に逼《せま》って冷《すざま》じ、当機覿面《とうきてきめん》、誰有りてか参ぜん。

霊山和尚の塔にかきつけて、（塔を守る）正伝庵の住持に送る。

みればみるほど、まぎれもない正伝庵は、ここだと思うが、開山の教えは言わず、世渡りの話ばかりしている。／凜然とした霊山和尚の、高い背たけに圧倒されて、真正面から切りこめる弟子が、どれほどいるのだろう。

212
白楽天の像に題す。

勲業《くんごう》、名高し、白楽天、自然《じねん》に流落《るらく》して、塵縁《じんえん》を絶す。

叢林、志を失《しっ》す、山林の輩、訝《いぶか》ること莫《な》かれ、双林寺《そうりんじ》裡の禅。

白楽天の像に。

詩人としての、白楽天の功績は、世にも名高いが、白という名の本当の意味は、塵の中に落ちこんで、塵に染まらぬことであった。／五山の禅から落ちこぼれた、山林の禅の人々は、双林寺の禅（傅大士）に出あっても、これは誰かと怪しまぬことである。

213
思旧斎《しきゅうさい》、二首。

山陽の長笛、子雲《しうん》が吟、蜜漬《みっし》の茘支《れいし》、素老の心。

熟処、三生六十劫、一声の望帝《ぼうてい》、月、西に沈む。

思旧斎（昔をしのぶ部屋）、二首。

山陽で笛の音を聞いて、遠い昔を想い起す向秀《しょうしゅう》や、晩年にやっと漢の天子に認められた揚子雲（揚雄）は、蜜漬の茘支を味わって、四十年の昔を語る清素老人と、共通の心情をもっている。／ものごとが熟するには、三生六十劫もかかり、ホトトギスが鳴くのは、月が西に落ちる夕ぐれである。

又。

214 昔年の黄犬と、蒼鷹《そうよう》と、苦楽、悲歓、地獄の能《のう》。
欺《あざむ》き得《え》たり楊岐《ようぎ》、吾が屋壁《おくへき》、乾坤、一鉢一衣《いっぱついちえ》の僧。

さらに。

遠い昔の黄犬のことや、蒼《あお》い鷹《たか》のことを想い起し、苦しいにつけ、楽しいにつけて、過去をなげくのが、地獄に堕《お》ちた人間の能事《のうじ》である。／楊岐をあなどるほどの、ボクの住居の貧しさは、天にも地にも、一衣一鉢の僧の誇りである。

疎壁斎《そへきさい》。

215 楊岐は天下の老禅翁、此《こ》れ従《よ》り大いに興る、臨済宗。
紅塵《こうじん》紫陌《しはく》、我れ乍住《さじゅう》すれば、山舎半ば吹く、黄葉の風。

疎壁斎（すきまかぜの部屋）。

楊岐は天下の大和尚で、臨済宗はこの人から、一挙に盛大になった。／町の雑沓《ざっとう》のただなかに、ボクは今、仮りずまいしているのだが、小屋の半分まで木の葉がまいこむ、秋風に吹きさらされている、山ずまいと同じである。

滅灯斎《めっとうさい》。

216 真前《しんぜん》の一盞《いっさん》、太《はなは》だ分明《ふんみょう》、乃祖《ないそ》の霊光、太清《たいせい》を照す。
徳嶠《とくきょう》の悟道、我れ会《え》せず、江湖夜雨、十年の情。

滅灯斎（灯火の消えた部屋）。

本尊の前には、まぎれもなく明るい、一皿の灯明が供えられて、御先祖さまの霊光が、はるかな太清天を映しだす。／徳山が竜潭《りゅうたん》に参じて、灯を滅《け》して悟ったことを、ボクは問わない、江湖に十年も流落していた、詩人の気持が問題なのだ。

斬猫の僧に示す。

217 是れ吾が会裡《えり》の小南泉、手に信《まか》せて猫を斬る、公案円《まどか》なり。
錯来《あやま》って自ら悔ゆ、斯《こ》の令を行《ぎょう》じ、牡丹花下の眠を驚起することを。

猫を斬った僧を戒める。

ほかでもない、ボクのところの若い南泉が、手あたり次第に猫を斬って、公案をしめくくっている。まちがっていたと反省させられるのは、ボクが命令を下して、牡丹の花の下で、のんびり眠っていた猫を、起してしまったことである。

218

僧に尊卑《そんぴ》無し。

盧能《ろのう》、馬箕《ばき》、姓名拙《せつ》なり、教外別伝《きょうげ》、仏説を越ゆ。
杜撰《ずさん》の禅流《ぜんる》、井底《せいてい》の尊、憐れむ可し、皮下に元《も》と血無きことを。

修行僧に、俗世の尊卑のないことを。

盧氏出身の恵能も、唐箕屋《とうみや》の馬祖も、姓名の低さでは、教外別伝《きょうげ》のゆえに、仏説を抜け出ている。／雑駁な禅坊主は、蛙のように威張るだけで、皮の下に血の通わぬ、無慈悲な男ばかりとは、気の毒なことだ。

219

謹んで久参の人に白《もう》す、二首。

円頂《えんちょう》、方袍《ほうぼう》、婬奸《いんかん》、威風鎮《とこしな》えに人に逼《せま》って寒《すざま》じ。
古則、参得の家業、愧《は》ず可し、妄《もう》に我慢を長ずることを。

あらためて、禅の先輩たちに申しあげる、二首。

頭をまるめ、袈裟《けさ》をつけて、色ごのみも、おもおもしく、人を圧して萎縮《いしゅく》させる。／古人の言葉を勉強するのが本職だのに、はずかしや、（本職がら）やたらに我がままをつのらせるとは。

又。

220 言う莫《な》かれ公案、即ち円成《えんじょう》と、八角の磨盤《まばん》、心上に横《よこ》たう。邂逅《かいこう》、知り難し、自屎《じし》の臭きことを、他人の敗闕《はいけつ》、鏡中に明らかなり。

さらに。

公案がまとまったなどと、ゆめにも思ってはいけない、八つの角をもつ石臼が、どっかと胸にいすわっているのだ。／人に出会っても、自分の糞の匂いには、気が付かず、他人の失敗は、鏡のようにはっきりさせたがる。

前年、大灯国師の頂相《ちんそう》を賜うことを辱《かたじけな》くす。予《わ》れ今、衣を更《か》えて浄土宗に入る。故に玆《ここ》に栖雲《せいうん》老和尚に還《かえ》し奉る。

221 禅門最上乗を離却《りきゃく》して、衣を更《か》うる浄土、一宗の僧。妄《もう》に如意、霊山の衆と成って、嘆息す多年、大灯を晦《くら》ますことを。

前の年、恐れ多くも大灯国師の肖像を頂戴したが、ボクは今、浄土宗に衣替えしたので、隠《いん》棲《せい》中の老和尚におかえし申しあげる。

最上乗の禅宗を飛びだし、衣替えして一介の浄土宗の僧となった。／心ならずも、如意庵の霊山一派の人となって、長いこと、開山大灯の輝きをかげらせていたことが、なげかわしくて仕方がない。

又。

222 狂雲は大徳下の波旬《はじゅん》、会裡《えり》の修羅、勝負嗔《いか》る。
古則、話頭《わとう》、何の用処《ゆうじょ》ぞ、幾多の辛苦、他の珍《ちん》を数う。

さらに。

狂雲は大徳寺にすくう悪魔だと、門下の阿修羅たちが、勝負をいどんでいる。／古人の言葉や問答が、何の役に立つだろう、どれほど苦労して、他人の財産を数えてきたことか。

謹んで久参の人に白す、崇宗《すうそう》蔵主、絶交《ぜっこう》。

223 一善、行ぜず、諸悪を作《な》す、他を憎《にく》み他を妬《ねた》む、元字脚《げんじきゃく》。口は堅勁《けんけい》にして、見地は微弱、瞎《かつ》禿《とく》の禅宗、門零落《もんれいらく》。人は咲《わら》う、是れ無縄自縛《むじょうじばく》と、他の非を見て、己《おのれ》が錯《あやま》りを知らず。日用の工《く》夫《ふう》は、禍《わざわい》の作略《さりやく》、暫時も得難し、虚廓《きょかく》に住することを。直指為人《じきしいにん》、又た機作《きさ》、是の如きの禅話《ぜんな》、溝壑《こうがく》に塡《み》つ。勢いを好み名に耽《ふけ》るの卜度《ぼくたく》、此《ここ》に到って誰人か、刻削《こくさく》を与えん。古則に参得《さんとく》して、心、弥《いよいよ》濁る、醍醐《だいご》の上味、毒薬と為《な》る。

あらためて、先輩の衆に申しあげる、崇宗蔵主が、先輩に絶交したので（代作）。
善行は一つも手がけず、悪行ばかりやっていて、他人を憎み、他人をねたむのは、自分の元字脚（こころ）のせいである。／口先はするどいが、見識は微力であり、そんな目のない坊主が、禅宗の門庭をみじめにしている。／それは無縄自縛だと、笑う人があるけれども、他人のまちがいに気付いても、自分のあやまりを知らぬのである。／日々の努力は、不幸の手だてに終って、一刻も本当の落ちつきを、得ることができない。／ずばりと教え、個々に人を導いて、さらに機に応ずることなど、これらの禅の言葉は、溝や土地をならすほど、ごろごろしている。／有力者をあてにし、名を求めるような計算では、ここまでくれば、誰も厳しい処置ができない。／古人の言葉を勉強するほど、心はいよいよ濁って、最上の醍醐の味も、毒薬になってしまう。

　霊山の行状を看《よ》む。

224
宗門の極則《ごくそく》、又た聱訛《ごうか》、乃祖《ないそ》霊山は、前釈迦。
筆を採る、誰人が点鬼簿《てんきぼ》ぞ、工夫日用、俗塵《ぞくじん》多し。

　霊山和尚の行状をよんで。

大切なのは宗門の奥儀であり、さらに複雑な入りくみであって、君たちの祖である霊山は、前身は釈迦だったのだ。／筆をとって書いたのは、いったい誰の過去帳のつもりか、日常の努力（の記事）は、俗っぽいことばかりである。

225
香厳《きょうげん》撃竹。
潭水《たんすい》の北兮《きたか》、湘水《しょうすい》の南、竹枝《ちくし》の曲裡《きょくり》、口喃々《くちなんなん》。
樽前《そんぜん》、爛酔《らんすい》す、豪家《ごうけ》の客、識《し》らず愁人、夜雨の談。

香厳が竹にぶっつかったこと。

北は潭水、南は湘水のあたりで、人々は竹枝（この地方の民謡）の歌を、リズミカルに楽しむ。／酒樽を前に、酔っぱらっているのは、大家の客のようだが、竹藪にそそぐ夜雨の声に、腸を断った男のことを、識っているのだろうか。

226
会裡《えり》の徒《と》に示す法語。
凡そ参禅学道は、須《すべから》く悪知悪覚を勦絶《そうぜつ》して、正知正見に至るべきなり。悪知悪覚とは、古則話《こそくわ》頭《とう》、経論の要文。学得参得は、坐禅観法、労して功無き者なり。是の如《ごと》きの輩《ともがら》、当代に四百四病一時に発す。人に辱《はずか》しめらる、是れ情識《じょうしき》の血気《けっき》なり。閻老面前《えんろうめんぜん》に対して、甚《なん》の伎倆《ぎりょう》か有らん。獅子尊者、頭《こうべ》を断たれて、白乳の顕露する分明なり。正知正見の者は、日用に涅槃堂《ねはんどう》を坐《ざ》断《だん》する底《てい》の工夫《くふう》、全身、火坑に堕在するも、子細《しさい》に之を看れば、苦中に楽有り。若し能く見得《けんとく》せば、因果を撥無《はつぶ》する境に昧《くら》まされず。若し見不得《けんふとく》ならば、永く不成仏《ふじょうぶつ》の漢《かん》なり。懼《おそ》る可し、懼る可し。

門下の弟子を戒める言葉。

いやしくも禅をやるものは、悪い分別を根だやしにし、正しい見識をもたねばならぬ。悪い分別とは、古人の言葉や問答、経論のさわりの部分（について）、学習を重ねて、坐禅瞑想し、骨を折っても役にたたんのをいう。こういう手合いは、今ごろ一度に四百四病にかかったような重患で、人に軽蔑《けいべつ》されると、やたらにかっかするのである。閻魔の庁で、何の芸当ができよう。獅子尊者が首をきられて、白乳をふきだしたことでも、眼の前にみるように、はっきりしている。正しい見識とは、ふだんから死にぎわ断末魔の苦しみを、尻の下にしきくだくほどの手腕で、身ぐるみ地獄の火中におちても、冷静に観察すると、苦の中に楽があるので、そこをよく見抜けたら、因果を無視するような、ニヒルな立場に目をつぶされないが、そこが見抜けないと、いつまでやっても、成仏はできぬ男のことである。おお、クワバラ、クワバラ。

汲井輪《きゅうせいりん》の略《ほ》ぼ停息《ていそく》する無きが如し。今既に出家することを得て、僧相円備《そうそうえんび》して、三衣一鉢《さんねいっぱつ》下《か》に在り。想うに是れ過去《かこ》幾《いく》ばく生《しょう》か修し来って、此《かく》の如くなることを得たる乎《か》。若《も》し是れ再び駝胎馬腹《ろたいばふく》に入り去らば、知らず又た幾ばく生を経てか帰り来って、此の錯《あやま》りを改め修めん。努力《つと》めよや、努力めよや。切に須《すべか》らく今生《こんじょう》に了達《りょうたつ》して、是の如きの殃過《おうか》無かるべし。之を念《おも》え、之を念え。

右、霊山和尚の法語。其の後に題すと云う。

227
互《たがい》に高低を操《あやつ》る汲井輪、威音《いおん》、弥勒《みろく》、一たび春を回《かえ》す。
三世の諸仏、歴代の祖、泉声《せんせい》、涙を滴《したた》らす、苦吟《くぎん》の身。

はねつるべのように、一刻も停止することのないところ（家）から、今やすっかり脱け出して、僧形も完全に揃って、三枚の衣と一つの鉢の子のおせわになっている。思えば過去の世に何度、修行をくりかえして、こうなることができたのか。もしも再び駒馬の肚にでも生れたら、さらに幾世をくりかえして（人間に）生れかわり、その錯りを正すのだろう。努めよや、努めよや。くれぐれも、今生でけりをつけて、先にいうようなわざわいを免れることだ。ゆめゆめ、気を許すでないぞ。

右、霊山和尚の法語である。その尻に書きつけたもの。

たがいに高くなったり、低くなったりする、はねつるべも、永遠の過去に威音王あり、永遠の未来に弥勒が出て、一挙に青春をとりもどす。／過去より未来にわたる諸仏と諸祖は、（はねつるべより落ちる）井戸の底の水滴のように、（威音とも弥勒とも無関係に）涙を流して苦労する運命を免れない。

我が病い良薬の効験《こうけん》に及ばず、経呪《きようじゆ》の霊験《れいげん》に及ばず。日を逐《お》うて窮困《きゆうこん》す。我が情識有るとき、你等《なんじ》諸人、縦《たと》い刹那《せつな》と雖《いえど》も、縦い一念と雖も、真正の工夫を成して、窮決未了《きゆうけつみりよう》の処、実処に到着せば、諸の魔障も頓《とみ》に除いて、老懐、意の如くならん耳《のみ》。衆、対《こた》うる無し。

右、霊山和尚が病いに因って、衆に示す法語。其の後に題すと云う。

228 経呪の心頭を乱すことを須《もち》いず、仏界、伎《ぎ》窮まり、魔界収まる。

愁人に向って愁意を説くこと莫かれ、相如が雲雨、渇望の秋。

今度の病気は、どんな名医の薬も効きめがない、平癒祈禱の経呪も、験がなくて、日一日と、苦しみはてた。俺の業識《ごうしき》があるうちに、君たち皆な、たとい一瞬でも、一念のあいだでも、真実の努力を尽して、決択《けつちやく》のまだついていないところは、確実な処にまで、おしつめることだ。（そうすれば）さまざまの悪魔の障害も一挙に絶え、老人の胸のうちも、思いのままであるが、どうじゃな。弟子は、誰も答えない。

右、霊山和尚が、あるとき病気なされて、弟子たちを戒められた法語である。（答えぬ弟子の心を）その尻に書きつけたもの。

呪文で頭を、かきみだされるなんて、まっぴらだ、仏法の手だてが無くなれば、（ボクは）悪魔のくにに引きとられよう。／悲しんでいる男に、（ことさら）悲しい胸のうちをあかさないでほしい、司馬相如は咽喉《のど》をからからにさせて、秋の雲と雨の動きを、じっと見つめていたのである。

大徳寺住持の勅請《ちょくしょう》を拝するの頌《じゅ》。広徳堂上《こうとくどうじょう》柔仲《じゅうちゅう》和尚に呈す。

229 大徳、大灯の竜宝山、霊光《れいこう》、天上、又た人間《じんかん》。
香を焼いて恩に酧《むく》ゆ、曇華叟《どんげそう》、金色の頭陀《ずだ》、曾《かつ》て破顔す。

大徳寺の住持となるよう、勅命を受けて作った頌。広徳寺の住持である、柔仲和尚にさしだす。
大徳寺は、大灯国師が創した竜宝山であるから、神秘な竜宝の光明が、天界と人間世界を映しだしている。／香を献じて、ウドンゲに比すべき、先師華叟和尚の法恩に報いよう、金色の頭陀といわれる摩訶迦葉が、（釈迦のさそいの花をみて）にっこり笑ったことがあるぞ。

文明甲午の春、大徳禅寺住持の勅請を拝す。門客、交《こも》ごも賀《が》す。吁《ああ》、五十年、簑笠淡如《さりゅうたんじょ》たり、勅黄を捧げ照して、懐に愧《は》ずること無からん乎《や》。因って詩を作って之を泄《もら》す。

230 大灯の門弟、残灯を滅す、解《と》け難し吟懐《ぎんかい》、一夜の氷。
五十年来、簑笠《さりゅう》の客、愧慚《きざん》す今日、紫衣《しえ》の僧。

文明甲午（一四七四年）の春、大徳寺の住持となるよう、勅命を受けた。内輪の客がかわるがわる祝いにくる。ああ、五十年のあいだ、簑笠《みのかさ》に身を隠して、無欲を通したのに、黄紙の勅を拝持して、内心に恥じないでいられようか。そこで、詩をつくって、胸の思いをぶちまける。

大灯国師の弟子ともあろうものが、消え残る灯火をうちけして、胸に抱いた氷の塊りが、一晩中、容易にとけない。／五十年のあいだ、簑笠をつけて放浪した乞食の身が、はずかしいことに、今朝は紫衣の坊主である。

231 先祖は衣を還《かえ》し、順老《じゅんろう》は衣を留む。

再び妙勝寺に住する次《つい》で、虚堂和尚の法衣を披《ひ》す。因って合山《かっさん》の清衆《しんしゅ》、一偈を需《もと》む。書して以て、其の請《しょう》を塞《ふさ》ぐ。

斬って両段と作《な》す、是れ松源の衣なり。

再び妙勝寺の住持となるとき、虚堂和尚の法衣を身につけた。そこで、一山の修行僧が、偈をもとめたので、書いて答えたもの。

前世のじいさんである運庵《うんなん》は、松源の法衣をかえしたが、宗純老人（ボク）の手もとには、法衣が残ってしまった。／二つに斬りすてて初めて、松源の法衣となるのだが。

232 竜宝山大徳禅寺、入寺の法語。山門。
一跳直入《いっちょうじきにゅう》す、竜宝の三門。門々、路有り、乾坤《けんこん》に逼塞《ひっそく》す。

竜宝山大徳禅寺に入寺するときの焼香のことば。山門にて。

ひととびに、とびこんだところが、竜宝山の三つの大門である。／三つの大門の内側に、さらに小路があって、一つ一つが天地いっぱいにひろがる。

233 仏殿。
古仏堂中、露柱、雲雨す。手を以て分破《ぶんぱ》の勢《いきおい》を作《な》して云う、
分破して後、如何。雲門の霧露。
仏殿にて。
古仏は堂の中央にあり、丸柱は雲雨のように寄り添う。／手で引き裂く姿勢をして、引き裂いてやると、どうなるか。それでこそ、（仏殿をつぶした）雲門の霧、雲門の露だよ。

234 土地堂《つじどう》。
上天は是れ梵天《ぼんてん》、帝釈《たいしゃく》、下天《げてん》は是れ多聞《たもん》、持国《じこく》。

護法神、何《いず》れの処に向ってか新長老を見ん、新長老、聻《にい》、六六三十六。

土地堂（守護神の社）にて。

上の方においでる天は、梵天と帝釈天、下の方においでる天は、多聞天、持国天とお見うけする。／守護神は新しい住持のボクを、どこで見守ってござるかや、新しい住持だってね、え、え、六に六とかけて、三十六でござったな。

235 祖師堂。

祖師、何人《なんびと》ぞ、我れ何人ぞ。咄《とつ》すらく、誰か境を奪い人を奪う。

祖師堂にて。

祖師が何でえ、俺だって。／やい、境（寺）を召しあげ、人（ボク）を召しあげるのは、何処のどいつか。

236 拈衣《ねんえ》。

小艶平生《しょうえんへいぜい》、心《こころ》、糸を乱す、慈恩先祖、手中の糸。

順老、明眼の衲僧。袈裟を擲《なげう》って云う、是れ甚《なん》の脚下《きゃくか》の紅糸《こうし》ぞ。

法衣をとりあげて。

小艶の民謡で、常ふだんから、気をもんでいたところ、慈恩寺の先のおやじ（宗卓）が握ってござった、糸のせいでありました。／宗順老人と申す、眼のあいた乞食坊主に、袈裟を（地上に）なげすてて、そもそも、何たる脚下の、紅い糸であったことか。

室《しっ》。

237 明頭来《めいとうらい》、明頭打《めいとうた》、暗頭来、暗頭打。四方八面来、旋風打《せんぷうた》。虚空来、連架打《れんがた》。新長老、聻《にい》。乾坤《けんこん》一个《いっこ》の藞苴僧《らそそう》。喝一喝して云く、人の来って相如《しょうじょ》が渇を問う無し、敲破《こうは》す梅花、一夜の氷。打つ。

方丈の自室にて。

朝がくれば、朝らしく打つ、夜がくれば、夜らしく打つ。／四方八面からくれば、つむじかぜよろしく打つ。虚空からくれば、からざお打ちだ。／新しい長老さまはねえ。それ、それ、天にも地にも、ただ一人のがさつものとな。大声で、一喝して、司馬相如の胸の渇きを見舞う奴は、誰もなくて、梅の花が夜来の氷を、みごとにぶちわってくれた。

退院《ついえん》。

238 平生藞苴《へいぜいらそ》、小艶《しょうえん》の吟《ぎん》、酒に婬《いん》し色に婬し、詩も亦《ま》た婬す。主丈を擲って云く、七尺の拄杖《しゅじょう》、常《じょう》住《じゅう》に還《かえ》す。尺八を吹いて云く、一枝の尺八、知音少《まれ》なり。

住持の職を退く。

根っからがさつな、小艶の歌でした、酒におぼれ、色におぼれ、詩歌にも、おぼれていました。／拄杖を（地上に）なげすてて、七尺棒は、寺の公用物でありやした、尺八をふいて、この一管の尺八の、音色の判る男はなかった。

帖

239 頂戴せんが即ち是か、放下《ほうげ》せんが即ち是か。溥天《ふてん》の下《もと》、是れ王土《おうど》。頂戴して云く、是々《ぜいぜい》。

天子の手紙。

戴いたものか、つきかえしたものか。／ひろい、ひろい天の下、王土ならぬところはない。おし戴いて、そうでした、そうでした。

狂雲集上　終

狂雲集　下

大灯国師の三転語《さんてんご》に曰《いわ》く、朝《あした》に眉を結び、夕《ゆうべ》に肩を交《まじ》う。我れ何似生《かじせい》と云々《うんぬん》。何似生、古尊宿と雖《いえど》も、受用《じゆゆう》の者《ひと》有ること罕《まれ》なり。唯《た》だ慈明下《じみようか》の清素首座《しようそしゆそ》、能《よ》く之《これ》を用う。然《しか》りと雖も、晩年、兜率《とそつ》の悦公《えつこう》に遇《お》うて、茘支《れいし》を食《くら》うの次《つい》で、遂に敗《はい》を納《い》るること一場《いちじよう》。惜しい乎《かな》、始め有って終り無きことを。感懐《かんかい》の余り、五偈《げ》を作って之を記す。偈に曰く、

240
這个《しやこ》の諸訛《ごうか》、受用の徒《と》、古今の衲子《のつす》、一人《いちにん》も無し。
素老《そろう》は慈明的伝《てきでん》の子、茘支の核子《かくす》、嚼《か》むこと何ぞ麁《そ》なる。

大灯国師の三つの質問に、次のようにある、朝、目がさめると、もう、眉をくっつけている、夜、ねむるときも、肩をくんで離れない。俺としたこと、何たるざまか、しかじか。何たるざまかと、昔の禅のおえら方でも、これをこなせた人は珍しい。わずかに、慈明門下の清素首座が、それをこなしたが、しかし、晩年に兜率の従悦君に出会って、茘支をかまされた時は、すでにもう、やぶれかぶれの一幕だった。可哀そうに、始めはよいよい、終りがなかった。感動のあまり、五首の偈をつくって、そのことを歌う。その偈は、次のようである。
このややこしい入りくみを、うまくこなせる奴は、昔も今も、修行僧の中に、見当らない。／清素じいさんは、慈明の血をひく、正伝の弟子だったのに、茘支の核《さね》までしゃぶるとは、何たるうかつものか。

又。

241
慈明の狭路《きょうろ》、楊岐《ようぎ》を得たり、覿面《てきめん》の機《き》、痛処《つうじょ》の錐《すい》。
天沢《てんたく》愁吟《しゅうぎん》す、風月の客、繡簾《しゅうれん》吹動《すいどう》す、軟風《なんぷう》の扉。

さらに。

慈明禅師の裏木戸で、楊岐という弟子ができたのは、真正面からぶっつかって、痛いところに錐をつったてたためである。／虚堂の天沢庵で、（虚堂《きどう》の）孤独な胸の悲しみを、慰める客は一人もなくて、風と月がさしこんだだけだ、独り寝の部屋の、色っぽいすだれをおして、入ってきたのは、肌にやわらかな風だけである。

又。

242
工夫日用《くふうにちゆう》、門車を閉す、五十年来、烏有《うゆう》の歌。
素老の茘支、真《しん》の敗闕《はいけつ》、徳山、臨済、竟《つい》に如何《いかん》。

さらに。

そのコツをいえば、常ひごろから、訪問客をしめだして、五十年以上も、烏有先生をきめこんでいたこと。／清素おやじの茘支の一件は、何といっても黒星だが、はてさて、徳山、臨済の揚合、そのお手並はどうであったか。

243 又。

暮天《ぼてん》は細雨、片雲《へんうん》は朝《あした》、名は成都《せいと》の万里橋《ばんりきょう》に属す。
百年東海、独り休歇《きゅうけつ》、艶簡《えんかん》の吟魂、永日消《えいじつしょう》す。

さらに。

夕ぐれ空から、こぬか雨がおち、朝になると、ひとひらの雲が、たちのぼるのを眺めて、成都の万里橋あたりという、その人の（一夜の）名に思いをよせる。／百年後の東のくに（日本）で、いつも独り寝のボクには、恋文に託する胸のおもいで、遅々として長い、（春の）一日が過ぎる。

244 又。

工夫、棹《さお》を労す簑公《かっこう》の舟、尊宿、鞋《あい》を織《お》る、蒲葉《ほよう》の秋。
野老《やろう》、蔵《ぞう》し難し、簑笠《さりゅう》の誉《ほまれ》、誰人か江海《こうかい》の一風流《いちふうりゅう》。

さらに。

コツといえば、棹をつかうのに苦労する、岩頭全簑君の船頭ぶり、偉い和尚が草鞋《わらじ》をつくってみせる、ガマの穂の色づく秋（景色）だろう。／本ものの田舎おやじなら、簑笠の名誉をかくし切れないが、江海にうき身をやつす、第一級の花やぎ男は、いったい何処の誰だろう。

245 大灯忌。宿忌以前、美人に対す。
宿忌《しゅくき》の開山《かいさん》諷経《ふぎん》、経呪《きようじゆ》、耳に逆らう、衆僧の声。
雲雨《うんう》風流《ふうりゆう》、事終《お》えて後《のち》、夢閨《むけい》の私語、慈明《じみよう》を笑う。

大灯国師の命日。前夜祭に、すでに美人（国師）と向きあう。前夜祭で、開山をたたえる読経が行われ、大勢の僧の経呪（首楞厳呪《しゆりようごん》）が、（ボクの）耳を刺戟する。／朝には雲となり、暮には雨となるという、すでに一夜の事が終って、生命《いのち》花やいでいるボクには、夢のベッドの二人の約束が、慈明（と楊岐）の話を冷笑させるのだ。

246 大用庵《だいゆう》の破却《はきやく》を止《とど》む、二首。寛正五年。
邪を破して正に帰する識情《しきじよう》、勝負、人我《にんが》の無明《むみよう》。
羨む可《べ》し、出塵《しゆつじん》の羅漢《らかん》、青天、月白く風清し。

大用庵の打ちこわしを差しとめる、二首。寛正五年（一四六四）の作。
あやまりを除いて、正しいものにかえそうとする分別も、相手に打ち勝とうとする、自他の迷いにすぎない。／ねたましくなるのは、煩悩の根を断ちきった羅漢さまで、とことん青い空から、月の光が皎々《こうこう》とふり、風が爽かに動くのである。

又。

247 定盤《じょうばん》を認む、檐板漢《たんぱんかん》の禅、衲僧《のうそう》の作略《さりやく》、豈《あ》に絃《げん》に膠《にかわ》せんや。
殺活縦横《せっかつじゅうおう》、悪《あく》手段、正印を鋳消《ちゅうしょう》す、漢王の前。

さらに。

計《はかり》の目盛りに眼をとられ、板をかついで、一方だけしか見えぬ禅が多い、修行僧の腕のみせどころは、琴のつるを膠《にかわ》で続《つ》ぐ、名人芸ではないはず。／生かすも殺すも思いのまま、たちの悪い手を使って、漢王は自分の眼の前で、諸公に与える金印を、鋳たり熔かしたりしたのである。

大徳寺の動乱に題す。

248 禅者は禅を争い、詩客は詩、蝸牛角上《かぎゅうかくじょう》、安危《あんき》を現《げん》ず。
殺人刀《せつにんとう》矣《か》、活人剣《かつにんけん》か、長信《ちょうしん》の佳人のみ、独《ひとり》自知る。

大徳寺の内乱について、（手もとの紙に）書きつける。

禅僧は禅で対立し、詩人は詩で対立して、カタツムリの角の上で、二つの国の王さまが、存否をかけて、大たちまわりをみせる。／みな殺しの攻撃か、それとも、人を活かす防御なのか、長信宮に退いている、美人だけが御存知である。

又。

249
伏虎《ふくこ》将軍、是れ我が徒《と》、英雄は失《しっ》せず、悪魔の途。
吹毛《すいもう》三尺、掌握《しょうあく》の内、仏法、南方には一点も無し。

さらに。

虎を畏伏《いふく》させる総大将が、ボクの手のうちにいて、英雄は機を失せず、悪魔の手段も辞さない。／三尺の吹毛剣を、しっかりとにぎりしめて、南方に一滴の邪法も許すまいと、にらみつけている。

養叟《ようそう》の的子《てきし》澱《き》長老の癩病を訪《と》う。

250
毒虵《どくじゃ》の窟宅《くったく》、洛陽の東、癩病、深く懼《おそ》る、亨徹翁《こうてつとう》。
紹澱《じょうき》は養叟が正伝の子、学び得たり天衣《てんね》、仏日《ぶつにち》の風。

養叟のひとり子、宗澱長老の救いがたい病をみまう。

毒蛇の巣窟が、京の東にあることをもっとも恐れたのが、徹翁義亨である。／宗澱は養叟のひとり子で、よくも天衣とその弟子仏日の学風を、身につけたものである。

又。

251 病軽く脈《みゃく》重し、咸淳《かんじゅん》の禅、病重く脈軽きは、会昌《えしょう》の禅。中に就て、腐爛《ふらん》す、養叟の輩、病脈並び損ず、今日の禅。

さらに。

病気はまだ軽いのに、脈があぶなかったのは、咸淳の禅宗（虚堂の罹災）で、病気が重いのに、脈は軽くてすんだのは、会昌の禅宗（武宗の廃仏）である。／とりわけ、手のつけようのないのが、養叟一派であって、病気も脈も、完全にいかれているのが、今日の禅宗である。

252 濼《き》長老の鷲尾《わしのお》の新造の寺を賀《が》し、以《もっ》て癩病《らいびょう》を訪《と》う。

癩病の脚跟《きゃくこん》、毒気生ず、殿堂、新たに造って、勢い峥嵘《そうこう》たり。鋤頭《じょとう》、畊破《こうは》す、鷲峰の頂、荒草《こうそう》、山前、一茎《いっけい》も無し。

宗濼長老が、鷲尾山に禅寺を新建したのを祝し、かねて病室をみまう。

救いがたい病のため（養叟の）脚の下から、毒気（宗濼）がふきだして、仏殿や法堂を新建して、その勢いは当るべからずである。／鷲尾山の頂上を、鋤で破壊してしまい、荒れるにまかせた寺の前に、一本の草木も残っていない。

又。

253 栴檀《せんだん》の仏寺、利名《りみよう》の禅、公案、腰に纏《まと》う、十万銭。
満目《まんもく》青山、法眼《ほうげん》の境、鷲峰の樵客《しようかく》、通玄《つうげん》を踏《ふ》む。

さらに。

栴檀ずくめの仏と寺と、名利第一の禅が揃って、公案禅を腰につけ、(鶴にのって揚州に下る)十万の銭という勢いだ。／目につく限りの青い山々が、法眼禅師の道場であったが、今や鷲尾山の樵夫《きこり》たちは、通玄の道を通うこととなる。

又。

254 鷲峰に建立《こんりゆう》す、大伽藍《だいがらん》、普請《ふしん》して山を崩し、又た岩を砕く。
五臓《ごぞう》は敗壊《はいえ》して、膿血《のうけつ》と成り、黄衣の癩肉、臭汗衫《しゆうかんさん》。

さらに。

鷲尾山に、大伽藍が建って、大勢の人を総動員して、山をくずし、崖をくだいている。／五臓がつぶれて、膿をふきだし、黄色い衣を血肉にかぶせても、臭い汗の下着につく。

又。

255 妄《もう》に仏祖の旧因縁《きゅういんねん》に参ず、天道、豈《あ》に饒《ゆる》さんや、膻《せん》に逢著《ぶじゃく》することを。
食《じき》淡く、志潔し、吾が自業、志姦《かしま》しく、食美なり、汝が家伝。

さらに。

勝手気ままに仏祖の旧因縁を学んだりして、天上の神は、どうして生臭坊主の野合を許されようぞ。／まずいものを食って、精神を潔くするのは、ボクの自業自得だが、貪婪《どんらん》に美味《うま》いものを食うのが、君の家風である。

又。

256 猢猻《こそん》、尾無《の》うして、人前《にんぜん》に出《い》ず、乃祖《ないそ》、嘲《ちょう》を弄《ろう》して、天下に徧《あまね》し。
棒を拈《ねん》じ、喝《かつ》を下して、送一送《そういっそう》、始めて看る勾欄《こうらん》歌舞の禅。

さらに。

尻尾のない猿が、目の前に出て、君のじいさんを、天下のものわらいにしている。／棒をにぎり、一喝をやらかし、一おしにおしかえして、紅い手すりの中で歌いおどる、君の禅はこれだと、初めてみてとった。

又。

257 大灯門下、単于《ぜんう》の境、姦賊《かんぞく》、此《こ》の時、法筵《ほうえん》を開く。
厚面無慚《こうめんむざん》なる、唯だ畜類、古今、此《かく》の若《ごと》くなる邪師《じゃし》無し。

さらに。

大灯国師の門内に、単于が道場をかまえて、欲の深い男たちが、この時とばかりに、講席をひろげている。／厚かましくて、恥をしらない、ただの畜生であり、昔も今も、これほどの、にせものはいないだろう。

又。

258 風流《ふうりゅう》、室に入る、苾蒭尼《びっすうに》、因みに憶《おも》う、慈明狭路《じみょうきょうろ》の時。
腸は断《た》つ、繊々《せんせん》、呈露《ていろ》の手、暗に吟《ぎん》ず、小艶《しょうえん》一章の詩。

さらに。

花やいで、部屋に入ってくる、比丘尼たちは、慈明が裏木戸で、楊岐とひそかに会う場面を彷彿《ほうふつ》させる。／腸がおかしくなるほど、なよなよと指しだす女手が、それとはなしに、小艶の詩の一節を吟じているのに。

又。

259 頤淵《いき》が禅話、太《はなは》だ新鮮、呈露して拳《こぶし》を開き、又た拳を出だす。
竜宝山中の悪知識《あくちしき》、言詮《ごんせん》の古則《こそく》、尽《ことごと》く虚伝《きょでん》。

さらに。

宗頤と宗淵の禅問答は、新鮮にすぎて、あからさまに、拳をあけたり、さらに拳をつきだしたりする。／竜宝山に伝わる、悪知識たちの、言詮の句と古人の問答は、すべて内実がない。

又。

260 果《か》を得《え》、機《き》に投《とう》じて、多く人を教う、青銅の定価、両三緡《みん》。
歌うことを休《や》めよ、亡国伊州《いしゅう》の曲、栄衒《えいげん》の乾坤《けんこん》、天宝の春。

さらに。

悟りをひらかせ、相手に迎合して、大半は教えてやる、青銅の相場は、両三かせの価である。／今は亡びた伊州の国の歌を、聞かせないでほしい、ゴマすり専門で勘定だかい、天下第一の天宝の春のことも。

又。

261
伴《ばん》を引き徒を集む、幾《いく》ばくの癩児《らいじ》ぞ、面門、眼上、総《す》べて眉無し。
法中《ほっちゅう》の姦党《かんとう》、自了《じりょう》の漢《かん》、伝授、師無《しの》うして、話《わ》に私有り。

さらに。
仲間を引きつれ、弟子を集めて、同病相い憐れむ奴ばら。口のあたりも、眼の上も、およそ眉や髭というものがない。／仏法の中からでてきた、貪婪《どんらん》なグループ、自己満足の男たちは、先生なしの印可もちで、話に必ず私心がある。

262
頤《い》の卦《か》、名を題して、食《じき》を貪《むさぼ》り来る、会中《えちゅう》の膾炙《かいしゃ》、寵《ちょう》は梅の如し。
金を攫《つか》む手段、機輪《きりん》転ず、君子は果然《かぜん》として、多く財を愛す。

頤来的々《いらいてきてき》、児孫《じそん》に付するに題す。
「頤《やしな》い来って的々、児孫に付す」という句について、（手もとに）書きつける。
易《えき》の頤（やしなう）の卦に、自分の名を書きこんで、飯のたねにしていることは、集まる人々の口の端《は》に、必ずのぼって、梅のように貴ばれている。／金をつかまえる方法は、はじきのように回転が早く、君子はやはり、財を愛することが多いのである。

人の塩醬《えんしよう》を贈《おく》るを謝す。

263 胡乱《うろん》にして天然、三十年、狂雲が作略《さりゃく》、這般《これつら》の禅。
百味の飲食《おんじき》、一楪《いっちょう》の裏《うち》、淡飯麁茶《たんぱんそちゃ》、正伝《しょうでん》に属す。

塩と醤油をくれた人に。

何ということなく、運を天に任せて、三十年すごしてみると、狂雲の手のうちも、この程度の禅となった。／美味い食い物が、一皿に含まれているにしても、（塩気のない）飯と粗末な茶が、正伝の仏法にお似合いとは。

病中、二首。

264 破戒の沙門、八十年、自ら慚《は》ず、因果撥無《はつぶ》の禅。
病は過去の因果の果を被《こうむ》る、今、何を行《ぎょう》じてか、劫空《ごっくう》の縁を謝《しゃ》せん。

病気のとき、二首。

破戒坊主として八十年、内心では無責任な禅でなかったかと反省している。／病気は己れが招いたものだ、今、どう努力して、永遠の虚無におちずにすむだろう。

又。

265 美膳《みぜん》、誰か具《ぐ》す、一双《いっそう》の魚、小艶《しょうえん》の工夫《くふう》、日用《にちゅう》、虚《むな》し。

婬色《いんじき》、吟身、頭上《ずじょう》の雪、目前の荒草《こうそう》、未《いま》だ曾《かっ》て鋤《す》かず。

さらに。

立派な膳のうえに、つがいの魚を揃えてくれたのは、いったい誰だろう、小艶の歌に手間がいって、日々の食いものには手がとどかぬ。／色ごのみの詩のせいで、頭はすでに真白となり、目の前（の畑）は荒れ放題、未だに一度も鋤を入れていない。

頭《こうべ》を断《き》らるる罪人に代る、二首。

266 六条河畔、頭を断つ場、逼面《ひつめん》に人を殺す三尺の鋩《ぼう》。
伎窮《ぎきわ》まり情尽きて、魔途《まと》失す、空しく断《た》つ、春閨《しゅんけい》、夢裡《むり》の腸。

首を斬られた罪人に代って、二首。

六条河原の首斬り場で、真正面から相手をやるのは、三尺のわざものだ。／手段も情も尽きはてて、閻魔の庁のぬけみちもすでに消え、大空にとびあがる首は、夢のような春の寝室に横たわっていた、愁いのそれである。

又。

267 或る人は眼を瞠《みは》り、或るものは頭《こうべ》を低《た》る、各《おのおの》是れ波旬《はじゅん》の道流《どうる》。

多年の風月、即今《そっこん》の剣、大地山河、満目の愁《うれい》。

さらに。

ある男はかっと眼をむき、ある男は首をたれて、いずれ劣らぬ、悪魔のような坊主どもだ。／長い風月の楽しみのはてが、今や剣一本にまとまって、大地も山河も、目にみえるものすべてが、涙である。

羅漢《らかん》、婬坊《いんぼう》に遊ぶの図、二首。

268 羅漢の出塵《しゅつじん》、識情《しきじょう》無し、婬坊の遊戯《ゆけ》、也《ま》た多情《たじょう》。
那辺《なへん》非《ひ》か、那辺是か、衲子《のっす》の工夫《くふう》、魔仏《まぶつ》の情。

無欲の羅漢が、遊女屋にのしたところ、二首。

羅漢には煩悩がなく、分別がないから、女郎屋の遊びも、なかなか目移りが早い。／あちらはいけない、こちらがよろしいと、修行僧のこつというのは、悪魔と仏のやりとりなのだ。

又。

269 出塵の羅漢、仏地に遠ざかる、一たび婬坊に入って、大智を発《おこ》す。
深く咲《わら》う、文殊《もんじゅ》が楞厳《りょうごん》を唱《とな》うることを、失却《しっきゃく》す少年、風流の事。

さらに。

煩悩のない羅漢は、仏の悟りから離れているが、一たび女郎屋に入るやいなや、偉大な知恵を発揮する。／文殊が楞厳呪をとなえたのは、全くのものわらいで、若ものの花やぎをむしりとってしまったのだ。

涅槃《ねはん》像、二首。

270 作仏《さぶつ》、披毛《ひもう》、主賓《しゆひん》無し、春愁二月、涅槃の辰《あした》。
有情異類《うじようい るい》、五十二、混雑す、紫磨金色《しまこんじき》の身。

ねぼとけの絵、二首。

仏になっても、毛ものでいても、主客の別など、さらさらなしに、悲しいのは春の二月、涅槃の日である。／心ある生きもの五十二種類が、紫磨金色の（仏）身のまわりに、右往左往している。

又。

271 頭上《ずじよう》は北洲《ほくしゆう》、脚下《きやくか》は南、前三々《ぜんさんさん》と後三々《ごさんさん》と。
乾坤《けんこん》に逼塞《ひつそく》す、釈迦の像、看来《みき》れば恵日《えにち》の一伽藍《いちがらん》。

さらに。

頭は北、脚は南で、周りにごたごた、（弟子の数は）前も三々なら、後も三々である。／天地いっぱい（上下左右）にひろがる、釈迦のねすがたを拝みに、日当りのよい恵日山（東福寺）という、一つの伽藍に人々がやってくる。

熊野《くまの》の権現《ごんげん》を嘲《あざけ》る。

272 跡《あと》を三山に垂《た》る、榎本《えのもと》の頭《ほとり》、百由旬《ひゃくゆじゅん》の瀑《ばく》、直《たて》に飛流《ひりゅう》す。室《むろ》の郡《こおり》、道《い》うことを休めよ、馬進《すす》まずと、徐福《じょふく》が精神、物外《もつげ》に遊ぶ。

熊野権現の垂迹《すいじゃく》をわらう。

熊野三山に姿を現じて、榎本のほとりには、百ヨージャナという滝が、まっすぐに落ちている。／室（牟婁）郡のあたりで、（徐福の）馬が動かなくなったなどというのは、おかしい、徐福の精神は、物外にあったのだもの。

閑工夫《かんくふう》。栄衒《えいげん》の徒《と》を辱《はずか》しむ。

273 金襴《きんらん》の長老、一生の望《のぞみ》、衆《しゅ》を集めて参禅、又た上堂。楼子《ろうし》と慈明《じみょう》と、何の作略《さりゃく》ぞ、風流、愛す可し、美人の粧《よそおい》。

つまらぬ努力。ゴマすり坊主に、恥をかかせるために。

金襴の袈裟を身につけるのが、長老たちの一生の願いで、人をあつめて、参禅させたり、上堂したりしている。／楼子や慈明も、花やいで可愛らしい、美しい女の化粧では、何となまぬるいことか。

274 正工夫《しょうくふう》。久参の徒に示す。
機輪《きりん》、転《てん》ずる処、実に能く幽《ゆう》なり、臨済の正伝、名利の謀《はかりごと》。
一枕《いっちん》の春風、雞足《けいそく》の暁、三生の夜雨、馬嵬《ばかい》の秋。

正しい努力。先輩仲間を戒めるために。

からくりの、回りぐあいは、まことに奥ゆかしくて、臨済禅の正しい伝統も、名利の手段となる。／独り寝の枕辺に吹き込んでくる春風は、雞足山の夜明けを知らせ、三度生れかわって契りを誓う、夜雨の声は、馬嵬の秋の非情を、思い知らせる。

洛下に昔、紅欄《こうらん》と古洞《ことう》の両処有り。地獄と曰《い》い、加世《かせ》と曰う。又た安衆坊《あんじゆぼう》の口《ほと》りに、西の洞院《とういん》有り。諺《ことわざ》に謂わゆる小路《こうじ》なり。歌酒の客、此の処を過ぐる者、皆な風流の清事を為《な》すなり。今、街坊の間、十家に四五は娼楼《しょうろう》なり。淫風《いんぷう》の盛《さかん》なる、亡国に幾《ちか》し。吁《ああ》、関雎《かんしょ》の詩《うた》、想う可き哉《かな》。嗟嘆《さたん》するに足らず。故に二偈《げ》、一詩を述べて、以て之を詠歌すと云う、頌《じゅ》

に曰く、

275 同居《どうご》す牛馬、犬《けん》は雞《けい》を兼《か》ぬ、白昼《はくちゅう》の婚姻《こんいん》、十字街。
人道《じんどう》は、悉《ことごと》く是れ畜生道にして、月は落つ、長安、半夜の西。

京の町には、昔から紅欄といい、古洞とよばれる、二ヵ所があって、地獄とも、加世（枷）ともいう。さらに、安衆坊のとばくちに、西の洞院がある。世にいう、小路である。歌や酒好きの客で、ここにやってくるものは、必ず花やいで、清事をやるのである。ところが今、どの町すじでも、十軒のうちの四、五軒は、女郎屋である。風俗のみだれの盛んなことは、亡国の民にひとしい。関雎の歌の昔が、しのばれよう、なげくとも及ぶまい。そこで二首の偈と一首の詩をつくって、思いのたけを歌うのである。その頌は、次のようである。
男女が同居して、牛馬や犬のように、雞姦（男色）をまじえて、まっ昼間から、街角でつるみあう。／人の世が、すべて畜生世界となって、月が長安の西におちる、半夜までつづくのだ。

又。

276 仏、露柱《ろちゅう》に交わって、一《いっ》に途《と》を同じゅうす、邪法《じゃほう》、此の時、扶《たす》くることを得難し。
栄衒《えいげん》の徒《と》、作家《さっけ》の漢《かん》に似たり、仏法は胸襟《きょうきん》に一点も無し。

さらに。

仏が丸柱と交わって、全く同じ小路に入り、今やどうにも、救いがたい邪道の時代となった。／派手好みの連中が、さも腕におぼえのあるごとくふるまって、仏法は一かけらも、胸のうちにない。

277
婬風《いんぷう》、家国《かこく》、喪亡《そうもう》の愁《うれい》、君看よ、雎鳩《しょきゅう》、彼《か》の洲《す》に在《あ》り。

　詩に曰く。

例に随って、宮娥《きゅうが》、主恩の夕、玉盃《ぎょくはい》、夜々、幾春秋《いくしゅんじゅう》ぞ。

　詩のこころ。

色ごとが流行して、国家が亡びたのは、何とも悲しい、みさごが向う岸にいるのに、気をつけてほしいものだ。／宮廷の美女たちは、古いしきたり通りに、夜は主人の寵《ちょう》をうけ、夜ごとに玉の盃を重ねて、どれほどの青春を生きたことか。

278
　俗人《ぞくじん》、婬坊《いんぼう》門前に、詩を詠じて帰る。
楼子《ろうし》は無心《むしん》、彼は有心《うしん》、詩に婬《いん》する詩客、色も何ぞ婬する。
宿雨《しゅくう》、西に晴る、小歌の暮れ、多情、愛す可し、門に倚《よ》って吟ずるを。
在家の男が、女郎屋の門前で、詩を吟じてひきかえすところ。

楼子和尚は、無心だったが、この男は有心であった、詩に酔ってしまった詩人が、色ごとにどうして酔えよう。／昨夜の雨は西の方から晴れ、（女たちの）歌のきこえだす夕方、何と気まぐれで、可愛いことか、門に寄りそうて、詩を吟ずるなんて。

相国寺《しょうこくじ》の沙喝騒動《しゃかつそうどう》。

279 元来、長久の万年山、葉は戦《おのの》く松杉、風外《ふうげ》の間《かん》。
済北《さいほく》の蔭涼《いんりょう》、宗風滅す、白拈《びゃくねん》の手段、活機関《かっきかん》。

相国寺の沙弥《しゃみ》と喝食《かつじき》の対立。

もともと、武門の長久を祈る万年山（相国寺）だが、松や杉の葉がすれあって戦うのは、門のあたりの風にさそわれてのことだ。／臨済禅の学問所、蔭涼軒の学風は滅びてしまって、白昼強盗の腕まえが、からくりのように、動きまわっている。

童謡《どうよう》、二首。

280 童謡、耳に逆らう、野村の謳《うた》、唱起す家々、亡国の愁《うれい》。
十年、春雨、扶桑《ふそう》の涙、稼穡《かしょく》の艱難《かんなん》、廃址《はいし》の秋。

わらべうた、二首。

わらべうたが、耳に逆らうように、村々で流行して、どの家でも口をそろえて、亡国の悲しみをかこっている。／ここ十年あまりも、春は扶桑の涙のように、ふりそそぐ雨となり、植えつけも収穫もない、廃墟の秋にひびきわたるのだ。

又。

281 皇城、山野、野皇城《やこうじょう》、変雅と変風と、人平《たいら》かならず。
骼皮《かくひ》、秋は痩《や》せて、山骨露《さんこつあらわ》る、狂雲一片、十年の情。

さらに。

王城も山野に変り、（天皇ではなくて）野皇の町となって、聞えてくる変雅や、変風のリズムが、人々の不平の心をあらわす。／骨と皮だけのように、収穫のない秋の山骨が、むきだしになり、一ひらの狂雲であるボクも、ここ十年の思いを、むきだしにするほかはない。

杜詩《とし》を看《よ》む、二首。

282 古今《ここん》の詩格《しかく》、旧精魂《きゅうせいこん》、江海《こうかい》に飄零《ひょうれい》するも、亦《ま》た主恩《しゅおん》。
仰いで虞舜《ぐしゅん》と叫ぶ、一生の涙、涙痕《るいこん》、濺洒《せんしゃ》して、乾坤《けんこん》を裹《つつ》む。

杜甫の詩をよんで、二首。

昔から今までの、詩の格式に通ずる、文学の怨霊として（この詩人が）、海や川をさすらうのも、国恩に感じてのこと。／国主（玄宗）を虞舜と仰ぎよんで、死ぬまで感涙にむせび、その涙のあとがひろがって、天地をつつみこむのである。

又。

283 涙して愁《うれ》う、春雨、又た秋風、食頃《じきけい》も忘れ難し、天子の宮。
詩客の名高し、天宝の事、寒儒《かんじゅ》の忠義、也《ま》た英雄。

さらに。

春雨に感じては泣き、秋風に驚いては泣く、食事のあいだも、天子の所在を忘れたことはなかった。／憂国の詩人として、天宝の事件を歌う作品が有名で、貧しい学者の忠誠は、英雄とよぶにふさわしい。

婬色《いんじき》の人に示す、三首。

284 巫山《ふざん》の雲雨、夢中の神、君子すら猶《な》お迷う、況《いわ》んや小人をや。
風流の聖主、馬嵬《ばかい》の涙、亀鑑《きかん》明々として、今日新《あらた》なり。

色好みの人を戒めて、三首。

巫山の南に見える雲と雨は、夢に契った神女の影と知ると、君子さえ心が動くのだから、まして小人をやである。／色好みの聖天子が、馬嵬で流した涙こそ、まぎれもない、自分の姿であり、今もなお鮮かな鏡である。

又。

285
濮上《ぼくじょう》、桑間《そうかん》、哇音《あいおん》を唱《とな》う、風流の年少、寵尤《ちょうもっと》も深し。
世界三家村裡《さんげそんり》の客、重華《ちょうか》は識《し》らず、二妃《にき》の吟《ぎん》。

さらに。

濮上とか桑間という、田舎の音楽がみだらな声をたてて、若もの の色香が、世に貴ばれるのは、深刻なことである。／世の中は、向う三軒、両どなり、何処も田舎ものばかりで、重華（舜）が二人の妃の田舎歌に、気付かなかったのは当然だ。

又。

286
所愛の肉身、飡食《さんじき》の忠、心肝《しんかん》、生鉄《さんてつ》、一天の功。
男児の死処、色何ぞ屈《くつ》せん、悩乱《のうらん》す、楊花《ようか》、甲帳《こうちょう》の風。

さらに。

愛する肉体に、食物をみつぐのが女の忠節で、生鉄のような心臓と肝臓は、主人の手がらである。／男の死にざまに、色気がどうして負となろう、悩まされるのは、柳の花が風に吹かれて、第一のとばりのあたりに、飛びかうときである。

会裏《えり》の僧と武具と、二首。

287 禅《ぜん》を説き道《どう》を学《がく》するは、本より無能《むのう》、乱世の英雄、一錫《いつしやく》の僧。
覿面当機《てきめんとうき》、若し令《れい》を行《ぎよう》ぜば、鉄囲《てつち》百億《ひやくおく》、棒頭《ぼうとう》に崩れん。

門下の修行僧と、武器のこと、二首。

禅を学んでも、実際は何の役にもたたず、世の中が乱れて、たのみになる英雄は、一人の棒つかいである。／真向から、機をねらって、仏の正令を行うなら、百億の鉄囲山だって、一棒でふっとぶだろう。

又。

288 道人の行脚《あんぎや》、又た山居、江海の風流、簑笠《さりゆう》の漁《すなどり》。
逆行《ぎやくぎよう》の沙門《しやもん》、三尺の剣《つるぎ》、禅録を看《よ》まず、軍書を読む。

さらに。

修行者は各地に旅し、山にこもることがあり、江海の花やぎは、簑笠をつけて漁をすることである。／世の動きに抗して生きる坊主は、三尺の名刀がたよりで、禅録をよまずに、軍書を読む人々だ。

乱《らん》に因って、二首。詩。

289 請《こ》う看《み》よ、凶徒《きようと》の大いに籌《はかりごと》を運《めぐ》らすを、近臣と左右と、妄に優遊す。
蕙帳《けいちよう》、画屏《がびよう》、歌吹底《かすいてい》、衆人日夜、酔うて悠々《ゆうゆう》。

戦乱に際して、二首。詩である。

注意してほしいのは、凶徒が盛んに作戦をねっているのに、（将軍の）近臣も、そば仕えも、勝手に遊んでいることだ。／香をたきしめたカーテン、なまめかしい屏風に囲まれて、歌い痴《し》れるものがあり、人々も日夜、酔っぱらって、知らぬふりをしている。

又。

290 忠臣の愁思、功勲《こうくん》に在り、世上の汗淋《かんりん》、君を識《し》らず。
儒雅《じゆが》十年、情寂々《じようじやくじやく》、貴遊一夜《きゆういちや》、酔うて醺々《くんくん》。

さらに。

忠臣のホンネは、手がらを立てること、多忙な評論家は、天子の顔も知らない。／生真面目に、十年も思慕の情をよせて、口にはださず、孤独な一度の夜遊びに、ほろほろと酔うばかり。

会裡《えり》の俗徒《ぞくと》に示す警策《けいさく》。詩。

291 前車《ぜんしゃ》の覆《くつがえ》る処、後車驚く、警策、怠る時、禍《わざわい》必ず生ず。

半酔半醒、夜遊《やゆう》の客、鳥啼《な》き月落ちて、夜三更《よるさんこう》。

門前の市民を戒める、警告。詩である。

前行の車が倒れたのは、後続の車への警告で、警告を無視すれば、必ず難儀がおこる。／ちどりあしの、夜遊びの客に向って、鳥がなき、月が落ちて、今や夜ふけの三更である。

又。

292 詩歌の吟詠、全功を失《しっ》す、天上人間《てんじょうじんかん》、軍陣の中。

意舞酔歌《いぶすいか》して、日を度《わた》ることを休《や》めよ、飛揚跋扈《ひようばっこ》、君が為めに雄《ゆう》なり。

さらに。

詩をつくり、歌に酔うのは、完全な手がらを放棄したためで、天上天下、人は何処にいても、戦いの中にいる。／思うがままにふる舞い、酔うて歌うて、日を過ごしてはならぬ、鷹のように高く飛び、魚のように躍って、君自身が英雄となることだ。

293
乱《らん》に因りて。坊城《ぼうじょう》の小納言に寄《よ》する、詩。

当代の菅儒《かんじゅ》、小納言、詩文の家業、乾坤《けんこん》を動《どう》ず。

英雄は乱世にも、風月を好む、長剣、大弓、主恩に酬《むく》ゆ。

戦乱に思う。坊城の少納言に贈る、詩。

当代の菅公である、少納言閣下は、詩文の家がらゆえに、（武官として）天下を動かしていられる。／乱世の英雄は、清風明月を愛するゆえに、長剣と大弓を身より離さず、国主の恩に応えようというのだろう。

294
抜舌《ばつぜつ》の罪を懺悔《さんげ》す。

言鋒《ごんぶ》、殺戮《せつりく》す、幾多の人ぞ、偈を述べ詩を題し、筆もて人を罵《ののし》る。

八裂七花、舌頭の罪、黄泉《こうせん》には免《まぬが》れ難し、火車《かしゃ》の人。

うそをついて、舌を切られることを悔い、自ら告白する。

言葉の矛で、どれほど人を殺し、傷つけたことか、偈《げ》をよみ、詩を書いて、筆で相手を退けた。／花びらのように、舌を八つ裂きにされて、地獄送りの火車にのせられることを、逃れることはできまい。

乱裡《らんり》、二首。

295 国危《こくき》の家、必ず余殃《よおう》有り、仏界に身を退いて、魔界《まかい》の場《じょう》。時に臨んで殺活《せっかつ》す、衲僧《のうそう》の令《れい》、君看《み》よ、忠臣、松栢《しょうはく》の霜。

戦いの日に、二首。

国家の土台がゆらぐと、必ず祖先のたたりがある、仏のくにから身を退いて、悪魔の刑場に臨まねばならぬ。／とっさのとき、死を活かすのが、坊主の法令だが、今の世に忠臣の姿がみえるか、どうか、凍《い》てつく霜が、凛とした松柏のみどりをみせるように。

又。

296 独坐《どくざ》、頻《しき》りに忙わし、朧晦《ろうまい》の心、誰人か忠義、此の時、深し。暁天の一睡、枕頭《ちんとう》の恨《うらみ》、朝日三竿《ちょうじつさんかん》、夢裡《むり》の吟。

さらに。

静かに坐っていても、大つごもりのように、心が動きまわる今、深く忠義の心を隠しているのは、誰だろう。／枕についても、眠ることができないで、夜あけにひとねむりすると、もうすでに朝日が高くのぼっていて、夢の中の恨みの歌となる。

関東の御上洛。

297 虜軍《りょぐん》万騎、已《すで》に東より来る、京洛の凱歌、一曲《いっきょく》催《もよお》す。
相坂《おうさか》の関門、征駒《せいく》の路、胡児《こじ》の性命《せいめい》、馬蹄《ばてい》の埃《ほこり》。

鎌倉が敗れて、京都に引きたてられるのを。

捕虜を引きたてて、万騎の軍勢が東から近づき、京洛は戦勝祝いに酔うている。／逢坂山の関所は、勝った官軍であふれ、関東えびすの生命など、馬蹄の塵にすぎない。

淫坊《いんぼう》の頌《じゅ》。以て得法《とくほう》の知識を辱《はずか》しむ。

298 話頭《わとう》、古則《こそく》、長く欺謾《ぎまん》す、日用《にちゆう》、腰を折って、空しく官に対す。
栄衒《えいげん》、世上の善知識、婬坊の児女、金襴《きんらん》を着《き》る。

女郎屋のうた。売僧《まいす》坊主をこきおろすもの。

古則や公案では、いつも弟子をみくびっているが、平常は腰をまげて、役人にとりもつだけのこと。／派手好きの、世に知名の大禅師様は、女郎屋の女郎が、金襴の衣をはおったようなものだ。

299 日用《にちゆう》。
日用の正工夫《しょうくふう》、弓を挽《ひ》いて東のかた、胡《えびす》を射る。
殺仏殺祖《せつぶつせっそ》の令《れい》、波旬《はじゅん》、途《と》を失却《しっきゃく》す。

日々のくらし。

日々のくらしの勘どころは、今や弓をひいて関東のあらえびすを殺すことだ。／仏を殺し祖を殺すという、臨済禅の正令には、悪魔といえども、居場所があるまい。

300 祝聖《しゅくしん》。
海内《かいだい》、太平《たいへい》、便《すなわ》ち現前《げんぜん》す、清風、明月、碧雲《へきうん》の天。
万年《まんねん》七百、高僧の行《ぎょう》、看よ看よ、天竜正覚《てんりゅうしょうがく》の禅。

天子の寿をいのる。

あめがした、たちまちにして、平和がかえって、風は清く、月は白く、遠い青空が仰がれる。／万年山相国寺で修行する、高僧七百人の徳で、開山の天竜正覚禅師の姿がよくみえる。

301 徳政。
賊は元来、家貧を打《た》せず、孤独《こどく》の財は、万国の珍《ちん》に非ず。

信道《しん》ず、禍《わざわい》は元《も》と福《ふく》の復《ふく》する所、青銅《せいどう》十万、霊神《れいじん》を失うことを。

うちこわし。

泥棒が、貧乏人をおそうことは、もとからないことで、祇園精舎を寄進し（貧乏な子供や老人に財を分け与えたという）、給孤独《ぎっこどく》長者の財産は、世界の富をあわせても、まだ足りないほどだった。／災難は、福が元のところに復したものだというのは、全く本当のことで、青銅の銭を十万貫もつみあげると、神様でも威厳を失って迷いだす。

302
乱裡《らんり》の工夫《くふう》。

毎朝、高く叫《さけ》ぶ、太《はなは》だ忙々、敵を受くる機先《きせん》、八方に当る。観法《かんぼう》坐禅して、日を度《わた》ることを休《や》めよ、但《た》だ須《すべか》らく勤めて跋扈《ばっこ》飛揚《ひよう》すべし。

戦時下の修行。

朝から大声をたてて、何と忙しいことだろう、敵にあたるには、機先を制して、八方をにらまねばならぬ。／坐禅瞑想して、日を過ごすわけにはいかないが、ただし、鷹が高く飛び、魚が躍るような、雄飛の修行は必要である。

泉涌寺雲竜院《せんにゅうじうんりゅういん》。後小松の院、廟前の菊。

303 衮竜《こんりゅう》の錦袖《きんしゅう》、碧雲の天、叡信《えいしん》す宗門、列祖の禅。
生鉄《さんてつ》鋳成《いな》す、黄菊の意、秋香は未だ老《おとろ》えず、玉堦《ぎょくかい》の前。

泉涌寺雲竜院。そこにある後小松院の廟に、菊花をたずねる。竜をデザインする、錦の礼服を召された後小松院の、高く碧い空のような胸のうちに、おそれおおくも、宗門歴代の祖師への信頼があった。／鋼鉄を錬りあげたような、黄色い菊の花は今、何を考えているのだろう、秋の香りも鮮かに、テラスのあたりにかがやいているではないか。

304 如法《にょほう》、如説《にょせつ》、衲僧《のうそう》の眼、経呪《きょうじゅ》、読誦《どくじゅ》、百千返《べん》。
三百六十、日課の前、風雨、雪月、艶簡《えんかん》を吟ず。

日課《にっか》。毎日よむお経。仏が説かれた言葉の通りに、修行僧のボクの眼は、経呪をくりかえし、くりかえし、百千遍も追っている。／一年三百六十日、毎日よむお経を前にして、風が吹いても、雨がふっても、雪がつもっても、月がのぼっても、ボクはこの恋文をよむ。
太平《たいへい》の正工夫《しょうくふう》。

305 天然、胡乱《うろん》の正工夫、昨日の聡明、今日の愚。
宇宙の陰晴、変化《へんげ》に任《まか》す、一回斫額《いっかいしゃくがく》して、天衢《てんく》を望む。

太平の世の、修行の看どころ。

木地か、胡乱（うろんくさい）かが、修行者の看《み》どころで、昨日の切れ者が、今日は大馬鹿となる。／世の中の天気は、どれほど変ってもよいが、一度はよくよく、額に手をあてて、ずばり天上の路を、眺めなくてはなるまい。

乱世の正工夫。

306 丈夫、須く正見《しょうけん》を具《ぐ》すべし、諸の妄想、境に随《したが》って現《げん》ず。
馬は問う、良馬《りょうめ》なりや無《いな》や、人は答う、此の刀は利剣と。

乱れた世での、修行の看どころ。

一人前の男は、正しい見通しをもつべきで、どんな妄念も、環境によって、姿をあらわすにすぎぬ。／馬は人に、良い馬かと問い、人は馬に、この刀はきれると答える。

小欲知足《しょうよくちそく》、二首。

307 千口《せんく》も多からず、富貴の愁、家貧《ひん》にして甚だ苦しむ、一身も稠《おお》しと。

涓水《けんすい》の鯉魚《りぎょ》、斗水《とすい》の望み、明朝の蘢扇《ろうせん》、広河の流れ。

欲をおさえて、足るを喜ぶこころを、二首。

千人の家族を養っても、まだ足りないと、金持は気をもむが、貧乏人は自分一人をもてあましている。／水たまりにあえぐ鯉が、今欲しいのは一升の水で、あすになってからでは、大河の水も、冬の扇子と同じである。


又。
308 果満《かまん》の羅漢《らかん》、三毒《さんどく》有り、純一の願、小欲知足。
無衣《むえ》の貧病、相い治むることを得たり、山堂一夜、促織《そくしょく》を聞く。

さらに。

悟りに達した阿羅漢に、（たとえ）三毒があるにしても、一休宗純の純なる望みは、欲をおさえて足るを喜ぶだけのことだ。／衣のない貧乏人は、ちょっとした衣をもらうだけでよいので、山中の草堂では、一晩中、ハタオリ虫が機を織る音がきこえる。


悪行の衆生、賛。
309 悪を行ずる衆生は、悪と与《とも》に亡ぶ、善人の寿命は、自然《じねん》に長し。

十人、七八箇は滅却《めっきゃく》す、長く祝す、当今《とうきん》の千歳に昌《さかん》なることを。

悪行の衆生をたたえる。

悪事をはたらいたものは、悪事とともに姿を消すが、善いことをした人は、自然に寿命がのびる。／(ボクの寿命も)十中八九は、ぶっつぶれてしまうが、今上天皇の御世が、千歳に栄えることを、祈りつづけるのである。

310
習心《しゅうしん》。

一昼夜、八億四千、念々不断《ふだん》にして、自ずから現前す。

閻王《えんのう》は許さず、詩の風味、夜々の吟魂《ぎんこん》、雪月の天。

習い性となる、心がけの意味を。

一日一夜のうちに、八億四千の念が、起って消えるというが、一念一念、たえず念じてゆくと、ちゃんと効果があるものだ。／閻魔大王は、詩の味の深さなど、おわかりになるまいが、毎晩、詩を吟じようとする執念は、(詩題となる)雪月の天に通ずるのである。

311
自戒《じかい》。
罪過《ざいか》弥天《みてん》、純蔵主《じゅんぞうす》、世に許す、宗門の賓中《ひんちゅう》の主と。

禅を説いて人を逼《おど》す、詩格《しかく》の工、無量劫来《むりょうごうらい》、悪道の主。

自ら戒める。

大空にはみだすほどの罪業を、純蔵主は蔵しているので、（閻魔の庁で）名の通った、宗門の貴賓のなかの、第一の主賓となった。／禅を説いて人をおどし、詩のスタイルの巧みさでは、無量劫の過去世から、悪道の牢名主である。

愛念《あいねん》の盟《ちかい》、二首。

312 婆子《ばす》、慈明《じみょう》老師に侍《じ》す、婚姻《こんいん》の脚下、紅糸《こうし》を結ぶ。
驪山《りさん》の春色、三生《さんしょう》の睡《ねむり》、千歳の海棠《かいどう》、花一枝《はないっし》。

愛欲のほだし、二首。

老婆が一人、慈明老師のおそばにひかえて、縁むすびの紅い糸で、（老師の）脚の下を、しっかとしばっていた。／驪山の春の色っぽさは、なよなよと、三度の生を睡りつづけるかのごとくだが、死んでしまった海棠の花は、わずかに一枝にすぎない。

又。

313 恩愛《おんあい》の紅塵《こうじん》、誰人《たれ》か掃《は》かん、娘生《じょうしょう》の赤肉《しゃくにく》、父子の道。

羅睺羅《らごら》が、箇《こ》の歓喜丸《かんぎがん》、携《たずさ》え来って、直《じき》に釈迦老に授く。

さらに。

父母の恩という愛欲の塵を、誰が払えようか、母が生んでくれた裸の肉と、父子の正義が自己だ。／釈迦の息子のラーフラは、愛のしるしの団子を抱きかかえて来て、親爺の釈迦の前に、ずばりと置いたものだ。

地獄《じごく》、二首。

314 十方世界、尽乾坤《じんけんこん》、水火、寒温《かんおん》、人の命根《みようこん》。
看《み》よ看よ、米穀の閑田地《かんでんじ》、是れ衆生の地獄門。

地獄にて、二首。

十方世界、天と地のすべてが、冷たい水と熱い火という、人間の生命の根である。／よく注意してみるがよい、人々の食いものになった、平和な大地そのものが、十方衆生を陥れる、地獄の入口なのだ。

又。

315 黄泉《こうせん》の境界《きようがい》、幾多《いくばく》か労《ろう》す、剣は是れ樹頭《じゆとう》、山は是れ刀。

朝打《ちょうた》三千、暮《ぼ》八百《はっぴゃく》、目前の獄卒《ごくそつ》、眼前の牢《ろう》。

さらに。

人々は冥途の旅で、どれほど苦しむことか、樹々の梢は剣であり、山はすべて刀である。／朝は三千遍もぶたれ、暮にも八百たたかれる、目にみえるものすべて、獄卒であり、牢獄である。

冬夜《とうや》、蛍火《けいか》あり、和州紀州、両国の際《あいだ》、山野に充満す。因って禅詩二章、以て之を祝すと云う。

316 蛍火、陽《よう》を争う、智と愚と、衆生の定業《じょうごう》、仏も扶《たす》け難し。
一天の星斗《せいと》、皆な北に朝す、帝業《ていぎょう》、南方に一点も無し。

冬至の夜、蛍が出てきて、大和と紀州のくにざかいで、山野にあふれたという。そこで、禅のうたを二首つくり、そのことを占った。

蛍が太陽と争って、勝つか負けるか、それほど馬鹿げた人間の宿業は、仏といえども救いがたい。／満天の星が、北斗をめざすように、天朝に従うのが道理で、南方に天子の恩沢など、一点もありはしない。

又。

317 満山の蛍火、諸人看《み》る、凶事《きょうじ》、南方、也《ま》た大難《だいなん》。
憐れむ可し、貴賤《きせん》、共に自滅することを、廃北《はいほく》の秋風、冬夜寒し。

さらに。

山野いっぱいの蛍火に、見とれぬ人はいなかった、南方のまがごとは、なかなか大事なのだ。／あわれ南方は、貴賤もろともに自滅して、敗け戦さにふきすさぶ秋風が、冬至の夜にきたのである。

318 朝来の公案、晩来吟ず、食《じき》を求め巣《そう》を忘れて、前業《ぜんごう》深し。
昼夜、人々、雪山鳥、無間《むけん》の苦痛、月沈々《つきちんちん》。

寒夜、雪山鳥《せっせんちょう》を嘆《たん》ず。

寒い夜、雪山鳥をわらう。

今朝からの問題を、晩になって初めて歌い、食いものは探すが、巣づくりのことは忘れるという、宿業の深い鳥である。／昼も夜も、人々はみな、雪山鳥にほかならず、無間地獄の苦しみに、夫婦別離の苦しみを、二つ重ねて引きうけるのだ。

孤独の老人の多欲を嘆ず。

319 千古、多きこと無し、富貴の時、青銅十万、阿誰《あた》にか譲《ゆず》らん。必定《ひつじよう》、後生《ごしよう》は三悪道《さんまくどう》、老人何事ぞ、前知せざる。

孤独な老人の、欲の深いのを笑う。

金のあるときは、人が何人いても厭《いと》わぬのが、千古の哲理だが、青銅の銭が十万貫あっても、誰にゆずりわたすのか。／次の世はまちがいなく、三悪道におちることを、老人はどうして、前もって知ろうとしないのだろう。

320 二月涅槃、寂滅の辰《とき》、一刀両段す、也《ま》た心身。不生不滅は、仏も得難し、花は約《やく》す、有無《うむ》相対の春。

相対《そうたい》。

ツイン。

二月（十五日）は、仏が涅槃に入って、亡くなった日で、一刀両断に、心も身も亡くしたのである。／不生不滅ということは、仏でも把みにくいので、春の花が、有と無とツインをなす、春の夜を選んだのだろう。

乱中の大嘗会《だいじようえ》。

321 当今《とうきん》、聖代、百王の蹤《あしあと》、玉体《ぎょくたい》、金剛、平穏《へいおん》の容《すがた》。
風吹けども動かず、五雲の月、雪圧《お》せども摧《くだ》け難し、万歳の松。

戦いのうちに、大嘗会が行われるのを。

今上天皇は、百王のあとをうけつがれて、玉体は堅固、お姿は平穏無事である。／どんな風も動かすことのできぬ、宮闕の月のごとく、どんな雪も摧くことのできぬ、万年の松のようである。

322 水は流る四念、不同の心、仏界、魔宮、古今に亘《わた》る。
寒窓の風雪、梅花の月、酒客は盃《はい》を弄《ろう》し、詩客は吟《ぎん》。

各見《かくけん》、動ぜず。

人々が自分の考えを、変えぬのを。

水が流れて止まぬように、身、受、心、法という、無常の教えの四つの受けとめ方も、人によって同じからず、仏界か魔界かも、古今にわたってちがう。／冬の窓をうつ、同じ風雪と梅と月に対して、酒好きは盃をあげ、詩人は詩句をひねる。


敬って天子の階下《かいか》に上《たてまつ》る、二首。
323 財宝、米銭、朝敵の基、風流の児女《にによ》、相い思うこと莫《な》かれ。

扶桑国裡《ふそうこくり》、安危の苦しみ、傍に忠臣有って、心に糸を乱す。

うやうやしく、天子の御前に献ずる、二首。

財産と米相場が、国賊を生むきっかけで、花やぐ女丈夫《じょじょうふ》に、心を許してはなりませぬ。／日本中が、たつかつぶれるかの、瀬戸際にきた今、陛下のおそばに、心をくだく忠臣がいるはずです。

又。

324
乾坤《けんこん》、海内《かいだい》、烟塵《えんじん》を起す、昨夜、東風、四隣に逼《せま》る。
禍《とが》は復す、美人身上の事、栄華、悔ゆ可し、馬嵬《ばかい》の春。

さらに。

日本国中、天にも地にも、戦塵がわきたって、昨夜は東風が、四方から吹きよせている。／災難は、美人の身にかえるもので、栄花をつくしてから、後悔しても及ばぬのは、馬嵬の春の事件である。

善悪は未《いま》だ曾《かっ》て混《こん》ぜず、世に善を為《な》す者は、皆な舜《しゅん》を朋《とも》とし、悪を為す者は皆な桀《けっ》に党《とう》するなり。雉《きじ》は必ず鷹《たか》に撃《う》たれ、鼠《ねずみ》は必ず猫に咬《か》まる、是《こ》れ皆な天賦《てんぷ》にして前に定まる所なり。

一切衆生の仏に帰して、善なれば生死《しょうじ》の淪没《りんもつ》を免るる者も、亦《ま》た猶《な》お茲《かく》の如し。因って偈《げ》を作って、以て衆《しゅ》に示すと云う。

325

鷹雉鼠猫《ようちそみょう》、元より自然《じねん》、威音劫来《いおんごうらい》、旧因縁《いんねん》。
照《み》し着る、華清《かせい》、残月の暁、明皇《めいこう》の亀鑑《きかん》、馬嵬《ばかい》の前。

善悪が入りまじって、区別のできなかったことは、かつて一度もなかった。この世で善事を行う人は、すべて舜を仲間にした人で、悪者は桀の仲間になったのである。雉はきっと鷹におそわれ、鼠が必ず猫にくわれるのは、天が命じた分けまえで、前から決っていたのである。生きとし生けるもの、すべて仏に帰依して、善行の人が生死に沈まないで済むのも、やはり同じことだろう。そこで、偈をつくって、弟子たちを戒めたのだ。

鷹が雉をねらい、猫が鼠をねらうのは、もともと、自然にそうなっているので、過去は威王音仏の時という、旧い因果の話である。／驪山の華清宮の人のすがたを、夜が明けても天に残る月が映し、玄宗皇帝の明るい鑑が、馬嵬のあたりを映しだす。

326

又。

過現未《かげんみ》、誰人《たれ》か了達《りょうたつ》する、悪人は沈淪《ちんりん》し、善者は脱す。
風流、愛す可《べ》し、公案、円《まど》かなり、徳山の棒、臨済の喝。

さらに。

過去、現在、未来にわたる輪回の定めを、誰が知り尽しているだろう、悪人は沈み、善人は脱出するのである。／花やいで、可愛らしい、裁判をしめくくるのは、徳山の棒であり、臨済の喝である。

又。

327 風流の脂粉《しふん》、又た紅粧《こうしょう》、等妙《とうみょう》の如来、断腸を奈《いかん》せん。
知んぬ是れ馬嵬泉下《ばかいせんか》の魄《はく》、離魂《りこん》の倩女《せんじょ》、扶桑《ふそう》に謫《たく》せらる。

さらに。

花やいで、脂粉をつけ、さらに紅でよそおう女人には、等覚、妙覚の如来でも、断腸の思いをおさえきれまい。／これこそ、馬嵬の井戸の底に落ちた、美女の怨霊と判れば、肉体を離れた倩女の魂も、日本に流されていたのだろう。

又。

328 身心、定まらず、仮《け》と真《しん》を兼《か》ぬ、欲界の衆生、苦辛に沈む。
愁夢、三生六十劫、劫空無色《ごっくうむしき》、馬嵬《ばかい》の神。

さらに。

人々の身と心と、いずれが真であるか、いずれが仮であるかは、決定していないから、欲望の世の生きものは、落ちぶれて苦しむのである。／ところがまた、悲しい夢をみつづけて、三度も生をかえ、六十劫もさまよいつづけるのが、永遠の空と心（無色）となった、馬鹿の亡霊なのである。

君子の財。

329 詩人の財宝は是れ文章、儒雅《じゅが》の乾坤《けんこん》、日月長し。
窓外の梅花、吟興《ぎんきょう》の楽、腸は寒し、雪月、暁天の霜。

君子の財産。

詩人の財産は文学であり、学者の生きる天地で、日も月もゆっくりと過ぎる。／窓にうつる梅の花は、詩人の興味と、楽しみをさそい、雪と月と早暁の霜が、（詩人の）腸をひやすのである。

貴人《きにん》の財。

330 龐老《ほうろう》、銭を棄つ、誰か挙揚《こよう》する、曾《かつ》て玉斗《ぎょくと》を撞《つ》くも、亦《ま》た何ぞ妨げん。
庭には梅花有り、窓には月有り、鉄檠《てっけい》、紙帳《しちょう》、五更《ごこう》の霜。

貴族の財産。

龐老人が巨万の銭を海に捨て、無一文になったことを、もちあげる必要はないし、范増《はんぞう》が惜しげもなく、玉斗をたたきわったことも、それはそれでよいだろう。／庭では梅が花を開き、窓には月が見えるし、鉄のぼんぼりと、紙のカーテンに、夜明けの霜の、寒さを感ずるのである。

331 錦旗《きんき》、日照して竜蚍《りようだ》を動かす、聖運、春長《なご》うして、国家を救う。
雷《らい》と化して五逆《ごぎやく》の輩を踢殺《てきさい》し、誓って朝廷の為めに悪魔と作《な》らん。

　日旗《にっき》の地に落つるを嘆ず。

　太陽の旗が、地に落ちたのをなげく。

錦の御旗が、日をうけて、竜と蛇を動かし、天子の御運が、春のように栄えて、国民の苦を救っている。／ねがわくは雷神に身を変じて、五逆の輩を蹴殺し、朝廷のためにつくす、怨霊となりたいものだ。

332 韓信《かんしん》、昔年、雲夢《うんぼう》の殃《とが》、人心の真偽、自然に彰《あら》わる。
　乱に因って。

安危、定まらず、个《こ》の時節、人畜、分ち難し、荊棘《けいきよく》の墻《かき》。

　戦いのとき。

韓信が、漢王にだまされて、ある時、雲夢の沢でやぶれたように、人の心の真偽は、おのずから表にでるのである。／ところが、安危を見極めにくい、今日このごろは、人も畜生も区別なしに、棘のかこいの中にいるようなものだ。

333 幽王《ゆうおう》の上古、今時に見る、一咲の花顔、烽火《ほうか》の姿。
八熱、八寒、鬼窟《きくつ》の裡《うち》、馬嵬の辱井《じよくせい》、劫空《ごつくう》の悲。

　美色《みしき》の傾城《けいせい》。

　女色が国を危くする。

太古のときの、幽王の話が今、すでに現実となった、烽《のろし》の火をみて、初めて笑った美女の顔のために（国をつぶしてしまうのである）。／八熱地獄、八寒地獄という、妖怪変化の巣におちて、馬嵬と井戸の恥辱の、永劫に空しい悲しみに、初めて気がつくのである。

334
　山名金吾《やまなきんご》は、鞍馬《くらま》の毘沙門《びしやもん》の化身。
鞍馬の多門《たもん》、赤面の顔、利生接物《りしようせつもつ》、人間《じんかん》に現《げん》ず。
方便《ほうべん》の門を開く、真実の相、業《ごう》は修羅《しゆら》に属《ぞく》し、名は山に属す。
　金吾将軍山名宗全は、鞍馬山の毘沙門天である。

鞍馬山の多聞天が、顔をまっかにほてらせて、衆生を助け導くために、人の世に姿をあらわした。／方便の法門をくりひろげて、真如実相を示す姿は、職務を修羅にあずけ、名を鞍馬山にあずけたものだ。

婦人の多欲。

335 美人、寵《ちょう》を得《う》る、美人の珍、珠玉《しゅぎょく》、青鞋《せいあい》、脚下《きゃくか》の塵。
秋は満つ驪山《りさん》、宮樹の月、栄華、悔ゆ可し、馬嵬の春。

欲の深い女たち。
美人が寵をうけるのは、女ならではの財産だが、他から与えられた珠玉は、要するに新しい鞋であって、脚の下に踏みつけられる、一にぎりの埃である。／秋の月の光が、驪山宮の庭の樹々を、どれほどくまなく映しだしても、栄華は所詮、馬嵬の春を悔いるだけのものである。

336 海内《かいだい》の文章、汝が面前、誰か知る鍛煉《たんれん》、独り天然。
説法《せっぽう》上堂《じょうどう》、法堂《はっとう》の上、如来禅《にょらいぜん》と祖師禅《そしぜん》と。

東坡《とうば》、山谷《さんこく》、同憕《どうちょう》。
蘇東坡と黄山谷の姿を、同じかけものに画いて。

世界に評価された文学が、君の眼の前にあって、それが鍛煉によるのか、天然独自のものか、誰に見分けられよう。／上堂説法は、法堂の上で行われて（誰も見聞できるけれども）、如来禅か祖師禅か、容易に区別することはできまい。

337
大応国師の賛、妙勝寺。
大唐国裡《だいとうこくり》、禅師《ぜんじ》没《な》し、伝受、明々たり、東海の児《じ》。
一天の法窟《ほっくつ》、妙勝寺、天沢《てんたく》の宗風、更に誰か有る。

大応国師の賛、妙勝寺。
広い大唐国内に、禅の師匠は一人もなかったので、東海の児孫《じそん》の伝授は、誰の眼にもまぎれようがない。／東海の児孫である大応国師の、天下の道場が妙勝寺である、径山虚堂《きどう》の天沢の家風を、外にいったい、誰がうけついだというのか。

338
乙石御用人《おといしごようにん》、妙勝寺の真前に向って、髪置《かみおき》の賀頌《がじゅ》。
三歳の生年、小女児《しょうにょじ》、終《つい》には吾が門の老比丘尼《ろうびくに》。
寿算《じゅさん》、婆裙《ばくん》、綿延《めんえん》の錦《にしき》、瓔孩《ようがい》、髪を垂れて、糸《きぬ》よりも白し。

乙石御用人が、妙勝寺の開山像の前に、髪をおいて出家するのを、祝う頌。

生れてまだ三歳という、若い女の子だが、やがては吾が弟子としての、最初の老比丘尼である。／寿命は長く、スカートの裾が、錦のつらなるようにのび、幼な子が髪をたれて、絹のように白くみえる年まわりまで、生きのびてほしいものだ。

乙石御用人、知客《しか》の寺に帰るを待つ。

339 知客の他行《たぎよう》、乙石の愁《うれい》、帰り来《きた》る日数、心頭《しんとう》に在り。
斫額《しやくがく》して天衢《てんく》に、晴雨を望み、愛し看《み》る、昔日の摘星楼《てきせいろう》。

乙石御用人は、知客が寺に帰るのを待つところ。

知客（接待掛り）が外出すると、乙石は心配でたまらず、帰ってくる日を数えて、自分の胸に抱きしめている。／額に手をかざして、はるかに天上の路を眺め、気候のことを見通して、昔、二人で隠れんぼうを楽しんだ、摘星楼のことを思いおこすのである。

山徒《さんと》に贈る。

340 顕密《けんみつ》の天台、妙楽《みようらく》の途《みち》、分明に伝教《でんぎよう》大師の徒《と》なり。
山猿、叫落《きようらく》す、西楼の月、七社の霊神《りようじん》、帝都を鎮《ちん》す。

天台僧に。

顕教と密教を合せる、天台山妙楽大師の教えを、まぎれようもなく、日本に伝えた伝教大師の、その学生に相違ない。／天台山の山猿が、西楼の辺にのぼる月を、呼び落とそうとさわいでいるが、山王七祖の神霊は、今も王城を守護なされて久しい。

341　不殺生戒《ふせっしょうかい》。

李広《りこう》将軍、一片の心、多年の石虎《せっこ》、識情《しきじょう》深し。
人を殺すの端的《たんてき》、眼を眨《さつ》せず、敢《なん》ぞ忍びん、灯前、夜雨の吟《ぎん》。

生きものを殺してはならぬ。

李広は漢軍の総大将として、匈奴を撃つことにだけ、一生をかけた人であり、多年の訓練によって、虎と誤って石を射ぬくほどの、はげしい情熱をもっていた。／しかし、人を斬って眼の玉ひとつ動かさぬ、非人情な剛のものも、夜ふけの暗い灯火に向って、雨の音をきくときの、己の胸の詩心を殺すことができようか。

342　不偸盗戒《ふちゅうとうかい》。

鵝鳥《がちょう》、珠を呑んで、刑罰辛《きび》し、分別する曲直《きょくちょく》、偽《ぎ》、真を兼ぬ。
翠巌老漢《すいがんろうかん》、眉毛の話、保福、豈《あ》に家裡《かり》の人に非ずや。

ものを盗んではならぬ。
鵝鳥が珠を呑んだために、通りかかった僧が疑われて、痛い仕置をうけるのは、ものの曲直と真偽を分つのに、どうしても必要であった。／翠岩和尚が、説法の犯罪性を反省し、自分の眉毛を気にしたのを、保福が泥棒だといったのは、保福もまた泥棒の一味であったためでなかろうか。

不邪淫戒《ふじゃいんかい》。

343
婬坊《いんぼう》の年少、也風流《やふうりゅう》、啑吻《そうふん》、抱持、狂客の愁《うれい》。
妄に樗蒲《ちょぼ》を闘《たたか》わしむ、李群玉《りぐんぎょく》、名は高し虞舜《ぐしゅん》の辟陽侯《へきようこう》。

みだらな愛欲をつつしみなさい。
女郎も、男色も、なかなか生命花やぐもので、接吻したり、抱きあったり、男の狂気の楽しみだ。／李群玉は、娥皇《がこう》と女英の二人を相手に、チョボを楽しんだが、娥皇と女英は名高い虞舜の妃であり、李群玉はさしずめ、漢の呂后《りょこう》の寵を得た幇間《ほうかん》、辟陽侯である。

不妄語戒《ふもうごかい》。

344
一字不説《いちじふせつ》、道《い》うことを信ぜず、大蔵経巻、已《すで》に落草《らくそう》。
漚和《おうわ》、元来、截流《せつる》の機《き》、怪しい哉《かな》、父は小にして子は老《ろう》なる。

でたらめをいってはならぬ。

一字も説かぬなどいう、大うそ（をボク）は信じない、五千四十余巻の大蔵経が、そもそも、すでに、大どじだった。／漚和という、泡沫の言葉こそ、なんと、抜手を切って渡る早わざで、父が若くて子が年を寄《と》っていたなんて、（『法華経』の説は）怪しいものだ。

345
不飲酒戒《ふおんじゅかい》。
痛飲三盃《つういんさんばい》、未だ唇を湿《うるお》さず、酔吟《すいぎん》、只だ慰《い》す、楽天が身。
稜道者《りょうどうじゃ》、念の起るに任す処、宣明《せんみょう》、酒伴《しゅばん》、也《ま》た誰人《たれ》ぞ。

酒をのんではならぬ。

三盃の酒をのみほして、まだ唇が湿ってないという、すばらしい酔いっぷりは、何といっても酔吟先生、白楽天に限る。／稜道者とよばれた長慶は、一生のあいだ坐禅して、（妄）念の起るに任せたが、肌の感じをまるだしに、酒の相伴をしてくれるのは、いったいどなたであろうかな。

346
南園の残菊。
晩菊、東籬《とうり》、衰色の秋、南山、且《しばら》く対《たい》して、意《こころ》悠々。
三要三玄《さんようさんげん》、都《す》べて識《し》らず、淵明《えんめい》が吟興《ぎんきょう》、我が風流。

南畑の残り菊。

色香の衰えた晩秋の菊の、東の垣根を、南山が慰め顔しているのは、何と悠々たる心根だろう。／三要三玄（菊花新たなり）などいうことは、ボクには全く判らぬが、陶淵明の歌ごころにこそ、生命花やぐのである。

高野《こうや》大師の入定《にゆうじよう》。

347 生身の大日覚王《だいにちかくおう》の孫、出入す神通、活路の門。
迦葉《かしよう》、恵持《えじ》す、長夜《じようや》の魄《はく》、秋風春雨、月黄昏《つきこうこん》。

高野大師（空海）の入定。

生き身の大日如来で、覚王仏陀の孫である大師は、神秘な活路の門をひらいて、その中にお入りになった。／摩訶迦葉は雞足山で入定して、（釈迦の言葉である）長夜の魂魄を守りつづけ、秋の風、春の雨に、夕月夜の風情を添えている。

三毒《さんどく》。

348 貪嗔《とんじん》の根本《こんぽん》、自ら痴愚《ちぐ》、人我《にんが》の無明、名利《みようり》の徒《と》。
一个《いっこ》無心《むしん》の閑道者《かんどうじや》、近年、林下に一人《いちにん》も無し。

三つの煩悩。

貪りと怒りの根は、自己の愚かさで、自我の迷いを出られぬ、名利の連中ばかりである。／たった一人でも、無心の道人といえる人は、今ごろの僧堂には、ぜんぜん見あたらない。

349
不殺生戒《ふせつしょうかい》。
全体作用《ぜんたいさゆう》、鬼眼《きがん》を迸《はし》らしむ、勝負の修羅《しゅら》、英雄の念《おもい》。
望帝《ぼうてい》の一声、月三更《さんこう》、殺人刀《せつにんとう》と活人剣《かつにんけん》と。

生きものを殺してはならぬ。

全身で威圧し、眼をひんむいて、相手に勝とうとする阿修羅の心こそ、世の英雄のねがいである。／望帝の化身というホトトギスが、真夜中に一声なくのは、人を殺す刀であるとともに、人を生かす剣である。

不邪淫戒《ふじゃいんかい》、三首。

350
痛飲、誰家《たれ》が、楼上《ろうじょう》の謳《うた》ぞ、少年の一曲、心頭《しんとう》を乱す。
阿難《あなん》、逆行《ぎゃくぎょう》、婬坊《いんぼう》の暁、妙解《みょうげ》の方便《ほうべん》、残月の秋。

みだらな愛欲をつつしみなさい、三首。

大酒をのんで、楼上で歌っているのは、何処の誰か、男色の一ふしが、心をかきみだすのである。／仏の侍者アーナンダが、女郎屋で逆手をとった朝、長老のマンジュシリーは、手だてを考えながら、残月の時間をはかっていた。

又。

351 逆行《ぎやくぎよう》の慈明《じみよう》、婆子《ばす》が身、紅糸脚下《こうしきやくか》、婚姻《こんいん》を絆《つな》ぐ。
一曲、楼頭《ろうとう》、緑珠《ろくしゆ》が笛、憐れむ可し、昔日、趙王《ちようおう》の輪。

さらに。

逆手をとった慈明は、老婆の身を案じてのこと、脚にまといつく紅糸が、男女の縁を結ぶのだ。／独り楼上で笛を吹く、緑珠にも夫があったし、可哀そうに戦国の世の趙王も、（夫のある羅敷《らふ》の）えにしの輪を乱すことはできない。

又。

352 沙門、何事ぞ、邪淫を行ずる、血気の識情《しきじよう》、人我《にんが》深し。
淫犯、若し能《よ》く情識《じようしき》を折らば、乾坤、忽《たちま》ち変じて黄金と作《な》らん。

さらに。

修行僧が何として、愛欲をほしいままにするのか、向うみずに情にかられ、わがままに動くのである。／愛欲をもてあましても、情を抑えることができるなら、天地は一挙に金色に変るだろう。

自讃毀他戒《じさんきたかい》、三首。

353
魔王の眷属《けんぞく》、没商量《もっしょうりょう》、得失、是非、幾《いく》ばくか断腸《だんちょう》する。
前他後我《ぜんたごが》、如来の願《がん》、前後の工夫、三会《さんえ》長し。

自分をほめ、他人をくさすことを、三首。

裁くのが仕事の閻魔《えんま》一族も、全く口が出せぬほど、よしあしをいい、正邪を分たれて、どれほど悲しい思いをしたことか。／他を先にし、自分を後にするのが、如来の願いであって、（すべてを先に渡し尽そうという）前後の思案で、弥勒は長い三会の修行を続けるのである。

又。

354
五逆、雷《らい》を聞く、臨済の訣《けつ》、大慈大悲《だいずだいひ》、太《はなは》だ親切。
活人剣《かつにんけん》、殺人刀《せつにんとう》、人を汚さんと欲して、満口《まんく》に血を含む。

さらに。

五逆の罪を犯した人に、雷をおとすのが、臨済の秘訣であって、甘ちょろい大慈大悲じゃない。

／人を活かすために、人を殺すのであり、人を汚すために、血をはくほどの罵声を、口いっぱいにふっかけるのだ。

又。

355 誰と共にか、正《しょう》に帰《き》し邪《じゃ》を破《は》することを修《しゅ》せん、若し情識に非ずんば、又た何の過《とが》ぞ。
這般《これつら》の作略《さりやく》、子細に看《み》れば、座主《ざす》の見知《けんち》、還って作家《さっけ》。

さらに。

破邪顕正の修行をするには、誰かと一緒がよいだろう、感情にかられさえせねば、何もまちがったことではない。／これほどの手だてというものは、よくよく考えてみると、仏教学者の見方の方が、禅坊主よりも冴えている。

誹謗三宝戒《ひぼうさんぼうかい》。

356 杜撰《ずさん》の飯袋《はんたい》、悪禅和《あくぜんな》、壑《がく》に塞がり溝《こう》に満ちて、国家を亡ぼす。
帰依仏法僧《きえぶっぽうそう》の檀越《だんのつ》、閑《かん》に看る、世間《せけん》残照《ざんしょう》の斜なることを。

三宝（仏法僧）をそしってはならぬ。

いいかげんの禅坊主が、飯ぶくれして、岡やら溝にごろごろし、国をわやにしている。／仏法僧の三宝を、純心に尊敬している檀信徒は、静かに世の中を見まわすと、夕日の照りかえしみたいなものだ。

人境懐古《にんきようかいこ》。

357 境は無心なり、灯籠《とうろう》、露柱《ろちゆう》、人は弁別《べんべつ》す、珠玉《しゆぎよく》、塊土《かいど》。
一夜、五十年前の吟、青塚《せいちよう》の残月、巫山《ふざん》の雨。

人と境（物）の分別について、古《いにしえ》をおもう。
灯籠や丸柱のように、境（物）は無心だのに、人が玉と石を分けるのである。／一晩のうちにも、一生五十年の思いがこもって、王昭君の青塚には、残月がかかり、巫山には、神女の雲雨がたつのである。

又。

358 両片皮《りようへんぴ》、復《ま》た一具《いちぐ》の骨、鳥虫、馬牛、更に魔仏《まぶつ》。
混沌《こんとん》として未だ分《わか》たず、暗昏々《あんこんこん》、雲月は知んぬ、誰《た》が為めの風物ぞ。

さらに。
二枚の皮にすぎぬ口と、一揃いの骨が、鳥と虫と、馬と牛と、そして悪魔と仏を、構成している。

／ごちゃごちゃと入りまじって、みわけもつかず、あやめも分かぬとき、雲と月はいったい、誰がそれを眺めるに足る、季節の物にするのか知らん。

359
倭国《わこく》、譬諭《ひゆ》を以て実《じつ》と作《な》す、二首。
勘弁《かんべん》、邪に入って毒気《どくき》深し、元より君子に非ず、小人の心。
暗に譬諭を認めて、実の会《え》を作す、苔衣雲帯《たいえうんたい》、楽天が吟。

日本人は、譬えにつきすぎる、二首。
人を試す問答が、わきみちにそれて、毒気が加わるのは、もともと、君子ではなくて、小人の分別だったのだ。／譬えばなしを妙に勘ぐって、本当だと思いこむから、白楽天が苔を衣にしたり、雲を帯にしたりするのである。

又。

360 今時、日用、誰人《たれ》か道《い》う、仏祖を超越《ちようおつ》する、是れ野老《やろう》と。
這般《これつら》の輩、法中の畜生、胸襟《きようきん》は愚《ぐ》にして、荒草《こうそう》を鋤《す》かず。
さらに。
今頃の禅の生活は、どういう人の説だろう、仏祖の道を超えるのは、田舎ものだとでもいうのだろう。／そんな程度の連中なら、まさに獅子身中の虫である、胸の中はまっくらで、鋤も入れずに、荒れ放題にしている。

361
異類中行《いるいちゅうぎょう》。

異類、馬牛、中行の途、洞曹《とうそう》、潙仰《いぎょう》の正工夫《しょうくふう》。
愚昧《ぐまい》の学者、誤って領解《りょうげ》す、看来《みきた》れば、正《まさ》に是れ畜生の徒《と》。

異類の中に入ってゆく修行。

馬や牛などの、人間ではない異類の、仲間になってゆくのが、曹洞と潙仰の大切な勘どころである。／愚かな修行者は、それを間違ってうけとめているが、よく考えてみると、かれらこそ畜生の仲間である。

362
井《せい》。

高下、互に看る、打水《たすい》の輪《りん》、衲僧《のうそう》、轆々《ろくろく》、機輪《きりん》を転《てん》ず。
安禅出定《あんぜんしゅつじょう》、清華《せいか》の暁、汲尽《ぐうじん》す、天辺の月一輪。

井戸。

上と下とで、互いに相手をみている、つるべ井戸の輪のように、禅僧はくるくると、心の轆轤《ろくろ》をまわして、臨機応変するものだ。／坐禅を終えて、清らかで花やかな朝がくると、井戸の底に映っている、天上の明月を汲みあげるのである。

又。

363 西江を吸尽《ぐうじん》して、公案円《まど》かなり、工夫《くふう》は管《かん》せず、深泉《じんせん》に溺《おぼ》るることを。寸縄《すんじょう》を借《か》らず、千尺の底、西来の祖意、為人《いにん》の禅。

さらに。

西江の水を、一口に呑みきるという、（龐居士《ほうこじ》と馬祖の）問答がまとまって、禅の勘どころは、泉の底に沈みこんでしまうのと、関係なかったのである。／千尺の井戸にも、縄一すじ使わないのが、インドから来た祖師（ダルマ）の教えなのである。

山居《さんきょ》。

364 孤峰頂上《こほうちょうじょう》、出身《しゅっしん》の途《みち》、十字街頭、向背《こうはい》の衢《ちまた》。空しく聞く夜々《やや》、天涯の雁《かり》、郷信の封書、一字も無し。

山ずまい。

離れ山のてっぺんにも、さらに身をつきだす途があり、四通八達の町の雑沓《ざっとう》の中では、前を向いても後を向いても、すべて路である。／毎夜、空のはてをゆく雁の声を耳にするだけで、郷里からの音信は、一字もないのである。

栄衒《えいげん》の徒《と》に示す。

365 人家《にんけ》の男女《なんによ》、魔魅《まみ》の禅、室内に徒《と》を招いて、玄《げん》を悟ら使《し》む。
近代の癩人《らいにん》、頤養叟《いようそう》、弥天《みてん》の罪過《ざいか》、独り天然《てんねん》。

ゴマすりの弟子たちに。

歴とした若ものを、手練手管《てれんてくだ》でだまし、室内におびきよせて、悟りを開かせる禅がある。／今ごろ、養叟宗頤さまは、大空いっぱいの罪過を、独りで負うのが当然である。

喩《たとえ》を認めて実《じつ》と作《な》す。

366 野老《やろう》、却来《きゃらい》、日用《にちゆう》の今、私車《ししゃ》の公案、晴陰《せいいん》を誤る。
昨夜、窓を打つ、零落《れいらく》の葉、蕭々《しょうしょう》として聴いて、雨声の吟と作《な》る。

譬えを事実と思いこむ。

田舎ものは、却来（ひっかえし）の修行を、今の自分におしあて、裏取り引き（私車）につきすぎて、晴と褻《け》をとりちがえてしまう。／昨夜は落葉がはらはらと、窓を打ったといえば、風蕭々ときき、（杜常の）雨声の詩だとおもう。

367
銭《ぜに》を要《もと》めて薬を売って、琴を修めず、度世《とせい》の工夫《くふう》、貪欲深し。
山堂の夜雨、風流の榻《とう》、自ら絶つ松風、閑道の吟。
山中に薬圃《やくほ》を開く。
山ずまいして、薬屋をいとなむ。

薬を売って銭をとり、琴のことを忘れてしまう、世渡りの勘どころは、欲が深くなることだった。／山小屋の腰かけに坐って、夜の雨をきいていると、妙に花やいだ気分になって、松風や閑道の歌には、さっぱり興味がない。

368
銀燭《ぎんしょく》、画屏《がびょう》、残月の暁、錦茵《きんいん》、甲帳《こうちょう》、落花の春。
生身《しょうじん》、若《も》し火坑に堕在《だざい》せば、花顔、玉皃《ぎょくぼう》、也《ま》た何人《なんぴと》ぞ。
邪淫の僧に示す。
みもちのわるい坊さまに。

銀製の燭台や、艶めかしい絵ぶすまの中で、残月をおしみ、錦のふとんや、ぜいたくなとばりで、若い花を散らせる。／生き身のまま、地獄の火中におちたとき、花のかんばせ、玉の肌は、いったい何者であったのか。

少年の道心、老来失《ろうらいしつ》す、二首。

369
五十年前、大道の心、来生《らいしょう》、未だ隔てず、已《すで》に今を忘《ぼう》ず。
朝に得て夕に死す、立地《りっち》の仏、一旦《いったん》、心を廻《え》せば、百煉《ひゃくれん》の金《きん》。

若い求道心は、年をとると消えて亡くなる、二首。

五十年も昔の、生真面目な宗教心は、来世になってからではなくて、今生で消えてしまうものだ。
／ある朝、道を得れば、夕方に死んでもよいというのは、これは立ち枯れ仏である、ひとたび道に気付いたら、百度も炉に入れて、煉り直してこそ純金である。

又。

370
悟徹《ごてつ》を失却《しっきゃく》して、揔《すべ》て閑事《かんじ》、去劫《こごう》、来劫《らいごう》、又た此《かく》の如し。
金鍮《きんちゅう》正邪《しょうじゃ》、仏も分ち難し、聞説《きくなら》く仏魔、一紙を隔つと。

さらに。

昔、大悟徹底したことを、全て忘れて、気にもしない、過去も未来も、永遠にそうなんだろう。
／純金か真鍮か、本物か偽物かは、仏だって判らない、仏と魔とは紙ひとえというではないか。

黄檗《おうばく》の仏を礼するに題して、栄衒《えいげん》の徒に示す、二首。

371
仏を礼する家風、真《しん》の作家《さつけ》、作家、汝、栄衒の誵訛《ごうか》。
食を奪い牛を駆《か》って、伎倆《ぎりよう》を成す、米銭の名利、他を慊過《けんか》す。

黄檗が仏像を拝むところ（を画《か》いた絵）に書きつけて、派手好みの弟子を戒める、二首。
仏像を拝んでみせたところが、本物のしたたかさである、したたかな君たちの、派手好みでは、ちょっと見分けにくいところだ。／食いものを召しあげ、牛を追いちらしてこそ、腕があがるので、食いものや銭をほしがる名利の欲が、君たちをだましているのである。

又。

372
閻老《えんろう》面前、尤も苦なる哉、飯銭今日《はんせんこんにち》、急《きゆう》に還《かえ》し来れ。
話頭《わとう》、古則《こそく》、商量《しようりよう》の価、棒喝の邪師《じやし》、度世《とせい》の財。

さらに。
閻魔さまにおめにかかるのは、最高にやりきれん、今日は一生の飯代を、きっと返してもらいましょうと。／問答や古人の言葉の、稼ぎの高が、棒やら喝やら、いんちき教授の財産なのだ。

臨済・曹洞の座主《ざす》、各《おのおの》末後《まつご》の句、二首。

373
大死底《だいしてい》の人、心塊土《こころかいど》のごとし、元来、是れ灯籠《とうろう》、露柱《ろちゅう》。
変易《へんやく》、分段《ぶんだん》、只《た》だ任他《さもあらばあれ》、新月、黄昏《こうこん》、五更の雨。

臨済と曹洞と、両派の学者の、死に際のひとこと、二首。

死に切った男の心は、石のかたまりと同じで、なんと、灯籠であり、丸柱にすぎなんだ。／今は、変易（菩薩の生れかわり）も、分段（迷いの生きもの）も、学者の説明はどうでもよいこと、夕ぐれ時の新月と、夜明け方、五更の雨が、灯籠や丸柱では済まんのである。

又。

374
平生《へいぜい》の信施《しんせ》、涅槃堂《ねはんどう》、暮には天台に往き、南岳は朝《あした》。
世間に公道たるは、唯だ病苦、貴人身上にも、曾《かつ》て饒《ゆる》さず。

さらに。

一生のあいだ、信者からの貰いものが、枕もとに山とつまれて、夕方には天台山、明朝は南岳（衡山）に、ゆかねばならぬ。／世の中で、いちばん公平なのは、病気であって、どんなに身分の高い人も、全く逃れようはない。

恵日《えにち》に憎愛《ぞうあい》有り。

375
一段の多情、栗棘《りっきょく》の愁《うれい》、回光反照《えこうはんしょう》、心頭《しんとう》を晦《くら》ます。
工夫長養《くふうちょうよう》、怠ることを得ず、動静《どうじょう》、起居《ききょ》、春又た秋。

恵日山（東福寺）で、愛憎事件が起ったこと。
ひときわ、深情けに悩んでいるのが、栗棘庵であり、内に向って考えるほど、心がお先まっくらだ。／修行のこつは、ふだんの養生を怠らぬことで、寝ても醒めても、居ても立っても、春も秋も変りはない。

法然上人《ほうねんしょうにん》を賛す。

376
法然、伝え聞く活如来、安坐す、蓮華上品《れんげじょうぼん》の台。
智者をして尼入道《あまにゅうどう》の如くなら教《し》む、一枚の起請《きしょう》、最も奇《き》なる哉《かな》。

法然上人をたたえる。
法然上人は、極楽から来た人で、いちばん上位の蓮台に、どっしりとお坐りになっている。／どんな智恵のある人も、尼入道のようにしてしまう、一枚起請文の言葉は、何とすばらしいものだろう。

作家《さっけ》、二首。

377 臨済《りんざい》、徳山《とくさん》、作家に非ず、棒頭《ぼうとう》、喝下《かっか》、師の誇るに任す。
笑うに堪えたり、伎倆《ぎりょう》と鼻孔《びくう》と、照し看る高低、日影の斜なることを。

腕のたつ人に、二首。

臨済も、徳山も、腕ききではなかった、棒を振ろうが、一喝をはこうが、好きなだけおやりなさい。／おかしくてならんのは、君たちの芸当と、やたらに鼻が高いことだ、高くても低くても、日かげは斜めになってゆくのが、はっきりと見えるのである。

又。

378 忍辱仙人《にんにくせんにん》、常不軽《じょうふぎょう》、道心は須く是れ凡情を尽すべし。
恁麼《いんも》に白浄《びゃくじょう》なる、真の衲子《のっす》、勤む可《べ》し、観法《かんぼう》、又た看経《かんきん》。

さらに。

釈迦の前身である、忍辱仙人も常不軽菩薩も、道心とは凡夫の感情を、根だやしにすることだった。／それほどまでに、まっ白に綺麗さっぱりした、法衣を身につけてこそ、坐禅瞑想してもよし、お経を読んでもよいのである。

傀儡《かいらい》。

379 抽牽《ちゅうけん》する者、即ち主人公《は》、地水合成《ちすいごうじょう》して、火風に随う。

一曲《いっきょく》の勾欄《こうらん》、曲終って後、本然の大地、忽ち空《くう》と為《な》る。

あやつり人形。

裏で糸を引いているのが、本当の主役であって、（人形は）土と水をこねあわせ、火と風につきそっているだけだ。／赤い舞台の歌の調べが、ひとたび収まるやいなや、すでに本来の大地で、一切が空になっている。

380 寒灰《かんかい》、充塞《じゅうそく》す、洛陽城、二月、花に和して、春草生ず。

黄金の宮殿、依然として在り、勅下って千秋、万国清し。

洛陽の火後。

洛陽（京の町）が焼けて。

洛陽の町々は、火の気のない、灰でいっぱいだが、二月になって、花といっしょに、青い草がやっと萌えだす。／黄金づくりの宮殿だけは、もとのままに残って、勅命のおかげで、千年先まで、各地の国々も平穏である。

文章を嘲《あざけ》る。

381
人は具《ぐ》す、畜生牛馬の愚、詩文は元より地獄の工夫《くふう》。
我慢、邪慢、情識の苦、嘆ず可し、波旬《はじゅん》の親しく途を得ることを。

文学を皮肉る。
人間は全く畜生で、牛馬のように愚かであり、詩も文も、根っから地獄の思案である。／自己満足、こけおどし、情のこわさ等、恐しいのは、悪魔がぴたりと、そこに寄っていることだ。

又。

382
傑作の詩文、金玉の声、言々句々、諸人驚く。
閻王《えんおう》、豈《あ》に許さんや、雅頌《がじゅ》の妙、鉄棒、応《まさ》に惶《おそ》るべし、鬼眼睛《きがんぜい》。

さらに。
すばらしい出来だとほめ、詩も文も、金玉のひびきだとほめる、一言一句、驚かぬ人は、一人もない。／閻魔大王は、そんな雅とか頌とか、微妙なところを、果して認めるか、どうか、おそらく、もっとも怖るべきは、獄卒たちの鉄棒であり、息のとまるような眼の玉だろう。

元本無明《がんぽんむみょう》。

383
法塵《ほうじん》の習著《しゅうじゃく》、相思を奈《いかん》せん、李杜《りと》、蘇黄《そこう》が、音律《いんりつ》の詩。
弓影《きゅうえい》の客盃《かくはい》、元字脚《げんじきゃく》、生身《しょうじん》に地獄に入ること、矢の如し。

根本無明を。

対象にへばりついて、離れようとせぬ妄想を、どうするのか、李白、杜甫、蘇軾、黄山谷など、調子のよい詩のことだ。／旅人の盃に映っていた、(天井の)弓のかげのように、心の影にすぎぬ文字を追っかけて、生きながらにして、矢の飛ぶように、地獄に急ぐほかはあるまい。

384

譬喩《ひゆ》を破《は》して、病僧《びょうそう》に示す。

弓影《きゅうえい》の膏肓《こうこう》、酒中に在り、毒蛇の影落つ、客盃の弓。
楓林《ふうりん》の黄葉《こうよう》、蜀江《しょくこう》の錦《にしき》、染め得たり心頭《しんとう》、満目《まんもく》紅《くれない》なるを。

譬えをめちゃくちゃにして、病気の僧に与える。

弓の影という、とんでもない難病が、酒の中にひそんでいて、毒蛇の影は、旅人の盃の弓を、引きずりおとしたのだ。／もみじの山の紅葉は、蜀江で出来る錦のように(何度も染めることによって)、君の心を見るからに赤く、染めあげているのである。

利欲、名を忘る。

385 利欲の農夫、商女の情、交りを絶つ、美誉と芳声と。
梅花雪月、吾が事に非ず、米銭《べいせん》に貪著《とんじゃく》して、名を忘却す。

名を捨てても、利益を得ようとする人に。

利益を得ようとするのは、農夫、遊女の欲であって、名誉とか評判とかと、すっぱり縁を切ってのことだ。／梅の花をめで、雪や月を歌う風雅の道は、自分には関係ないというので、米と銭だけを追いかけて、名を捨ててしまうのだ。

又。

386 売弄《まいろう》して深く蔵《ぞう》す、貪欲の心、心中密々に、黄金を要《もと》む。
詩情、禅味、風流の誉れ、秋思、春愁、雲雨《うんう》の吟《ぎん》。

さらに。

どんなに表をつくろっても、心の奥深くでは、利益を得ようとし、心の中でこっそりと、金銭を求めている。／詩を愛し、禅をよろこび、名誉に花やぎ、秋の紅葉を思い、春の花を悲しみ、雲や雨を歌うのも。

色に耽《ふけ》って徳を喪す。

387 酒伴の詩僧、久しく交を絶つ、独吟《どくぎん》す、月影の松梢に満つることを。
楚台《そだい》の愁夢《しゅうむ》、是れ吾が業《ごう》、杜牧《とぼく》は味清し、婬色《いんじき》の嘲《あざけり》。

愛欲をむさぼって、徳をうしなう人に。

酒や文学のつきあいは、すでにぷつりと断っている、月が松の枝いっぱいに輝くのを、独りで楽しむのである。／楚の雲夢の情事こそ、あえて辞せざるボクの宿命で、杜牧がどんなに色好みと笑われても、その詩の味のよいところなのだ。

388 患《げん》は是れ衆生が良薬の訣《けつ》、祖病、機《き》に当る、臨済の喝。
琹台《きんだい》の暮雲、茂陵《もりよう》の吟、五十年来、相如《しようじよ》が渇《かつ》。

偶作《ぐうさく》。

あるとき、ふと思いたって。

病気は人間にとって、最高の良薬であり、祖師禅の毒に中《あた》ることは、場合によっては、臨済に一喝されるのと同じだ。／成都の琴台での情事も、茂陵での文学三昧も、五十年を通して変らぬ、相如の咽喉の渇きによる。

又。

389
我れ唯《ひと》り一息の出入する有り、日面《にちめん》、月面《がちめん》、左右を忘る。
釈迦老師大覚尊、祖病、治《じ》し得て、牛乳を用う。

さらに。

ボクのところには、ただ一つの息が出入りするだけで、馬祖のいう日面仏や月面仏は、（ボクの）そばに近よらぬ。／大覚世尊の釈迦じいさんは、祖師禅の病気を根治するのに、村娘の牛乳をお使いになった。

又。

390
室内の閑吟《かんぎん》、一盞《いっさん》の灯、自然《じねん》に道《い》う無かれ、个《こ》の詩僧と。
愁人の春興《しゅんきょう》は猶《な》お寒夜にして、袖裡《しゅうり》の花牋《かせん》、梅萼《ばいがく》の氷。

さらに。

部屋の中でただ一人、一皿の灯火を相手に、吟ずるともなしに吟じているのを、そのまま詩僧だなどと言わないで欲しい。／いつになっても、気の晴れぬ詩人は、春のよろこびさえ寒夜のようで、袖の中の美しい詩箋は、萼の固い梅のように、凍てついているのだ。

頌《じゅ》。

391
暫時《ざんじ》、此の地に精魂《せいこん》を弄《ろう》す、臨済の後身、祖門を興す。
美誉芳声、世間の外、五雲天上、月林《げつりん》の孫。

ほめうた。

しばらくの間、この地に姿を現して、神がかりをやるのは、臨済の生れかわりとして、祖師の教えを、盛りあげているのだろう。／誉れはたかまり、名声は俗界の外にきこえて、五雲の天上（天子の宮居）に、月林の孫とよばれる。

392

元日、官軍が凶徒を敗るを賀す。

元正、先ず豪《ごう》を破る、処々、凱歌《がいか》高し。
百万、朝廷の卒、一毛《いちもう》を損すること能《あた》わず。

元日、官軍が反乱軍を鎮圧したのを祝って。

正月元日から、すでに大将をうちとって、いたるところで、勝鬨《かちどき》をあげている。／百万という、官軍側の兵卒は、一人も傷ついていない。

393
恵命《えみょう》、微々として、一糸を懸《か》く、分明に臨済正伝の師。

偶作《ぐうさく》。

識情《しきじょう》、名利、山林の客、夜々の秋風、枕上に吹く。

あるとき、ふと思いたって。

寿命は細々として、糸を一すじ下げたにすぎぬが、まぎれもなく、臨済の法を今に伝える、正師である。／情欲と名利ばかりの、山林派ののけ者として、この人（ボク）の枕辺には、夜ごとに秋風が吹きこんでいる。

又。

394 睡裡《すいり》の海棠《かいどう》、春夢の秋、明皇《めいこう》の離思《りし》、独り悠々《ゆうゆう》。
三千の宮女、情、慰《い》し難し、更に馬嵬泉下《ばかいせんか》の遊を遂《と》ぐ。

さらに。

眠りこけている海棠の花の、春の夢はすでに秋となって、明皇（玄宗）のみが、離れ難い思いに、苦しみ悩んでいた。／三千人という宮女も、明皇の情を慰めることはできず、もういちど、馬嵬の冥府に遊ばせるほかはなかった。

懐古《かいこ》。

395 愛念、愛思、胸次《きょうじ》を苦しむ、詩文忘却《ぼうきゃく》して、一字も無し。

唯だ悟道有りて、道心無し、今日猶《な》お愁う、生死に沈めることを。

古をしのんで。

愛情に苦しんで、胸がさけるばかり、詩文のことは忘れて、一字もない。／ひたすらに、道を得ようとあせるだけで、道心がないのである、今日もまだ、自ら生死に沈んで（そのことに気付いて）いる自分が情ない。

又。

396 十年、愛に溺れて文章を失す、是れ行ずるにあらずして、天然に即ち忘る。翰墨《かんぼく》、再び論ず、近年の事、輪廻《りんね》、断じ尽す、隔生《かくしょう》の腸《ちょう》。

さらに。

十年も愛にしずみつづけて、文学を見失っていたのは、わざとそうしたのではなくて、自然に忘れたのである。／筆や墨のことを、近ごろ再び問題にしているのは、今生で輪回の根が断ち切られて、来生になって（文学を失ったことを悔い）、腸をえぐられるだろうからである。

警策《けいさく》。

397 苦なる哉、色愛の太《はなは》だ深き時、忽ち忘却《ぼうきゃく》す、文章と詩と。

前知せず、是れ自然の福なるを、猶お喜ぶ風音《ふういん》の所思を慰《い》することを。
自ら痛棒を。

やりきれんのは、愛欲の思いがとことんまで深まると、文学や詩のことを、一挙に忘れてしまうのである。／前もって気付かないのは、(まだしも)自然にそうなるのが幸いで、いまだに自然の風の音が、ボクの思いを慰めてくれるのが、嬉しいのだ。

又。

398
夢は熟す、巫山《ふざん》夜々の心、蘇黄《そこう》、李杜《りと》、好詩《こうし》の吟《ぎん》。
若《も》し淫欲《いんよく》を将《もっ》て風雅《ふうが》に換《か》えば、価いは是れ無量万両の金。

さらに。

夢をみていると、夜ごとに巫山の思いがつのってきて、蘇軾《そしょく》、黄山谷《こうさんこく》、李白《りはく》、杜甫《とほ》といった、すばらしい詩句を口ずさむ。／もしもボクの愛欲を、風雅の文学にとりかえるなら、そのねうちは計り知れず、万両の黄金となろう。

迷悟《めいご》。

399
無始無終、我が一心、不成仏《ふじょうぶつ》の性、本来の心。

本来成仏、仏の妄語、衆生本来、迷道の心。

迷いと悟り。

ただ一つのボクの心は、始めもなければ、終りもない、仏に成ることもない、本来心としての自己である。／人は本来、成仏しているというのは、仏陀の妄語であって、人は本来、迷道の心をもつ生きものだ。

点頭石《てんとうせき》に題して、虎丘《くきゅう》祖師を訝《いぶか》る。

400 道《い》うことを信ぜず、石の点頭と、若《も》し点頭せば、石の流《る》に非《あら》ず。石に霊《れい》有らば、是れ妖怪《ようかい》、吾が祖師、老虎丘。

石がうなずいたという、その石に書きつけて、虎丘禅師の説を疑う。

石がうなずいたとは、信じられないし、もしうなずいたのなら、始めから石の仲間ではなかったろう。／石に霊魂があるとは、あやしいことだ、われらの祖師である、虎丘老人ともあろうお方が。

不行成仏《ふぎょうじょうぶつ》。

401 天然の釈迦、弥勒《みろく》、六六元来、三十六。

達磨九年、仏六年、成仏作祖《じょうぶつさそ》、精力を尽す。

成仏はしない。

天然の釈迦仏は、弥勒のことで、六六はもとから、三十六だ（弥勒は五十六億七千万年後に、成仏するのである）。／達磨は九年も面壁し、仏は六年も苦行し、共に仏となり、祖師となるのに、エネルギーを尽し切ったのである。

402
書籍を焚《や》く僧に示す。

始皇《しこう》、自然に邪正を弁ず、波旬《はじゅん》の余殃《よおう》、掌《たなごころ》を看《み》るが如し。

看よ看よ、劫火洞然《ごうかとうねん》の時、書籍、金剛不壊《こんごうふえ》の性《しょう》。

本を焼く僧を戒める。

始皇帝は本を焼いて、自然に正邪のけりをつけたし、悪魔のむくいは、掌をみるように明白である。／よくよく、注意してみることだ、ごうごうと音をたてて、劫末の火がもえあがるとき、本というものは、金剛不壊の本性をあらわすだろう。

又。
403
樹下石上の茅廬《ぼうろ》、詩文と疏鈔《そしょう》と同居す。

嚢中《のうちゅう》の遺藁《いこう》を焚《や》かんと欲せば、先ず須《すべか》らく腹中の書を忘ずべし。
さらに。

樹下石上の茅《かや》の庵でも、詩文と、お経の注釈書は、ちゃんと一緒に暮している。／頭陀袋の中の、原稿を焼きすてようと思うなら、まず第一に、腹の中の本を、きれいに掃除することだ。

又。

404 腹中に地獄成《な》る、無量劫《むりょうごう》の識情。
野火《やか》、焼けども尽きず、春風、草又た生ず。
さらに。

腹の中に、地獄をでっちあげるのが、無量劫来の欲望である。／野火は草原を焼き尽すことができず、春風が吹いてくると、草原に又、草がもえでる。

名に耽《ふけ》る僧に示す。

405 南北東西、量《はか》る可からず、扶桑《ふそう》、粟散《ぞくさん》、国の封疆《ほうきょう》。
名に耽《ふけ》る愚鈍《ぐどん》、畜生道、望帝《ぼうてい》の一声、聴いて断腸《だんちょう》。
名聞にとらわれている僧に。

東西南北、この世界は途方もなく広いのに、扶桑の日本は、世界に撒《ま》き散らされた粟一粒ほどの、小さい国土である。／名聞にとらわれるのは、畜生道での愚かなこと、望帝の化身という、ホトトギスの声を聞いただけで、腸《はらわた》がちぎれるほど情なくなってくる。

又。

406 金烏《きんぬ》、玉兎《ぎょくと》、籠中《ろうちゅう》を照す、百億の須弥《しゅみ》、碧空に逼《せま》る。
香水《こうすい》無辺《むへん》、四大海、畜生無始、又た無終。

さらに。

金の鳥（太陽）と玉の兎（月）が、籠（君の心）の中を照しだすと、百億もある須弥山が、青い空をつきあげている。／須弥山の四方にひろがる、香水の海は限りなく大きく、そこにうごめく畜生は、始めもなく終りも無い、輪回転生をくりかえす。

弄業文筆《ろうごうぶんぴつ》の僧に示す。

407 苦楽愛憎、影と身と、寒温喜怒《かんおんきど》、境《きょう》と人を兼ぬ。
平生の吟興《ぎんきょう》、黄泉《こうせん》の路、地獄門前、桃李の春。

文筆で生計をたてる僧に与える。

苦を憎み、楽を愛しても、苦楽と愛憎は、身と影のように、切りはなすことができず、寒温と喜怒も、境（物）と人のように、切りはなすことはできない。／日常の文学的な興味は、冥途に通じていて、地獄の門前で、桃よ李よと、春を楽しむにすぎぬ。

戦死の兵を弔う。

408 赤面の修羅《しゅら》、血気繁し、悪声震動して、乾坤《けんこん》を破る。闘諍《とうじょう》負《やぶ》るる時、頭脳《ずのう》裂く、無量億劫《むりょうおくごう》の旧精魂《きゅうせいこん》。

戦死した兵卒をいたむ。

赤ら顔の阿修羅は、若くて向う見ずに、大声をはりあげて、天地をつんざいた。／激闘が終って、敗れた兵卒は頭鉢を割られ、無量億劫にも、救われようのない、亡霊となった。

偶作《ぐうさく》。

409 我は本来、迷道《めいどう》の衆生、愚迷深き故に、迷えることを知らず。縦《たと》い悟ること無しと雖《いえど》も、若《も》し道有らば、仏果天然、立地《りっち》に成《じょう》ぜん。

あるとき、ふっと思いついて。

ボクは本来、迷道の衆生（まいご）であったが、あまりにも迷いが深くて、迷っていることに気付かない。／たとい、気付くことがないにしても、足の下に道があるなら、仏の悟りは天然で、たちまちに成仏しよう。

　心は万境に随《したが》って転ず。

410
今日、仏心、猶お未だ生ぜず、衆生界と地獄、先ず成る。
万機万境、皆な情識、転処《てんじょ》能く幽《ゆう》なり、剣戟城《けんげきじょう》。

　心は境（物）について無限に転がる。

今日もまた、仏心は起さないで、迷いと地獄の世界を、先にでっちあげた。／ありとある境と、そのはずみ（機）は、迷い心の分別にすぎず、心の転がる先は、自分には判らぬから、忽《たちま》ち斬り合いの町となる。

411
聖凡《しょうぼん》万里、郷関を隔《へだ》つ、清浄の沙門、塵事《じんじ》の間《かん》。

残雪、残梅、窓外の月、吟中《ぎんちゅう》は猶お剣樹刀山のごとし。

　仏魔《ぶつま》一紙。

　仏と悪魔は、紙ひとえである。

聖人と凡夫は、旅人が万里も、郷関を離れたように、遠く隔たっているが、清潔な戒行を、維持していく修行僧は、俗塵のどまんなかにいる。／雪が消えのこったように、散りのこりの白梅が、月に照されて光るのを、窓ごしに見ていると、詩人の胸の中は、あたかも剣の林、刀の山にいる思いである。

婬欲《いんよく》を以て詩文に換《か》う。

412 衆寮《しゅりょう》及第《きゅうだい》、大雄尊《だいおうそん》、著述の佳名、我が命根《みょうこん》。
愁夢未だ修めず、雲雨の約《やく》、君恩、猶お喜ぶ、吟魂《ぎんこん》を費やすことを。
愛欲を、文学にとりかえて。

僧堂の自習室を卒業して、あっぱれ世尊の仲間に入り、学者としての評判が、ボクの生きがいである。／見果てぬ夢を、いまだにもてあましているのは、あの夜の雲雨（夫婦）の誓いのゆえであり、君の愛情が、ボクの文学だましいを、浪費させているのが、辛いほど嬉しいのである。

頌《じゅ》。

413 万端《ばんたん》を忘却《ぼうきゃく》して、詩未だ忘ぜず、半生半死、涅槃堂《ねはんどう》。
黄泉《こうせん》路上、此の吟興《ぎんきょう》、閻老《えんろう》宮前、後悔の腸。
ほめうた。

ありとあらゆる問題を、すべて忘れてしまったが、詩のことだけは、まだ忘れないで、死にかかってまだ死なずにいる、涅槃ぎわの部屋である。／冥途の旅の、この詩人だましいは、閻魔の庁でも、歯ぎしりのたねだろう。

414
妙荘厳王品《みようしようごんおうぼん》を看《よ》む。

妙荘厳が昔日の因縁、瞎禿《かつとく》の道光、我が前に輝く。
閻老《えんろう》は吟《ぎん》ぜず、玉堦《ぎよくかい》の月、黄泉《こうせん》の後悔、碧雲の天。

妙荘厳王品（『法華経』第二十七）をよむ。

妙荘厳王の前生の段は、その盲目坊主の奴根性《どこんじよう》が、ボクの目をひきつける。／閻魔大王は、「玉堦の月」を吟ずるような、風流心をおもちでない、冥途にいっての後悔は、「碧雲の天」のような愛の歌を、この世で楽しまなかったことかも知れぬ。

415
常不軽《じようふぎよう》菩薩を礼《らい》す。

記得《きとく》す、昔年の常不軽、惶《おそ》る可《べ》し血気、衆生の情。
看《み》よ看よ、火宅《かたく》、脚跟下《きやくこんげ》、満目、無間獄《むけんごく》の大城。

常不軽菩薩（『法華経』第二十）を拝む。

いまだに忘れられないのは、ありし日の常不軽のことで、恐しく向うみずの、若い強情さである。／よくよく注意することだ、（われらの）脚の下は火の海であり、見はるかす、無間地獄の大門が広がっていることを。

416 須《すべから》く忍辱波羅蜜《はらみつ》を成《じょう》ずべし、是れ如来の甚深秘蜜《じんじんひみつ》（密）なり。
心火《しんか》焼き尽す、菩提《ぼだい》の根、阿修羅王《あしゅらおう》、仏日《ぶつにち》を滅す。
忍辱仙人《にんにくせんにん》。

忍辱仙人（『金剛経』）のこと。

堪え忍びの知恵を、完成しなさい、これが如来の、いちばん言いたい、ホンネであった。／煩悩の火は、悟りの根を焼き尽し、帝釈天と戦った阿修羅王は、太陽に比すべき仏（如来）をも、根だやしにするだろう。

417 涅槃堂裡《ねはんどうり》、言詮《ごんせん》を絶《ぜっ》す、棒喝の機関《きかん》、法座《ほうざ》の禅。
睡裡《すいり》の花顔《かがん》、猶お酔眼のごとし、春風、腸は断つ、海棠《かいどう》の前。
円悟《えんご》の大病。

円悟の病気。

断末魔の部屋では、どんななぐさめも、受けつけない、棒も喝も、禅の演習も、講義もだめだ。／睡りつづける美人の顔は、あたかも酔った人のようで、春風にふかれる海棠の、（もの言わぬ）花に向って、ただただ腸をさくのである。

又。

418 巫山《ふざん》夜々、夢驚き難し、艶簡《えんかん》、詩を題して、鉄檠《てっけい》に対《たい》す。
只《た》だ檀郎《だんろう》が為めに小玉《しょうぎょく》を呼ぶ、風流、愛す可し、美人の情。

さらに。

夜ごとに、巫山の夢をみつづけて、一向に醒《さ》める気配もなく、鉄のぼんぼりを相手に、恋文をつづり詩を書きつけている。／ひたすらに、檀郎（青年）をふりむかせようと、小玉を叱るだけのこと、生命花やぐ美人の深情が、いじらしい。

又。

419 狭路《きょうろ》の慈明《じみょう》、色欲《しきよく》の婬《いん》、庭前の栢樹《はくじゅ》、祖師の心。
悪魔、臨済正伝の境、雲暗うして、姮娥《こうが》、玉簪《ぎょくしん》を落とす。

さらに。

慈明が裏木戸で、愛欲にいかれたのは、庭先につったっている、若い柏樹の姿に、祖師の心を見たためだ。／悪魔のような、臨済の正法眼蔵は、黒闇に姿を消す常娥《じょうが》が、（間違って）地上に落とした、玉簪（髪かざり）である。

又。

420 娘生《じょうしょう》の仏果《ぶっか》、已《すで》に円成《えんじょう》、大病苦中、識情無し。

小艶《しょうえん》の詩情、人は会《え》せず、雞声茅店《けいせいぼうてん》、月三更。

さらに。

母が生んでくれた、生身の仏は、すでにまろやかに成熟していて、あの苦しい大病のときも、迷いというものがなかった。／小艶の詩の味のあるところを、人は誰もかまいつけない、田舎旅館の鶏が目をさまし、残月が西に傾く（冬の）朝、誰がかまいにくるものか。

421 宗祐《そうゆう》老僧を弔《ちょう》す。

宗祐僧牛《そうゆうそうぎゅう》、誰《た》が面門《めんもん》ぞ、本来の心、乾坤《けんこん》に逼塞《ひっそく》す。

独り真前《しんぜん》に向って、謹んで命《みょう》を乞《こ》う、要須《かなら》ず祐老が幽魂を弔すべし。

宗祐老僧をいたむ。

宗祐和尚という牛の鼻づらを、いったい誰が把《つか》めるだろう、本来（成仏）の本心が、天地いっぱいに広がっているのだ。／ボクが今、ただひとり、和尚の肖像に向って、心から生命乞いするのは、宗祐老人の亡霊をいたむためである。

422
宗祐老僧を弔する頌《じゅ》の韻《いん》に和《わ》す。
或いは僧形《そうぎょう》と作《な》り、或いは馬牛、曹渓《そうけい》の滴水《てきすい》、百川の流《ながれ》。
南山の吟興《ぎんきょう》、東籬《とうり》の菊、花は綻《ほころ》ぶ、三玄三要《さんげんさんよう》の秋。

宗祐老僧をいたむ、ある人の偈頌に和韻して。
修行僧の恰好をしたかと思うと、もうすでに牛馬であって、六祖大師の曹渓の一滴が、百川に流れこむ。／南山の詩心が、東の垣根の菊をよびさまして、三玄三要の秋の花を、（一挙に）ひらかせるのである。

423
江口《えぐち》の美人勾欄《こうらん》の曲に題す。
見色聞声《けんしきもんしょう》は、吟興《ぎんきょう》長し、明心悟道《みょうしんごどう》は、没商量《もっしょうりょう》。
愁人は識《し》らず、普賢《ふげん》の境、樽前《そんぜん》に歌吹《かすい》して、摠《すべ》て断腸。

「江口」という、妓楼もの（の端）に書きつける。

その色をみ、その声を聞いていると、胸中の詩心が動きだして、明心悟道などいう（修行の）ことは、問題にならない。／恋に破れた美人は、普賢の顔（と胸のうち）など、見覚えがないのであり、酒樽に向って歌いつづけて、腸をさいなまれているのである。

424
泉涌寺《せんにゆうじ》の僧、棒を行ず。
八稜八尺《はちりようはっしゃく》、長天に倚《よ》る、拈起《ねんき》して秋山が面前《めんぜん》に向う。
衲子《のっす》も機《き》に当って、手を拱《こまぬ》く処、洞山の三頓《さんとん》、徳山の棒。

　泉涌寺の僧が、棒をつかうところ。
八角の八尺棒をかまえて、大空に拠《よ》りかかったかとおもうと、棒をもちあげて、秋山の正面にたちはだかる。／禅坊主も、いざとなると、手をこまねいてしまうのだが、（かれらのは）正に洞山の三頓棒であり、徳山の棒である。

425
偶作《ぐうさく》。
餓鬼《がき》、苦多《くた》、也《ま》た畜生、人家《にんけ》、魔魅《まみ》せられて、凡情を長ず。
飢渇、病苦、五噎《ごいっ》の患《げん》、邪師の知識、野狐《やこ》の精《せい》。

あるとき、ふっと思いついて。

餓鬼は苦しみづめ、畜生も同じだのに、家柄の若ものがひきずられて、浅はかな欲望をほしいままにする。／飢えと渇きの病いに苦しみ、咽喉がつまってもだえるのは、知識顔する、似而非《えせ》老師であり、狐につかれているのである。

426 鳩鹿狐《きゆうろくこ》の懺悔《さんげ》。

麋鹿《びろく》の生涯、獝狘《きつけつ》の愁、鳩は淫欲に因《よ》って、心頭を苦しむ。
四時、愕《おどろ》き難し、此の愁夢、一枕の西風、夜々《やや》の秋。

鳩と鹿と狐の色ざんげ。

大鹿が山奥でくらしているのは、だましたり、おどしたりする狐の、心配を避けてのことだし、鳩は愛欲が強くて、いつも苦しみつづける。／春夏秋冬、容易に醒めないのが、愛欲の夢であって、ひとりねの枕もとに、夜ごとに西風が吹きこんでも（同じこと）である。

427 除夜《じよや》。

金吾、除夜に山名を死《ころ》す、此れ従《よ》り黄泉《こうせん》、幾ばくの路程ぞ。
太平の天子、東西穏かなり、九五青雲に、客星《かくせい》無し。

除夜。

金吾将軍という名が、除夜（の追儺《ついな》）に、悪名たかい金吾の山名（宗全）を死なせ、山名は冥途の長い旅にたつところだ。／今や太平の世となって、（金吾が除かれたから）天子は穏かに、西東を知ろしめして、帝座を犯す客星など、何処にもあらわれようがあるまい。

円相《えんそう》

428 誰か参ず、潙仰《いぎよう》一宗の禅、円頂《えんちよう》の沙門、心豈《あ》に円《えん》ならんや。
剃頭《ていとう》の外道《げどう》、情識を長《ちよう》ず、定《さだ》んで魔王と悪縁を結ばん。

まるいもの。

潙仰宗という、禅宗第一の宗旨を学ぶのは、誰だろう、頭をまるめたからといって、修行僧の心が、どうして丸いものか。／髪をおろした外道が、愛欲をたかぶらせるなら、きっと閻魔大王と、不仲になるにちがいない。

又。

429 生死輪回《しようじりんね》、恰も環《かん》に似たり、人々、這《こ》の末後《まつご》の牢関《ろうかん》。
寸歩も移さず、脚跟下《きやくこんげ》、生身《しようじん》に、二鉄囲山《にてつちせん》に堕《だ》せん。

さらに。

生死をくりかえすことは、ちょうど丸い環をまわすようなもので、誰も断末魔のときに来て、この関門にぶちあたるものだ。／足を半歩も動かすことなしに、生きながら二つの鉄囲山のあいだにおちて、そこからはい出ることはできない。

又。

430 円成公案《えんじようこうあん》、風流を愛す、逆行《ぎやくぎよう》の機関《きかん》、潙仰《いぎよう》の籌《はかりごと》。
愁殺す、樽前夜遊《そんぜんやゆう》の客《かく》、美人の一曲、玉楼《ぎよくろう》の謳《うた》。

さらに。
問題が丸くおさまり、生命花やぐのが嬉しくて、からくりを逆手にまわすのが、潙仰宗のやり方である。／じれったくてたまらんのは、酒樽を相手に夜遊する男たちで、美人の一曲にひかれて、玉楼（地獄）に入ってゆくのである。

仏祖を礼し、福力を禱《いの》る僧に示す。

431 羈客《きかく》、恨み多し、天地人、愚《ぐ》なる哉、鬼窟《きくつ》の旧精神《きゆうせいしん》。
元来、諸法は縁に従って起る、風月に沈吟す、一个《いっこ》の貧。
仏力をたのんで、助けを求める修行僧に。

天地のあいだを、恨みにかられて、さまよう（君たち）旅人は、愚かなことに、死者の亡霊にとりつかれている。／もともと、どんな存在も因縁次第だのに、あたら風月をみて黙りこむのは、自分自身が貧しいのである。

食籍《じきせき》。

432 飯縁《はんえん》、食籍、聊《いささ》か茶湯《さとう》、竹は菊籬《きくり》を縛《しば》り、梅は墻《しょう》を補《おぎな》う。
人間の世諦《せたい》、尽《ことごと》く餓死《がし》、地獄遠離して、安楽長し。

食いぶち。

食いつないで、どうにか生きてゆく、食いぶちと、多少の茶と薬は（すべて身辺に与えられていて）、竹垣にまといつく菊や、築地の代りをする梅でまかなわれる。／俗世の論理というものは、共食いによる餓死にゆきつくが、（自分の食いぶちに気付けば）地獄を免れて、いつまでも安楽でいられる。

近侍《きんじ》の美妾《みしょう》に寄す。

433 淫乱《いんらん》、天然《てんねん》、少年を愛す、風流の清宴、花前に対す。
肥《こ》えたるは玉環《ぎょっかん》に似《に》、痩《や》せたるは飛燕《ひえん》、交りを絶つ、臨済正伝《しょうでん》の禅。

そばつきの男色たちに。

生れつきの色好みが高じて、男色を楽しむようになり、生命花やぐ宴席では、いつも花のような(君たちが)相手。/ふとった男の子は、玉環とよばれた楊貴妃、細っそりした男の子は、漢の孝成帝に仕えた飛燕そっくりで、(君たちと遊んでいる限り)臨済禅の正室など、ぷっつり縁が切れている。


僧の行脚《あんぎゃ》を送る。
434 参禅学道、玄《げん》を扣《たた》く人、世界の蒲鞋《ほあい》、脚下の塵。
象骨《ぞうこつ》老師、三九の旨、常に飯頭《はんじゅう》と成《な》って、心身を苦しむ。

修行に旅立つ僧に。

禅の道を求め、玄旨を極めようとして、世界を股にかけて、わらじを塵のように、はきすてる男がいる。/象骨山に道場を構えた(雪峰義存《せっぽうぎそん》)老師は、熊野に三度、伊勢に九度という、生涯修行の願を掲げて、何処にいても、いつも飯炊き男となって、苦行に打ちこんだ方である。


桃花を見る図。
435 見処風流、悟道の心、桃花一朶《いちだ》、価《あたい》千金。

瑤池《ようち》の王母《おうぼ》、春風の面、我は約《やく》す、愁人雲雨の吟。

桃の花がみえたところ。

見つけた相手は、生命花やぐ悟りの姿で、一枝の桃の花は、千金にも価いする値うちものだった。／瑤池にいる西王母が、武帝に桃の実を与えたという、そのときの春風のような（王母の）顔を、ボクは両手に抱きしめて、悲しい男の雲雨の歌を、口ずさむことだろう。

又。

436 陣を開く玄沙《げんしゃ》の法戦場《ほっせんじょう》、宗門の議論、老禅の場。

衲僧《のうそう》は遊戯《ゆけ》す、諸三昧、拄杖《しゅじょう》、腰包《ようほう》、桃李の場。

さらに。

玄沙が問答の場に加わって、戦陣が一新され、宗門の老将軍が、喧しい議論を戦わせはじめる。／修行僧はおかげで、無数の問答三昧を楽しみ、拄杖をとり旅装をととのえ、桃よ李《すもも》よと、花やかな禅の盛り場を往来する。

香厳撃竹《きょうげんげきちく》。

437 画に対して忽然として識情を尽す、道人の亀鑑《きかん》、太《はなは》だ分明《ふんみょう》。

娘生《じょうしょう》の仏は見る、南陽の境、腸は断つ、黄陵夜雨《おうりょうやう》の声。

香厳が竹にぶっつかる。

禅の絵解き（の本）をみていて、俄《にわ》かに思いこみが消えたのは、正に修行者の鏡として、あまりにもはっきりしていたためだ。／母の胎から出たばかりの生身の仏が、南陽山の境内にやってくると、見るもの聞くもの黄陵の夜であり、雨の声に腸をたちきられたのである。

又。

438 苕帚《じょうしゅう》を携え来って、風塵を動かす、看《み》よ看《み》よ、聞声《もんしょう》悟道《ごどう》新《あら》たなり。
半夜、千竿、修竹の雨、南陽の塔下、精神を弄す。

さらに。

竹箒《たけぼうき》をもってきて、砂塵をまきあげると、みるみるうちに、声を聞いて道を悟る（仏の）教えが、新たに胸にきたのである。／真夜中まで、千本もある篠竹《しのだけ》が、しとしとと雨にぬれつづけるのは、南陽恵忠《えちゅう》の亡霊が、塔の中でおどりはじめたのだ。

又。

439 久しく響《むか》う、香厳一撃の声、憐れむ可し、悟道、佳名を発することを。

蕭々《しょうしょう》として耳に逆らう、竹扉の雨、滴尽《てきじん》す、南陽塔下の情。

　さらに。

竹を打つ声を一つ、香厳が聞いた話に、長らく思いを寄せてきたのは、あっぱれ悟りを開いたという、評価が高いためである。／（しかし）しとしとと草庵の戸をたたく、耳ざわりな雨というものは、南陽山の塔の中にいる、恵忠国師の怨念を、とことん洗い清めたことだろう。

　普明《ふみょう》国師、百丈大智禅師の法を破る。

440 夏《げ》を破る文殊《もんじゅ》、宗旨《しゅうし》の勲《いさお》、衲僧《のうそう》の三昧、商君《しょうくん》に似たり。
祖師の大用《だいゆう》、現前の境、南岳、巫山《ふざん》、一片の雲。

　普明国師（春屋妙葩《みょうは》）が、百丈大智禅師の教えを、骨抜きにしたこと。

昔、文殊菩薩が安居《あんご》の規則を、骨抜きにしたというのが、禅門の手がら話になっているが、修行僧ののぼせぶりは、自分で決めた法律を、自分で犯して殺された、商鞅《しょうおう》そっくりである。／祖師たちの偉大な作用は、いつも眼の前のことばかりで、南岳恵思禅師が山の上で、雲の動きを見ていたのも、巫山の神女のことであったろう。

　霊山《れいざん》徹翁《てっとう》和尚、百年忌。

441 僧は運んで恩に酬《むく》ゆ、妙勝《みようしよう》の薪《たきぎ》、霊山《りようぜん》昔日、涅槃《ねはん》の辰《あした》。
二千四百年前の境、梅雨、紅を流す、五月の春。

霊山徹翁和尚の百年祭。
修行僧は今、和尚の法恩にむくいようと、妙勝寺に（法要用の）薪を運びこんでいるが、その昔、仏陀の入涅槃に際して、（薪を運ばなかった）霊山の摩訶迦葉《まかかしよう》は、それをどううけとることだろう。／二千四百年も昔の景色が、まざまざと眼の前に甦《よみがえ》って、梅雨が（ボクの）紅《あか》い涙を洗ってくれる、晩春五月の今日である。

又。
442 癩児《らいじ》、伴《ばん》を牽《ひ》いて、人前に出《い》ず、人家《にんけ》を魔魅《まみ》して、常に禅を説く。
竜宝《りようほう》の封疆《ほうきよう》、幸いに滅却《めつきやく》す、霊山《りようぜん》の記莂《きべつ》、瞎驢《かつろ》辺《へん》。

さらに。
救いようのない弟子が、お伴をつれてくるのが、人々の目につくのは、歴とした若ものをだますような、怪しい禅を説いているためだ。／竜宝の田畠は、みごとにつぶれてしまって、霊山（徹翁）和尚が正法眼蔵を他に付与しなかった、未来記の精神をうけつぐのは、瞎驢《おのれ》あたりということになる。

陳蒲鞋《ちんほあい》、八首。

443
老禅《ろうぜん》は本《もと》、鉄眼銅睛《てつげんどうぜい》、是れ北堂慈愛《ほくどうじあい》の情にあらず。
天下の衲僧《のうそう》、脚跟下《きやくこんげ》、宗門の潤色《じゆんしよく》、緑蒲《ろくほ》青し。

わらじの陳さま、八首。

禅で鍛えた老僧は、根っからの古武士で、鋼鉄のようにするどい眼つきは、とても母の愛情が、どうこうできるしろものでない。／天下をへめぐる、修行僧全ての足もとを、みどりしたたる蒲《がま》の草履で、禅門の色に染めあげようというのである。

又。

444
唯だ宗門零落《れいらく》の愁《うれえ》有り、錯《あやま》り来《きた》る、末法《まつぽう》、幾《いく》ばくの禅流《ぜんる》ぞ。
春風桃李《しゆんぷうとうり》、吟《ぎん》じて酒無し、尊宿の栄華《えいが》、蒲葉《ほよう》の秋。

さらに。

禅の教えが地に落ちたという、ただそれだけのことが悲しいので、まちがって、末法の世に生れあわせたという、禅の仲間がどれほどいても、大したことではないだろう。／春風が吹いて、桃李の花が笑いかけても、酒をのんで歌う気はせず、陳尊宿とよばれる草庵の栄華は、黄ばんだ蒲の秋の色である。

又。

445 黄衣《こうえ》の尊宿、事如何《じいかん》、是れ当機《とうき》に手に信《まか》せて拏《とら》うるにあらず。

三家村裏《さんげそんり》、野老の業、棒喝《ぼうかつ》の商量《しょうりょう》、豈《あ》に作家《さっけ》ならんや。

さらに。

黄色い衣を身につけた、古尊宿の生活とは、いったい何事だったのか、場あたり的に手をのばして、（黄色い衣を）把《つか》んだのではなかった。／三軒ばかりの田舎おやじや、棒をふりまわして、どなりちらす問答稼業が、どうして腕のたつ禅僧といえよう。

又。

446 元来、黄檗下《おうばくか》の尊、臨済の師兄《すひん》、論ずることを用いず。

仏法、南方、今、地に落つ、北堂寂寞《ほくどうせきばく》として、吟魂《ぎんこん》を苦しむ。

さらに。

もともと、黄檗の法をつぐ、歴たる古尊宿であり、臨済のあに弟子であることは、言うまでもない。／今ごろ、南地の仏法は衰えて、影もないから、北堂の母は（自分に孝養を尽す息子の）、本来の使命を思うにつけ、やるせない思いに胸を苦しめるのだ。

又。

447 真正の工夫、変通《へんつう》に任《まか》す、達磨《だるま》、建立《こんりゅう》す、仏心宗。

雲、南山に起れば、北山は雨、夜来、吹き過ぐ、樹頭《じゅとう》の風。

さらに。

修行の勘どころは、相手に応じて変化するにあり、ダルマは（東土の大乗のために）、仏心宗を立てたのである。／（雲門が答えたように）南の山に雲がおこると、北山では雨が降り、夜来八万四千偈と歌われる、樹々の梢を吹く、風の音も聞えるではないか。

又。

448 笑うに堪《た》えたり、米山《べいざん》、米銭《べいせん》無きことを、誰か参ず、尊宿、織蒲《しょくほ》の禅。

衆生の五欲、八風起る、看《み》よ看よ、正邪、今現前《いまげんぜん》す。

さらに。

笑うわけにいかんのは、陳尊宿が米山に住しながら、米代にこと欠く貧乏であったことで、そんな尊宿のわらじづくりに、参ずるものがあるかどうか。／人々は、群がりおこる五欲八風の前で、禅の正邪が分かれるのを、よくよくみとどけることだ。

又。

449 道を説き禅を談じて、利名を長ず、工夫《くふう》は乱裡《らんり》に愁城《しゅうじょう》を築く。
門閫《もんこん》空しく折《お》る、韶陽《じょうよう》の脚、折《さ》き得たり、江湖、門弟の情。

さらに。

禅だ道だと説きまくって、名聞利養の欲心をたくましゅうする、そんな戦いのまっただなかで、（陳尊宿の）修行の勘どころは、悲しみの町を築くことだった。／部屋の敷居が無惨にも、韶陽（雲門）の片足をへしおって、江西や湖南を旅する弟子たちの、迷い心を斬り捨て（嗣法の弟子をとらせなかっ）たのだ。

又。

450 米無《の》うして米山《べいざん》、名《な》の下空《したむな》し、宗門の玄要《げんよう》、老禅翁《ろうぜんおう》。
七宝荘厳《しっぽうしょうごん》の富貴《ふうき》、平生の氷雪、又た寒風。

さらに。

食う米もないのに、米山とは評判負けだが、禅門の枢要（である空《くう》のところ）を、老師は握っていたのだろう。／金銀その他の七宝で、身を飾りたてた富豪といえども、平常のくらしといえば、雪や氷や寒風に、吹きさらされる思いである。

451

歇林紹休侍者《けつりんじょうきゅうじしゃ》、攸《ところ》を相《そう》し居を構えて、扁《へん》して伝正《でんしょう》と曰う。因《よ》って偈を作って以て証《しょう》と為すと云う。

宗門の滅却《めっきゃく》、法筵《ほうえん》開く、狭路《きょうろ》の慈明《じみょう》、顚倒《てんどう》し来る。
墻外《しょうげ》は自然に樵客《しょうかく》の迹、風流愛す可し、断崖《だんがい》の梅。

近侍の歇林紹休が、地を選んで部屋をつくり、「伝正」という額をかかげた。そこで偈を贈って、侍者であることの証とする。

禅門をつぶしたのは、法席を開いた人々であって、慈明が裏木戸で（楊岐を許したのも）、気が転倒していたためである。／（伝正庵の）垣根の外は、昔ながらの樵夫《きこり》みちで、生命花やいで可愛いのは、崖っぷちの梅の花である。

452

再来隔生《さらいかくしょう》、即ち忘ず。

講経《こうきょう》の大士《だいし》、喚《よ》んで誰とか為す、弥勒《みろく》、当来の導師。

炉鞴《ろばい》の鈍鉄《どんてつ》、生鉄《さんてつ》を出《い》だす、利剣と鈍刀と、鉄は知らず。

偉人の生れかわりは、前々生のことを忘れて、何も覚えてはいない。大乗経典を講じているのは、何という菩薩であろうか、弥勒は将来（一切衆生を救い尽す）、仏になるはずの菩薩である。／溶鉱炉の荒鉄から、本物の刃金がでてくるのであり、利剣になるか、鈍刀になるかを、鉄は予想することがない。

自然外道《じねんげどう》。

453 大道廃《すた》る時、人道《じんどう》立つ、知恵《ちえ》を離出《りしゅつ》して、義《ぎ》深く入る。管絃《かんげん》、歌吹《かすい》、人倫《じんりん》の能《のう》、風雨は世間の音律《いんりつ》ぞ。

自然主義という異端。

天道がすたれて、人々の道が姿をあらわす、小ざかしい知恵を抜けだして、仁義は真に深まるのに。／笛や琴や、音曲の美は、すべて仁義の仕事である、自然の風雨の調和では、俗世間の音楽にすぎない。

又。

454 聡明《そうめい》の外道《げどう》、本より無知《むち》、精進の道心、幾ばく時をか期せん。天然には、釈迦、弥勒《みろく》無し、万巻の書経、一首の詩。

さらに。

どんなに頭のよい外道も、本来は無知であった、精進努力の求道者も、どれほど持ちこたえられるか、どうか。／生れながらに、釈迦や弥勒という、特別の人格があるわけではない、人々は万巻の本と経をよみ、一首の詩から始めたのである。


地獄。

455 三界無安《さんがいむあん》、猶如火宅《ゆうにょかたく》。
箇《こ》の主人公、瑞岩《ずいがん》、応諾《おうだく》す。


地獄。

欲望と物と心という、三つの世界に落着いていることはできず、あたかも火のついた家の中に、それと知らずにいるようなものだ。／どっこい、俺が主人だぞと、瑞岩和尚はみずから答えたじゃないか。


岩頭和尚《がんとうおしょう》。

名は風流、面《かお》は蛮胡《ばんこ》。胡鬚《こしゅ》黒く、也《ま》た赤鬚《しゃくしゅ》。舌頭《ぜっとう》は文殊に絶勝《ぜっしょう》し、脚下《きゃくか》は道儒を蹈断《とうだん》す。

天下衲僧の痴愚《ちぐ》なる、邪法は而今《いま》、扶《たす》け難し。象骨《ぞうこつ》老師の小巫《しょうふ》、臨済渡子《りんざいとし》と途《と》を同じゅうす。

著々《ちゃくちゃく》、様《よう》を作《な》し模《も》を作し、頭々《ずず》、細に入り麁《そ》に入る。棹《さお》を横たえて、江湖《ごうこ》を一拶《いっさつ》す、江湖の議論、区々《くく》たり。確《かく》。頌《じゅ》に曰く、

456 世間に種々、奯公《かっこう》の図、道伴《どうばん》、知音《ちいん》、一箇も無し。
夜雨、篷窓《ほうそう》、江海の燭《ともしび》、宗門の零落《れいらく》、工夫《くふう》を尽す。

岩頭和尚のこと。
名は色っぽいが、顔つきは蛮カラ、鬚はインド人のように濃く、赤鬚のインド人でもある。弁説となると、文殊もこてんぱん、脚の下に道学先生を、ふみつけて顧みぬ。天下の修行僧は、ものしらずゆえに、岩頭ほどの横車には、今やそばにも寄れんのである。象骨山に道場を構えた天下の（雪峰）大老師も、岩頭には一介の巫女にすぎず、臨済義玄も渡し守稼業の、しがない仲間である。一手一手に、手本を示し、一つ一つ、麁に入り細をうがつ入念さで、船をやる棹を横たえて、江湖（天下）の修行僧を一せめすると、江湖の修行僧たちは、やいのやいのとさわぎだす。そうだ。そこで、ほめうたにいう、
世の人はさまざまに、全奯君の姿を画くが、同じ道をゆく人、胸のうちの判る人は、一人もいない。／夜雨さびしい、篷《とま》ぶきの船の窓に、わずかに江海を照す燭をかかげて、天下の禅僧がおちぶれてゆくのに、必死の努力を尽すのである。

学林宗参庵主《がくりんそうさんあんじゅ》、水葬《すいそう》。

457 参禅学道、閙怱々《どうそうそう》、六十年来、変通《へんつう》に任《まか》す。
流水千江、機輪転《きりんてん》ず、閻浮樹下《えんぶじゅげ》、月、弓の如し。

　学林宗参庵主を水葬する。

君は禅の道を求めて、わいのわいのと気ぜわしく、六十年このかた、臨機応変の生き方であった。／今、そうした千江の水の流れに、からくりの輪が回って、ジャンブ樹の下に映る月かげは、弓のように曲ってみえる。

円悟《えんご》大師の投機《とうき》の頌《じゅ》の後《しりえ》に題す。

458 新たに題す小艶《しょうえん》、一章の詩、詩句の工夫《くふう》、誰にか説向《せっこう》せん。
残生の白髪、猶お色に婬《いん》す、鬼眼《きがん》の閻魔《えんま》、是非を決す。

　円悟大師が悟りを開いたときの歌に重ねて。

円悟大師の小艶の歌に寄せて、新たにもう一つの小艶の詩を書いてみて、詩句の勘どころというものを、いったい誰に説明したものだろう。／老い先の短い、白髪の身というのに、いまだに色気に溺れていては、恐しい閻魔ににらまれて、初めて決択《けっちゃく》がつくことだろう。

459
四睡《しすい》の図。
凡聖同居《ぼんしようどうご》、何似生《かじせい》、披毛作仏《ひもうさぶつ》、也《ま》た分明《ふんみよう》。
今宵極睡《こんしようごくすい》す、清風の枕、空劫以来《くうごうこのかた》、松に声有り。

四人の隠者の居眠りの絵。

凡夫と聖人が雑居とは、いったい何のことだろう、毛ものに生れるか、仏になるか、ちがいは言わずもがなである。／今夜はぐっすり眠りこむのに、風もよければ枕もよい、おまけに太古以来という、松の声さえ聞えてくる。

460
運庵《うんなん》、松源の衣《え》を還《かえ》し、頂相《ちんそう》を留《とど》む。
這《こ》の三転《さんてん》、痛処《つうじよ》の針錐《しんすい》、看《み》よ看よ、宗門句裡《くり》の機《き》。
争奈《いかん》せん、石渓肩上《せつけいけんじよう》の土、脱屣《だつし》を拾い来って、伝衣《でんね》と号す。

運庵は師匠の松源和尚に、（伝法の）衣をかえし、肖像画だけを頂かれた。

師から頂いた三つの試問こそ、ツボをおさえた針というもの、よくよく見とどけるべきは、禅の言葉のもつ気合いである。／笑止千万なのは、石渓の肩についている土のことで、松源和尚が（地上に）履きすてた草鞋を拾って、伝法衣だと言うのである。

弟子の癖《へき》。

461 臨済大人《りんざいたいじん》の禅に参じて従《よ》り、元字脚頭《げんじきやくとう》、心念の前。
即今《そつこん》若し我が門の客と作《な》らば、野老《やろう》の風流、美少年。

　弟子をもつ人の習癖。

臨済大先生の禅を学んでからというもの、文字の根になる心のことが、いつも気になって仕方がない。／今ごろ、ボクのところに入門するものは、田夫野人の花やぎか、男色の少年といった連中だ。

462 分明《ふんみよう》に画《えが》き出だす、許渾《きよこん》が図、吟《ぎん》じて径山天沢《きんざんてんたく》の鬚を撚《ひね》る。
誉《ほまれ》を嗜《たしな》み名を求めて、利を愛せず、風流寂寞《せきばく》たり、一寒儒《いちかんじゆ》。

自賛《じさん》。

　自分の絵すがたに。

まぎれもなく、ここに描かれているのは、唐の詩人の許渾の顔で、径山天沢庵の虚堂和尚が、詩を考えて鬚をひねる恰好である。／どこまでも名誉を貴んで、利益を求めない、生命花やぐ一人の学者の、貧しくてさっぱりした姿である。

463
臨済、曹洞の善知識、貪欲熾盛《とんよくしじよう》なり。
米銭《べいせん》は膝下に露堂《ろどうどう》々、辛苦、沈淪《ちんりん》す、万劫《まんごう》の腸《ちよう》。
賊智《ぞくち》、妨《さまた》げず、君子に過ぎたり、徳山、臨済、没商量《もつしようりよう》。

臨済宗も曹洞宗も、先生方は欲が深くて、威張りすぎる。弟子たちの月謝の上に坐りこんで、みるからに貫禄があるのは、深く苦界に身をしずめて来た、永遠の過去の肚のせいだ。／泥棒の知恵というものは、とてもとても、君子もおよばぬ（すばしこいもの）、徳山も臨済も、お話にはなるまい。

464
臨済、徳山、棒喝の禅、睦州《ぼくじゆう》の蒲葉《ほよう》、翕公《かつこう》の船。
左伝《さでん》、蠟屐《ろうげき》、一時に忘じて、是れ和嶠《わきよう》ならず、我は銭を愛す。
癖《へき》。

好み。
やたらに棒喝をふりまわすのが、臨済と徳山の禅風で、睦州は蒲の葉っぱ、岩頭全翕君は、船が性に合っている。／晋の杜預《とよ》は左伝、阮孚《げんぷ》が木靴に蠟をぬる癖をもっていたことは、しばらく忘れるにしても、ボクなら和嶠ならずとも、どうしても銭が欲しいところだ。

465 東坡像《とうばぞう》。
竺土《じくど》の釈迦、文殊の師、即今、蘇軾《そしょく》、更に誰とか看《み》る。
黄竜《おうりょう》の禅味、舌頭《ぜっとう》の上、万象森羅《ばんしょうしんら》、文と詩と。

東坡の肖像。
インドの釈迦仏には、文殊菩薩という先生があったが、今ごろ、蘇軾にはいったい、誰がいたか、お判りかな。／黄竜禅の味わいを、舌のうえに嘗めつくして、森羅万象のすべてが、文章となり詩句となったのだ。

偶作《ぐうさく》。
466 臨済の門派、誰か正伝なる、風流、愛す可し、少年の前。
濁醪一盞《だくろういっさん》、詩千首、自ら笑う、禅僧は禅を識らず。

あるとき、ふと思いついて。
臨済禅の末流のうち、いったい誰が正統派かと、生命花やぐ美少年を相手に、（あるときふと）考えたのである。／にごり酒を一杯のむたびに、詩が千首もできあがって、禅坊主が禅を知らぬのも、当然のことと笑いこけた。

467
抹香《まっこう》を嫌う。
作家《さっけ》の手段、孰《たれ》か商量《しょうりょう》する、道を説き禅を談じて、舌更に長し。
純老天然《じゅんろうてんねん》、殊勝《しゅしょう》を悪《にく》む、暗《あん》に鼻孔《びくう》を顰《しか》む、仏前の香。

抹香のくさみ。

腕におぼえのあるところを、いったい誰が試すのか、禅だ道だと説きまくって、舌の先が伸びすぎていないか。／宗純老人は根っから、有り難いことが嫌いで、仏前の香に対しても、無意識のうちに鼻がしかむのだ。

468
病僧《びょうそう》に五辛《ごしん》を与う。
病僧の大苦、傷風《しょうふう》を発す、死脈《しみゃく》、頻々《ひんぴん》として、命《みょう》は終らんと欲す。
如来の新病、牛乳を用う、忌《きら》う莫《な》かれ、凡身、薬草の葱《ねぎ》。

病気の僧に五辛を与えて。

修行僧が病気にかかり、風邪がもとで苦しみぬいて、何度もすでに脈がたえ、生命も危いようである。／釈迦如来も珍しい病気にかかって、牛乳をのむことを認めた、凡夫の身で薬草の葱を用いることを、避けないでほしい。

久参《きゅうさん》の徒《と》に示す。

469 看経《かんきん》、看教《かんきょう》、無間《むけん》の業《ごう》、応庵《おうあん》は但《た》だ許す、白浄業《びゃくじょうごう》。参禅学道、閑話頭《かんわとう》、懼《おそ》る可し、身口意《しんくい》の三業《さんごう》。

古参の弟子たちに。

誰もが経を読み、禅の本を読んで、無間地獄ゆきの業をつくっているが、応庵（曇華《とんげ》）は念仏を唱えることだけを認めた。／参禅も問答も、閑つぶしにすぎず、いちばん怖いのは、それが身業、口業、意業という、三つの業をつのらせることだ。

薄氷《はくひょう》。

470 但《た》だ江海薄氷の地を看て、人々心上の危うきを管《かえり》みず。憐れむ可し、極苦、目前に急《きゅう》なるも、迷道《めいどう》の衆生、終《つい》に知らず。

うすごおり。

誰も川や海の薄氷を、ふむことだけを怖れて、めいめいの心の、大きい危険に考え及ばない。／あっぱれ、これ以上はないという、大苦が目の前にせまっても、道を見失った人々は、何も気がつかぬのである。

471
金春座者《こんぱるざしゃ》の歌。

唱《しょう》し得たり雲門、王老《おうろう》の禅、朝《あした》には東土に遊び、暮には西天。

震旦《しんたん》の径山《きんざん》、上堂《じょうどう》の後、建仁に鼓《く》を撃つ、法堂《はっとう》の前。

金春流能役者の歌。

よくも雲門や、王老師（南泉）の禅を広めて、朝は東土に来たかと思うと、晩にはすでに西天のインドである。／中国では、径山で上堂をおえると、日本では建仁寺の法堂で、出番の鼓をうっている。


岐岳《ぎがく》和尚、竜宝山に住院《じゅえん》の時、御所喝食《ごしょかつじき》を看雲亭《かんうんてい》に請《しょう》じて、夜々《やや》酒宴す。因《ちな》みに一休和尚、相看《しょうかん》す。岐岳、一休和尚に問うて曰く、汝、老僧が境界《きょうがい》を知るか、知らざるか。答えて曰く、知る。問うて曰く、試みに挙《こ》し看よ。答えて曰く、茂陵《もりょう》多病の後、猶《な》お卓文君《たくぶんくん》を愛す。岳大いに咲《わろ》うて絶倒《ぜっとう》し、後に随《しりえ》って打って曰く、請う老僧が為めに、無住牓《むじゅうぼう》に題せよ。休便《すなわ》ち題して曰く、

472
竜宝の禅翁、活眼睛《かつがんぜい》、孤明歴々《こみょうれきれき》、藞苴《らそ》の名《な》。
黄金の詞賦《しふ》は、文君が恨《うらみ》、師は笑う、茂陵が空しく薄情なるを。
岐岳和尚は、竜宝山大徳寺に住持となると、毎夜のように、看雲亭に御所喝食（将軍専属の

稚児）を呼びよせて、酒盛りをつづけた。あるとき、一休和尚がおめどおりした。岐岳は一休和尚にきく、おまえは老僧の心境が判るか。答え、判りますとも。問い、ためしに言うてみろ。答え、茂陵（司馬相如）は生涯病気でしたが、それでも卓文君を、手離そうとしませんでした。岐岳は笑いこけた。和尚の背中をたたいて言うには、ひとつ老僧の頂相《ちんそう》に、添えがきの賛を、つけてくれぬか。一休はすぐに、次のように書きつけた。
竜宝山の禅坊主は、さすがに眼の玉がするどい、ずばぬけて、まぎれもなく、泥くさいので評判だ。／黄金百枚という、夫の文学に対する世の評価が、卓文君の恨みのたねだったのに、茂陵もまた平気で冷たくあしらったと、岐岳和尚は笑いとばすのだ。

又。

473
高亭《こうてい》に腸を断つ、夜参《やさん》の僧、花前に歌舞《かぶ》して、酒は澠《じよう》の若《ごと》し。
長老、雲門塔下の逆《ぎやく》、真前の雲雨、五更の灯。

さらに。
高い奥座敷で、夜とぎ坊主が、悲痛の思いに堪えかねて、花を相手に歌い舞って、酒有り澠のごとしという様子だ。／老和尚は、竜宝開山雲門直系の反逆者で、御開山を相手に、夜明けの五更まで、灯をかかげて雲雨の情交にふけるのだろう。

尽梅。

474
目前の春樹、孤山《こさん》に属す、上苑《じようえん》の一枝、客の攀《よ》ずる無し。
七宝《しつぽう》の青黄、藕《はな》は紅白、淡烟《たんえん》、疎雨《そう》、祖師の関。

梅づくし。

見わたすかぎり、春めく樹々がつづくのは、まさに孤山（林逋《りんぽ》）のものだが、天子の御苑の一枝だけは、誰も手をつけるものがいない。／金銀七宝のように輝き、青黄赤白の入りまじる花の山は、淡いもやと、そぼふる雨にうるおう、祖師（大梅山法常）の関門のあるあたりだ。

自賛。

475
大機大用《だいきだいゆう》、摠《すべ》て絃膠《げんこう》、如法《によほう》の作家《さつけ》、清宴《せいえん》の餚《さかな》。
文君《ぶんくん》が絞酒《こうしゆ》、相如《しようじよ》が瑟《しつ》、終《つい》に薄情無頼《はくじようぶらい》の嘲《あざけり》を奈《いかん》せん。

自分の絵すがたに。

大機大用という、ものすごい大立ち廻りも、膠で琴の弦をつぐ腹芸、行持綿密、水ももらさぬ腕ききも、（ボクにとっては）酒の肴にすぎぬ。／妻の卓文君が酒をしぼり、夫の司馬相如が琴を弾いたという（相思相愛の仲）にしても、ひっきょうは、薄情な無法者のことだと言いたい。

又。

476 文章、禅話《ぜんな》、真《しん》を知らず、未だ道流《どうる》が主賓《しゅひん》を分つことを得ず。慚愧《ざんき》す、永劫抜舌《ようごうばつぜつ》の業《ごう》、筆頭、一天の人を罵詈《めり》す。

さらに。

文学のことも、禅のことも、深いところは何も判らず、いまだに道の仲間として、師弟の分もわきまえてはいない。／はずかしや、未来永劫、地獄で舌を切られる業をつくり、筆一本で天下の人の、悪口を言いつづけることだろう。

又。

477 傍若無人《ぼうじゃくぶじん》、閑逸《かんいつ》の心、床下法塵《しょうげほうじん》の深きを奈何《いかん》せん。夢閨《むけい》の銀燭《ぎんしょく》、繍簾《しゅうれん》の月、白日青天、咲《わら》って朗吟《ろうぎん》す。

さらに。

誰に気がねするでなし、いつも心静かではあるが、いつのまにか、椅子の下にうずたかくたまっている、仏法の埃を、どうすることもできない。／夫婦の寝間の夢の燭台や、縫いとりの絵のように、美しいすだれにかかる月の姿を、まっぴるまの太陽や、青い空のように、大らかに歌いあげるボクである。

又。

478 純老が佳名、海東に発す、天源《てんげん》の派脈《はみゃく》、流れを截《き》って通《つう》ず。
徳山、臨済、何処《いずく》にか在る、歌吹《かすい》す、夢閨《むけい》、残暁《ざんぎょう》の鐘。

さらに。

宗純老人の評判が、東海の日本で高まって、天源庵（大応の塔所）の水脈が、堰《せき》をきって動きだした。／徳山も、臨済も、いったい何処に、隠れているのか、夫婦の寝間の夢を、声たからかに歌い、夜明けの鐘をきくボクである。

鱗《りん》を脱《だつ》する鯉魚《りぎょ》、庖中《ほうちゅう》にして活《かつ》することを得たり。

479 活潑々《かつぱつぱつ》の時、池水清し、怪しい哉、端的《たんてき》、死中の生。
天地に飛潜する、衲僧《のうそう》の眼、雲は暗し、竜門、点額《てんがく》の情。

鱗のカラを抜けた鯉は、台所で活きかえること。

ぴちぴちと魚がはねあがる、生簀の水の美しさ、信じられぬことだが、明らかにみてとれるのは、死の運命にある生のふしぎだ。／空に翔け、地にもぐる、修行僧の目つきは、雲ゆきのけわしい竜門で、滝つぼに頭をぶっつけた、鯉の心情にちがいない。

応《おう》無《む》所《しよ》住《じゆう》而《に》生《しよう》其《ご》心《しん》。

480 祖師禅は是れ如来にあらず、接物利生《せつもつりしよう》、尤《もつと》も苦なる哉。

明歴々《みようれきれき》、金剛の正体、百花春到って、誰が為めにか開く。

応無所住而生其心のこころを。

ダルマ大師が伝えた祖師禅は、在来の如来禅ではないから、衆生済度の方便が、いちばん頂けないのである。／はっきりと、まぎれようもないのは、金剛（般若）そのもので、春に百花が咲きほこるのも、誰のことかと問わねばならぬ。

念《ねん》の起所《きしよ》を警《いまし》む。

481 公案の工夫《くふう》、暮と朝と、山堂夜々《さんどうやや》、雨蕭々《あめしようしよう》。

地獄の猛火、百万劫《ひやくまんごう》、満腹の詩情、幾ばく日にか消えん。

妄念が頭をあげるのを。

朝から晩まで、公案修行に年季をいれて、山ずまいの毎夜、しとしととふる、雨の声をきいている。／地獄の火が燃えあがって、百万劫もつづいているのに、腹いっぱいの詩ごころは、いっこうに消えそうにない。

念の起所を嫌わず。

482 平生、贏《か》ち得たり、蘿苴《らそ》の名、口に信《まか》せて言詮《ごんせん》して、群衆驚く。自讃毀他《じさんきた》、情識を長ず、乾坤《けんこん》、江海、我が詩情。

妄念が頭をあげても。

ふだんから、泥くさいという、評判だけがとりえで、口から出まかせにものをいうので、誰もびっくりするのである。／自分をほめて他人をくさす、分別心がはびこって、大きい天下、広い山河のすみずみまで、ボクの文学の世界となった。

又。

483 脚下《きゃくか》の紅糸《こうし》は、妻子の盟《めい》、驪山《りさん》の私語《しご》、三生を約す。良宵《りょうしょう》、共に愛す、夢閨《むけい》の月、照し看る、一声、望帝《ぼうてい》の情。

さらに。

あしもとを縛る、一すじの赤い糸に、妻子のきずながかかっていて、驪山の離宮で（玄宗と楊貴妃が）、二人だけで言い交わした、三世の約束ごともその一つ。／からりと晴れた夜、相愛の夫婦が夢みる、寝室の中の月は、（ホトトギスとなった）かつての蜀の望帝の心を映しだして、悲しみの一声をきかせたのと、同じ月なのである。

　心念《しんねん》の起所《きしよ》。

484 三十年来、江海の情、空しく吟ず、野水、釣船《ちようせん》の横たわることを。
偶然として我れ、子陵《しりよう》が業に負《そむ》く、興《きよう》は詩に在って、勦絶《そうぜつ》の名に非ず。

　●思いのたけを。

三十年このかた、海山に身をかくして、田舎の川に釣船がとまっているのを、ぼんやりと眺めていたのは、いったい何のためか。／思いもよらず、ボクは厳子陵の生きざまを、見限る羽目となったが、興味があるのはその文学で、すっぱり世間を斬るという、名声のためではないのである。

　末後涅槃堂《まつごねはんどう》の懺悔《さんげ》。

485 風音、気象、頌と詩を兼ね、興《きよう》に乗《じよう》ずる邪慢《じやまん》、吟じて髭を撚《ひね》る。
悪魔、内外、我が筆に託す、猛火獄中、出期《しゆつご》無し。

　死にぎわの、涅槃の床の色ざんげ。

さいごの一息まで、大気の動きを歌によみ、詩にまとめようと、興にまかせた悪あがきで、髭をひねりつづける。／悪魔がボクの内と外から、ボクの筆にのりうつっていて、地獄の火が燃えさかっても、一向に抜けだせそうにない。

又。

486 艶簡艶詩《えんかんえんし》、三十年、虚名《きょめい》なり、天沢正伝《てんたくしょうでん》の禅。
吟身半夜《ぎんしんはんや》、灯と与《とも》に痩《や》す、雪月、風流、白髪の前。

さらに。

恋文と恋うたを、三十年も書きつづけて、天沢（虚堂《きどう》）直伝の禅僧だなんて、実のないことになった。／夜ごと、詩の想を練りつづけて、深夜の灯のように身が細ったが、雪と月との花やぎが、白髪のボクを誘ってやまぬ。

童子南詢《どうじなんじゅん》の図。

487 知識、華厳《けごん》の五十三、美人勝熱《しょうねつ》、抱持《ほうじ》の談《はなし》。
南方の仏法、吾が事に非ず、腸は断つ、風流、童子の参《まじわり》。

善財童子の南方訪問。

美しい華厳世界の、五十三人と知り合って、焦《や》けつくように熱っぽく、美人に抱きつかれたという。／南方の仏法が何であろうと、ボクには全く関係ないことで、生命花やぐ青年が、ボクのところにきてほしいと、腸のちぎれる思いがするだけのことだ。

488 四歳の女児、歌舞の前、約《やく》深うして警《いまし》め難し、旧因縁《きゅういんねん》。
恩を棄てて無為に入る手段、座主《ざす》と作家《さっけ》と、誰か是れ禅。

紹固喝食《しょうこかつじき》。

紹固という稚児。

四つになったばかりの、女の子が歌ったり舞ったりするのをみていて、前生の古い因縁などは、どうでもよいと思うほど、深い約束をしてしまった。／親の恩に背いて、仏の弟子になるという、今日の非情の手つづきで、末は学者か腕のたつ尼僧か、何も（型通りの）禅に限ることはない。

489 佳名勦絶《かめいそうぜつ》して、利貪稠《りとんしげ》し、茶店の美人、誰か好仇《こうきゅう》なる。
争《いか》でか識らん、洞山下の尊宿、慈明《じみょう》の狭路《きょうろ》、好風流。

欽山《きんざん》禅師を賛す。

欽山禅師をたたえる。

高い名誉を斬りすてて、豪勢な利を得ようとする（欽山だ）が、茶店の美女が、つれあいに選んだのは、いったい誰であったろう。／洞山（良价）の法をつぐ、歴たる古尊宿であることが、いったいどうして判るだろう、慈明だって裏木戸で、こっそり生命花やいでいたのである。

又。

490 上堂の茶話《さわ》、作家《さっけ》の禅、点検《てんけん》し将《も》ち来れば、新婦《しんぷ》の禅。
錦帳《きんちょう》、香嚢《こうのう》、風起って臭《くさ》し、洞山の仏法、是れ何の禅ぞ。

さらに。

上堂（定例説法）だ、内輪の説法だと、腕のたつ坊主の自慢の禅も、よくよく試してみると、すべて花嫁修行にすぎぬ。／ところが、欽山禅師ときたら、錦のどんちょうはりめぐらせて、香袋からきつい匂いを、ぷんぷんさせるのが家風とは、師匠の洞山和尚の仏法は、そもそも（花嫁禅でないにしても）、どんな禅学だったのか。

又。

491 済家《さいけ》の純老《じゅんろう》、機《き》は生銕《さんてつ》、一条の活路、途《と》と轍《てつ》と。
雪峰、岩頭、眼睛《がんぜい》無し、千歳、達磨宗《だるましゅう》の敗闕《はいけつ》。

さらに。

臨済の当主、宗純老人こそは、根っからの鉄《はがね》の切れ味で、小路でもわだちでも、ずばり一条の活路を、ひらいてみせるはずだった。／雪峰も岩頭も、全く眼の玉がなかったでないか、（定上《じよう》座と欽山にやりこめられて）、千年つづいたダルマの宗旨が、一挙に台なしになったのである。

又。

492 尿床《にようしよう》の鬼子《きす》、大難《だいなん》の心、定老《じようろう》、当機《とうき》、恩力《おんりき》深し。

夜雨灯前、渾《すべ》て即ち忘ず、風流の茶店《さてん》、旧時の吟《ぎん》。

さらに。

そのかみの小便小僧が、胆を冷やして怖がったように、老いた定上座の臨機の動きは、その大恩にこたえたのである。／夜の雨にゆれる、暗い灯火を前にして、昔のことは何も覚えていないが、生命花やぐ茶店での、大昔の歌だけが残っている。

辞世《じせい》。

493 今宵《こんじよう》、涙を拭《ぬぐ》う、涅槃堂《ねはんどう》、伎倆《ぎりよう》尽《つ》くる時、前後忘《ぼう》ず。

誰か奏《そう》す、還郷《げんきよう》、真《しん》の一曲、緑珠《ろくしゆ》、恨《うらみ》を吹《ふ》いて、笛声《てきせい》長し。

死にぎわの句。

今宵限りと、思わず涙をふいて、涅槃の床に身を横たえていると、一切の手がかりが切れて、後も先も忘れてしまう。／ふるさとにかえる男への、別れのしらべを、本気でひとふし、きかせてくれないか、二人の男の暴力に屈せず、緑珠は真の愛情を笛に託して、死ぬまで吹きつづけたではないか。

竜翔門派《りようしようもんぱ》の零落《れいらく》を嘆ず。

494 扶桑国裏《ふそうこくり》、禅師没《な》し、東海の児孫、更に誰か有る。
今日、窮途《ぐうと》、限り無きの涙、他時《たじ》、吾が道、竟《つい》に何《いずく》にか之《ゆ》かん。

竜翔（大応）の門流が、おちぶれてしまったことを。
扶桑（日本）のくにの何処にも、禅の師匠はいなかった、（虚堂が期待をかけた）東海の弟子とは、いったい誰のことだろう。／今や、袋小路にゆきついて、涙をおさえることができない、将来、わが禅の道は、いったい何処に通ずるのか。

又。

495 東海の児孫、誰か正師、正邪弁ぜず、尽《ことごと》く偏《ひと》えに知る。
狂雲が身上、自屎臭《じしくさ》し、艶簡《えんかん》、封書《ふうしよ》、小艶《しようえん》の詩。

さらに。

東海の弟子とは今、誰方《となた》さまのことだろう、よいもわるいも見分けがつかず、（正遍智ではなくて）すべてが偏っている。／狂雲と名のるボク自身、屎の臭いにいたたまれず、（大応国師への）片おもいを手紙に書いて、小艶の詩としているのだ。


又。

496 或《ある》いは儒者、或いは教家の僧、人天大衆《にんでんだいしゅ》の憎しみを管《かえり》みず。
飛び来る蝙蝠《へんぷく》、暮堂《ぼどう》の裡《うち》、怪しいかな、無明を長じて法灯を滅す。

さらに。

あるときは儒学者、あるときは他宗の坊主として、天地に満ちる一般大衆が、どれほどかれらを憎んでいるかを、全く気にもとめていない。／そんな蝙蝠《こうもり》のような輩が、夕暮ちかい開山堂に飛んで来て、怪しからんことには、無明の風を吹きまくって、法灯を消しにかかるのだ。


渡江《とこう》の達磨。

497 去々来々《きょききょ》、意に随って行く、乾坤万里、俗塵《ぞくじん》生ず。
西天此土《しど》、姓名重し、脚底脚頭《きゃくていきゃくとう》、蘆葉《ろよう》軽し。

達磨の川わたり。

ゆくもかえるも、思いのままに歩いて、天地のあいだ、万里のはてまでごみごみした、俗臭をまきおこしてござる。／インドでも、このくににでも、その出自と名前は重く尊ばれるのに、その身の軽さときたら、頭のてっぺんから足の先まで、蘆《あし》の葉のようである。

498

三界《さんがい》。

来往す、生霊《しょうれい》、六道の街《まち》、修羅《しゅら》の闘諍《とうじょう》、生涯没《な》し。

人間、未だ諸天の楽しみを得ず、闕減《けつげん》の娑婆《しゃば》、事々《じじ》乖《そむ》く。

三つの迷い。

生身の亡者が、六道の町をうろついて、阿修羅の戦いにあけくれ、くらしも何も立ちようがない。／人の世のくらしというものは、天界の楽しみを得ぬ限り、すきだらけの浮世ゆえに、事毎にくいちがうのである。

499

又。

餓鬼《がき》、畜生、菩提《ぼだい》無し、劫空《ごっくう》の法習《ほっしゅう》、吾が臍《ほぞ》に徹《てっ》す。

無色《むしき》の衆生、涙、雨の如し、月は沈む望帝《ぼうてい》、一声の西。

さらに。

いつも飢えている餓鬼や、動物の世界に、道というものはありえず、虚無をよしとする迷いのなごりが、生れたときから、ボクの臍にしみついている。／無色界（心）という、天上世界の生きものが、雨のように涙を地上にふらせ、ホトトギスの望帝は、西に沈む月をみると、一声悲しくなくのである。

又。

500 威音那畔《いおんなはん》、本《もと》、去劫《こごう》、弥勒当来、又た来劫《らいごう》。
依草附木《えそうふもく》の旧精魂《きゅうせいこん》、憐れむ可し、三生六十劫。

さらに。

威音王の世界より、さらに前のところが過去劫で、弥勒菩薩の将来より、さらに先の方が来劫である。／草木にくっついている、過去世の亡霊どもは、あっぱれ三度も生れかわり死にかわり、六十劫も輪回をつづけるのだ。

又。

501 須《すべから》く参ずべし、最上乗《さいじょうじょう》の禅、等妙《とうみょう》の如来、豈に自然《じねん》ならん。

三界無安《さんがいむあん》、猶お火宅《かたく》のごとし、三車、門前に在ることを識《し》らず。

さらに。

どうしても、最上乗の禅を究めねばならぬ、等覚《とうがく》、妙覚の位を究めた如来が、どうして本来のものでありえよう。／欲望と物と心という、火の手のあがる屋敷のような、三つの世界におちついているわけにはいかず、三乗という三つの車が、門の外で待っているなど、考えられないことである。

502　南坊に示す。偵《てい》。

勇巴《ゆうは》、興尽《きよう》きて、妻に対して淫《いん》す、狭路《きようろ》の慈明《じみよう》、逆行《ぎやくぎよう》の心。

容易に禅を説かんより、能く口を忌《い》め、他の雲雨、楚台《そだい》の吟《ぎん》に任《まか》す。

南坊に与える。偵という弟子である。

男色狂いが鼻にきて、今度は妻を相手に遊んでいる、裏木戸での慈明（が楊岐という弟子を許したの）を、逆手にゆく心境である。／気易く禅を歌うよりも、よくよく口をつつしむことだ、楚王が神女と一夜を契った、雲雨台のことは、二人の歌にまかせておこう。

制戒《せいかい》。

503
貪《むさぼ》り看《み》る、少年の風流、風流は是れ我が好仇《こうきゅう》なり。

悔ゆらくは、錯《あやま》って為人《いにん》の口を開きしことを、今より後、誓って舌頭《ぜっとう》を縮めん。

自ら戒めることば。

生命花やぐ少年を、飽くことなしに眺めていると、色好みこそボクの、よきつれあいと知る。／残念でたまらぬのは、うかつにも諸君を導いてやるなどと、言ってしまったことである、今後は、舌を切られても言うまい。

504
泉界《いずみさかい》の衆、交わりを絶つ。

利に耽《ふけ》り名を好む、天沢《てんたく》の孫《そん》、霊光失却《れいこうしっきゃく》す、大灯の門。

梨冠瓜履《りかんかり》、人の疑念、伎倆《ぎりょう》、機《き》に当《あた》って、仏恩を報ず。

泉州堺の町衆との、縁切り状。

天沢（虚堂《きどう》）の孫ともあろうほどのボクが、利にのめり名におぼれて、大灯一門の霊光を、台なしにしてしまった。／梨畑で冠のひもを直し、西瓜畑で靴のひもを直せば、人が疑うのは当然である、腕のみせどころは、その場その場で、仏の御恩にむくいることだ。


又。

505 参学の徒、道心無し、紅紫朱色《こうししゅしき》、鍮金《ちゅうきん》に似たり。
忠言、逆らう可し、人々の耳、牛馬面前、空しく琴を鼓《こ》す。

さらに。

参禅にくる弟子が、一人も道心をもたず、紫に朱色がまざったり、(銅に)金のめっきをするにすぎぬ。/正しい忠告は、うるさがられるもので、牛馬を相手に、琴をひく覚悟がいるのだ。

松源和尚《しょうげん》。

506 松源は霊隠《りんにん》老師の禅、法を破り条《じょう》を攀《よ》ず、省数銭《しょうすう》。
嚢中《のうちゅう》、我に半文の畜《たくわえ》没《な》し、狂客、江山、三十年。

松源和尚のこと。

松源和尚の禅は、杭州霊隠時代になると、旧い習慣を捨てて、新しい小枝を引っぱる、実用本位の銭使いであった。/ボクは今、ずだぶくろの中に、半文銭ももちあわせぬが、禅の山河をふみあるく、気まぐれの旅をつづけて、すでに三十年となる。

又。

507 巡堂《じゅんどう》、合掌《がっしょう》、又た焼香《しょうこう》、竪払《じゅほつ》、拈槌《ねんつい》、木床《もくしょう》に坐す。

臨済の正伝、也《ま》た何《いずれ》の処ぞ、一休東海に、愁腸《しゅうちょう》を断つ。

さらに。

諸堂を巡拝して、本尊の前で合掌し、さらに香を焼《た》く、弟子が参禅すれば払子をたて、講義のときは槌をうち、木の椅子に坐るのが、（霊隠以前の）和尚の毎日であった。／臨済禅の正統性は、そもそも何処にあったのか、東海の日本でただひとり、ボクは深い悲しみに、腸をたたれる思いである。

508

馬糞《ばふん》を拾うて斑竹《はんちく》を修す。

煨芋《わいう》は懶残《らんざん》の旧話頭《きゅうわとう》、名利を求めず、太《はなは》だ風流。

相い思うて隙《げき》無し、此の君の雨、涙を拭うて独り吟ず、湘水《しょうすい》の秋。

馬糞を集めて、斑《まだら》竹を育てる。

牛糞の火で芋を焼いたのは、懶残和尚の昔ばなしだが、名利に目もくれぬのは、少し花やぎすぎだろう。／愛しあって異存がないのに、雨をうけて斑竹となった此の君は、ただ一人で涙をおさえ、湘水の秋の心を、歌うほかなかったのである。

又。

509
看よ看よ、我が鳳凰《ほうおう》を養うの心、燕雀《えんじゃく》、鳩鴉《きゅうあ》、山野の禽《ことり》。
臨済は松を栽《う》え、一休は竹、三門の境致《きょうち》、後人の吟。

さらに。
気をつけて見てほしいのは、ボクが鳳凰をよびよせようという、高貴な願いをもっていることで、燕や雀や鳩や鴉などは、山野の雑禽にすぎない。／臨済は松を植えたが、一休のは竹であって、三門に風致を添え、後人の歌となることは同じだ。

510
臨済の画像に対す。
臨済の宗門、誰か正伝、三玄三要《さんげんさんよう》、瞎驢辺《かつろへん》。
夢閨老衲《むけいろうのう》、閨中《けいちゅう》の月、夜々の風流、爛酔《らんすい》の前。

臨済の画像を前にして。
臨済《そなた》の門流は今、誰が正しく伝えているのか、三つの奥義（玄）も、三つのポイント（要）も、瞎驢のところで、ぶっつぶれたのである。／老いてなお、今も夫婦の寝間を夢みつづけるボクは、寝間にさしこむ月を相手に、生命花やぐ連夜の酒盛りで、臨済恋《そなた》しゅうてならぬのである。
閻浮樹《えんぶじゅ》。

511 闍浮樹、乾坤《けんこん》に逼塞《ひっそく》す、葉々枝々、我が脚跟《きゃくこん》。
太極《たいきょく》、梅は開く、紙窓《しそう》の外、暗香、疎影《そえい》、月黄昏《つきこうこん》。

ジャンブ樹の森。

ジャンブ樹が一本、天地いっぱいに広がって、その葉と梢の一つ一つを、ボクの脚がもちあげている。／（じつは）宇宙の元気である太極が、明り障子の外で梅の花を咲かせて、それとはなしに匂いがただよい、夕ぐれの月が樹のかげを、まばらにしているのである。

512 妙勝寺《みょうしょうじ》の竹木を剪《き》る。
官《かん》に在《あ》って忘却《ぼうきゃく》す、針をも容《い》れざることを、妙勝の封疆《ほうきょう》、樹林を剪《き》る。
立ちどころに商君《しょうくん》が胡乱《うろん》の法を破って、去来跡没《こらいあとな》し、一身の吟《ぎん》。

妙勝寺の竹と木を、切りたおされて。

官の役人たちが、針一本も法をゆるめてはならぬという、官の法を忘れてしまって、妙勝寺の境内で、樹々を切りだしている。／商鞅が定めた、その場しのぎの法を、一挙に破りすてたのだから、過去も将来も関係なしに、わが身一つで歌うほかはない。

酬恩庵《しゅうおんなん》を退く。

513
雲水江山、我が脚跟《きやくこん》、殿堂、幸に一乾坤《いちけんこん》有り。
常住物《じようじゆうもつ》は便《すなわ》ち私の車馬、酬恩《しゆうおん》の塔主《たつす》、恩を知らず。

酬恩庵を出るについて。

雲や水のように、山川を軽々と脚下にふみつけるボクには、幸いにも天地一つが、殿堂として残された。／公用の道具（山河大地）を、私用の車馬に転用するのだから、酬恩庵の墓守りは、開山の御恩を知らぬ男である。

514

禅門宝訓《ぜんもんほうくん》に云く、円悟《えんご》、妙喜《みようき》に謂いて曰く、大凡《おおよ》そ挙措《こそ》、当《まさ》に始終《しじゆう》を謹むべし。終りを謹むこと始の如くなるときは、則ち敗事《はいじ》無し。故に曰く、初め有らずということ靡《な》し、終り有るを克《よく》すること鮮《すく》なしと。昔、晦堂老叔《まいどうろうしゆく》の曰く、黄檗《おうばく》の勝《しよう》和尚も亦た奇衲子《きのつす》なり、但だ晩年に謬《あやま》る耳《のみ》。其の始めに得ることを観て、之を賢と謂わずと云々。因って偈を作って、後《しりえ》に題すと云う。

鐘楼《しようろう》の讃兮《さんけい》、猛虎《もうこ》の途《と》、衲子の金言、臨済の徒。
擡搦《だいじやく》、与奪《よだつ》、邪正を弁ず、諸祖の当機《とうき》、一模《いちも》に非ず。

禅門宝訓に、次の話がある——、円悟が妙喜（大恵）に教えていう、およそ人を取るには、必ず始めと終りをおさえることだ、終りを始めと同じように、ひかえめにすれば、失敗はない。古語にも、始めのない人はないが、終りを完《まつと》うできる人は少い、とある。昔、晦堂おじが言ったことだ、黄檗（惟）勝和尚も、珍しい修行者だったが、晩年にまちがったのだ。出だしがよいのをみて、賢いと言うわけにはいかんと云々。そこで、偈をつくって、尻に書きつけることにした。

鐘つき堂で、礼儀行道とは、ばったり猛虎に会ったようなものだが、まことに修行者の名言であり、（それをいった惟勝は）臨済の門流にふさわしい人だ。／おだてたり、おさえたり、許したり、拒んだりして、弟子の正邪を見分けるまでで、祖師たちの臨機応変の手は、一つとして同じ鋳型ものではない。

又。

515 晦堂老《まいどうろう》、痛処《つうじょ》の針錐《しんすい》、隠れ去れば弥《いよいよ》彰わる、惟勝《いしょう》の機《き》。
明眼《みょうげん》の非は、元来《がんらい》即ち是《ぜ》、一休が是《ぜ》は、正に本来非《ひ》なり。

さらに。

晦堂おやじは、病人のツボに針をさしたが、身を隠すほど、いよいよはっきりするのが、惟勝の手段である。／目のあいた老師のまちがいは、始めから正しかったのだが、一休（ボク）が正しいというときは、正真正銘、まちがいである。

又。

516 但だ積翠庵《せきすいあん》の禅に帰依《きえ》して、慚愧《ざんき》す狂雲、名利《みょうり》の前。
一夕一朝《いっせきいっちょう》、日月の蝕《しょく》、終《つい》には分明《ふんみょう》なり、白日青天。

さらに。

ひたすら、積翠庵老大師（黄竜恵南）にたのみまいらせて、まのあたり、狂雲子一休の名利の恥をさらけだす。／ある朝か、ある晩か、ひょいと日蝕、または月蝕があっても、結局は清浄潔白、白日青天の身なのである。

杜牧《とぼく》を賛す。

517 杜書記、独朗天然《どくろうてんねん》、参得《さんとく》す、正伝臨済の禅。
儒雅《じゅが》の家風、一点無し、詩情《しじょう》、色《しき》に婬《いん》す、紫雲《しうん》の前。

杜牧をたたえる。

牛僧儒の書記となった杜牧は、天真独朗（すべてあけっぴろげ）の性格で、臨済正宗の禅に参じたのと同じである。／きまじめな学者先生の風格など、ひとかけらもなくて、詩情のおもむくままに、名妓紫雲を相手に、色好みの限りを尽した。

参玄《さんげん》の僧の名利を戒む。

518 迷道の衆生、劫外《こうげ》の愚《ぐ》、人々《にんにん》、涙、窮途《ぐうと》を識らず。官に諛《へつら》って只だ願う、佳名の発することを、真の菩提心は一点も無し。

禅学をやる僧の名利好みを。

道を見失った人々は、限りない永遠の昔から、何と愚かなことか、一人一人の生きざまに、涙が窮まることもなく、悲しい思いがしてならぬ。／役人にはおべっかを言って、自分の名声があがることをたのむばかりで、本当に内なる道心など、ひとかけらもないのである。

参玄《さんげん》の僧の智恵を戒む。

519 大智元来《がんらい》、迷道の愚、未だ聞かず小智、菩提の扶《たす》けなることを。一千の公案、繋驢橛《けろけつ》、学者は江湖、飯袋《はんたい》の徒《と》。

禅学をやる僧の知恵づのりを。

ものを沢山知っているのは、本来何も知らなかった迷道の証拠、わずかばかりの知識が、道の助けになるなんて、一度も聞いたことはない。／一千（七百）則の禅の公案は、（要するに）驢馬をつなぎとめる杭であり、禅学者は天下の、穀つぶしである。

曹洞の悪見を毀破《きは》す。

520 曹洞今時、分別無し、臨済の受用《じゅゆう》と、遥かに別なり。
野老百姓、真の家風、曹洞と臨済と、受用別なり。

曹洞僧の思いこみを批判して。

今ごろの曹洞僧には、思想がないから、臨済禅の有効なのと、全く段違いだ。／同じ田舎ものや、百姓の生活について、本当に味のあるところが、曹洞と臨済とでは、有効性を分つのである。

画。

521 参禅して九たび到り、又た三たび登る、明白洞然《めいばくとうねん》、愛憎《あいぞう》無し。
橋上《きょうじょう》、名利の路に通ぜず、羨《うらや》み看る一錫《いっしゃく》、一閑僧《いっかんそう》。

一枚の絵。

道を求めて、熊野に三度、伊勢に九度という、生涯を旅にすごす修行僧には、すっぱりとすべてが透明で、好き嫌いというものがない。／橋を渡ると、もはや俗界の名利に通ずる、分れ路などはない、一本の杖をもつだけの、大暇のあいた僧の姿が、妙に気になるではないか。

又。

522 老漢《ろうかん》、知んぬ何の処よりか来《きた》る、高山の境と、塔の崔嵬《さいかい》と。
水草心頭《すいそうしんとう》、痩牛《そうぎゅう》の体《たい》、応身行脚《おうじんあんぎゃ》して、天台を出《い》ず。

さらに。

おやじさん、何処からやって来たのだろう、背後の山は高く、高くつったつ塔とはりあう。／水と草のことだけが、いつも気になる貧相な牛のように、天台山の（五百）羅漢の一人が、行脚の旅に出ているのだろう。

又。

523 潙山来也《いさんらいや》、目前の牛、戴角披毛《たいかくひもう》、僧一頭《そういっとう》。
異類《いるい》、甘きが如く、一身静かなり、三家村裡《さんげそんり》、也風流《やふうりゅう》。

さらに。

目の前に牛がいる、潙山（霊祐）が来たぞ、あたまには角、全身に毛のある、一頭の坊さまだ。／異類の生活が、楽しそうで、ただ独りでいるのは、三軒ばかりの田舎の村の、ちょっとした花やぎである。

四睡《しすい》の図。

524
老禅の饒舌《じょうぜつ》、笑中《しょうちゅう》の愁《うれえ》、虎尾《こび》搦《じゃく》し来って、虎頭《ことう》に誇る。
月は元より識らず、寒山の意、夢は愕《おどろ》く、清光万里の秋。

四人の隠者の居睡り。
﨟《ろう》たけた禅僧のおしゃべりは、笑っていても悲しそうで、虎の尻尾をつかんで、頭だと威張りはしない。／天上の月は、寒山の胸のうちなど、始めから気にしてはいないで、（四人の）夢がさめて初めて、万里のはてまで爽かな、月光の秋となろう。

525

聞声悟道《もんしょうごどう》、見色明心《けんしきみょうしん》。雲門拈《ねん》じて云く、観世音《かんぜおん》菩薩、銭を将《も》ち来って胡餅《こびょう》を買う。手を放《ほう》下《げ》して曰く、元来《がんらい》、是れ饅頭《まんじゅう》と。

垂示《すいじ》す韶陽《じょうよう》、三句の禅、聞声見色、話頭円《わとうまどか》なり。
胡餅、饅頭、誰か買い得たる、観音三十二文の銭。

声を聞いて道を悟り、色をみて心を明らめる、という名句をふまえて、雲門和尚が言った、観世音菩薩が小銭をもって来て、胡麻餅を買うが、手をおろして言うのに、なんだ、饅頭じゃないか。

ことを分けて説く、韶陽（雲門）の三句の問いかけで、声を聞き色を見るという、古い名句にけりがついた。／胡麻餅だろうが、饅頭だろうが、そもそも誰が買えるだろう、何分、三十三身の観世音菩薩が、三十二文の銭をもって来たのだ。

又。

526 雲門は拈《ねん》ず、見色聞声、衲子《のっす》の機鋒《きほう》、識情を折《さ》く。

口に信《まか》せて道著《どうじゃく》する、底《なん》の食籍《じきせき》ぞ、念頭《ねんとう》起る処、太《はなは》だ分明《ふんみょう》。

さらに。

雲門は色を見、声を聞くという、名句をふんまえたが、修行僧のほこさきの、分別をたちきるのがねらいだ。／出まかせを言ってのけて、どれほど食いぶちがあるものか、君の妄想分別の動きなど、判りすぎるほどはっきりしている。

臨済和尚を賛す。

527 喝喝喝喝、機《き》に当《あた》って殺活《せっかつ》を得たり。

悪魔、鬼眼睛《きがんぜい》(誰か瞎驢《かつろ》の禅に参ずる)、明々《めいめい》として、日月の如し。

臨済さま。

やい、やい、やい、やい、動き次第で、活かすも殺すも、こちらのものよ。／悪魔の亡霊みたいな眼付きだが、または、瞎驢《かつろ》(目の見えぬロバ)に参禅するのは、いったい何ものか、明々白々、日月が一度に出たように、はっきりしているではないか。

杜牧《とぼく》。

528 誰か記《き》す、慈明老漢《じみようろうかん》の婆《ば》、無能《むのう》の懶性《らんしよう》、甕《かめ》、蛇《じや》を呑む。工夫《くふう》、雪月《せつげつ》、吟魂冷《ぎんこんひやや》かに、閑《かん》に唱《しよう》す、桑間濮上《そうかんぼくじよう》の歌。

杜牧のこと。

慈明おやじの老婆のことを、覚えているのは誰だろう、能なしで、なまけものときては、酒がめが蛇をのんだようなものだ。/いくら年季をいれても、雪と月を歌いあげる、まともな詩魂は冷えてしまって、歌うともなく口に出るのは、桑間、濮上という、淫靡《いんび》な亡国の歌である。

又。

529 宗門の活句《かつく》、阿房宮《あぼうきゆう》、六国《りつこく》の興亡、六国の風。筆海の詞林、何の似たる所ぞ、青天万里、月方《まさ》に中《ちゆう》す。

さらに。

杜牧の作った阿房宮の賦こそ、活きた禅の公案だ、興っては亡びてゆく六国にも、それぞれの歌があった。／筆の海、言葉のジャングルは、何処まで真実に迫れるだろう、万里のはてまで晴れあがった、大空の中央に日が上って、地上の万物は皆な影を失う、あの正中の真実を。

530 這《こ》の棒頭《ぼうとう》、宗門の大功、慈明《じみよう》の子は、是れ黄竜《おうりよう》。
明皇《めいこう》は識らず、風流の道、今夜、馬嵬《ばかい》、千歳の風。

洞山三頓《とうざんさんとん》の棒。

洞山（守初）がくらいそこねた三十棒のこと。

洞山がくらいそこねた、あの三十棒こそが、禅門を今日あらしめた大てがらで、慈明が黄竜を弟子にしたのも、全く同じ心意気である。／みすみす楊貴妃を死なせた明皇帝（玄宗）は、色好みのポイントを知らぬ、天下一の不粋な男であって、楊貴妃が殺された馬嵬では、今夜もなお千年来の、無情の風が吹き荒れていることだろう。

又。

531 人の罵辱《めじよく》するに遭うて、嗔情《しんじよう》を長《ちよう》ず、是れ即ち真の迷道の衆生。
無始無終《むしむしゆう》、黒山下《こくざんか》、無明の濁酒《だくしゆ》、幾ばく時か醒《さ》めん。

さらに。

こてんぱんに、人にたたかれて、肚のそこから怒りだすのは、まぎれもない迷いの世の、生きものの証拠である。／始めもなければ終りもない、まっくらな地獄の谷そこで、無明の酒に酔い痴れている男たちは、何時になって醒めることか。

532
東福寺の荒廃を扶起《ふき》す。蓋《けだ》し美少年の旧交《きゅうこう》に因る、甲子十三。
看よ看よ、慈楊《じよう》禅の正伝、誰か来る、純老が面門《めんもん》の前。
宗門の潤色《じゅんしょく》、風流の道、旧約忘《くやくぼう》じ難し、五十年。

荒れはてた東福寺を、かかえおこした友人のこと、それというのも、年のころは十三歳という、青年期の男の友情のために。
よく気をつけて、見てほしいのは、慈明と楊岐の正系の禅のことで、宗純老師にお相手できる奴が、(君のほかに)今何処にいるだろう。／禅の歴史に色を添える、生命花やぐ働きを、五十年も昔に約束したことが、ボクは今も忘れられんのである。

533
又。
大慈《だいじ》は聖一《しょういち》、是れ開山、魔宮《まぐう》を建立して、五山を救う。
東福、派を分つ南禅寺、千歳に猶お輝く、恵日の山。

さらに。

大慈院は、聖一国師が開いた寺だというが、悪魔の宮殿をこしらえて、五山の盛大を助けたものだ。／東福寺の分家が南禅寺で（南禅寺は五山の上である）、聖一国師の死後もなお、智恵の光明が輝きつづける、恵日山東福寺である。

慈楊塔《じようとう》。

534 是れ平生好境《へいぜいこうきよう》の痕《あと》にあらず、他《た》の雞足《けいそく》の月の、黄昏《こうこん》なるに任《まか》す。
誰氏《たれ》が風流ぞ、我が盟約《めいやく》、馬嵬《ばかい》、青塚《せいちょう》、旧精魂《きゅうせいこん》。

慈楊の墓。

そんじょそこらの、気のきいた名所の址は問わず、雞足山に入った摩訶迦葉が、たそがれの月をみるのも、勝手にすればよいことだ。／生命花やぐボクの約束相手は、いったい何処の誰だろう、いずれ馬嵬の楊貴妃か、青塚の王昭君という、歴とした亡霊である。

大恵武庫《だいえぶこ》に曰く、俗士有り、演《えん》に投《とう》じて出家して、自ら捨縁《しやえん》と曰う。演曰く、何をか捨縁と謂う。士曰く、妻子有りて之を捨つ、之を捨縁と謂う。演曰く、我も也《ま》た箇《こ》の老婆《ろうば》有り、還って信ずるや否や。士黙然《もくねん》。演乃ち頌して曰く、我に箇の老婆有り、出世して人の見る無し。

昼夜《ちゅうや》、共に一処す、自然に方便有りと云々。余も亦《ま》た頌を作って、之を記す。

535 孫を愛し子を愛し、妻に対して歌う、魔宮《まぐう》を滅却《めつきゃく》して、猶《な》お魔に入る。
風流年少の境に貪著《とんじゃく》して、自然《じねん》に一点の漚和《おうわ》無し。

『大恵武庫』に、次の話がある——、田舎ものが、五祖法演について出家し、自ら捨縁と名のった。演がいうには、捨縁とは何のことか。男、妻子がいたのを捨てたから、捨縁というのでござる。演がいうには、俺にも一人、老婆がいる、お判りかな。男は、黙りこむ。演はそこで、頌をつくってみせる、俺にも一人の老婆がおるが、出家してからは世話する男がいない、夜も昼も、互いに同居していると、自然にちゃんと、都合がつくものだと云々。そこで、ボクも頌をつくって、次に記すことにする。

孫子があまり可愛いので、妻を相手に歌っていると、悪魔の家をつぶした我が身が、いまだに悪魔とつきあっている。／生命花やぐ少年を相手に、愛欲の限りを尽しても、自然にもはや、ただの一つも、方便というものはない。

又。

536 僧有《あ》るときは眼白く、妻に在《あ》っては青し、客に対して唯だ言う、我れ薄情と。
花前に酌《く》み尽す、一樽《いっそん》の酒、半酔《はんすい》夜深うして猶お半醒《はんせい》。

さらに。

修行僧がくると、白い眼をして追いかえすが、妻の揚合は青い眼になる、ただ一言、ボクは薄情だよと相手に答えるだけなのだ。／花を相手に一樽の酒をくみ尽して、半夜をすぎてまだ酔いもせず、醒めもしないのである。

又。

537 酔郷《すいきょう》、藁屋《こうおく》、我が家山、燭影三更《そくえいさんこう》、玉顔《ぎょくがん》に対す。
夜雨、愁無し、歌吹の海、姮娥《こうが》は須《すべから》く是れ人間に堕《だ》すべし。

さらに。

酔っぱらって眠りこける、あばら屋こそがボクの家だ、半夜三更をすぎて、うすぐらい灯火をはさんで、玉のような美人と向きあっている。／夜雨の声をきいても、何も感じないかのように、歌の海の底にしずんでいると、姮娥もきっと、人間の世界におちてくるはずだと思う。

538 観法《かんぽう》、看経《かんきん》、真の作家《さっけ》、黄衣《こうえ》、棒喝《ぼうかつ》、木床《もくしょう》斜なり。
藞苴《らそ》、元《もと》是れ我が家の業《ごう》、女色の多情、勇巴《ゆうは》を加う。

冥想を深め、お経を読みぬくのは、本物の腕ききのこと、黄色い衣をつけ、棒や喝を行じて、坐禅の椅子が傾くこともある。／しかし、何やら泥くさいのが、もともとボクの家すじで、始末におえぬ色好みに、男色まで相乗りしている。

539
冷斉夜話《れいさいやわ》を読むに、褒禅山石崖僧《ほうぜんざんせきがいそう》の一件の事有り。感じて之に題す。
仏印、重く荷《にな》う、一百夫《いっぴゃっぷ》、佳名、道価、江湖に満つ。
石崖一箇野僧《いっこやそう》の意《こころ》、仏法、南方に一点も無し。

『冷斎夜話』をよむと、褒禅山の洞窟に隠れていたという、ある修行僧の話がある。感動して、書きつけたもの。
仏印禅師は入山に際して、百人の人夫を傭《やと》うて荷物を運ぶほど、すぐれた道名が天下に知られた。／褒禅山の洞窟の、一介の田舎坊主の胸のうちには、そんな南方の仏教のことなど、ただの一つもなかった。

540
又。
玉帯《ぎょくたい》、咲《わら》い欺くこと、土泥《どでい》の如し、路頭喧《ろとうかまびす》し、吠犬《ばいけん》と雞を兼《くわ》う。
天下の老禅、慚愧《ざんき》を奈《いかん》、獄中の天沢《てんたく》、世皆な乖《そむ》く。
さらに。

仏印は東坡《とうば》と問答して、宰相の玉帯をひやかし、土塊のように軽く扱ったが、その入山の行列は派手なもので、犬や雞が喧しく従った。／天下に聞えた老禅師も、（褒禅山の僧に比べると）気恥かしい思いをおさえられまい、投獄された天沢（虚堂《きどう》）にも、天下の老禅師は、揃って背をむけてしまったのである。

又。

541 百丈、食を絶《た》って、人の学ぶ無し、薬山は両粥《りようしゆく》、黄菜《こうさい》の麦《ばく》。
但だ門外《もんげ》に居《こ》す、弊衣《へいえ》の徒、金襴《きんらん》の道光《どうこう》、法席《ほつせき》を開く。

さらに。

百丈が自ら食を断ったことを、誰も学ぶものはいない、薬山は生涯、日に二杯の粥と野菜と麦のカスで過ごした。／今ごろは、襤褸《ぼろ》をまとった弟子が、門の外に一人いるだけのこと、華やかに禅の講義をしているのは、金襴の衣をきた、その道の権威である。

徳禅塔主《とくぜんたつす》の自賛。

542 平生爛酔《へいぜいらんすい》して、金樽《きんそん》を倒《たお》す、老後の住持、塵事繁《じんじしげ》し。
恃《たの》むこと莫《な》かれ、栄華は竟《つい》に苦と成る、江山水宿、又た風飡《ふうさん》。

徳禅寺の墓守り歌。

日常生活といえば、思いきりよっぱらって、酒だるを倒してきたのに、老後の住山で、俗っぽい仕事が、うるさいほど多い。／花やかな成功を、あてにする気はない、成功は苦しみのもとである、禅の山河をたずねて、川岸に眠り、風を食って生きてゆこう。

悪知識《あくちしき》の為めに警策《けいさく》。

543 因みに憶う、玄都千樹《げんとせんじゅ》の桃、劉郎《りゅうろう》が酔語、許多《そこばく》の豪《ごう》。
利名の知識、極めて功に驕《おご》る、堯帝《ぎょうてい》の土堦《どかい》、三尺高し。

悪友を警戒して。

あるときふと玄都（神仙の首都）に植えられた、桃畑の様子をおもいうかべて、劉禹錫《りゅううしゃく》のねごとは、すごく豪気だなと思う。／名利を追う悪友たちは、とことんまで、自分の手がらを鼻にかけるが、聖天子堯《ぎょう》のすまいといえば、三尺ばかり土を高く盛っただけの、粗末なものであった。

美人の婬水《いんすい》を吸う。

544 蜜《みつ》に啓《けい》し自ら慚《は》ず、私語《しご》の盟《めい》、風流、吟《ぎん》じ罷《や》んで、三生を約《やく》す。
生身《しょうじん》堕在《だざい》す、畜生道、潙山戴角《いさんたいかく》の情を超越《ちょうおつ》す。

妻の聖水を口にして。
ひそかに口に出た、二人だけの愛の誓いを、自分で気恥かしく思いつつ、生命花やぐ二人の歌が終ると、二人はすでに三度目の輪回の身である。／生きながら、毛もの道に迷いこんで、潙山和尚が牛になった気持を、そんなことかと見おろすのである。

又。
545 杜牧《とぼく》の藞苴《らそ》、是れ我が徒、狂雲が邪法《じゃほう》、甚だ扶《たす》け難し。人の為めに軽賤《きょうせん》せられて、罪業を滅す、外道《げどう》、波旬《はじゅん》、幾《ほと》んど途《と》を失《しっ》せんとす。
さらに。
杜牧の泥くさいところが、ボクの仲間である証拠で、狂雲子の教える邪道は、とても一すじ縄ではいかん。／他人にさげすまれることで、前生の罪を消すのだから、外道も悪魔も、危うく自分の居どころを失うところなのだ。

又。
546 臨済の児孫《じそん》、禅を識らず、正伝は真个《しんこ》瞎驢《かつろ》辺《へん》。
雲雨、三生六十劫、秋風一夜、百千年。

さらに。

臨済の弟子たちは、禅の所在を知らず、まともに伝えた本物は、瞎驢ぐらいのものである。／臨済と瞎驢は、雲雨を契って三度生れかわり、六十劫という長い時間を経ているから、秋風をきく一夜が、百千年にも当るだろう。

盲女森侍者《もうによしんじしや》、情愛甚だ厚し。将《まさ》に食を絶って命を殞《おと》さんとす。愁苦の余り、偈を作って之を言う。

547
百丈の鋤頭《じよとう》、信施《しんせ》消《しよう》ず、飯銭《はんせん》、閻老《えんろう》、曾《かつ》て饒《ゆる》さず。
盲女が艶歌《えんか》、楼子《ろうし》を咲《わら》う、黄泉《こうせん》の涙雨《るいう》、滴蕭々《てきしようしよう》。

盲目の美女、森侍者に出会って、ボクの胸のうちは、最高に異常である。食を断って死のうとさえ思う。苦悩のはて、偈をつくって、胸のうちをぶちまけた。

百丈は鋤《くわ》をとって、信心の布施をうけたが、閻魔はこの世の飯代を、およそ手加減したりはしない。／盲目の美女の色うたは、楼子和尚の馬鹿さ加減を笑って、冥途の旅の悲しみに、とめどなく涙の雨をふらせる。

又。

548 看よ看よ、涅槃堂裡《ねはんどうり》の禅、昔年、百丈の钁頭辺《かくとうへん》。
夜遊爛酔《やゆうらんすい》す、画屏底《がびようてい》、閻老面前《えんろうめんぜん》、飯銭《はんせん》を奈《いかん》。

さらに。

よく気をつけて、見るがよい、涅槃の床に身をよこたえて、ありし日の百丈の、鋤の動きを思い起すのだ。／毎夜の夜あそびに、酔いつぶれて、錦の屏風にかこまれていると、まのあたり、閻魔の庁で飯代を請求されても、どうしようもないのである。

549 鸞輿《らんよ》の盲女《もうによ》、屢《しばしば》春遊す、鬱々《うつうつ》たる胸襟《きようきん》、好《よ》し愁を慰《い》するに。
遮莫《さもあらばあれ》、衆生の軽賤《きようせん》することを、愛し看る、森也《しんや》が美風流《みふうりゆう》。

森公、輿《こし》に乗る。

森女君が、天子の輿にのるところ。

鸞の鈴のついている、天子専用の御輿にのって、盲目の美女が何度も、春の山あそびに出かけると、草木の萌えるような、その胸の思いだけが、ぴたりとボクの悲しみを慰める。／生きとし生ける、すべての生きものに、どれほどさげすまれてもよい、ボクは森也の、その花やぎに、眼を細めつづけるのだ。

婬水《いんすい》。

550 夢に上苑《じょうえん》美人の森に迷うて、枕上《ちんじょう》の梅花、花信の心。
満口《まんく》の清香、清浅の水、黄昏《こうこん》の月色、新吟《しんぎん》を奈《いかん》。

聖なる水。

聖女の森を求めて、禁苑の奥ふかく迷いこんだ夢をみたのは、枕のそばの梅がさそう、花のたよりのせいだろう。／口いっぱいに、清々しい匂いのする、浅瀬の水をふくんで、たそがれの月を相手に、初めての愛の言葉を、いったい何と吐くかだ。

美人の陰《おん》、水仙花の香有り。

551 楚台《そだい》応《まさ》に望むべし、更に応に攀《よ》ずべし、半夜、玉床、愁夢の間。
花は綻《ほころ》ぶ一茎《いっけい》、梅樹の下、凌波仙子《りょうはせんし》、腰間を遶《めぐ》る。

妻の股間に、水仙の匂うのを。

楚王が遊んだ楼台を拝んで、今やそこに登ろうとするのは、人の音せぬ夜の刻、夫婦のベッドの悲しい夢であった。／たった一つだけ、梅の枝の蕚がふくらんだかと思うと、波をさらえる仙女とよばれる、水仙の香が腰のあたりに溢れる。

我が手を喚《よ》んで森手《しんしゅ》と作《な》す。

552 我が手、森手に何似《いかん》、自ら信ず、公は風流の主なるを。
発病、玉茎《ぎょくけい》の萌ゆるを治《じ》す、且《しば》らく喜ぶ、我が会裡《えり》の衆。

ボクの手を、森の手とよびかえて。

ボクの手は、森の手にくらべて、どうだろう、ボクには君が、ボクの生命を色っぽくする、聖主である。／病気にかかると、（君の手が）玉茎の芽ぐむのを癒してくれるというので、まずは、ボクの弟子たちの喜ぶこと。

鴉《あ》を聞いて省《せい》有り。

553 豪機《ごうき》、嗔恚《しんい》、識情《しきじょう》の心、二十年前、即今《そっこん》に在り。
鴉は笑う、出塵《しゅつじん》の羅漢果《らかんか》、日影玉顔《にちえいぎょくがん》の吟《ぎん》を奈何《いかん》せん。

鴉が鳴くのをきいて。

あらあらしさ、はらだち、分別という、ボクの心の動きのすべてが、二十年前と同じように、今も激して変らぬ。／鴉は煩悩の火の消え尽きた、羅漢の悟りを笑ったのであり、朝日をうけて輝く玉顔の歌を、どうしようというのだ。

九月の朔《さく》、森侍者、紙衣《しえ》を村僧に借りて、寒《かん》を禦《ふせ》ぐ。瀟洒《しょうしゃ》、愛す可し。偈を作って之を言う。

554 良宵の風月、心頭を乱す、何奈《いかん》せん、相い思う身上の秋。
秋霧朝雲《しゅうむちょううん》、独り蕭洒たり、野僧が紙袖《ししゅう》、也風流《やふうりゅう》。

九月の一日、森侍者は村の坊主仲間から、紙衣《かみこ》を貰って寒さを防ぐことにする。あかぬけして、可愛い。偈をつくって、思いをぶちまける。

はれやかな、夕方の風と月に、胸をかきむしられて、愛しあう二人の秋の深まりを、どうしようもない。／深みゆく秋の霧や、朝雲のように、すっきりとあかぬけしていて、田舎坊主の紙衣すがたが、とてもダンディーだ。

森美人《しんびじん》の午睡《ごすい》を看る。

555 一代風流の美人、艶歌、清宴、曲尤《もっと》も新《あら》たなり。
新吟《しんぎん》、腸は断つ、花顔《かがん》の靨《えくぼ》、天宝の海棠《かいどう》、森樹の春。

妻の森女の昼の寝がおを。

生命花やぐ、絶世の妻女が、色うたをきかせる、すがすがしい宴席の、目新しい調べのうまさ。／その口は、腸のちぎれるような、新しい悲しみを、えくぼの花に秘める、あの天宝の海棠という、楊貴妃のものであり、春めく森の声なのだ。

文明二年仲冬十四日、薬師堂《やくしどう》に遊んで、盲女の艶歌《えんか》を聴く。因って偈を作って之を記す。

556 優遊《ゆうゆう》して、且《しばら》く喜ぶ、薬師堂、毒気便々《どっきべんべん》、是れ我が腸。
愧慚《きざん》す、雪霜の鬢《びん》を管《かえり》みざることを、吟じ尽せば、厳寒《げんかん》、愁点《しゅうてん》長し。

文明二年（一四七〇）の仲の冬、十四日の夕、薬師堂にやってくると、盲女が色うたをかなでているのに、耳をとられてしまう。そこで偈をつくって、想いのたけを記す。
ぶらりとやって来て、何とまあ嬉しいことか、薬師さまの御堂ではないか、毒気で肚いっぱいの、救われぬボクであった。／ありがたや、雪か霜のような、鬢の白さを気にもかけず、悲しい歌にききほれて、長い厳しい冬の一夜が、（あっという間に）過ぎたのである。

余《よ》、薪園《しんえん》の小舎《しょうしゃ》に寓《ぐう》して年有り。森侍者《しんじしゃ》、余《よ》が風彩《ふうさい》を聞いて、已に嚮慕《きょうぼ》の志有り。予《よ》も亦た焉《これ》を知る。然れども因循《いんじゅん》として今に至る。辛卯《しんぼう》の春、墨江《すみのえ》に邂逅《かいこう》して、問うに素志《そし》を以てするときは、則ち諾《だく》して応ず。因って小詩を作って、往日、何闊《かかつ》の懐《おも》いに間《へだ》てらるることを述べ、且《か》つ今日来、不束《ふそく》の喜びを記すと云《い》う。

557 憶う昔、薪園、居住の時、王孫《おうそん》の美誉《みよ》、相い思うことを聴《ゆる》す。

多年の旧約《くやく》、即ち忘じて後《のち》、猶《さら》に愛す、玉堦《ぎょくかい》、新月の姿。

ボクが薪《たきぎ》の小院に身を寄せて、数年したころから、森侍者はボクの器量を耳にして、すでに愛情をもっていた。ボクの方も、それに気付いている。しかし、今までぐずぐずと日がたった。辛卯（一四七一）の春、住吉でひょっと出会って、かねての思いのたけを告げると、すぐによろしいとの答えだ。そこで、つまらぬ歌をつくって、今までの無沙汰を陳《の》べ、さらに今後の無骨をいうのである。

思いおこせば、かねて薪の園においでの時から、毛なみのよい高貴のタネと承って、恋の思いを寄せておりました。／長い前生の約束など、今はきれいに捨て去って、あらためて、玉のうてなにおたちあそばす、新月の姿がまばゆいのです。

558

弥勒下生《みろくあしょう》を約《やく》す。

盲森《もうしん》、夜々、吟身に伴う、被底《ひてい》の鴛鴦《えんのう》、私語《しご》新たなり。

新たに約す、慈尊、三会の暁、本居《ほんご》の古仏、万般の春。

弥勒の出世まで。

来る夜も来る夜も、盲女の森と、歌を寄せあう身となって、掛布団の下のおしどり同士、愛のことばが鮮々《みずみず》しい。／いよいよ新しい誓いとは、弥勒慈尊が（釈迦の救いに漏れた衆生のために）、三番目の説法をくりひろげるまで、本来の居処を変えぬ古仏として、万花の春を歌おうというのである。

559 木稠《ゆら》ぎ葉落ちて、更に春を回《かえ》す、緑を長じ花を生じて、旧約《くやく》新たなり。
森也が深恩、若し忘却《ぼうきゃく》せば、無量億劫、畜生の身。
幹がぐらつき、葉が散りおちても、あらためてまた、春がめぐってくると、緑が芽ぶき花が咲いて、旧い誓いが新しくなる。／そんな森也の深い愛情を、かりにも忘れるとすれば、未来永劫に、畜生の身にとどまる覚悟である。

狂雲集下　終

天沢七世東海狂雲老納純一休

訳注

（ゴシック体の数字は本文の偈の番号に対応する）。

狂雲集　上

1 ○虚堂和尚　諱《いみな》は智愚（一一八五―一二六九）、号は天沢、息耕とも。四明象山の人。運庵普巌《うんなんふがん》について、南宋臨済禅の最後の伝持者となる。わが大応国師南浦紹明《なんぽじようみよう》の師として、日本の禅宗に大きく影響する。一休はその七世で、この作品は、すでに後身の自覚をふくむ。育王山にいた宝祐六年（一二五八）六月、七四歳の老体で、投獄一ヵ月の受難に堪えたことが、『狂雲集』の基本テーマである。最古の資料「行状」を含む『虚堂語録』一〇巻がある。　○育王　浙江省寧波《ニンポー》市の鄞《ぎん》県にある名刹《めいさつ》で、寺名は広利、中国五山の第五。阿育（アショーカ）王の八万四千塔の一つと信ぜられ、医王山ともいう。平安末より鎌倉初期にかけて、日本人の巡礼信仰がたかまる。　○臨済の…　臨済は唐末の人、河北の鎮州臨済院にいた、恵照禅師義玄（―八六六）で、この人を宗祖とする一派が、宋末より日本に来て、盛大となる。正伝云々は、義玄が入寂に際して、弟子の三聖と問答し、「誰カ知ラン我ガ正法眼蔵、這《こ》ノ瞎驢辺ニ滅センコトヲ」と叱ったことをふまえる。　○破鞋　『伝灯録』一六、岩頭全奯の章に、「問、如何なるか是れ道《とう》、師曰く、破草鞋、与《とも》に湖裏に抛向著せよ。又、『祖堂集』七、夾山の章に、祖師の玄旨、是れ破草鞋、とある。　○一天の…　風月は、自然のそれより、社会的、文学的、哲学的な意味に深まる。『文心雕竜』明詩の条に、陳思王の文学を論じて、「並びに風月を憐れんで池苑に狎《な》れ、恩栄を述べ酣宴《かんえん》を叙す」とする。唐代、男女の愛情情事の意に、傾くことがある。○吟懐　奥村本『狂雲集』590に、大覚禅師が虚堂を嘲って、「許渾の詩を学んで禅を識《し》らず」と言ったとあり、一休はこの非難にこだわりつづける。吟懐は、そんな怨念の、文学化である。

2○大灯国師行状　応永三三年（一四二六）、徳禅寺の禅興春作が書く、大灯国師宗峰妙超（一二八二―一三三七）の伝記である。年譜は宝徳三年（一四五一）のこととし、一休は、五八歳である。大灯は大応についで、虚堂の禅を日本に広め、花園、後醍醐の帰依で、京都の紫野に大徳寺を創する日本禅の開山祖師。播州揖西《いっさい》の人、はじめ高峰顕日につくが、大応に参じて、雲門関字の公案を透過し、その再来とされる。門下に徹翁義亨、関山恵玄を出し、恵玄は妙心寺の開山である。○風飡水宿　中国文学では、珍しい詩句の一つ。陸游の「宿野人家」に一例あるのみで（老来世路、渾暗尽く、露宿風餐、未だ非を覚えず）、一休が数倍も、その情感を高めたのである。○第五橋辺　いわゆる聖胎長養の手本で、白隠の乞食大灯は、一休の継承であり、数倍の発展となる。とりわけ、「二十年」は大応が大灯を許す印可状にもとづくが、その根拠は『臨済録』や、『碧巌録』第三則の馬大師不安の頌にあり、来源は『法華経』信解品の「除糞二十年」にある。

3○臨済下の…『五祖録』上、海会語録にある、上堂の問答にもとづく。『人天眼目』六、五宗問答に宋代のコメントを集める。五宗問答は、日本でも流行し、江戸時代に、東嶺の『五家参詳要路門』に集大成される。○五祖　湖北省黄梅県の五祖山に住した法演（―一一〇四）で、四川の人。白雲守端についで、臨済禅の中興となる。門下に、円悟克勤《こくごん》等、三仏を出す。203の注「仏眼」を併せみよ。○五逆　父母、阿羅漢を殺し、仏身の血を出し、和合僧を破る、最大の重罪である。五祖の答えは、五無間の業を行じて解脱するという、『臨済録』の言葉による。五無間業は、五逆の人が無間地獄に堕《お》ちて、出期がないという、伝統的な戒律家の思考である。　○鉄囲　古代インドの宇宙観で、須弥山を中心に七山八海あり、第八海が鹹海《かんかい》で、瞻部等の四大洲のあるところだが、その周囲に鉄囲山があって、これを一小世界とする（倶舎一一）。弥勒が阿難を率いて、ここで大乗仏典を編集したともいう。　○桃李……黄庭堅の「寄黄幾復」による。云く、「桃李春風、一杯の酒、江湖夜雨、十年の情」。　○酒は…『左伝』昭公一二、「酒有り澠の如し、肉有り陵の如し」。「縄」は澠に同じく、山東省淄博市にある川の名。淄水とともに、味がよいという。

4 ○雲門宗　五家の一つ。南漢の雲門文偃（八六四―九四九）を祖とし、雪竇重顕、仏印了元、仏日契嵩などが、続々と宗風を盛大にする。　○紅旗…　天子の出御である。蘇頲の「春日芙蓉園侍宴応制」にいう、「御道、紅旗出で、芳園、翠輦遊ぶ」。雲門の宗旨を、紅旗に関係づける例は、『五家正宗賛』にもみえる。　○八十余員　『碧巌録』八三による。　○一字関…　『人天眼目』二に、一字関の目があり、祖、塋、略、歯、普、確など十三例をあげ、次のように総括する。「一日示衆、仏法を会《え》する者、恒河《ごうが》沙《しゃ》の如し、百草頭上、一句を代り将《も》ち来れ。自ら代って云《い》う、倶。師凡《およ》そ対機往々、多く此の酬応を用う、故に叢林に之を目して一字関と曰《い》うと云う」。又、三句についても、同じ『人天眼目』二に、次のように記す。「師、示衆して云う、函蓋乾坤、目機銖両《もっきしゅりょう》、万縁に渉《わた》らず、作麼生《そもさん》か承当せん。衆無対。自ら代って云う、一鏃破三関。後来、徳山円明密禅師、遂に其の語を離して三句と為し、函蓋乾坤の句、截断衆流《しゅうる》の句、随波逐浪の句と曰う」。なお又、『碧巌録』六、雲門日々好日の評唱に、「雲門尋常、愛して三字禅を説き……、又た一字禅を説く」ともいう。

5 ○潙仰宗　五家の一派。唐末の潙山霊祐（七七一―八五三）と、その弟子仰山恵寂（八〇七―八八三）を祖とし、早く伝を断つ。　○断碑…　『禅林句集』にいう、「人皆な疑う。或は云う、無用処」。

○釈迦　『臨済録』の行録に、臨済が北地に帰って、普化の助けを得ることを、「仰山小釈迦の懸記に符《かな》えり」とし、未来の予言に長じていたことを特筆する。一梵僧との問答で、この名を得たことが、語録のうちに見える。仏典にある、釈迦の予言になぞらえるもの。　○霊祐　『祖堂集』一六に、遷化のときに予言して、死後は山下に一頭の水牯牛に生れ、脇の上に両行の字があり、潙山僧某甲と書いてある、というもの。『伝灯録』九、『五家語録』など、同じ。　○也風流　白雲守端が、臨済三頓棒の公案につける、「不風流処也風流」の句による。　○長渓客　潙山霊祐は、福州長渓県の人である。　○万世の……　古碑の主人公が、万世一系の何がしというのだろう。万世つづいても、断たれるのである。　○黄葉　仰山恵寂の俗姓が、葉氏であるのによるが、黄葉は『涅槃経』嬰児行品にある、子供だましの方便の譬えで、『臨済録』の示衆にも、「空拳黄葉、用《も》って小児を誑《たぶらか》す」といっている。

6

○法眼宗　五家の一派。金陵の清涼寺に拠る、法眼文益（八八五―九五八）を祖とし、天台徳韶、永明延寿等、碩学を出す。延寿に『宗鏡録』百巻の編あり、『伝灯録』もこの派の作品である。南唐の文運と、法眼の宗風は、不可分といえる。　○巡人…　『禅林句集』に、方語を引いていう、盗物を還す意。又、弁苗に、梅聖兪の「碧雲騢」を引く。「張観、開封に知《ち》たる日、巡者、犯夜の人を得、捕えて之を致す、観、案に拠って訊して曰う、証見有るか。巡者曰く、若《も》し証見有らば、亦《ま》た是れ犯夜なり。左右、大笑せざる無し」。　○一滴…　『伝灯録』二五、天台徳韶の章にいう、「一日浄恵（法眼）上堂、有る僧問う、如何なるか是れ曹源の一滴水。浄恵曰く、是れ曹源の一滴水。僧惘然《ぼうぜん》として退く。師、座側に於て豁然開悟、平生の凝滞、渙として氷の釈《と》くるが若《ごと》し」。なお曹源とは、曹渓恵能の宗旨を、曹渓の水に譬えていうもの。　○夜沈々　李白の「白紵の辞」に、「月寒く江清うして、夜沈々、美人一笑して、千黄金」といい、蘇軾の「春夜」に、「鞦韆《しゅうせん》院落、夜沈々」の句がある。　○青山…　『伝灯録』

二五、天台徳韶の章にいう、「師、偈有り、衆に示して曰く、通玄峯頂は是れ人間《じんかん》にあらず、心外無法、満目青山」。この偈のことは、『碧巌録』七の評にもみえる。　○家醜　『禅苑清規』四に、「家醜、外に揚ぐるを得ず」といい、宋代の禅問答にも例が多い。　○捧心　『荘子』の天運篇にいう、西施が心（胸）を病んで、其の里を矉（にらむ）すると、里の醜女がこれを傚《ま》ねたとする故事。黄魯直の詩に、「世に捧心の学有り、笑を取ること、東施の如し」とあり、一休の直接にもとづくところか。

7 ○臨済…　『臨済録』の晩参示衆に、「有る時は奪人不奪境云々」とするもの。問答の型を、四つに分けるのである。人は問答する人、相手を指し、境はその心境、又は作用をいう。　○百丈　諱《いみな》は懐海《えかい》（七四九―八一四）、福州長楽の人、姓は王。馬祖について、洪州百丈山に住し、禅林の清規《しんぎ》を製し、潙山、黄檗等、すぐれた弟子を出す。奇特の事を問われて、「独坐大雄峰」と答え、衆と共に作務《さむ》にはげみ、「一日作《な》さずんば一日食らわず」というなど、多くの名句をのこす。「大修行底の人、因果に堕するか」という、一老人との問答によって、野狐の前身をあらわす公案は、『天聖広灯録』八にはじまり、『無門関』二で有名となる。　○前朝…　洞山五位の頌に、「前朝断舌」の句がある。才能があるゆえに、身を亡ぼすのだ。　○共一楼　李商隠の「僧（院）の壁に題す」に、「若《も》し貝多《ばいた》真実の語を信ぜば、三生同《とも》に聴く一楼の鐘」とあって、僧のいない寺の鐘楼のイメージを含む。

8 ○瞎驢　瞎驢は、一休の号となる。享徳元年（一四五二）、一休は瞎驢庵に移っている。庵は売扇の南にあって、陶山公の致す所というから、公は後に**110**にいう、大機居士と同人らしい。売扇庵は永昌坊口にあり、現在の朱雀大路東、三条と四条の中間あたりである（年譜文安五年）。　○芒鞋…　陳師道の「顔生の同遊南山に和す」に、「竹杖芒鞋取次に行く、琳瑯《りんろう》触目路人《ろじん》驚く」。　○曲椽…　『雲門録』上に、下記がある。「上堂云く、諸方の老禿奴、曲木禅床上に坐地し、名を求め利を求め、仏を問えば仏と答え、祖を問えば祖と答え、屙屎送尿《あし》、也《ま》た三家村裏の老婆の伝口令に相い似たり」。又、『五祖録』中にも、「二十五年、這の曲彔木頭上に坐して、挙古挙今するは則ち無きにあらず、秖《た》だ是れ未だ曾《かつ》て第一句を道著せず」といっている。

9 ○雉翳　『文選』九に、潘安仁の「射雉賦」一首がある。媒雉を使って獲るのを、翳というとある。オスの雉を引き寄せるために、メスを、囮《おとり》に使うのである。 ○亀焦　『荘子』外物篇に、甲を灼《や》いてトすること七二度、一度もあやまることのない神亀の話がある。漁夫の余且に捕われ、甲を灼かれるという、神亀ゆえの運命を、自ら免れることができぬ譬えである。又、養生主篇のさいごに、沢の雉の自由なるをほめ、樊中に養われることを退けている。 ○迍邅　『易』（『易経』）の屯卦《ちゅん》、六二《りくじ》に「屯如たり、邅如たり、乗馬班如たり、寇するにあらず、婚媾せんとす」とあり、屯如はむつかしいさま、邅如はゆきつもどりつするさまという。ひどく苦しむが、さいごに開けるのである。漱石の詩（全集12四〇五）にも、この句がみえる。 ○弁汾…　『臨済録』にある、「人境倶奪」の句による。弁汾は、山西省北部にある地名。 ○夜来…　蘇東坡の「夜来八万四千偈」の句をふまえる。 ○桂折…　『避暑録話』四にいう、「世に登科を以て折桂と為す、此は謂わゆる郤詵が東堂に対策して、自ら桂林一枝と云えるによる。唐より以来、之を用う」。『伝灯録』二九、法眼の捨棄慕道に示す偈に、「東堂に桂を折らず、南華に僊を学ばず」とある。

10 ○再来…　『碧巌録』一、磨云不識の下に、「咄《とつ》、再来は半文銭に直《あた》らず」といっている。 ○婬坊…　『禅林類聚』一四、解結部に下記がある。「世尊因みに自恣の日、文殊三処に夏《げ》を過して、霊山に来至す。迦葉問うて云く、仁者今夏、何処にか安居せし。文殊云く、一月は祇園精舎に在り、一月は童子学堂に在り、一月は婬坊酒肆に在り。迦葉云く、何ぞ此の不如法の処所に住することを得たる。遂に乃ち仏に白《もう》して、文殊を擯せんとす。仏云く、意に随わん。迦葉即ち白槌して、纔《わず》かに槌を拈《ねん》ずるに、乃ち百千万億の文殊を見る。迦葉、其の神力を尽すも、槌を挙ぐること能わず。世尊、遂に迦葉に問う、汝は那箇の文殊を貶せんと擬する。迦葉無対」。『虚堂録犂耕』一に考証するように、『大方広宝篋経』下によるもので、文殊過夏の話は、別にもう一つあるが、宋末の禅林で有名なのは、右の問答である。〇相如…　漢の武帝に仕えた、司馬相如（前一七九—一一七）、字《あざな》は長卿、蜀郡成都の人で、はじめ臨邛《りんきょう》の富豪卓王孫の娘文君とかけおちするが、その文学的才能が世に認められ、「子虚」「上林」「大人」「長門」などの賦をつくる。晩年は故郷に隠棲、死後に「封禅文」が発見されて、佳名が更に上ったという。生涯、口吃と消渇の持病に苦しみ、後にそれが、文学者の運命とみられる（史記一一七、漢書五七）。〇琴台　司馬相如が、卓文君の心を引くために、琴を弾じた台。杜甫の「野老」に、「片雲、何の意ぞ、琴台に傍《そ》う」とある。

11 〇陳蒲鞋　睦州道明（七八〇—八七七）のこと。姓は陳氏。黄檗希運の法を得て、母を養うために郷里に帰り、睦州竜興寺に在って密行につとめ、蒲鞋をつくって路行の人に供養したので、人々が陳蒲鞋、又は陳尊宿とよんだ。若き雲門文偃の師として知られる。『祖堂集』一九、『伝灯録』一二に伝があり、語録三巻が知られるほか、恵洪の「陳尊宿影堂序」（石門文字禅二三）があって、始め高安の米山に草庵を結んだことを記す。〇徳山　湖南省武陵県（現・常徳市）の徳山古徳院に住した宣鑑（七八〇—八六五）を指す。剣南の人、姓は周氏。始めは『金剛経』の学者であったが、教外別伝の禅を求めて、各地を歴訪ののち、竜潭崇信に参じた。門下に雪峰と岩頭を出す。「道《い》い得るも三十棒、道い得ざるも三十棒」と、参学者を試みたので、徳山の棒とよばれて、臨済の喝に対せられる。『祖堂集』五、『宋高僧伝』一二、『伝灯録』一五に伝あり、『臨済録』にも問答を収める。〇吾事に非ず　『臨済録』の行録に、「大愚が臨済を黄檗にかえし、我が事に干《かか》わるに非ず」というのをうける。藤原定家の『明月記』にも、「紅旗征戎、我が事に非ず」の句がある。○声名　『孝経』の開宗第一に、「名を後世に揚げ、以て父母を顕すは、孝の終りなり」というのをうける。○北堂　母の部屋をいう。陳尊宿は、母への孝養を以て聞える。

12 ○岩頭…　岩頭は、鄂州岩頭にいた全奯（豁とも書く、八二八―八八七）のこと。泉州の人、姓は柯氏、清厳大師と諡する。徳山宣鑑につぎ、雪峰義存、欽山文邃と交わり、武宗の破仏に会い、鄂州で船頭に姿を変えた。黄巣の乱で、賊刃にたおれたとき、その呻《うめ》き声が数十里まで聞えたという。わが白隠が、青年時代に生涯を決する、公案の一つである。雪峰、欽山とともに、臨済を訪《と》う話や、破仏時代の船頭姿は、画題として親しまれる。○会昌　武宗の年号で、八四一―六年に及ぶ。破仏令が出るのは八四五年だが、仏教弾圧は治世前期のことで、わが円仁の『入唐求法巡礼行記』四巻は、まさしく破仏令下の、華北民情の記録となる。○一段…　小艶の詩による句。『夢中問答』に、次のようにいっている。「昔官人ありて五祖の演和尚に参じて、禅門の宗風を問ひたてまつる。五祖の云はく、吾が家の宗風は、情識の解了すべきことにはあらず、然れども小艶の詩に云はく、『一段の風光、画《えが》けども成らず、洞房深き処に愁情をのぶ、頻りに小玉をよぶ、元より事無し、ただ檀郎が声を認得せんことを要す』。此の詩の意によせて、大概をしるべしと云々」。○何似生　何似は、一を他に比べること。生は疑問、又は感歎詞で、今は、比べようがないのである。大灯国師三転語の一つ。22をみよ。○棹を舞して…『五灯会元』七、岩頭全奯の章にある、次の話をふまえる。「師、鄂州の岩頭に住して、沙汰に値《あ》う。湖辺に於て渡子と作《な》る。両岸各おの一板を挂《か》け、人有って過渡するときは、打板一下せしむ。師曰く、阿《あ》誰《た》そ。或るひと曰く、那辺に過ぎ去らんと要す。師乃ち棹を舞して之を迎う。一日因みに一婆有り、一孩児を抱き来って、乃ち曰く、橈を呈し棹を舞することは即ち問わず、且《しばら》く道《い》え、婆が手中の児、甚処《いずこ》より得来る。師便《すなわ》ち打つ。婆曰く、婆は七子を生む、六箇は知音に遇わず、祇《た》だ這の一箇、也《ま》た消得せずと。便ち水中に抛向す」。○為人手　為人は、「人ノ為メニス」と訓《よ》み、個別的に人を教え、救う意。仏の説法を体系化する四悉檀の第二を、各々為人悉檀とするのによる。教外別伝の禅は、人を個別的に教え救うことを、教壊（又は教惑）として批判する。一休の偈も、そこにポイントがある。為人の手とは、そのことである。手は、手段の意である。従って、この一句七字は、「棹ヲ舞シテ未ダ為人ノ手ヲ懐《オモ》ワズ」と訓《よ》む方がよいように思われる。今は一往、底本の訓をのこす。○杜鵑…　深夜の杜鵑は、不吉である。宋の邵雍《しょうよう》が洛陽の天津橋上で、ほととぎすの鳴くのに会い、天下の乱れを予知したというのによろう。又、**213**の注「一声の…」を併せみよ。

13○蒲葉　**11**「陳蒲鞋」の、蒲字にイメージを重ねる。○江漢　幾つかの解釈ができるが、『詩』（『詩経』）大雅の「江漢序」や、『孟子』滕文公上の、皎々乎の一段の如き、世の治乱が如何にあれ、大自然の不変を信ずる、善意の信頼感が貫かれる。○扁舟　越の范蠡が、句践《こうせん》のもとを去り、三江を出で五湖に遊んで、遂に帰らなかったのによる。○閑家具　岩頭その人、己の肉体を指す。『祖堂集』四、薬山章にいう、「（李）翺又問う、如何なるか是れ戒定慧。師曰く、貧道が這裏《しゃり》、此の閑家具無し」。○撈波　『聯灯会要』二一に、下記がある。「有る僧辞す、師問う、甚麼《いずれ》の処にか去る、云く、嶺に入って雪峰を礼拝し去る、師云く、雪峰若《も》し岩頭は如何と問わば、但《た》だ他《かれ》に向って道《い》え、近日、湖辺に在りて住す、只だ三文を将《も》って、箇の撈波子を買い、蝦を撈し蜆を攎して、且《しばら》く恁麼《いんも》に時を過すと」。なお、『虚堂録』七、偈頌のうちに別記あり、一休の直接の拠りどころとなる。「人の汴《べん》水に帰るを送る、漢江漠々として、水、東に流る、蜆を攎し蝦を撈して、休して未だ休せず、蒲葉半ば凋《しぼ》んで秋岸に著く、子帰りて、口の岩頭を笑う無からん」。

14 ○二祖　恵可禅師、名は神光、姓は姫、武牢の人。始め儒道の学を修めるが、菩提達摩《ぼだいだるま》の西来に会い、その法を受けて二祖となる。少林寺の一夜、膝を過す積雪中に立ちつくし、臂《ひじ》を断って法を求めたことや、安心問答のこと、他の弟子との皮肉骨髄の答えのちがい、三祖との伝法問答など、二祖としての禅門の伝承には、古い『続高僧伝』と『祖堂集』『伝灯録』の所伝のあいだに、歴史的発展のちがいが多い。一休の指摘も、その一つである。　○大唐…　『祖堂集』一六、黄檗希運の章に、下記がある。「師、衆に謂《い》いて曰く、是れ伱《なんじ》諸人、顚を患うて那作摩せん。棒を把《と》って一時に趁《お》い出して云う、尽《ことごと》く是れ一隊の喫酒糟の漢、与摩に行脚して人を笑殺し去るか……、汝還って大唐国内、禅師無きことを知るや。有る人問う、諸方の尊宿、皆な匡化す、和尚は什《なん》摩《し》と為てか禅師無しと道う。師云く、禅無しとは道わず、只だ師無しと道うのみ」。　○南山道宣　『続高僧伝』の編者、終南山浄業寺の道宣（五九六—六六七）を指す。四分律南山宗の祖として知られる。　○痛所…　大応国師の『崇福録』（七月旦上堂）に初出。おそらくは、日本的発想の一つ。『禅林句集』にも収めるが、出典を挙げない。

15 ○栽松道者　五祖弘忍の異伝の一つ。『林間録』上が初出で、宋・元の水墨にとられる。梁楷の「八高僧図巻」は、その一つ。弘忍が黄梅県の四祖山で松を植えていたとき、四祖道信の来化に会うが、老齢のゆえに入門を許されぬので、近在の周氏の家に生れ代って、七歳で更《あらた》めて弟子になるとするもの。○為法喪身　『臨済録』の上堂にいう、「夫《そ》れ法の為めにする者は、喪身失命を避けず」。　○宿昔…『法華経』第二十五普門品に、「宿植徳本」の句あり、女人が女子を生まんとして、観世音を供養する、前生の功徳とする。

16 ○松源和尚　虚堂の三世の祖に当る、松源崇岳（一一三二—一二〇二）を指す。浙江省処州の人、姓は呉氏。密庵《みったん》咸傑につぎ、江浙の十大寺に歴住する。語録二巻あり、塔銘は陸游の作品。晩年に弟子を試みた三転語と、霊隠で入滅に際して、嗣法の弟子を定めず、白雲より伝来の法衣を寺にとどめて、三〇年後に住持となる弟子を予言したため、運庵普巌と石渓心月の二派で、論議を生ずることとなる。虚堂は運庵の法をつぎ、一休は虚堂の直系を自任する。　〇三転語　趙州の三転語以来、幾つかの先例があるが、松源より一休に至る、十代の祖師に三転語があり、この系統の特色となる。　〇大力量人　『無門関』二〇に、初めの二転語をとるが、三転語をまとめて出すのは、『虚堂録』五の頌古百則が最初で、一休の拠る所でもある。虚堂の頌によって、理解するのが正しい。「力擡し難き処、君が為めに言う、神駿は何ぞ労せん、更に鞭を著《つ》くるを、一躍すれば洞天三十六、到る時は凡骨も也《ま》た僊と成らん」。又、同じ虚堂の『宝林録』では、僧の問に答えて、「師子は人を咬《か》み、韓獹は塊を逐う」とする。　〇鬼窟……『坐禅儀』にいう、「法雲の円通禅師、人の目を閉じて坐禅するを呵して、黒山鬼窟と謂う、深旨有り」。又、大恵書の富枢密に与える第二書に、「古人喚《よ》んで黒山下、鬼家活計と作《な》す」とある。　〇普天……『詩』小雅、「北山」の句。

17〇開口…　虚堂の頌にいう、「一世を含糊して分暁無し、開口何ぞ嘗《かつ》て舌頭に在らん、万古の業風、吹き尽さず、又た月色に随って、羅浮に過ぐ」。先にいう『宝林録』は、「贓《ぞう》を抱いて屈と叫ぶ」。　〇禍門『虚堂頌古』九一に、五祖の語とする。「五祖因みに僧問う、如何なるか是れ仏。祖云く、口は是れ禍門」。　〇夜来…　『犁耕』に柳宗元の『竜城録』を引いて、月色を解釈する。一休のよるところ、おそらくは同じであろう。「隋の開皇中、趙師雄、羅浮に遷せらる、一日天寒、日暮れて酔醒の間に在り、因みに僕車を松林の間に憩わしむるに、酒肆傍舎に一女人を見る、淡粧素服、出でて師雄を迓《むか》う、時已《すで》に昏黒にして、残雲は月色の微《すこ》しく明なるに対す。師雄之を喜び之と語るに、但《た》だ芳香の人を襲うを覚え、言語極めて清麗なり、因《よ》って之と酒家の門を扣《たた》き、数杯を得て相与《あいとも》に飲む、少頃《しばらく》ありて一緑衣の童の来る有り、笑歌戯舞、亦《ま》た自ら観る可し、頃《しばらく》ありて酔うて寝《い》ぬ、師雄も亦た懵然《ぼうぜん》として、但だ風の寒く相い襲うを覚ゆ、之を久しくして時に東方已に白む、師雄起《た》って視《み》れば、乃ち大梅樹花の樹下に在り、上に翠羽有り、啾嘈相い須《もち》い、月落ちて参《まじわ》り横たわる、但だ惆悵《ちゅうちょう》たるのみ」。

18
○明眼衲僧…　虚堂の頌、下の如し。「脚跟不断、紅糸線、臂を掉《ふる》って乾坤に、自在に行く、壑《がく》に塞がり溝に塡《み》ちて、処著無し、帰り来れば旧に依って、両眉横たわる」。又、先にいう『宝林録』では、「多きを貪って嚼《か》むこと細かならず」。因みに、紅糸は紅糸待選という、妻選びの故事により、男女の縁を意味する。すなわち、『開元天宝遺事』にある、下記を根拠としよう。「郭元振、少《わか》き時、風姿美しく、才芸有り、宰相張嘉正、納《い》れて婿と為さんとす……、五女をして各おの一糸を幔前に持たしめ、子取して便《すなわ》ち之を牽《ひ》かしめ、得る者を婿と為す。元振欣然として命に従う、遂に一紅糸線を牽くに、第三女を得て大いに姿色有り」。　○二三四七　『円悟心要』に、幾つか用例がある。張宣撫相公に寄せて、次のようにいうのがその一つ。「是《こ》の故に、釈迦初生に即ち天地を指し、大いに哮吼《こうく》し、当頭に拈出す……、尓《それ》より四七二三密伝して、有を知らざる者は、以て多少の妙用神機有りと謂《おも》えり」。　○領衆…　『碧巌録』一一、黄檗噇酒糟漢の本則に、「只だ諸方に徒を匡し衆を領するが如き、又た作麼生《そもさん》」というのによる。14「大唐…」の注に引く、『祖堂集』と同じ話である。　○和嶠　晋・西平の人、字は長興、官は太子太傅に至る。『晋書』四五に、次のように記す。「嶠、家産豊富にして、王者に擬せらる、然れども性至吝《しりん》にして、是《ここ》を以て譏《そしり》を世に獲《え》たり、杜預以為《おもえ》らく、嶠は銭癖有りと」。　○娘生　『臨済録』にいう、仏は是れ幻化身、祖は是れ老比丘、你《なんじ》還って是れ娘生なりや」。

19
○虚堂和尚…　『虚堂録』八に、次のようにいう、「師、霊隠の鷲峯塔に在りて、世諦を杜絶せんとす、衲子《のっす》請益《しんえき》すれば、遂に三問を立て、之に示して各おの著語《じゃくご》せしむ」。宝祐二年（一二五四）、七〇歳である。行状によると、「強寇の難に嬰《かか》って、松源の塔下に帰る」とあり、松源の三転語をふまえている。

○己眼… 松源の明眼衲僧に対する句。 ○画餅… 『伝灯録』一一、鄧州香厳智閑の章に、下記がある。「師遂に堂に帰って、徧《あまね》く集むる所の諸方の語句を検するに、一言の将《も》って酬対す可き無し、乃ち自ら歎じて曰く、画餅は飢に充つ可からずと。是《ここ》に於て尽《ことごと》く之を焚《や》く」。 ○娘生… 右の話の前に、潙山の句として、下記がある。「吾れ汝に平生の学解、及び経巻冊子上に記得せる者を問わず、汝未だ胞胎を出でず、未だ東西を弁ぜざる時の本分事、試みに一句を道《い》い来れ、吾れ汝を記せんと要す」。

○思衣意… 『臨済録』による。你が一念不生にして、便《すなわ》ち菩提樹に上り、三界に神通変化し、意生化身、法喜禅悦、身光自ら照して、衣を思えば羅綺千重、食を思えば百味具足して、更に横病無し」。

20 ○劃地… 『漢書』五一、路温舒伝にいう、「俗語に曰く、地を画《かく》して獄と為せば、議して入らず、木を刻して吏と為せば、期して対《こた》えず」。要するに、無縄自縛の意である。 ○春遊 「長恨歌」にいう、「歓を承けて宴に侍し、閑暇無し、春は春遊に従い、夜は夜を専らにす」。 ○客盃の… 『晋書』四三、楽広伝にいう、「嘗て親客有り、久闊して復《ま》た来らず、広、其の故を問う、答えて曰く、前に坐に在りて賜酒を蒙る、方《まさ》に飲まんと欲して盃中を見るに蛇有り、意に甚だ之を悪《にく》む、既に飲んで疾《や》むと、時に河南に事を聴くに、壁上に角有り、漆画して蛇と作《な》す。広意《おも》えらく、盃中の蛇は即ち角影なりと。復た酒を前処に置し、客に謂《い》いて曰く、酒中に復た見る所有るか、答えて曰く、見る所は初の如し。広乃ち其の所以《ゆえん》を告ぐ。客、豁然として意に解し、沈痾頓《とみ》に癒ゆ」。 ○落花… 「雍陶、友人の幽居を訪《と》う、落花門外、春将《まさ》に尽きんとす、飛絮庭前、日高からんと欲す」。又、飛絮漂花といえば、人生の浮き沈みを意味する。

21○入海…『永嘉証道歌』にいう、「吾れ早年来、学問を積み、亦た嘗《かっ》て疏を討《たず》ね、経論を尋ぬ、名相を分別して、休することを知らず、海に入って沙《すな》を算《かぞ》え、徒《いたずら》に自ら困す」。○針鋒…『虚堂録』二、『宝林録』の解夏小参に、「針鋒頭上に筋斗を打つ」とし、自由の意に用いる。犂耕は『教坊記』を引き、小児の軽業と解する。○撒土…『碧巌録』九、趙州四門の頌の下語《あぎょ》に、「沙を撒《さっ》し土を撒す」とする。○無能『荘子』の列禦寇篇に、「無能の者は求むる所無し……、汎として不繋の舟の若《ごと》し、虚にして遨遊する者なり」とあり、杜牧が「清時味有り是れ無能」と歌うのは、一休の最も愛好するところである。51・58をみよ。

22○大灯国師… 2にいう「行状」による。○朝に眉を…『無門関』第一則で、無字を透過した心境を、「歴代の祖師と手を把《と》って共に行き、眉毛斯《あ》い結んで、同一眼に見、同一耳に聞く、豈《あ》に慶快ならずや」と挙揚するもの。雲門が示衆して、「古仏、露柱と相い交わる、是れ第幾ばくの機ぞ」と問うのとも、関係しよう。39を参照。○我何似生 12の第二句に見える。今は、「我」が問題である。○透関…『臨済録』の行録に、三峯との問答を挙げて、「直に万重の関を透って、清霄《せいしょう》の内に任せず」といっている。大灯その人の、透関の偈を参考すべきである。○随例…『碧巌録』一〇の垂示に、「条有れば条を攀《よ》じ、条無ければ例を攀ず」とある。○奇菓…『陔余叢考』に、「茘枝を貢するは楊貴妃に始まらず」とし、『唐書』の楊貴妃伝に、「茘枝を好んで、南海より毎歳に茘枝を貢し、暑に方《あた》って経宿輒《すなわ》ち敗す」とあるのを引く。○天上味 味は、茘枝のことだが、西王母の仙果である桃に比すべき珍味である。天上は、楊貴妃が元来仙界の神女で、地上に降って玄宗に会うという、「長恨歌」の構想による言葉。後に道士が貴妃の亡霊を尋ねて、「上は碧落を窮め下は黄泉」というのも、二人の愛が天上と人間を結ぶ、詩的宇宙を前提する。「但《た》だ心をして金鈿の堅きに似せしむ、天上人間《じんかん》会《かなら》ず相い見ん」という誓いの言葉は、明らかにそのことを物語る。　○名は天宝より…　天宝は、玄宗の年号だが、天上の宝としての、奇菓をも含意しよう。年号とすれば、240の素老の納敗と関係する。

23 ○露柱…　雲門の古仏、露柱の示衆による。露柱は、壁に接続しない、室中の柱である。花園が大灯に答えて、「昨夜三更、露柱が和尚に向って道《い》い了《おわ》れり」という、その露柱である。『伝灯録』一四、長沙興国寺振朗の章に、下記がある。「初め石頭に参じて問う、如何なるか是れ祖師西来意。石頭曰く、露柱に問取せよ。曰く、振朗不会。石頭曰く、我更に不会」。又、『五灯会元』四、霊雲志勤の章にいう、「長生問う、混沌未分の時、含生は何《いず》れより来れる。師曰く、露柱の懐胎するが如し。曰く、分れて後は如何。師曰く、片雲の太清に点ずるが如し。曰く、未審《みぶ》かし、太清は還って点を受けんや。師答えず。曰く、恁麼《いんも》ならば則ち含生は来らざるや。師亦た答えず。曰く、直に純清絶点なるを得る時は如何。師曰く、猶お是れ真常流注。曰く、如何なるか是れ真常流注。師曰く、鏡の長《とこし》えに明かなるに似たり……」。

○没知音　伯牙と鍾子期の、物語をふまえる（列子、湯問篇）。　○銭に…　『幽閒鼓吹』に伝える、張延賞の故事。相国張延賞が一大獄を知《ち》して、始め三万貫の賄賂を退け、翌日五万貫で腹をたてるが、翌日更に一〇万貫で収賄、裁判を停止したという。「銭十万に至って、神に通ず可し、回《かい》す可からざるの事有り、吾は禍に及ぶを懼《おそ》る、止めざるを得ず」といっている。ただし、一休はもう一つ、腰に一

○万貫を纏うて、鶴に騎《の》って揚州に下らんという、徹底して欲の深い話を重ねていよう。『殷芸《いんうん》小説』にある、いわゆる「揚州夢」のことだが、前二句と後二句の関わりは、この話をふまえて解けよう。

○杜鵑…　李商隠の「錦瑟」に、「望帝春心、杜鵑に託す」とあるのによる。望帝は部下の鼈霊に治水を命じながら、その妻と密通するが、その不徳を恥じてホトトギスとなる話。

24 ○若し…　二転語を自由にできたら、それが三転語である。二転語の外に、三転語があるのではない。

たとえば、『祖堂集』一三、報慈和尚の章に、下記がある。「師、僧に問う、霊利の参学は、道伴と肩を交えて過して、便ち一生に見《まみ》ゆることを喜ばざるを得たり、為復《はたまた》賓の主に見ゆるを喜ばざるか、為復主の賓に見ゆるを喜ばざるか……」。又、『五灯会元』七、福州長慶恵稜章にいう、「上堂、道伴に撞着して、肩を交えて過せば、一生参学の事畢《おわ》る」。なお、これらの句は、すでに虚堂がとりあげていて、虚堂自身の三転語とも関係する（虚堂録八）。大灯は、虚堂によっている。○二十余年『碧巌録』三、馬祖不安の偈による。「二十年来、曾《かつ》て苦辛す、君が為めに幾たびか蒼竜の窟に下る、屈、述ぶるに堪えたり、明眼の衲僧も、軽忽《きょうこつ》すること莫《な》かれ。二十年については、**2**の注をみよ。○誰か…　五台山智通（大禅仏）の偈による。「手を挙げて南斗を攀じ、身を廻《めぐら》して北辰に倚《よ》る。天外に出頭して見よ、誰か是れ我が般《つら》の人」（伝灯録一〇）。

25 ○霊山…　霊山は、徳禅寺の山号であるとともに、開山の徹翁その人を指す。徹翁（一二九五—一三六九）、諱は義亨、出雲の人、大灯について、大徳寺の第一世となり、徳禅寺を創する。語録二巻あり、塔を正伝庵、天応大現国師と謚する。行状は徳禅四世禅興が、応永三二年に書いていて、遺言して如来の正法眼蔵云々とすることも、そこにみえる。自ら荷担して弥勒下生《あしょう》を待つのは、摩訶迦葉が如来の伝法衣を被して、雞足山に入って入定し、慈氏下生を候《ま》ったのをふまえる（祖堂集一）。○末後　次にいう牢関と関係し、又、『伝灯録』一六の岩頭章や、『無門関』一三則に収める徳山托鉢の話で、末後の句が問われる。○古仏…　世尊が霊山会上で一枝の花を拈じ、摩訶迦葉に正法眼蔵を付嘱したこと。○名…　摩訶迦葉と徹翁が、互いに霊山と名のること。○児孫…　直ちに徹翁につぐ自負、『狂雲集』はこれをモチーフとする。

26 ○牢関…　『伝灯録』一六、楽普元安の章に、「示衆して曰く、末後の一句、始めて牢関に到る、要津を鎖断して、凡聖を通ぜず」というのによる。『碧巌録』九、趙州四門の評唱にも、遠録公の言葉として、同じ句を引き、別に『羅湖野録』下に収める、石霜下の清素侍考と、兜率従悦の対話にもみえる。

○話して… 「霊山の一会《いちえ》、厳然として未だ散ぜず」(正法眼蔵三)。法華の説法が今も続いているというイメージを前提しよう。

27 ○凡そ… 現在の『徹翁録』に収めないが、一休時代にあった法語の一つ。現存『徹翁録』の、「栄衒の徒に示す」とは、文面も思想も異なる。一休は養叟が進める参禅の社会化、又は制度化を名利の所業として否定するのである。 ○一則因縁 大灯国師の遺戒による。後段、「身有れば着ずということ無く」も同じ。 ○無雑純一 『臨済録』で馬祖の家風とするが、元来は、『法華経』序品にもとづく。

○栄衒の… 栄衒は、人の目をまどわす、くらます意。眩惑することらしい。 ○仏法の… 『法華経』の作者が、大乗を誹謗する人を罵る句。 ○涅槃堂… 16 にいう、鬼窟黒山の禅である。『円悟心要』や『虚堂録』に、肯定的に解する例があるが、ここは逆のようである。『伝灯録』一九、保福従展の章に、文字通りの死人とする。 ○食籍 陰司の定める、一人一日の食いぶち。籍は、帳簿のこと。次に引く、『前定録』の記事に詳しい。432 にも、「食籍」と題する作品がある。 ○羊糜… 羊糜は、餻糜(餻はこなもちで、糕、又は餻に同じいが、音を別つ)に同じ。『宗鏡録』七一に、『前定録』を引いて、次のようにいう。「昔、韓公滉之の中書に在るや、嘗《かつ》て一吏を召すに、不時にして至る、怒って将《まさ》に之を鞭せんとす。吏曰く、某別に所属有り、遽《にわ》かに至るを得ず。晋公曰く、宰相の吏にして、更に何人《なんびと》にか属する、吏曰く、某不幸にして兼ねて陰官に属す。晋公以て不誠と為し、怒って曰う、既に陰司に属す、何の主する所か有る。吏曰く、某が主する所は、三品已上《いじょう》の食料なり。晋公曰く、若《も》し然らば某、明日また何の食を以てする。吏曰く、此は細事と雖も、顕言す可からず、乞うらくは紙に疏せんことを、過ぎて後に験を為せ。乃ち之の如くにして、其の吏を繋ぐ、明旦遽《にわ》かに詔命有り、既に対して太官に適遇し、餻糜一器を進食す。上其の半を以て晋公に賜う、晋公之を食うに美なり、又以て之を賜う。既に退いて腹脹《ふく》る、私第に帰って医を召し、之を視せしむるに曰う、食う物の壅する所、宜しく少しく橘皮湯を服すべし、夜に至って漿水を飲むべしと。明旦に疾《やまい》癒ゆ、前吏の言を思い、之を召して其の書を視《み》せしむるに云う、明晨に相公、只だ一飣半の餻糜、橘皮湯一椀、漿水一甌を食するのみと、則ち皆な其の言の如し、公固く復《ま》た問う、人間之食、皆な籍有りや。答えて曰く、三品已上は日支、五品已上の有権者は旬支、無きは則ち月支、凡《およ》そ六品より一命に至るまで、皆な季支、其の食禄せざる者は、年支のみ」。

28○元正　結夏、解夏、冬至と合せて、四節という。『大応録』の崇福〔四九〕に、左記がある。「記得す、僧、鏡清に問う、新年頭、還って仏法有りや……、如何なるか是れ新年頭の仏法、清云く、元正啓祚、万物咸《み》な新たなりと、如何《いかん》が委悉せん。師云く、現成公案」。○天真に任す　『宝誌』の一四科頌、菩提煩悩不二に、「大道は暁かに目前に在り、迷倒の愚人は了せず、仏性は天真自然なり、亦た因縁の修造する無し」（伝灯録二九）。『絶観論』にも、「無心なれば即ち無物、無物なれば即ち天真、天真なれば即ち大道」といっている。任も亦た、任運自在の意。○今日…　『臨済録』の巻首にいう、山僧今日。○眼を…　『碧巌録』六〇、雲門拄杖子の著語に、「你が眼睛を換却し了れり、とある。又、57をみよ。

29○桃花浪　『碧巌録』六〇の頌にみえ、『祖庭事苑』二に、下記がある。「（『礼記』）月令《がつりょう》に、仲春の月、初めて雨水あり、桃始めて華さくと。蓋《けだ》し桃の華さく時に方《あた》って、既に雨水有り、川谷の氷泮《と》けて衆流猥集し、波浪盛長す、故に桃花浪と曰う」。○随波…　4の注「一字関…」をみよ。○三生…『法眼語録』に左記がある。「古人道《いわ》く、声色を離るるは、声色に著《じゃく》す、名字を離るるは、名字に著す…

…、蓋《けだ》し根本真実を知らず、次第に修行するが為めなり、三生六十劫、四生一百劫、是《かく》の如くにして直に三祇果満に到るも、古人は猶お道う、如《し》かず一念縁起無生にして、彼の三乗権学等の見を超えんにはと」。

30○端午　端は始の意で、五月を午月ということから、五月五日を指して端午といい、屈原伝説と重ねて、艾《よもぎ》を採って人をつくり、毒気を払う風習となる。○屈平　戦国、楚の人、字は原、号は霊均。懐王に仕えて三閭大夫《さんりょたいふ》となるが、讒によって追放され、五月五日、石を懐にして汨羅《べきら》に入水する。「離騒」、「漁父《ぎょほ》」等二五篇をつくる。○衆人…　「漁父」の辞に、「衆人皆な酔えり、我れ独り醒めたり」というのによる。悠々も、張謂の「長安主人の壁に題す」る詩に、「世人は交わりを結ぶに黄金を須《もち》う、黄金多からずんば、交わり深からず、縦令《たとい》然諾して暫く相い許すも、終《つい》に是れ悠々たる行路の人」というのによる。道ばたですれちがった人のように、知らぬふりをする様子である。○忠言…　『史記』淮南王安伝に見え、『孔子家語《けご》』にもある。ここでは、屈原が漁父の忠告に従わず、自ら死を選んだとする意。○湘江…　湘江は広西省興安県より、湖南省永州市で瀟水と合し、衡陽市で蒸水と合して北流し、洞庭湖に注ぐ、三湘の一つ。屈原入水の汨羅があり、『楚辞』の舞台として知られる。順流は、孔子が死んだ時、洙水と泗水が逆流したというのをふまえる言葉。一般には、屈原が死んだときも、湘水が逆流したと言われる。

31○冬至…　28の「元正」の注にみえる。禅門では、宋代以後、必ず示衆が行われた。○方を省せず　省方は『易』(『易経』)の観の卦辞、「風は地上を行きて観じ、先王は以て方を省す、民を観て教を設く」。○法中の王　汾陽善昭が、『伝灯録』の成立を祝う上堂で、邑人《ゆうじん》の問句の中に、「不断法中王」とするのによる。○冬来の…　『伝灯録』一七、撫州疎山光仁章にいう、「冬至夜上堂、有る僧問う、如何なるか是れ冬来の意。師曰く、京中に大黄を出だす」。○一線…『虚堂録』三、『径山録』の冬夜小参に、下記がある。「日短く夜長し、晷運《きうん》新たに一線を添う」。犂耕によると、『事文前集』一二に引く雑録に、「唐の宮中に女功を以て、日の長短を揆《はか》るに、冬至の後は常日に比べて、一線の功を増す」とあり、『焦氏筆乗』一に、「(杜)子美の詩に刺繍五紋、弱線を添うといい、又た愁日の愁は、一線の長きに随うというは……、皆な女紅を指して以て日を験す」とするのを挙げる。

32○仏誕生　三仏忌の一つ。『勅修百丈清規』二の報本章、仏降誕による。○異号　『伝灯録』九、潙山霊祐章に、「老僧百年後、一頭の水牯牛と作《な》る」示衆あり、雲居の代語にいう、「師に異号無し。又古人の頌に云う、潙山とも道《い》わず、牛とも道わず、一身両号あるは、実に酬《こた》え難し、両頭を離却して、応《まさ》に須《すべか》らく道うべし、如何《いかん》が道い得ば、常流を出でん」。○誵訛　『碧巌古鈔』二に、入りくんで見難い処とする。謷訛とも書く。『続古尊宿語要』に、「磚を磨いて鏡と作すが如くに相い似て、多少の謷訛、快《すみや》かに須く力を著《つ》くべし」という。○娑婆来往…　『梵網経』下に、「吾れ今、此の世界に来ること八千返なり」というのによる。

33○仏成道　三仏忌の一つ。○天上…　『大唐西域記』六、劫比羅伐窣堵国の章に、「天上天下唯我独尊」の句がある。『祖堂集』一には、『普曜経』の句とするが、もちろん『普曜経』にあるわけではない。禅録では、雲門や法眼の拈弄《ねんろう》が、もっとも早い。○流星の…　『無門関』一一、趙州勘庵主の頌にいう、「眼流星、機掣電」。○瞿曇　釈迦の姓、ゴータマの音写。牝牛の意という。

34○仏涅槃　三仏忌の一つ。○二千三百年　仏滅を周穆《ぼく》王五三年壬申年(前九四九)とする、『周書異記』の説によるもの。○二月の…　杜牧の句、「霜葉は二月《じげつ》の花よりも紅」というのによる。紅い花は、桃である。

35○達磨忌　後魏孝明帝太和一九年丙辰歳一〇月五日という、『伝灯録』三の説によるが、史実には問題がある。　○毒薬…　『伝灯録』三にいう、「光統律師、流支《るし》三蔵は乃ち僧中の鸞鳳なり、師が道を演じて、相を斥《しりぞ》け心を指すを観《み》て、毎《つね》に師と論議し、是非蜂起す……、偏局の量自ら堪任せず、害心を競起して、数《しば》しば毒薬を加う、第六度に至って、化縁已《すで》に畢《おわ》り、伝法、人を得たるを以て、遂に復《ま》た之を救わず、端居して逝す」。　○賊後の…　『碧巌録』四、徳山背却法堂の著語に、「賊過ぎて後に弓を張る」というのによる。　○仏心宗　「期城の太守楊衒之なるもの有り、早く仏乗を慕う、師に問うて曰く、西天五印、師承して祖と為す、其の道は如何、師曰く、仏心宗を明らめ、行解相応するを、之を名づけて祖と曰う」（祖堂集二、伝灯録三）。　○西来…　『臨済録』に、下記がある。「問う、如何なるか是れ西来意。師云く、若《も》し意有らば、自救不了《じくふりょう》。云く、既に意無し、云何《いかん》が二祖は法を得たる、師云く、得というは是れ不得なり」。　○熊耳山　『伝灯録』三にいう、「其の年十二月二十八日、熊耳山に葬り、塔を定林寺に起す……、孝荘即位に迨《およ》んで、（宋）雲具《つぶさ》に其の事を奏す、帝、壙《はか》を啓《ひら》かしむ、惟《た》だ空棺にして、一隻革履の存するのみ」。

36○大灯国師百年忌　永享八年（一四三六）、一休四三歳である。　○嚢に…　杜甫の句による、「嚢に一物の尊親に献ずるもの無し」。ここでは高い立場からいう。　○空しく…　『禅林類聚』一〇の人境門に、雲門と臥竜の問答による、径山杲のコメントを挙げて、次のようにいう。「賊馬に騎《の》って賊隊を趕《お》い、婆が帔子を借りて婆年を拝す」。『大応録』の崇福〔四九〕にもみえる。

37○児孫…　児孫は、虚堂が大応に与える送別の偈に、「東海の児孫」というのをふまえよう。上頭の関は、『大応録』の万寿〔二四五〕に、「他家曾《かつ》て上頭の関を踏む」とあり、『円悟録』の上堂にも、「他家曾て聖明の君に謁す」とあって、禁闕の門である。上頭には、女子のくしあげ、男子の加冠などを指す場合もあるが、ここはちがうようだ。　○江海…　『荘子』の譲王篇に、「中山公子牟《ぼう》、瞻子に謂いて曰く、身は江海の上に在るも、心は魏闕の下に居《きよ》す、奈何《いかん》」。58の注に引く、杜牧の詩にも連なる。
○大会斎　『碧巌録』二四、劉鉄磨到潙山の話による。「磨云く、来日台山の大会斎、和尚は還って去るや」。　○白雲…　洞山守初の因事の頌（古尊宿語録三八）による。「五台山上に雲は飯を蒸す、仏殿階前に狗は天に尿す、幡竿頭上に䭔子《ついす》を煎り、三箇の猢猻、夜銭を簸す」。『碧巌録』九六の評にもみえる。
なお、五台山は山西省北部にあり、文殊の霊場として、古くより信仰を集めた。

38 ○僧問…　『祖堂集』七、『伝灯録』一六等にみえるが、テキストに出入がある。又、岩頭は12に既出。
○寒温…　仏眼清遠の三自省による。203をみよ。　○耳朵…　『大恵武庫』に、天衣義懐の語とするもの。「舜老夫、一日、秀円通に問う、聞くならく你は懐和尚に見《まみ》ゆと、是《ぜ》なりや、秀云く、是、舜云く、何の言句か有りし、……懐云く、耳朵両片皮、牙歯一具骨」。　○一二三兮…　『虚堂録』八、興聖続輯の閏月旦謝秉払のところにみえる。「殺活は殊《こと》なると雖《いえど》も、対揚に準有り、什麼人《なんぴと》か此の三昧を得ん、主丈を卓して、一二三三二一」。　○南泉…　『碧巌録』六三、『無門関』一四等にある話。南泉は馬祖につぐ、普願（七四八―八三五）。俗姓は王で、自ら王老師とよんだ。河南省密県の人、池州に南泉山を構える。趙州従諗、長沙景岑、茱萸など、傑出した弟子があり、語要一巻を伝える。『祖堂集』一六、『宋高僧伝』一一、『伝灯録』八。

39 ○雲門…　『雲門録』中の垂示代語、『碧巌録』八三。南山云々は、『従容録』三一の評によると、唐の宋璟の「羯鼓《かっこ》歌」による。もとづくところは、楚の襄王が雲夢《うんぼう》の台に遊んで、神女と一夜を契り、翌朝、互いに辞するに際し、「妾《しょう》は巫山の陽《みなみ》、高丘の阻に在り、旦《あした》には朝雲と為《な》り、暮には行雨と為る」と神女がいうもの（文選一九に収める、宋玉の高唐賦）。なお、この公案については、すでに22・23に関係して、大灯の禅に大きく作用していること、大灯に頌古があって、西谷啓治先生のコメントがあること（『禅の立場』三三五ページ）を、あらためて注意しておく。　○小姑…　小姑は、夫の妹をいう。李商隠の無題の詩に、「神女は生涯、原《も》と是れ夢、小姑は居処、本《も》と郎無し」とあり、会稽の趙文韶と、歌合せをして姿を消す仙女のことという。又、江西省彭沢県の北、安徽省宿松県の東で、長江上にある小孤山と、江側の彭郎磯との伝説ともいう（蘇東坡の李思訓画長江絶島図、帰田録二、入蜀記など）。なお、底は何と読む、詩語に特有の表現。　○朝には…　『禅林僧宝伝』二三、泐潭真浄克文章に、下記がある。「時に南禅師、積翠に在り、師これに造《いた》る。南公問う、什麼《いずれ》の処よりか来る、対《こた》えて曰く、潙山、南曰く、恰《あたか》も老僧が不在に値《あ》う、進んで曰く、未審《みぶ》かし、什麼の処にか去る、南曰く、天台に普請し、南嶽に雲遊す、曰く、若《も》し然らば学人も亦た自在なるを得去らん、南公曰く、脚下の鞋は是れ何処にか得来れる、曰く、廬山に七百銭に唱得す、南公曰く、何ぞ曾て自在ならん、師指して曰く、何ぞ曾て自在ならざらん、南公駭《おどろ》いて之を異とす」。　○知らず…　韶陽は、雲門である。何処と問うのは、上に引く真浄克文と恵南の問答を、ふまえているようである。

40
○苦中楽　『碧巌録』八三による。元来は『禅月集』、「送皓首座住院」の詩句。『菜根譚』にも、説がある。　○酒…　『伝灯録』一七、曹山本寂章に、次のようにいう。「僧清鋭問う、某甲孤貧、乞う師拯済せよ。師曰く、鋭闍黎、近前来。鋭近前す。師曰く、泉州白家酒三盞、猶お道う未だ脣《くちびる》を沾《うる》おさず。玄覚云く、什麼の処にか是れ他に酒を喫せしむ」。『無門関』一〇で、知られる問答の一つ。　○曹山　曹洞宗の開祖、本寂（八四〇―九〇一）。耽章ともいい、元証大師と諡する。泉州莆田（福建省）の人、姓は黄。洞山良价につぎ、撫州に曹山を開く。山名は、曹渓に因むといい、曹洞宗の名の拠るところとなる。『祖堂集』八、『禅林僧宝伝』一。　○火宅　『法華経』譬喩品の話により、現実の苦界を意味するが、ここでは積極的、肯定的である。

41○楽中苦　出典は40に同じ。○麻衣…　霊徹の詩句による。麻衣は、清浄無欲のシンボルとされ、幾人かの麻衣道者の伝説を生む。釈迦の苦行については、『祖堂集』も『伝灯録』も、「又た象頭山《ぞうずせん》に至って、諸《もろもろ》の外道と同じく、日に麻麦を食《くら》って、六年を経たり」というだけで麻衣を言わない。草坐のことは、釈提桓因《しゃくだいかんにん》の捧げる吉祥草とする説が、古い仏伝にあって、玄奘の『西域記』以後の定説となる。○一朝…　一朝は、仏陀が明星を見て大悟する、その一瞬の時である。点検云々は、『臨済録』の馬防の序。○寂寞　『菜根譚』の始めに、寂寞と凄涼を区別する。○身後の…　陶淵明の「飲酒」其の十一に、「顔生は仁と称せられ、栄公は有道と言う、屢しば空しくして、年を獲《え》ず、長《とこしえ》に飢えて老いるに至る、身後の名を留むと雖も、一生亦た枯槁……」。又、『晋書』の張翰伝にいう、「心に任せて自適し、当世に求めず、或ひと之に謂いて曰く、卿は乃ち一時に縦適す、独《なん》ぞ身後の名の為めにせざる、翰曰く、我に身後の名有らしめんよりは、即時に一杯の酒あるに如かず」。

42○百丈…　7をみよ。○千山万水　張喬の「寄維楊故人」にいう、「離別河辺に柳条を綰《わが》ね、千山万水玉人遥かなり」。

43○聞声…　45をみよ。○撃竹…　潙山霊祐につぐ、香厳智閑の縁をふまえる（伝灯録一一）。前半は、19の「画餅」の注に引く。「遂に泣いて潙山を辞し、去って南陽に抵《いた》る、忠国師の遺迹を覩《み》て、遂にここに憩止す。一日、因みに山中に草木を芟除《せんじょ》し、瓦礫を以て竹を撃って声を作《な》す、俄かに失笑の間に、廓然として省悟、遽かに帰って沐浴焚香し、遥かに潙山を礼して、賛して曰く、和尚の大悲なる、恩は父母に踰《こ》ゆ、当時若《も》し我が為めに説却せば、何ぞ今日の事有らんや、乃ち一偈を述べて云う、一撃に所知を忘《ぼう》ず、更に修治を仮《か》らず、動容して古路を揚ぐ、悄然の機に堕せず、処々に蹤迹無し、声色外の威儀、諸方達道の者、咸《み》な言う上上の機と」。　○聞鐘…　太原の孚上座が、始め『涅槃経』の座主として、名を知られたにもかかわらず、一禅僧に会って非を知り、講を輟《や》めること旬日、一室に静慮摂念し、初夜より五更に至って、鼓角の声を聞いて、忽然契悟する縁（五灯会元七）。『碧巌録』四七の評では、五更の鐘とする。　○淵明…　『祖庭事苑』六、『法眼録』の攢眉に注し、次のようにいう、「遠法師、白蓮社を結す、嘗《かつ》て書を以て陶淵明を召す、陶曰く、弟子は性、酒を嗜《この》む、法師若《も》し飲を許さば、即ち往かんと。遠之《これ》を許す、遂に造《いた》る、遠因って勉めて社に入らしめんとす、陶は眉を攢《ひそ》めて去る。盧阜雑記に見ゆ」。法眼の拈語は、現在の語録に存しないが、『劉氏鴻書』二二に、次のようにいっている。「法眼禅師晩参、衆に示して云う、今夜、鐘鳴を聞く、復た来るも何事か有らん、若し是れ陶淵明ならば、眉を攢めて却廻し去らん」。

44 ○見色…　45をみよ。　○寒山…　寒山詩にいう、「吾が心は秋月に似たり、碧潭清うして皎潔、物の比倫に堪えたる無し、我をして如何が説かしめん」。　○眼睛…　兜率三関の第二に、「自性を識得すれば、方《まさ》に生死を脱す、眼光落時、作麼生《そもさん》か脱せん」（無門関四七）。　○閃爍たる…　4にみえる。
○残照…　法眼の頌にいう、「果は猿を兼ねて重く、山長うして路の迷うに似たり、頭を挙ぐれば残照在り、元是れ住居の西」。

45 ○聞声…　『雲門広録』中にある、挙古の一つ。『従容録』八二にも、とりあげる。古人が誰かは判らぬが、恐らくは無情説法の話と関係し、洞山良价の縁につながる。　○観世音菩薩　音を観るという、声色の中で声色を自在に使う、主体的な働きを含意する。今は更に、饅頭の味と匂いが加わる。　○胡餅　餬餅とも書く。『碧巌録』七七、『祖庭事苑』一をみよ。　○奴婢の…　馬郎婦観音の伝説をふまえよう。『従容録』七九の示衆に、金沙灘頭の馬郎婦、別に是れ精神なり、とある。　○満目…　竇牟の

「奉誠園聞笛」による（三体詩）。晋の向秀《しょうしゅう》が、山陽の旧居を過ぎ、隣人の吹く笛の音を耳にして、曾て親しく交わった嵆康《けいこう》や呂安（共に若くして刑死にあう）のことを憶い起し、「思旧賦」をつくった話をふまえる（文選一六）。山陽は向秀の出身地、懐州（河南省沁陽市）のこと。満目は、6にもみえる。

46 ○大随… 福州長慶大安につぐ、益州大随法真（八三四―九一九）の機縁で、『伝灯録』一一にみえる。法真は梓州塩亭県の人、大随山を開く。大蜀皇帝の帰依をうけ、神照禅師と謚される。語録と行状がある。『祖堂集』一九。○衆生… 『碧巌録』四六、鏡清雨滴声の則に、「衆生顛倒、己に迷うて物を逐う」とある。『楞厳経』七の話にもとづく。 ○前頭… 『孫子』の九地篇に説く、常山両頭の蛇勢をふまえよう。 ○手に… 趙州は南泉につぎ、南泉は馬祖につぐ。南泉が猫を把《とら》えて、弟子たちに一句を求め、一人も答えられなかったので、猫を斬った夜、外から帰った趙州が、頭に草鞋をのせて出て来たので、南泉が、「子《し》若《も》し在らば、恰も猫児を救い得ん」と言ったという話をふまえる（碧巌録六三―四）。趙州従諗（七七八―八九七）は、曹州郝郷（山東省）の人、趙王の帰依で、真際禅師と謚される。棒喝を用いず、つねに平易で厳しい対話によったので、口唇皮上に光を放つと称せられた。語録三巻あり、『祖堂集』一八、『宋高僧伝』一一、『伝灯録』一〇等。

47 ○黄檗… 『碧巌録』一一、黄檗噇酒糟漢の、頌の評による。禅院に身を隠していた、大中帝宣宗との問答である（続咸通伝）。「檗一日、仏を礼する次《つい》で、大中見て問うて曰く、仏に著《つ》いて求めず、法に著いて求めず……、礼拝して当《ま》た何の所求ぞ。檗云く、仏に著いて求めず、法に著いて求めず、衆に著いて求めず、常に礼すること是《かく》の如し。大中云く、礼を用いて何為かせん。檗便ち掌す。大中云く、大麁生、檗云く、這裏、什麼の所在にしてか、麁と説き細と説かん。檗又た掌す。大中、後に国位を継いで、黄檗に賜うて麁行沙門と為す」。○身長… 裴休の詩にいう、「大士自従《よ》り心印を伝えて、額に円珠有り、七尺の身、錫《しゃく》を掛くること十年、蜀水に棲《す》み、盃を浮べて今日、漳浜を渡る」（伝灯録九）。○商君　戦国、秦の法家、商鞅（—前三三八）のこと。法制の改革で、秦の富国強兵を計るが、最後に自ら定めた律法で、車裂きの刑にあう（史記五）。

48 ○臨済…『臨済録』の行録による。黄檗が印可証として、臨済に禅板机案を与えようとすると、侍者に火を将《も》ち来れと命じた話。机案も禅板も、坐禅のときに、身を寄せる道具で、修行僧の日常必需品である。○体中玄　『碧巌録』一五、雲門倒一説の頌の評唱で、臨済の三玄を体中玄、句中玄、玄中玄とする。体験と言語、真理そのものの意。○安身…『伝灯録』一〇、長沙景岑章にいう。「僧問う、学人、地に拠らざる時は如何。師云く、汝、什麼の処に向ってか安身立命する。僧云く、却って地に拠る時は如何。師云く、死屍を拖出し著せよ」。

49 ○翠岩…『雲門広録』中の、室中録、『碧巌録』八。明州翠巌永明大師令参は、湖州の人。雪峰についで、保福従展、長慶恵稜、雲門文偃と同参である（祖堂集一〇、伝灯録一八）。弟子に説法すること、そのことの意味を問うもの。○爛泥…『碧巌録』九、趙州四門の則の著語。○小楼…出典不明。

50 ○翠岩…図賛である。○賓中…『臨済録』に、四賓主の説があり、『人天眼目』一に、諸禅師のコメントを集める。○関字…『碧巌録』八の頌に、「関字、相い酬ゆる、失銭遭罪」というのによる。

51 ○梅子…『伝灯録』七、明州大梅山法常章にいう。「大寂（馬祖）、師の住山を聞いて、乃ち一僧に到り問うて云わしむ、和尚は馬師に見《まみ》えて、箇《こ》の什麼《なに》を得てか便ち此の山に住する。師云く、馬師は我に向って、即心是仏と道う、我れ便ち這裏に向って住す。僧云く、馬師近日、仏法又た別なり。師云く、作麼生か別なる。僧云く、近日又た道《い》う、非心非仏と。師云く、這の老漢、人を惑乱して未だ了日有らず、汝が非心非仏なるに任す、我は只管《ひたすら》に即心即仏と。其の僧、廻りて馬祖に挙似《こじ》す、祖云く、大衆、梅子熟せり」。○味有り… 杜牧の「将に呉興に赴かんとして楽遊原に登る」。58をみよ。○人斑 『普灯録』二八、「或庵の婆子焼庵の頌にいう、人斑を見ず虎斑を見る、算し来って願う莫《な》し、人斑を見んと、虎斑は見後に四避に通ず、唯だ人斑のみ近づくこと最も難き有り」。『漢書』一〇〇上に、班固の祖に当る楚の令尹《れいいん》子文が、生れながら雲夢《うんぼう》に棄てられ、虎に育てられたために、虎班とよばれた、というのをふまえよう。○青巳に… 先に引く『伝灯録』七の文の前半に、次のようにいうのによる。「唐の貞元中、大梅山鄞県の南七十里、梅子真の旧隠に居る、時に塩官下の一僧、山に入りて拄杖を採り、路に迷うて庵所に至る。問うて曰く、和尚、此の山に在りてより来《このかた》、多少《いくばく》の時ぞや。師曰く、只だ見る四山の青みて又た黄なるを」。

52○盲 『碧巌録』八八、玄沙三種病の話による。ここでは、瞎驢の盲がテーマ。○瞎驢 一休の自称。8をみよ。○光影辺… 『伝灯録』一二、汝州宝応章に、啐啄同時の縁があり、ある僧が、「某甲当時、灯影裏に在りて行く、照顧不著」というのによる。○銅睛鉄眼 『碧巌録』一、達磨廓然《かくねん》の評に、「直饒《たと》い鉄眼銅睛も、也《ま》た摸索不著」とする。冷酷な男のこと。『史記』の五帝本紀の「正義」に、「銅頭鉄額」の句あり、精悍な男のことである。

53○聾 百丈が馬祖に喝せられて、三百耳聾した、というのによる。○払を掛けて… 『伝灯録』六、百丈懐海章にいう、「師再び馬祖に参ず、祖、師の来るを見て、禅牀角頭の払子を取って竪起《じゅき》す。師云く、此の用に即するか、此の用を離るるか。祖、払子を旧処に掛く。師良久す。祖云く、你《なんじ》は已後《いご》、両片皮を開くに、何を将《も》って為人する。師遂に払子を取って竪起す。祖云く、此の用に即するか、此の用を離るるか。師、払子を旧処に掛く。祖便ち喝す。師直に三日耳聾することを得たり」。なおこの作品は、錦州中渓応の、「人、太白に参ず」に、次のようにいうのをふまえている。「仏を掛けて呵せ遭《ら》る、熱瞞するに匪《あら》ず、精金百煉、火中に看よ、天生の両耳、曾て竅《あな》無し、閑に聴く、松濤の夜闌に吼《ほ》ゆるを」。○真聞　黄檗の『宛陵録』の末尾にいう、「真仏は口無し、法を説くことを解せず、真聴は耳無し、其れ誰か聞かん」。又、『碧巌録』六及び九〇の評唱に、須菩提《しゅぼだい》が岩中で宴坐していると、諸天が花を雨ふらせたとし、次のようにいう、「天曰く、尊者無説、我れ乃ち無聞、無説無聞、是れ真の般若なり」。　○無絃…　蕭統の「陶靖節伝」にいう、「淵明は音律を解せず、而《しか》も無弦琴一張を蓄えて、酒の適なる毎に、輒《すなわ》ち撫弄《ぶろう》して以て其の意を寄す」。又、『馬祖語録』（四家録一）に、下記がある。「（龐《ほう》居士）又た祖に問うて云う、本来人を昧《くら》まさず、請う、師、高く眼を著けよ、祖直下に覰《み》る、士云く、一種の没絃琴、唯だ師のみ弾じ得て妙なり、師直上に覰る、士乃ち作礼《さらい》す」。

54 ○啞　53の「真聞」の注にいう、無説、無口のところ。『正法眼蔵随聞記』六に、「啞せず聾せざれば、家公とならず」といっている。　○舌頭…　『坐禅儀』の句。「耳は肩と対し、鼻は臍と対し、舌は上腭を拄《ささ》えて、唇歯相い著け、目は須《すべから》く微かに開き、昏睡を致すことを免れしむるを要す」。　○霊雲…　23の「露柱」の注に引く。長生は雪峰についで、福州長生山にいた皎然をいう（祖堂集一〇、伝灯録一八）。虚堂の行状によると、虚堂は晩年二〇年、常にこの公案を挙して衲子に徴問するが、其の意に契《かな》うものがなかったとする。次に金言というのも、おそらくはこれにもとづく。

55 ○船子…　薬山につぐ、船子徳誠の話。華亭県（上海市）の呉江に船を浮べて、すぐれた弟子のくるのを待つが、京口の夾山を得て舟を覆し、生涯を終った（祖堂集五、伝灯録一四）。太公望や、厳子陵になぞらえて、釣台の図が画かれる。　○金鱗…　船子と夾山の問答、「江波を釣り尽して、金鱗始めて遇う」というのによる（五灯会元五）。　○子陵　後漢の厳光の字。余姚（浙江省）の人、姓は荘、明帝の諱《いみな》を避けて、姓を改めたという。若いころ、光武帝と共に遊学するが、光武即位ののち、富春山に耕し、八〇歳で卒《しゅっ》す（後漢書一一三、高士伝下）。浙江省桐廬県富春山に、釣台があり、釣磯ともいう。
〇夾山　船子につぐ善会（八〇五―八八一）のこと、漢州峴亭の人、姓は廖。京口で講席をもつが、道吾にすすめられて船子に参ずる。澧州夾山（湖南省）に住して、『碧巌録』成立の遠源となる（祖堂集七、伝灯録一五）。諡は伝明大師。

56 〇千尺…　『冷斎夜話』七に、次のような、船子の賛がある。「千尺の糸綸、直下に垂る、一波纔《わず》かに動いて、万波随う、夜静かに水寒うして、魚は食わず、満船空しく月明を載せて帰る」。〇沫水…　30の注「湘江…」をみよ。

57 〇賊　無師智、自然智を歌うもの。五祖法演は、盗みの手法を禅に譬える。〇春風に…　羅隠の「柳」の詩句による。「明年更に新条の在る有り、春風に繞乱して卒《つい》に未だ休せず」。〇遊糸…　李商隠の「日々」にいう、「幾時ぞ心緒の渾《すべ》て事無く、遊糸の百尺長きに及ぶを得ん」。又、陸亀蒙の「自遣」にも、「数尺の遊糸云々」とあり。〇霊雲の…　希叟紹曇の「古桃」による。「僊苑の春風、幾たびか名を奏す、三千年の実、結ぶこと初めて成る、曾て一点枝頭の血を将《も》って、霊雲の両眼睛を換得す」（語録）。霊雲は、潙山につぐ志勤のこと。福州長渓の人。桃花を見て道を悟ったとき、次のような偈を潙山に呈する。「三十年来、剣客を尋ね、幾回か落葉し、又た枝を抽《ぬ》く、一たび桃花を見て自従《よ》り後、直に如今に至って更に疑わず」。潙山は偈をみて、その所悟を詰《と》うが、全く問然するところがない。そこで、「縁に従って悟達すれば、永く退失無し、善く自ら護持せよと許す」（伝灯録一一）。

58 〇清素首座を…　慈明楚円の下で、長く侍者をつとめて、その室を尽しながら、生涯出世しなかった清素が、茘支のとりもつ縁で、兜率と出会って素志を曲げる話に、一休は無限の情感を寄せる。首座の呼び名が、そのことを示す。240は、その代表作品だが、ここにもすでに伏線がしかれる。『大恵武庫』（123

の注「蜜漬茘支」に引く)、『羅湖野録』が典拠である。○吾が曾を…　曾字は難解だが、67にも出てくる。曾て経験した過去のことらしい。○杜牧は…　「将に呉興に赴かんとして楽遊原に登る」の第四句による。「清時、味有るは是れ無能、閑は孤雲を愛し、静は僧を愛す、一麾を把って江海に去らんと欲し、楽遊原上、昭陵を望む」。昭陵は、太宗の陵墓で、陝西省礼泉県の東北、九嵕《きゅうそう》山にある。

59○兜率の…　兜率は、黄竜恵南—真浄—従悦（一〇四四—九一）と次第する、黄竜宗の祖師の一人。今は、清素首座との機縁がテーマである。虔州（江西省南部）の人、姓は熊、諡は真寂禅師。隆興府の竜安山兜率寺に住する。兜率三関の公案で知られ、語録一巻がある。『普灯録』七、『続灯録』二三。○仏魔…　『大恵武庫』によると、清素と従悦の対話の後半は、次のようである。「一日、香を持って素に詣し作礼《さらい》す、素避けて曰く、吾は福薄を以て、先師受記して為人するを許さず。是《ここ》に於て月余を経て、悦の誠を憐れんで、乃ち曰く、子が平生の知解《ちげ》、試みに我に語り看よ、悦具《つぶさ》に所見を通ず、素曰く、能く仏に入る可し、能く魔に入らず。又曰く、末後の一句、始めて牢関に到る云々」。○烈史…　朱子が楊（揚）雄の劇秦美新を非難し、『通鑑綱目』で「莽の大夫楊雄」と呼ぶのをいう。ここでは、『羅湖野録』の作者が、張無尽と寂音尊者（覚範恵洪）の問答をあげ、兜率が真浄の法をつぐのを、肯定するのに重ねるもの。なお、この作品には異本があり、奥村本は、「素老天生薄福徒、的伝門弟一人無、恩深難報仏魔話、可惜揚雄莽大夫」とする。

60○円悟大師…　円悟克勤（一〇六三—一一三五）の、開悟の縁である。克勤は彭州（四川省北部）の人、姓は駱、字は無著、生前に、仏果円悟の勅賜号をうける。五祖法演についで、東京、建康、成都に演法、張商英や張浚など、名公の帰依を得る。雪竇の頌古百則を評唱する、『碧巌録』の作者として知られ、大恵、虎丘の二大弟子を出す。○沈吟…　『大恵武庫』に、次のようにいう。「円悟、金山に到って、忽ち傷寒に染り、困極して重病閤に移入せらる。遂に平生参得底の禅を以て之を試みるに、一句の得力無し、五祖の語を追繹して、乃ち自ら誓って曰う、我が病い稍《や》や間せば、即ち径《ただ》ちに五祖に帰らん……。円悟亟《たちま》ち祖師に帰る、演和尚喜んで曰く、汝復た来るか。即日参堂して、便ち侍者寮に入る。半月を経て、偶《たま》たま陳提刑、解印して蜀に還らんとし、山中に過ぎて問道す。因みに語話の次《つい》で、祖曰く、提刑少年に曾て小艶の詩を読むや、両句の頗る相い近き有り。頻りに小玉を呼ぶも元より事無し、祇《た》だ檀郎が声を認得せんことを要すと。提刑応喏《だく》々す。祖曰く、且《しばら》く子細せよ。円悟適《たま》たま外より帰って侍立する次《つい》で、問うて曰く、聞くならく和尚、小艶の詩を挙す、提刑は会するや。祖曰く、他は祇だ声を認得するのみ。円悟曰く、祇だ檀郎に声を認得せしめんと要す、他既に声を認得す、什麼《なん》と為《し》てか却って不是なる。祖曰く、如何なるか是れ祖師西来意、庭前の柏樹子聻。円悟忽ち省有り、遽かに出で去るに、雞の欄干に飛上し、鼓翅して鳴くを見る。復た自ら謂いて曰く、此豈《あ》に是れ声ならずや。遂に袖香入室して、所悟を通ず、祖曰く、仏祖の大事、小根劣器の能く造詣する所に非ず、吾れ汝が喜を助くと。祖復た遍く山中の耆旧に謂いて曰く、我が侍者、禅を参得せり」。　○撃竹…　43・57の注をみよ。

○須弥脚下…　本尊を祭る須弥壇を、石の亀が支えている。『碧巌録』三、馬大師不安の頌の評に、遠録公と興陽剖侍者の問答をあげ、「須弥座下の烏亀子、重ねて点額に遭うて回《かえ》るを待つ莫《な》かれ」といっている。

61○松源和尚…　16の注をみよ。　○治父…　無為軍（安徽省盧江県東部）の治父山実際院に住した時のこと。塔銘に、次のように記す、「惟《おも》うに治父は最も寂寞、又た火廃を以てす、師一たび之に臨むや、四方の衲、踵して至り、棟宇も亦た大いに興る、人謂う、師は能く所居の山を大いならしむと」。

○省数銭『虚堂録』一〇、「霜林録の跋に曰う、大恵下の尊宿は足陌を尚多し、虎丘下の子孫は、省数を尚多す、足陌は之を使うに限り有り、省数は之を用いて窮まる無し」。又、同書九の径山後録に、運庵忌日拈香の語に、松源の省数銭を使わず、といっている。宋代の足陌と省数については、『容斎三筆』四に説がある。○脚跟… 18にみえる。ここでは、銭を連ねる糸のイメージを借る。

62○魚籃… 馬郎婦観音のこと。『釈氏稽古略』三、『仏祖統紀』四一、元和四年の条。

63○経巻… 『臨済録』の示衆に、「三乗十二分教は、皆な是れ不浄を拭う故紙」というのによる。○竜宮… 『伝灯録』二三、晋州興教師普章にいう、「僧問う、竜宮に盈《み》ち、海蔵に溢るる真詮は、即ち問わず、如何なるか是れ教外別伝底《てい》の法」。又、同書二九、同安の十玄談。○狼藉たり… 四明象潭泳和尚の、明覚塔の頌による。乳峰は、明州雪竇山の別名、明覚塔は、雪竇重顕の墓塔である。「三皇五帝、是れ何物ぞ、辛苦して曾て二十年を経たり、一大蔵中に収め得ず、今に至って狼藉たり、乳峰の前」。

64○弓影… 20をみよ。○狗は… 37の注「白雲…」に引く、洞山守初の頌による。栴檀は、古仏にかかる形容。

65○南山… 39をみよ。○一夜… 雪竇智鑑の、上堂の語による。「世尊は、密語有り、迦葉は、覆蔵せず、一夜、落花の雨、満城、流水香ばし」。

66○大恵禅師… 『禅門宝訓』四、心聞曇賁が張九成に与える書による。大恵は、円悟につぎ、五祖以来の看話《かんな》禅を完成し、一般士大夫に禅を拡めた、宋代臨済禅の代表者の一人。名は宗杲《そうこう》（一〇八九―一一六三）、号は妙喜、字は曇晦、生前に仏日、大恵の勅賜号をうける。宣州寧国（安徽省東南部）の人、姓は奚。江西、浙江、福建を中心に活動、張九成と交わって、一時衡州、梅州に遷されるが、晩年再び径山に入る。『正法眼蔵』を編するほか、語録三〇巻、『大恵武庫』等がある。○宗門の… 『江湖風月集』に、笑堂悦和尚の「永明塔」があり、「宗門を潤色する、幾万言ぞ」とある。潤色は、「長恨歌伝」

にもとづくが、宗門の潤色とは、教外の禅が文字表現に出てゆく、内面的な葛藤を意味しよう。443も、同じである。○子胥… 戦国、楚の人、伍員《ごうん》（字は子胥）が、楚の平王に父と兄を殺され、呉に降って楚を討つが、平王がすでに死んでいたので、その墓をあばいて、骨に鞭うつこと三百回、更に呉王より死を賜わると、自分の眼をえぐりとって、「呉の東門にかけよ、越が呉を滅すのを見とどけるのだ」と言って死んだ話など。潤色部分が大きい（伍子胥変文）。○蜀鏤… 右にいう、伍子胥の死の部分をふまえるが、『伝灯録』一七、曹山本寂の章にある、髑髏裏の眼睛という、禅宗側の話を重ね合わせる。

67○牛 南泉と潙山の牛である。後者は、5にみえる。○異類行中 『祖堂集』一六、南泉章にいう、「師毎《つね》に上堂して云う、近日禅師太多生、一个の痴鈍底を覓《もと》むるに、得可からず、阿你諸人、錯《あやま》って用心すること莫かれ、此の事を体せんと欲せば、直に須く仏未出世已前に向って、都《す》べて一切の名字無く、密用潜通して、人の覚知する無し、与摩の時に体得して、方《まさ》に少分の相応有らん。所以《ゆえ》に道《い》う、祖仏は有ることを知らず、狸奴白牯、却って有ることを知ると、何を以て此《かく》の如くなる、他は却って如許多般の情量無し、所以に喚《よ》んで如々と作《な》すも、早に是れ変なり、直に須く異類中に向って行くべし」。○能は境に… 「信心銘」の句。○出生… 寒山詩の句、「十年帰るを得ず、来時の道を忘却す」というのによる。○誰が民の… 5の注「霊祐」と、32の「異号」をみよ。

68○蛙 次に引く、風穴と盧陂長老との問答による。○鯨鯢を… 『碧巌録』三八、風穴祖師心印の則である。「挙《こ》す、風穴郢《えい》州の衙内《がない》に在って上堂、云く、祖師の心印、鉄牛の機に似たり、去れば即ち印住し、住すれば即ち印破す、只だ去らず住せざるが如きは、印するが即ち是《ぜ》か、印せざるが即ち是か。時に盧陂長老なるもの有り、出でて問う、某甲は鉄牛の機有り、請う師、印を搭せざれ、穴云く、鯨鯢を釣って巨浸を澄ましむるに慣れて、却って蛙歩の泥沙に驟するを嗟す。陂佇作思す、穴喝して云く、長老何ぞ進語せざる、陂擬議す、穴打つこと一払子云々」。○井底に…『後漢書』五四、馬援伝にいう、「子陽は、井底の蛙なる耳《のみ》、而《しか》も妄に自ら尊大なるも、意を東方に専らにするに如《し》かず」。○子陽　公孫述、字は子陽。馬援伝にいう、「是《こ》の時、公孫述、帝を蜀に称す、囂、援をして往《ゆ》いて之を観《み》せしむ、援素と述と里閈を同じくして相い善し云々」。

69 ○尺八　管の長さ、一尺八寸の簫の笛である。明皇が終南山の回々院で、狂僧に会う夢をみて、老僧より与えられたというもの。禅文献で、尺八に関説する最初のものは、宋初の『黄竜録』に、「十字街頭、尺八を吹く、酸酒冷茶、人を愁殺す」とあり、悲哀感を特色とする。日本では、普化を祖とする普化宗が、心地覚心によって起る。○胡笳…　王安石と蔣山賛元の問答による。『大恵武庫』に、下記がある。「王荊公一日、蔣山元禅師を訪《と》い、坐間談論、古今を品藻す……。一日、山に謂いて曰く、坐禅は実に人を虧《か》かず、余は数年、胡笳十八拍を作らんと要して成らず、夜坐の間に已に就《な》る。山呵々大笑す。○少林門下…『宋高僧伝』一九、洛京天宮寺恵秀伝に、玄宗が施与した一笛を、のちに睿宗に献じて、先知の能を称せられたとする。先の終南山の尺八と、関係があるようである。

70 ○傀儡　次に引く、臨済の三句の説による。○一棚頭上に…　「上堂、僧問う、如何なるか是れ第一句……。問う、如何なるか是れ第三句。師云く、棚頭に傀儡を弄するを看取せよ、抽牽都来、裏に人有り」(臨済録)。○痴人…『伝灯録』一〇、長沙景岑の偈による。「学道の人、真を識らず、只だ従来、識神を認むるが為めなり、無始劫来生死の本、痴人、呼んで本来身と作す」。

71 ○羅漢菊　褐色の菊らしい。○東籬の…　陶淵明の「飲酒」(其の五)をふまえる。「菊を采《と》る、東籬の下、悠然として南山を見る」。○天台五百の…　五百羅漢をいう。「天台山記」に、左記がある。

「歇亭より西行して、澗に絃する一十五里、石橋に至る。頭に小亭子有り。石橋は色皆な清く、長《た》け七丈……、時に過ぐる有る者、目眩み心悸く。今、遊人の見る所は、正に是れ北橋なり、是れ羅漢所居の所なり、意《おも》為うに、即ち小なる者は知らず、大なる者は復た何処にか在らん、蓋《けだ》し神仙の冥隠は、常人の観る所に非ず」。

72 ○菊　羅漢と楊妃のとりあわせ。　○好仇　『詩』周南、「関雎」にいう、「窈窕《ようちょう》たる淑女は、君子の好仇（原文は好逑）」。275・277の注をみよ。　○応身　応真ならん。応真は、羅漢である。○辟陽侯　漢の審食其《しんいき》の封号。高祖が彭城で敗れたとき、呂后に侍して質《ち》となり、後に項籍を破って相となり、辟陽侯に封ぜられる（史記五六、漢書四〇）。

73 ○雪団　『碧巌録』四二、龐居士の「好雪」の頌に、「雪団打」というのによる。

74 ○嫌仏閣　「徳山が仏殿を拆き（正宗賛）、雲門が仏殿折了也」（広録下）、というのによる。丹霞も、「仏の一字、永く聞くことを喜ばず」といっている（伝灯録一四）。因みに、「仏殿を立せず、法堂《はっとう》のみを立つ」という句は、大灯の行状に引きつがれる。

75 ○鰥斎　書斎の名であろう。○古仏…　39の題をみよ。　○黒老婆　13の注「撈波」をみよ。『聯灯会要』二一の巻外に、その混同を弁じている。今は擬人化して、独身生活を笑うにすぎぬ。『如浄録』下の頌古に、すでに左記がある。「万物朝元、他に較べず、拈じ来って直截に誵訛を弁ず、游春の浪子、風流甚だし、売弄す三文の黒老婆」。

76 ○竹幽斎　書斎の号。○香厳…　香厳は43、多福は次の縁による。「杭州多福和尚、僧問う、如何なるか是れ多福の一叢竹。師曰く、一茎両茎は斜なり。曰く、学人不会。師曰く、三茎四茎は曲れり」（伝灯録一一）。多福は趙州の弟子という外、伝記は不明。　○六六…　『伝灯録』一七、雲居道膺章に、羚羊掛角の答語とする、無蹤迹の意。『林間録』上、長沙の亡僧偈に因む、晦堂の南禅師円寂日偈の末句にもみえる。

77 ○陋居　失意の作。　○地老い…　李商隠の「曲江」にいう、「天荒れ地変じて、心は折ると雖も、若《も》し傷春に比せば、意未だ多ならず」。　○寒雲…　大灯が恵玄に与える、関山号の頌句によろう。

78 ○如意庵の…　年譜の永享一二年（一四四〇）の条に、「師四十七歳、六月二十日、徒門の老、師を請じて如意庵に住せしむ、二十七日、先師花叟和尚一十三回の忌斎を設けんと欲す……、二十九日、一偈を校割の末に題し、以て庵壁に貼す、一偈は養叟老人に呈して、以て退席の意を致し、包笠して径《ただ》ちに帰る、乃ち七月朔なり」とあるのに当る。如意庵は、華叟の師である言外の塔所。なお、校割という呼び名は、『大恵武庫』に五祖の因縁があって、荘客と婦女に関わる誤解を伝え、一休の意を推すに役立つ。

79 ○如意庵退院…　養叟宗頤（一三七六—一四五八）は、華叟につぐ先輩だが、後年次第に対立感が深まる。『続群書類従』二四一にある、「特賜宗恵大照禅師行状」参照。　○魚行…　酒肆と婬坊は10、魚行は廓庵十牛図の第十入鄽垂手に、「瓢を提げて市に入り、杖を策《つえ》ついて家に還る、酒肆魚行、化して成仏せしむ」というのによる。

80 ○南江の…　南江宗沅（一三八七—一四六三）は、美濃の人、漁庵と号する。建仁、相国で修行するが、一休に近づいて韜晦に終る。禅竹の『六輪一露』に序を寄せる外、『漁庵小藁』『鷗巣賸藁』の集がある。○二喬…　杜牧の「赤壁」による。赤壁は、湖北省嘉魚県の東、長江の南岸にあり、呉の周瑜が孫策に従って、魏の曹操を破ったところ。銅雀は、河北省臨漳県の鄴城に在り、曹操が築いた台で、天下の伎女を集めた。二喬は、呉の喬氏の二女で、大喬と小喬をいう。周瑜は曹操に勝って二喬を得、策は大喬を納《い》れ、瑜は小喬を納れる。『三国志演義』によると、曹操は当初から二女を得るのが目的であった。因みに、杜牧の原文を挙げると、後半に次の二句がある。「東風、周郎が与《ため》に便あらずんば、銅雀、春深うして、二喬を鎖《とざ》さん」（三体詩）。

81 ○偶作　無題に同じ。　○胡乱　馬祖が江西に道場を構えたときき、師匠の懐譲がその様子を試み、「胡乱にしてより後三十年、曾て塩醤を闕《か》かず」と馬祖が答えた話による（伝灯録五）。　○我は…　大灯は大灯国師で、師匠の灯火を消してしまった、徳山のような児孫でありたいというもの。

82 ○山路　年譜の嘉吉二年（一四四二）、「師は年四九歳、初めて譲羽山に入る……。徒侶の慕うて到る者、皆な法の為めに軀を忘るるの流《たぐい》、故に枯を拾い磵に掬して、岩路に盤屈し、汲々として倦むこと勿《な》し」というもの。譲羽は、ゆずりはと読み、ここから石灰を出したので、この名がついたという。　○豺虎…　閭丘胤の「寒山詩集序」をふまえよう。

83 ○山居　81につづく。　○長松　永嘉玄覚の証道歌に、「深山に入り、蘭若に住す、岑崟幽邃たり長松の下、優遊して静坐す、野僧の家、闃寂たる安居、実に蕭洒」というのによる。

84 ○大灯の孫　風飡水宿二十年の弟子。　○風流…　円悟の、投機の偈をふまえる。「金鴨の香は銷す、錦繡の幃、笙歌叢裏、酔に扶かって帰る、少年一段風流の事、祇《た》だ許す佳人の独自《ひと》り知ることを。258の注をみよ。

85 ○山中…　譲羽山にいたときのこと。364・367と同時。典座は、炊事掛りである。　○帰宗の…　「帰宗、因みに僧辞す、師曰く、什麼《なん》の処に向ってか去る、僧曰く、諸方に五味禅を学び去る、師曰く、我が者裡は祇だ一味禅有るのみ。僧問う、如何なるか是れ和尚の一味禅。師便ち打つ」（宗門統要三）。帰宗は馬祖の弟子で、黄檗が馬祖下にこの人ありと認めた、廬山の帰宗智常をいう。白楽天とも、交遊がある。

○日興…　杜甫の「飲中八仙歌」に、左相は日興、万銭を費し、飲むこと長鯨の百川を吸うが如しとし、『臨済録』には、「日に万両の黄金を消す」とする。同一の表現は、証道歌や『百丈広録』にもみえる。○浄名…　『維摩経』香積仏品の話による。維摩が問疾の仏弟子や諸菩薩に、衆香国より香積仏の飯食を、一挙にとりよせたこと。　○美双魚　杜甫の「李監宅」による。「且《しばら》く双魚の美《あじよ》きを食う、誰か異味の重なるを看《み》ん」。

86 ○山中…　南江宗沅の手紙は、何か不幸な悲報であった。玄中玄は、117の体中玄と同じように、災害を意味しよう。　○三要…　三要は、臨済の三玄三要。印消は、100の注をみよ。　○玄路　洞山の三路の一つ。鳥道、玄路、展手である。　○万行…　王昌齢の「別李浦之京」にいう、「一封の書は寄す、数行の啼」。又、温庭筠の「贈弾箏人」に、「一曲の伊州、涙万行」。

87 ○山中より…　東坡に「攓雲篇」があり、「余、城中より道中に還る、雲気、山中より来って、群馬の奔突するが如し云々」とある。

88 ○昔一婆子有り…　『宗門統要』二、亡名古宿の条、『虚堂録』三に収める。『宗門聯灯会要』二九、『禅門拈頌集』二〇、『禅林類聚』三の庵居門にも見える。又、「正恁麼《しょういんも》の時如何」の例が、別に116の注「不托回頭」に引く『禅林僧宝伝』にあるのを参照せよ。　○賊の…　『碧巌録』九、趙州四門の評唱に、久参の請益は、賊の与《ため》に梯を過す、といっている。　○女妻　『易』の大過、九二《きゅうじ》の爻辞《こうじ》にいう、「枯楊、稊を生ずとは、老夫、其の女妻を得、利ならざるなし」。

89 ○画虎　虎の絵の賛。　○寒毛…　寒毛卓竪は、『碧巌録』二、趙州至道無難の頌の著語。老岩頭は、『五灯会元』七の岩頭全奯章に、次のようにいうのによる。「問う、路に猛虎に逢う時、如何、師曰く、拶」。

90○宗訢蔵主…　言外宗忠の弟子に、笑渓宗訢がある。蔵主であったか、製墨を業としたか、共によく判らない。「墨蹟一休宗純」63、応仁二年菊月の梅花図を貰っている宗訢禅師は、別人であろう。○万杵の…　率庵梵琮の「送墨与人」による。「月明の華頂、風清き夜、万杵の霜花、毳袍に落つ」（江湖風月集）。華頂は、天台山の一峰で、そこに生える木蘭を焼いて墨の原料とするので、良墨の産地となる。霜花は、韋応物の詩に、「魚胞杵砕して、霜花に似たり」とあり、烏賊《いか》の甲をくだいて墨に和するが、原料そのものは霜の花のように白いのを言う句である（奥村本839に、同一の句がある）。○小艶12の注「一段…」、及び60をみよ。

91○病僧…　紹珠の素性は不明。○業識…　『祖堂集』三、南陽忠国師章や、同一八の仰山章にみえ、臨済の示衆にも、次のようにいう。「真仏無形、真道無体、真法無相、三法混融して、一処に和合す、既に弁じ得ざるを、喚《よ》んで忙々たる業識の衆生と作《な》す」。

92○宗春居士の…　真珠庵蔵『開祖下火録』に、梅信宗春という人。偈句も一致する。○弥勒…『無門関』四五に、「釈迦弥勒は猶お是れ他の奴」というのによる。○春風…　57をみよ。ここでは、宗春の春字の縁。○六六…　76をみよ。○一声の…　どこで間違ったのか、おもいもよらぬことが起った。『黄竜恵南禅師語録続補』に、次のようにいうのをふまえる。「衆に示して云く、鐘楼上に念讃し、床脚下に菜を種《う》ゆる時、如何。黄檗勝禅師云く、猛虎、当路に坐す」。この話は、虚堂の普説や頌古にとりあげられて、一休のもっとも注目するところとなる。

93○病中…　還したのは、この作品である。曲彔は、8をみよ。○諸方…　諸方は14の注「大唐…」、竪払云々は、『伝灯録』一二、吉州資福章にみえる。

94○文安丁卯の…　年譜、文安四年丁卯の条に、「師年五十四歳、竜山故多く、数僧獄に繋がれ、一門心酸す、秋九月、師は心疾革《あらた》まり、潜《ひそ》かに譲羽山に入りて、将に死を食わんとす云々」とするもの。ただし、『禅林僧宝伝』八、南安巌厳尊者章に、相似の事件がある。　○地老い…　77をみよ。　○雲門関字　49をみよ。

95 ○慚ずらくは…　自分の入山が、天朝に達したこと。

96 ○四に…　1の注をみよ。　○黄花…　東坡の句、「菊花開く時、即ち重陽」というのをふまえる（容斎続筆一、重陽上巳改日）。

97 ○清浄…　『首楞厳経』四の句。『碧巌録』三五の頌の評、宏智頌古一〇〇などにとる。　○戦に…　『碧巌録』二四、劉鉄磨到潙山の頌、「曾て鉄馬に騎って重城に入る」の句の下におかれる。　○眉間に…　『五灯会元』一九、大恵宗杲章にいう、「昭覚元禅師、衆を出でて問うて云く、眉間に剣を掛くる時、如何。師曰く、血、梵天に濺《そそ》ぐ」。

98 ○正伝…　正伝庵は、霊山徹翁の塔所で、養叟の拠るところ。211をみよ。　○曠劫の…　『伝灯録』六、撫州石鞏恵蔵章にいう、「（馬）祖曰く、這の漢、曠劫の無明煩悩、今日頓に息《や》む」。　○空しく…　王駕の「晴景」にいう、「蛺蝶飛び来って、牆を過ぎ去る、却って疑う、春色の隣家に在るかと」。

99 ○屋前…　六祖恵能のイメージ。108をみよ。　○憶う昔…　45の注「満目…」をみよ。

100 ○漢王…　『虚堂録』七に、鋳印、銷印の偈があり、『史記』の留侯世家に、漢王が酈食其《れきいき》の進言で印を鋳、張良の進言で印を銷した話がある。　○胡乱…　『碧巌録』二〇、竜牙西来無意の頌の著語。81をみよ。

101 ○近代…　143によると、近代は、養叟一派の動きをふまえる。　○語言三昧　『碧巌録』八八。　○無能…　51の注「味有り…」、58の注「杜牧は…」をみよ。　○折脚鐺中…　『伝灯録』二八、「汾州大達無業の上堂にいう、只だ野逸の高士の如きも、尚お解《よ》く石に枕し流れに漱いで、其の利禄を棄つ……、況んや我が禅宗は、途路且《しばら》く別なるをや、看よ他の古徳道人、得意の後、茅茨石室、折脚鐺子裏に、飯を煮て喫して過ごし、三十二十年、名利も懐《おもい》を干《おか》さず、財宝も念を為さず、大いに人世を忘れ、跡を巌叢に隠し云々」。又、『円悟心要』上の華蔵明首座に示す書に、右の句をうけ、「十年二十年、大いに人生を忘れ、塵寰を謝す」といっている。大灯国師遺戒の拠るところであろう。

102 ○風外の… 儲嗣宗の「小楼」による。「杉松風外、乱山清し、曲几に香を焚いて、石屏に対す」。

○諸方は… 93をみよ。又、衆を動かし云々は、『碧巌録』一一の垂示。○濁醪 200をみよ。

103 ○霊昭（照）女 『伝灯録』八、襄州居士龐蘊章にいう、「元和中、北のかた襄漢に遊んで、随処に居る……。一女、名は霊照、常に随う、竹漉籬を製して之を鬻《ひさ》がしめ、以て朝夕に供す」。○一句… 『龐居士語録』上に、下記がある。「龐居士坐する次で、霊照に問うて曰く、古人は道う、明々たり百草頭、明々たり祖師の意と。你作麼生。照曰く、老々大々、這箇《しゃこ》の語を作《な》す。士曰く、你作麼生。照曰く、明々たり百草頭、明々たり祖師の意。士乃ち大いに笑う」。○朝雲… 39の注「雲門…」をみよ。

104 ○風鈴 宋代の禅録に例あり、天童如浄の頌が、道元の『摩訶般若波羅蜜』（正法眼蔵）に引かれる。

○鈴に… 『伝灯録』一、第一七祖僧伽難提章に、下記がある。「他時、風の殿に吹いて、銅鈴の声あるを聞く、尊者、師（伽耶舎多）に問うて曰く、鈴鳴るや、風鳴るや。師曰く、風に非ず鈴に非ず、我が心の鳴る耳《のみ》。尊者曰く、心は復《ま》た誰ぞ、師曰く、倶《とも》に寂静《じゃくじょう》なるが故なり、尊者曰く、善哉善哉、吾が道を継ぐ者は、子《し》に非ずして誰ぞ」。○日午に… 『伝灯録』一二、池州魯祖山教章にいう、「問う、如何なるか是れ高峯孤宿底の人、師曰く、半夜日頭明らかに、日午に三更を打す」。

105 ○普化… 『臨済録』の勘弁による。普化と臨済の話は、『祖堂集』一七、『伝灯録』一〇、『宋高僧伝』

二〇にあるが、鈴と隠々の句を含まない。〇風に…　徐仲雅の「宮詞」による。「一把の柳糸、収め得ず、風に和して搭在す、玉欄（欄）干」（密庵が婆子焼庵の話に、この句をつけること、『禅門拈頌集』三〇にみえる）。

106 〇牛庵　5・67と同工異曲。〇闌中…　『趙州録』中に、下記がある。「問う、如何なるか是れ祖師西来意。師云く、欄中に牛を失却す」。〇花は…　「花の開くは栽培の力を仮《か》らず、自ら春風の伊《これ》を管帯する有り」（点鉄集）。今は、花薬欄（碧巌録三九）の連想である。

107 〇半雲　廬山芝庵主の偈に、「千峰頂上一間の屋、老僧半間、雲半間」。〇夢魂…　夢魂は17、巫山は39の注「雲門…」をみよ。

108 〇六祖を…　六祖恵能（六三八―七一三）、新州（広東省新興市）の人、姓は盧。父は范陽（北京）の人だが、左遷されたという。『金剛経』を聞いて省あり、黄梅に五祖弘忍を訪《と》うて、行者身で印可をうける。嶺南に帰って、曹渓に南花寺を開く。神会、行思、懐譲等の大弟子あり、北方の神秀に対して、南宗の祖とされ、滅後百年に、大鑑と諡する。『六祖壇経』は、その語録である。嶺南人無仏性、本来無一物、本来面目、風動幡動等、有名な公案が多い。ここでは、斧を担いだ樵夫《きこり》姿の水墨の賛で、印可を得て南帰ののち、一六年あまり、樵夫の間に身を隠していたというのがテーマ。〇鈯斧　『伝灯録』五、吉州青原行思章に、下記がある。「師、希遷をして書を持って南岳譲和尚に与えしめて曰う、汝書を達し了《おわ》らば速かに廻《かえ》れ、吾に箇の鈯斧子有り、汝に与えて住山せしめん」……。遷、前話を挙し了って、却って云う、発する時、和尚が箇の鈯斧子を許すことを蒙むる、便《すなわ》ち請取せん、師、一足を垂る、遷礼拝す」。〇南方の…　南陽忠国師が、『壇経』と南方仏教のことを、批判するのをふまえる（祖堂集三、伝灯録二八）。

109○紹鴉蔵主… 紹鴉の伝は未詳。「家は徒だ四壁立」は、『史記』の司馬相如伝による。貧乏しながら、夫婦でいる家だ。○夏巣冬穴 梁の昭明太子「文選序」にある句。○帯水拖泥 『碧巌録』二、垂示にいう、「箇の仏の字を道《い》うも、拖泥帯水、箇の禅の字を道うも、満面の慚惶」。○稼穡の…『書』(『書経』)無逸篇、「先ず稼穡の艱難なるを知る」。又、禅月の「公子行」にも、「稼穡の艱難、総《そう》に知らず、五帝三皇、是れ何物ぞ」とある(碧巌録三の頌の評唱)。

110○大機居士 奥村本678に、大機の頌号がある。伝記は未詳だが、陶山公とよばれる人である。8の注「瞎驢」をみよ。○大人 『雲門広録』下、『遊方遺録』に下記がある。「因みに信州鵝湖に見《まみ》ゆ……、首座云く、秪《た》だ堂頭の浮逼々地と道えるが如き、又た作麼生《そもさん》。師云く、頭上に枷を著《つ》け、脚下に杻を著く。座云く、与麼ならば則ち、仏法無からんや。師云く、此は是れ文殊普賢、大人の境界」。○紅塵… 紅塵は花である、花は花でも、霊山の花とは異る。劉禹錫の元和十年、「朗州より召を承けて京に至る、戯れに看花の諸君に贈る」詩にいう、「紫陌の紅塵、面を払い来る、人の看花して廻ると道わざるは無し」。

111○蓑笠 享徳二年(一四五三)の季夏、朱太刀像を貰っている、蓑笠紹徳のことだろう(墨蹟一休宗純35)。長禄元年(一四五七)、一休が自ら法華宗宗純と名のり、弟子たちの印可を拒否する瞎驢衆の中にも、曹洞宗より転じた人として、その名が見える(同上223)。享徳二年は、一休六〇歳であり、庵号を貰ったのは、更にこれを溯ることとなり、早期の弟子の一人である。

112○謹んで… 幻住は、中峰明本(一二六三―一三二三)のこと。宋末元初の間、各地に、幻住庵を結んで韜晦するが、余杭の天目山禅源寺に住すること長く、日本の入元僧がここに集まる。日本には来ないが、明本を開山とする天目山が、関東、甲州、丹波の三カ所あり、中世日本の禅宗史に、隠然たる人気がある。真建の伝記は不明だが、おそらくその一人であろう。　○狂風…　偏界云々は、石霜慶諸の言葉で、道元の『正法眼蔵』にも、頻りにとりあげる。

113 ○和韻　贈られた詩と、同一の脚字を用いて歌うもの。　○覆蔵せず　「世尊は密語有り、迦葉は覆蔵せず」（65の注「一夜…」）。　○夜々…　『江湖風月集』に、三山笑堂悦の「永明塔」あり、「月は中峰に在りて、夜々円かなり」とする。　○三宿の…　『後漢書』六〇下、「浮屠《ふと》は桑下に三宿せず、久生恩愛を欲せず、精の至りなり」。

114 ○華叟又老師…　華叟宗曇（一三五二―一四二八）は、言外宗忠につぎ、門下に養叟と一休の二大弟子を出す。生涯、近江の禅興、高源にあり、大徳寺に出世しなかった。滅後、大機弘宗と諡する。『続群書類従』二四一に行状がある。ここでは、当の諡号をめぐっての、養叟批判である。　○曾て…　101の注「折脚鐺中…」に引く、大達上堂の文をみよ。　○子胥…　伍子胥のことは、66にみえる。今はその後日譚で、友人の申包胥との問答であり、『史記』伍子胥伝の「索隠」に、次のようにいうのによる。「譬えば人の行きて前途尚お遠く、日勢已に暮るるが如し、其の顚倒疾行に在るや、理に逆らって事を施す、何ぞ吾を責めて理に順《したが》わしむるを得ん」。

115 ○懶瓚…　『碧巌録』三四、仰山不曾遊山の評に、左記がある。「懶瓚和尚なるもの、衡山石室中に隠居す、唐の粛宗、其の名を聞いて使を遣わし、之を召す、使者、其の室に至って宣言すらく、天子詔有り、尊者当《まさ》に起《た》って恩を謝すべし。瓚方《まさ》に牛糞の火を撥い、煨芋を尋ねて食う、寒涕《かんてい》、頤《おとがい》に垂れて、未だ嘗て答えず、使者笑うて曰う、且《しばら》く勧む、尊者、涕を拭え。瓚曰く、我れ豈《あ》に工夫して、俗人の為めに涕を拭うこと有らんや、竟《つい》に起たず。使回《かえ》り奏す。粛宗甚だ之を欽嘆す」。因みに、178では懶残とする。残は老いぼれの意。　○大用…　『碧巌録』七九の垂示。ここでは、養叟の大用庵を批判する句。

○先師頭面…『祖堂集』一六、南泉章にいう、「師、順世せんと欲する時、第一座に向って云く、百年の後、第一、王老師の頭上に向って汚することを得ず、第一座対《こた》えて云く、終《つい》に敢えて造次せず、師云く、或いは人有って問わん、王老師は什摩処《いずく》にか去れると、作摩生《そもさん》か他に向って道《い》わん、対えて云く、本処に帰り去れり、師云く、早に是れ、我が頭上に向って汚し了《おわ》れり」。

116 ○端師子を… 西余浄端（一〇三〇—一一〇三）、字《あざな》は明表、安閑ともいう、呉興の人、姓は丘。師子舞によって悟り、その絵をかいた衣を身につけていたので、端師子の名あり、谷隠聡下の翠峯月と、竜華岳について、湖州の呉山に住した。語録二巻。『禅林僧宝伝』一九、『普灯録』三に伝あり、『林間録』上、『羅湖野録』上にもみえる。 ○不托回頭 『禅林僧宝伝』一九、西余端章にいう、「狂僧有り、回頭和尚と号し、左道を以て流俗を皷動す、士大夫も亦た其の妄に安んず、方《まさ》に丹陽の守呂公と対して肉食す、端、径《こみち》に至って指して曰く、正当与麼《しょうとうよも》の時、如何なるか是れ仏、回頭遽《にわ》かに対うる能わず、端、其の頭《こうべ》を捶し、推倒して乃ち行く、又た夭人有って、不托と号す、秀州城外の地を掘って、仏像有り、塔を其の上に建つるに、傾城信敬す、端見て揕住して曰く、如何なるか是れ仏、不托擬議す、端之を趯《こ》えて去る。 ○読誦… 右の前文に、下記がある。「能く法華経を誦するに、湖人争うて之を延《まね》く、必ず銭五百を得て、乃ち開秩し、数句を目誦して、即ち銭を持って、地坐し去る。缺薄の者は、之を易《か》えて去り、好んで漁父詞を歌う、月夕に必ず之を歌うて、旦に達す」。 ○漁歌 漁父の詞に同じ。唐代、張志和が湖州に顔真卿を訪《と》うて作ったものを、李徳裕が憲宗に奉ったという、「西塞山辺、白鷺飛び、桃花流水、鱖魚肥ゆ、青き篛笠、緑の簑衣、斜風細雨、帰るに順わず」。

117 ○大徳寺火後… 年譜の享徳二年（一四五三）、七月に大火のことを記す。一休、六〇歳。 ○体中玄48をみよ。

118 ○渡江の… 水墨画の賛。 ○西来… 『龐居士語録』にいう、「居士一日、茅廬《ぼうろ》の裡《うち》に在りて坐す、驀忽に云く、難々々、十碩の油麻、樹上に攤す……。霊照云く、也《ま》た難からず、也た易からず、百草頭上に祖師の意」。 ○河広… 『詩』衛風、「河広」による、「誰か河は広しと謂う、一葦もて之を杭（航）す」。

119 ○臨済和尚を… 頂相の賛。 ○従来… 行録のはじめに、「行業純一」といい、最後の伝記に、「落髪受具に及んで、講肆に居して、毗尼を精究す」というのによる。臨済は煩悩を滅尽した羅漢僧であったとするもの。 ○所知を… 43の注「撃竹…」をみよ。 ○克勤下 60の注「円悟大師…」をみよ。

120 ○普化を… 画像の賛。普化は、69・105など。 ○坐脱… 『坐禅儀』にいう、「超凡越聖は、必ず静縁を仮《か》る、坐脱立亡は、須《すべか》らく定力に憑《よ》るべし」。

121 ○黄檗… 臨済の行録、最初の名所。 ○桃李… 3をみよ。

122 ○脚下… 18をみよ。 ○持戒は… 『文殊説般若経』に云く、「清浄の行者、涅槃に入らず、破戒の比丘、地獄に堕せず」。 ○河沙の異号 32をみよ。 ○初生の… 『碧巌録』八〇に、下記がある。「僧、趙州に問う、初生の孩子、還って六識を具するや、趙州云く、急水上に毬子を打す。僧復《ま》た投子に問う、急水上に毬子を打す、意旨如何。子云く、念々不停流」。又、婚姻の線は、18の注に引く、『開元天宝遺事』の話にみえる。 ○開落す… 『碧巌録』八八、玄沙三種病人の頌に、「花開き葉落つる、自ら時有り」というのによる。

123 ○華叟和尚を… 頂相の賛。華叟は114。 ○霊山の… 霊山は27、言外は、霊山徹翁につぎ、華叟の師となる宗忠（一三〇五―九〇）で、伊予の人、姓は越智。密伝正印と諡し、如意庵に塔する。「行状」（続群書類従二三八）がある。 ○蜜漬の… 『大恵武庫』に、下記がある。「清素首座、閩の人、慈明に依ること十三載、年八十にして湖湘の鹿苑に寓す、未だ始めより人と交わらず、人之を知る莫《な》し、偶《たま》たま従悦首座、処州の人、之と居を隣す、悦因みに蜜漬の茘枝を食らう、素、門を過ぐ、悦呼んで曰う、此は老人が郷果なり、可に同《とも》に食らわんか、素曰く、先師亡じて自《よ》り後、此を得て食らわざる久し、悦問うて曰く、先師は誰と為す、素曰く、慈明なり、悦乃ち疑駭す、遂に饋《おく》るに余果を以てし、稍々として之に親しむ云々」。今、華叟を賛して、蜜漬をいうのは、一休にとっては、華叟四〇年の韜晦が、清素首座に重なるところがあったのだろう。○四十年『円悟心要』上、円首座に示す書にいう、「香林は昔、郷に帰るや、神《しん》を潜め照を隠して、水晶宮に於て四十年、一片の事を成《じょう》ず」。○瞎禿の…臨済が示衆で、弟子を呼ぶ言葉。○頤い…頤字の使用は、養叟宗頤の諱による。老婆云々は、同じく『臨済録』の勘弁に、河陽、木塔に普化を加える、臨済の対話があるのによる。

124 ○自賛　禅勇居士に与える真蹟が、真珠庵に現存する（墨蹟一休宗純41）。いわゆる朱太刀像である。別に、第一句を「臨済子孫」とするものがあり（酬恩庵蔵）、弟子の墨斎が書いたものもある（国立東京博物館）。○三十年来…石渓心月の「御書伝衣庵記」に、松源が霊隠寺で入寂したとき、弟子の掩室が雲居に住していて、伝衣を付授しようがないので、三転語の始め二つを説いて、四衆を試みるが、一人も契《かな》うものがない、そこで徒弟の宗礼に嘱して、伝衣を塔中に留め、三〇年後に的孫が必ず此の山に住するから、その人に之を付すべしと、記別したというもの。「御書伝衣庵記」は、掩室につぐ石渓心月が、その人であることを明らかにするために、朝散大夫集英殿修撰提挙江州太平興国宮賜紫金魚袋楊棟が、勅賜の御書によって書いている。一休は、他に460、その他（年譜の文明十年条）で、松源―運庵―虚堂を正系とし、松源―掩室―石渓を傍系とすることを表明する。松源の三転語に対する思い入れも、実はそのことと関係し、虚堂七世より、虚堂後身説に深まるのも、同じ動機に発していよう。ここでは、それが華叟門下の養叟と、自分との関係に重なること、あらためて言うまでもない。

125 ○又　宗臨居士に与える真本が、真珠庵に現存する（墨蹟一休宗純56）。

126 ○又　真蹟あり（墨蹟一休宗純42）。　○東海の…　虚堂が大応に与える、送別の偈による。「門庭を敲磕して、細かに揣摩《しま》す、路頭尽くる処、再び経過す、明々に説与す、虚堂叟、東海の児孫、日に転《うた》た多し」（廷俊、円通大応国師塔銘）。　○許渾が…　奥村本590に、次のように云うのによる。「大覚禅師、虚堂和尚を嘲って曰く、能く許渾の詩を学んで、禅を識らずと。偈を作って之を解くと云う」。許渾（七九一―八五四？）は、字は仲晦、太和の進士で、大中年間、監察御史、虞部員外郎、睦郢二州の刺史。『丁卯集』がある。『三体詩』に、一七首を収める。

127 ○百丈の…　百丈は、7にみえる。今は、「一日作《な》さずんば、一日食らわず」という、餓死の決意がテーマ。一休が写す、虚堂の霊隠立僧普説にもみえる（墨蹟一休宗純152）。　○大用…　115をみよ。

128 ○飯袋子　洞山三頓の話による。530をみよ。この話は、若き一休が華叟より与えられたもの（年譜二七歳の条）。

129 ○万両の…　85の注「日興…」をみよ。　○昔日の…　『伝灯録』六、百丈山懐海章に下記がある。「一日師、衆に謂《い》いて曰く、仏法は是れ小事ならず、老僧昔、再び馬祖に参じて、大師に一喝せらる、直に三日、耳聾《ろう》し眼暗きことを得たり、時に黄檗（蘗）、挙を聞いて覚えず舌を吐く。ただし、艱難は稼穡（109をみよ）のそれとして、次の句につづく。　○钁頭の…　虚堂普説にいう、「百丈大智禅師の如き、一日作さざれば一日食らわず、年高九十五歳にして、鉏頭、刀釬、蓑衣、若笠、嘗《かつ》て身より離さず」（127の注「百丈の…」に示すもの）。

130 ○会裏の…　養叟門下を意識している。　○蛙は争う…　68をみよ。　○元字脚　『禅林僧宝伝』三、首山念の章にいう、「若《も》し此の事を論ぜば、寔《まこと》に一の元字脚を掛けず」。『葛藤語箋』にいう、「元字の脚はノ、しなり、皆な筆画稀少なり、脚とは和語の引き捨てなり、必ずしも一の字と作《な》して解せず」。

131 ○道伴　24「若し…」の注に引く、『祖堂集』一三をみよ。

132 ○識情…　年譜二七歳の条に、鴉を聞いて省有り、先師の命によって作る偈に、「十年以前識情の心、嗔恚豪機、即今に在り云々」とする。553とも関係して、識情は一休自身の問題であった。なお、刀山、剣樹は『同安十玄談』の廻機に、鑊湯炉炭と対して、地獄の責め道具としている。○血を…　『碧巌録』七九、投子一切仏声の著語に、前半四字を引く。「太公家教」の句であり、『羅湖野録』に収める、崇覚空の野狐頌にもみえる。

133 ○入定の…　入滅のことらしい。○衆流を…　4の注「一字関…」をみよ。○魔宮…　『大無量寿経』にいう、「総に魔界を摂し、魔宮殿を動かす、衆魔慴怖して、帰伏せざる莫《な》し」。○長信西風…　許渾の「秋思」による。「琪樹の西風、枕簟の秋、楚雲湘水、同遊を憶う、高歌一曲して、明鏡を掩う、昨日は少年、今は白頭」。因みに、長信、西風、琪樹、ここでは全て、浄土の荘厳《しょうごん》である。

134 ○碧岩集の…　参学比丘普照、紫陽山の方回（万里）、休々居士周馳、三教老人（如々居士顔丙）の四序がある。大恵の焚棄をいうのは、後の三序である。○夾山の…　夾山は、55にみえる。ここでは、『伝灯録』一五にある、次の問答をふまえる。「問う、如何なるか是れ夾山の境、師曰く、猿は子を抱いて青嶂の裏《うち》に帰り、鳥は花を銜《ふく》んで、碧巌の前に落つ」。

135 ○黄竜の…　慈明につぐ、黄竜恵南（一〇〇二―六九）のこと。楊岐に対し、黄竜派の祖とされる。信州玉山（江西省上饒県）の人、姓は章。雲居、同安、帰宗、黄檗、黄竜の各山に住する。晩年、積翠に退いたので、積翠ともよばれる。真浄、晦堂、常覚等の十大弟子があり、語録一巻（別に日本で続補一巻)、書尺一巻のほか、『馬祖四家録』を編する。諡は普覚。『禅林僧宝伝』二二、『続灯録』七、『普灯録』三に伝がある。三関のことも、『禅林僧宝伝』に見え、別に『羅湖野録』や『雲臥紀談』に記すが、大恵の五世無量宗寿が、無門を四明の瑞巌に招いて、立僧たらしめた謝偈のうちに、黄竜の三関をとりあげたことを、『無門関』の末尾に特筆する。　○河沙の…　122をみよ。

136 ○虎丘…　『大恵武庫』に、下記がある。「円通の秀禅師、因みに雪下るに云う、雪下《ふ》るに三種の僧有り、上等底は僧堂中に坐禅す、中等は墨を磨し筆を点じて、雪の詩を作る、下等は炉を囲んで食を説くと。予は丁未の年、冬して虎丘に在り、親しく此の三等の僧を見て、覚えず失笑す、乃ち知る、前輩の語の虚ならざることを」。因みに、夢窓に偈があり、有名な三等の弟子への、遺戒のもとづく処であることが、義堂の『日件録』にも記される。虎丘は、江蘇省呉県の西北で、蘇州の名勝地の一つだが、大恵と共に円悟につぐ、紹隆(一〇七七―一一三六)の道場である。　○少林の…　14の注「二祖」をみよ。

○飢腸…　「画餅は飢に充《み》たず」という、潙山下での香厳を想起するもの。19の注「画餅」と、43の注「撃竹…」をみよ。

137 ○痴鈍　67の注「異類行中」に引く、南泉のことばをみよ。　○香積の…　85の注「浄名」をみよ。

138 ○大徳寺の…　117につづくもの。　○雲門の…　大灯が遺誡し、骨を丈室に置いて、別に塔を造らせなかったので、ここに霊光の額を賜わり、雲門再誕に因んで、雲門塔とよぶもの(行状)。　○大用は…　大用は115、黄金云々は、『碧巌録』一八、忠国師無縫塔の則による。　○傍出…　傍出は、『伝灯録』の目録で、分派を指していう言葉で、明らかに傍系の価値観がある。正伝は、211の注「霊山の…」をみよ。

○楊岐の…　『楊岐方会和尚語録』にいう、「上堂、楊岐の乍住、屋壁疏なり、満床皆な布《し》く、雪真珠、項《うなじ》を縮却して、暗に嗟吁す、良久《しばらく》して云う、翻って憶う、古人樹下の居」。

139○新たに… 年譜の康正二年（一四五六）、師の年六三歳の条。大応国師は、入宋して虚堂につぎ、その法を初めて日本に伝えた人、その門下に大灯国師を出し、大徳寺の源流となるこというまでもないが、一休は大応の塔所妙勝寺を得て、大応の歴史的意義を再確認する。廷俊の撰する塔銘にも、西京の竜翔、建長の天源、崇福の瑞雲を言うのみで、妙勝を言わぬからである。因みに、紹明は駿州の人、姓は滕。建長の蘭渓により、虚堂より古帆未掛の話を与えられ、帰東に際して、「東海の児孫、日に転《うた》た多し」という、記別をうけている。崇福入寺の語は、虚堂の激称するところである。

140○婬坊に… 婬坊は10、及び79・83・125等にみえる。 ○美人 宮女、妓女のほか、君子、仏祖に譬える。 ○雲雨 39をみよ。 ○愛河 『八十華厳』二六。 ○楼子 『五灯会元』六、未詳法嗣の条に、下記がある。「楼子和尚、何許《いずれ》の人なるかを知らず、其の名氏を遺す。一日偶《たま》たま街市の間を経遊して、酒楼の下に韈帯を整うる次《つい》で、楼上の人の曲を唱するを聞くに云く、你《なんじ》既に無心にして、我も也《ま》た休すと、忽然として大悟す、因って楼子と号す」。梁楷の八高僧図巻では、「名は善信、平江の人、姓は楊とし、承天寺で法を聆《き》いて省あり、後に偶たま酒楼に至る云々」とする。又、『禅宗雑毒海』三に楼子の投機の偈をあげている、「夜宿する花城と酒楼と、一たび歌管を聞いて、離愁を惹く、利刀掣断す、紅糸の綫、你若し無心ならば、我れ便ち休す。 ○抱持… 『涅槃経』一四に、子を失った婆私吒が狂乱して、仏を抱持し、其の口を唼《す》う話あり。 ○火聚… 『涅槃経』四に、自ら己身を観るに、猶お火聚の如し云々。捨身は、同じく、『涅槃経』一四にいう、捨身飼虎の縁。

141○延寿堂の… 『禅苑清規』六、将息参堂の条にみえる。病気の僧の休むところ。27の涅槃堂に同じ。
○末後の… 26の注「牢関…」をみよ。

142○病中の… 奥村本839の前書に、「一休老頃、気痢の患に染る」とする。『狂雲集』には、病中の作が多い（93・163・177・178・195・264・265）。　○馬祖不安　『碧巌録』三、馬祖日面仏の則を指す。　○相如が…　10をみよ。

143 ○栄衒の…　栄衒は27、ここでも、養叟批判が動機である。　○近代…　近代は101。邪師云々は、『円覚経』弥勒章による。「若諸衆生、善友を求むと雖も、邪見の者に遇うて、未だ正悟を得ず、是を則ち名づけて外道種姓と為す、邪師の過謬にして、衆生の咎には非ず」。　○馬牛の…　馬牛襟裾、礼儀を識らぬ人をいう。

144 ○捧心　6をみよ。　○一個の…　夢窓の『南禅録』解夏小参にいう、「無尾の胡孫、甚《なん》の快活か有る」。

145 ○関山和尚の…　妙心寺の開山、関山恵玄（一二七七—一三六〇）の塔。信濃の人、姓は高梨。京都に上り、大徳寺で、大灯に参じて透関、関山の号をうく。大灯の寂後、花園天皇の帰依によって、正法山妙心寺を開く。嗣法の弟子に、授翁宗弼がある。諡は本有円成、仏心覚照国師、明治になって無相大師という。『正法山六祖伝』『正法山誌』等。　○荒草…　『臨済録』の上堂に、「荒草曾《かつ》て鋤《す》かず」という。

146 ○雨滴　『碧巌録』四六、鏡清雨滴声の話による。　○鏡清　雪峰義存につぎ、越州鏡清院に住した道怤（八六八—九三七）のこと。温州の人、姓は陳。呉越王銭氏の帰依で、天竜、竜冊等、三処に開法する。『祖堂集』一〇、『伝灯録』一八。　○顚倒の…　46の注「衆生…」をみよ。

147 ○松窓　臨済栽松の話による。　○臨済…　行録に下記がある。「師、松を栽《う》ゆる次《つい》で、黄檗問う、深山裏に許多を栽えて、什麼《なに》か作《せ》ん。師云く、一つには山門の与《ため》に境致と作《な》し、二つには後人の与に標榜と作す。道《い》い了って、钁頭を将《も》って地を打つこと三下す、黄檗云く、是《かく》の如くなりと雖然《いえ》ども、子已《すで》に吾が三十棒を喫し了れり、師又た钁頭を以て、地を打つこと三下、嘘々の声を作す。黄檗云く、吾が宗、汝に到って大いに世に興らん」。

148 ○面壁の… 14「二祖」と35をみよ。 ○任運に… 一休は恵可の断臂《だんぴ》を認めず、自然にさりげなく、安心を問うたとするのである。 ○安心 『無門関』四一にいう、「達磨面壁す、二祖、雪に立ち臂《ひじ》を断《た》って云く、弟子、心未だ安からず、乞う師安心せしめよ、磨云く、心を将《も》ち来れ、汝が為めに安んぜん、祖云く、心を覓《もと》むるに了に不可得なり、磨云く、汝が為めに安心し竟《おわ》れり」。

149 ○苦行の… 蛇足の筆という、苦行釈迦像に著賛する、一休の真筆が真珠庵に存する（墨蹟一休宗純55）。○六年 41の注「麻衣…」をみよ。 ○飯袋子 128をみよ。

150 ○言外和尚 123をみよ。 ○曇華 優曇華のこと。三千年に一度、開花するという（法華経方便品）。霊瑞と訳す。華叟をこの名で呼ぶ例が、229にみえる。又、真珠庵蔵の華叟法語の末尾に、次の題詩をもつものがある（文人書譜「一休」24）。「箇の元字脚、心に在り、曇華開いて、古今の如し云々」。

151 ○徹翁和尚 25の注「霊山…」をみよ。 ○儼然たり… 26の注「話して…」をみよ。

152 ○趙州の… 『碧巌録』九六則。『伝灯録』二八。趙州従諗和尚上堂による。 ○詩成って… 小艶の詩に、「画けども成らず」というのを、反対側から言っている。12の注「一段…」をみよ。 ○長笛… 45の注「満目…」をみよ。 ○曲終って… 銭起「湘霊鼓瑟」の句。『太平広記』一九九、唐の宣宗（出雲渓友議）の条に見える。「流水、湘浦に伝え、悲風、洞庭を過ぐ、曲終って人見えず、江上数峯青し」。

153 ○龐居士… 103の注「霊照女」をみよ。ここでも、水墨の賛である。 ○河裏… 『大光明蔵』中、襄州龐蘊居士章に、次のような銭を沈める一事について、宝曇のコメントがある。「嘗て謂う、今人、龐翁を学ばんと要せば、其の余を学ぶ勿《なか》れ、姑《しばら》く其の銭を西江に沈めて、竹摝籬を鬻《ひさ》ぐことを学ばば、亦た仏祖を鞭策しつべし」。 ○簸箕… 「馬祖、昔、郷に帰る、簸箕の譏を以て、道を行じ難きを畏る、因って再び峡を出で、縁、江西に会う」（円悟心要上、円首座に示す）。

154 ○大恵・宏智…　大恵は66、宏智（一〇九一―一一五七）は、大恵と同時に活躍する、曹洞下の代表者。生涯、相互に批判し、相互に敬愛の情をもちつづける。宏智が先に入滅すると、遺言によって大恵が喪儀に当る。歴史的にいうと、大恵が黙照の邪禅とするのは、真歇清了（一〇八八―一一五一）であるが、宏智に「黙照銘」の作があって、両者の対決をふまえている。宏智は、諱《いみな》は正覚、隰州（山西省）の人、姓は李。丹霞子淳についで、江浙の各地に曹洞の宗風をあげ、勅によって、天童と霊隠に終る。宏智は高宗の諡で、隰州古仏とも称する。語録四巻、広録九巻あり、その頌古百則は、元の万松老人『従容録』のテキストとなる。「行業記」あり、『普灯録』九に伝がある。大恵と宏智の親交は、相互の語録のほか、『人天宝鑑』にもみえる。又、揖譲図の賛は、『虚堂録』七にもあり、大恵・宏智のそれは、物初大観にも見える。　○眉毛…　22の題語をみよ。　○力士の…　『史記』留侯世家にある話。張良（子房）が高祖劉邦のために、河南省博浪沙に秦の始皇を待ちうけて、力士をやとって、鉄槌を下したというもの。

155 ○山庵雑録に…　『山庵雑録』は、明の恕中無慍（一三〇九―八六）が編する、宋元禅宗史の一つ、洪武三三年（一三九〇）に刊行。楚石は大恵下五世、諱を梵琦（一二九六―一三七〇）という。明州象山の人、姓は朱。径山の元叟行端についで、杭州周辺の大刹に歴住する。語録二〇巻あり、宋濂の塔銘がある。嘉興は、浙江省の会稽、海塩は、嘉興県の東部。了庵は、古林清茂につぐ清欲（一二八八―一三六三）のこと、松源下四世である。楚石と同門の東陽徳輝が、俗権に抗するのに同調して、師席を捨てている。　○奪人…　9の人境倶奪。　○江山…　『東坡志林』にいう、「臨皐亭下八十数歩にして、便《すなわ》ち是れ大江にして、其の半は是れ峨嵋の雪水なり、吾れ飲食沐浴すること、皆なこれを取る、何ぞ必ずしも郷に帰らんや、江山風月本より常の主無し、間なる者便ち是れ主人なり」。○普天の… 16を見よ。

156○竜門亭に… 天竜寺十境の一つ（夢窓国師語録下之一、偈頌）。天竜寺は、何度も焼け落ちるが、一休が竜門亭を訪《と》うのは、文安四年（一四四七）の回禄以後のことだろう。○三級… 『碧巌録』七の頌をふまえよう。

157○竜翔寺の… 「円通大応国師塔銘」に、「勅して寺を西京に建て、額を竜翔と曰い、骨石舎利を寺の後山に塔す、塔を普光と曰い、庵を祥雲と曰う」とあるところ。一休年譜の寛正二年（一四六一）、六八歳の条に、ここを訪う記載がある。○山門の… 147の注「臨済…」をみよ。○松筠を… 『伝灯録』一〇、長沙景岑章にいう、「師、人の松竹を斫《き》るを誡むる偈にいう、千年の竹、万年の松、枝々葉々、尽《ことごと》く皆な同じ、為に報ず、四方玄学の者、手を動かせば、祖公を触すに非ざる無し」。

158○虚堂和尚の… 『虚堂録』四、双林夏前告香普説による。○勝負の… 『臨済録』の示衆にいう、「勝負の修羅、人我の無明、地獄の業を長ず」。○近代の… 143をみよ。○偏頗に… 『碧巌録』六三、南泉斬猫児の頌にいう、「頼得《さいわ》いに南泉の能く令を挙して、一刀両段、偏頗に任すことを」。

159○相如が… 10をみよ。

160○拈華… 『無門関』六。『天聖広灯録』二、第一祖摩訶迦葉章にはじまる。又、『大蔵一覧集』八は、『伝灯録』によって、次のように云う、「昔日、霊山百万衆前、世尊拈花瞬目す、時に迦葉一人、破顔微笑す、世尊曰く、我に正法眼蔵有り、摩訶大迦葉に付嘱す」。○鶏足室中… 『伝灯録』一、第一祖摩訶迦葉章にいう、「乃ち僧伽梨衣を持って雞足山に入り、慈氏の下生を候《ま》つ」。○毒に… 達磨が毒を食ったこと。35をみよ。

161○慈恩の…　法相宗の開山、大慈恩寺窺基（六三二―六八一）のこと。百本の疏主。長安の人、姓は尉《うつ》遅《ち》。玄奘が帰東し、路上で一児を見つけ、弟子にしようとすると、酒と女と過中食を断たぬという、三つの条件の下に出家、後年、酒肉と美女と経典を満載する、三車を連ねて入内《じゅだい》説法したので、三車法師とよばれたという（叢林盛事）。　○窺基が…　『摩訶止観』の序に、「書に言う、生れながら知る者は上、学んで次するは良と、法門浩妙なるを、天真独朗と為し、藍より青しと為す」。　○座主…　禅宗側から、教家一般をよぶ名称で、『頓悟要門』『臨済録』に多くの例がある。

162○同門の…　華叟門下の相弟子のうちに、一休の詩魂を批判する人々がいた。161も亦た、この時の答えであろう。　○俗漢…　『臨済録』の勘弁に、王常侍との問答で、「将《まさ》に為《おも》えり、你は是れ箇の俗漢」と、驚いて言うところがある。　○昨非今是　陶淵明の「帰去来辞」にいう、「已往の諫めざるを悟り、来者の追う可きを知る、実に途に迷うこと、其れ未だ遠からず、今の是にして昨の非なるを覚《さと》る」。

163○病中の…　円悟の縁をふまえるもの。　○仏病…　『円悟心要』上、「蘊初監寺に示す」。　○臨済…　48をみよ。　○金山…　60の注をみよ。

164○隠渓　釣台や漁父の生活、そのものを消したところ。　○呂公…　呂公は、太公望呂尚で、隠者の代表。子陵は、55をみよ。　○我に…　『虚堂録』七、「漁父《ぎょほ》」をふまえる。「菰浦の葉は冷やかに、暮天低《た》る、断岸に舟は横たわって、水四もに囲む、秖《た》だ一竿の湘楚の竹有り、未だ嘗て容易には漁磯に下らず」。因みに、湘楚の竹は、屈原に忠告する漁父が、舟をやるのに持っていた、竹竿のことだろう。第三句の贋魚舟も、この漁父のことととれる。

165○示衆　164が出来たのに因んで、弟子たちへのレクチャー。　○常不軽　『法華経』七、常不軽菩薩品の主人公。比丘、比丘尼、優婆塞、優婆夷に会うごとに、必ず礼拝讃歎して、「我は汝等を軽んぜず、汝等みな、菩薩道を行じて、当に仏になるべし」と言い、嘲けられ、罵られ、打擲《ちょうちゃく》されても、遠く避けて礼拝しつづけたという。　○楚雲…　133の注「長信西風…」に引く、許渾の「秋思」をみよ。

166○邪禅を…　養叟一派を批判するもの。　○瞿曇…　四十九年、一字不説の意（天聖広灯録一八、広恵元璉章、碧巌録二八）。　○毘耶…　「釈迦は室を摩竭に掩い、浄名は口を毘耶に杜《と》ず」という、僧肇の古句による。摩竭陀国で説法のとき、人々が怠って聞こうとしないので、仏は因沙旧室に坐夏して、何人も室に入れなかったという。『諸仏要集経』上の話と、『維摩経』入不二法門品で、維摩が黙して答えぬのを、あわせいうもの。『維摩経』は、毘耶離城を舞台とする。

167○新に…　82の譲羽、94の山中晦迹に関わるもの。年譜の嘉吉二年（一四四二）の条に、「後に尸陀寺を創す」というのみで、何時のことかは、明らかでない。192とは、別だろう。　○楊岐の…　138をみよ。

168○将に…　94の文安丁卯事件に関係している。　○愧慚す…　『論語』の季氏篇に、弟子の冉有と子路が、季孫氏の顓臾討伐について、孔子の意見をもとめたとき、「吾れ季孫の憂いは顓臾に在らずして、蕭牆の内に在るを恐るるなり」と答えているのをふまえる。　○板橋の…　温庭筠の「高山早行」による。鶏声、茅店の月、人迹、板橋の霜。

169○密庵和尚…　松源の師に当る、咸傑（一一一八―八六）の縁。『烏巨山乾明院語録』にあるもの。「山僧、数日来、病むに似て病まず、安きに似て安からず、死するに似て死せず、方丈裏に屎を撒し尿を撒し、大いに眼を開いて狂言寐語、直に是れ東西弁ぜず、南北分たず、生を求めて得ず、死を求めて得ず云々」。　○江山の…　一休自身、山中での病起上堂であろう。　○小魚…　38をみよ。

170○大用庵…　康正三年（一四五七）九月二〇日、後花園の勅賜である。養叟は八二歳で、翌年六月二七日に入寂している。　○普州の…　『碧巌録』二二、雪峯鼈鼻蛇の著語に、「普州の人、賊を送る」とあり、『方語解』にいう、「身を兼ねて内に在り、你是れ亦た賊（であり）、賊（が）、賊を送る」。要するに、盗人仲間のお手盛り、というのだろう。

171 ○大徳寺の…　170につづくもの。○師席の…　155の『山庵雑録』による。○淡飯麁茶　黄庭堅の「四休居士詩序」にいう、「粗茶淡飯、飽けば即ち休す、破を補い寒を遮って、煖なれば即ち休す、云々」。○濁醪の…　200をみよ。

172 ○鳥窠和尚を…　『伝灯録』四、杭州鳥窠道林章にいう、「本郡富陽（杭州市銭塘江の西北岸）の人、姓は潘。径山国一禅師につぐ。秦望山に長松あり、枝葉繁茂して、盤屈、蓋の如くなるを見て、その上に棲止す。よって鳥窠の名あり」。白居易が郡に守となったとき、次の問答があった。「易云く、禅師の住処、甚だ危険なり。師、太守の危険なる、尤も甚し。易、弟子は位、江山を鎮す、何の険か之れ有らん、師、薪火は相い交わり、識性は停《とど》まらず、険に非ざるを得んや」（以下、199の題目につづく）。○酔吟の…　白居易に「酔吟先生伝」あり、文学的自叙伝の一つ。

173 ○養叟の…　246につづく。211とも、関係がある。○林下…　五山の叢林に対して、大徳、妙心の系統を林下という。174の山林も、林下の意である。養叟の精力的な活動で、林下の方が五山を圧していたらしい。正しく、大用現前である。ただし、林下道人云々は、「貴《ひと》えに千里の抄を持して、林下道人悲しむ」という、夾山善会の句をふまえる（祖堂集七）。

174 ○一竿を…　杜牧の「将に呉興に赴かんとして楽遊原に登る」、第三句による。58の注「杜牧は…」をみよ。

175 ○百丈…　127をみよ。○飽食…　「大灯国師遺戒」をふまえる。

176 ○衆に示す　179と同工異曲。○割截…　『金剛般若経』に説く、釈尊が前身で、歌利王に身体を割截され、節節支解されて、我人衆生寿者の相無く、五百世に忍辱仙となった話。○千歳の… 5の注「万世の…」をみよ。○髑髏… 『碧巌録』二、趙州至道無難の頌に、「髑髏識尽きて、喜び何ぞ立せん、枯木竜吟、銷《き》えて未だ乾かず」というのによる。円悟の評唱に、下記がある。「見ずや、僧、香厳に問う、如何なるか是れ道、厳云く、枯木裏の竜吟、僧云く、如何なるか是れ道中の人、厳云く、髑髏裏の眼睛、僧後《のち》に石霜に問う、如何なるか是れ枯木裏の竜吟、霜云く、猶お喜を帯ぶる在り、如何なるか是れ髑髏裏の眼睛、霜云く、猶お識を帯ぶる在り、僧又た曹山に問う、……復《ま》た頌有り云く、枯木竜吟、真の見道、髑髏無識、眼初めて明らかなり、喜識尽くる時、消息尽く、当人那《なん》ぞ濁中の清を弁ぜん」。因みに、北邙は洛陽北郊にあり、漢代以来の古い墓地である。

177 ○病中 142・163に同じ。○范増が… 范増は、秦代、居鄛の人、年七〇にして家居、奇計を好んで、項羽を説いた。鴻門の会で沛公を殺そうとするが、漢に内通しているかと疑われ、羽に棄てられて憤怒し、疽を発して死んだ（史記七）。

178 ○薬山は… 第一は、石頭につぐ惟儼（七五一―八三四）の縁。絳州（山西省）の人、姓は韓、南康（江西省）に生れる。朗州芍薬《しゃくやく》山に住して、村人から牛欄を仮りて僧堂とし、雲巌、船子、道悟等の弟子を出す。李翶との問答で知られる。『祖堂集』四、『伝灯録』一四。両粥の話は、『虚堂録』四、霊隠立僧普説にあり、一休の最も共感するところ。127の注「百丈…」をみよ。第二の懶残は、115の懶瓚に同じ。○牢関… 141をみよ。

179 ○衆に示す 165・176につづく。○忍辱… 忍辱仙人は176、常不軽は165。○撥無… 199をみよ。元来は、大灯の遺戒による。○一个の… 丹霞の上堂にいう、「吾が此間には、道の修す可き無く、法の証す可き無し、一飲一啄、各自に分有り、疑慮を用いず、在々処々、恁麼底《いんもてい》有り、若し識得せば、釈迦は即ち者の凡夫是れなり、阿你、須《すべか》らく看取すべし、一盲の衆盲を引いて、相い将《ひき》いて火坑に入ること莫かれ、夜裏に闇に双陸せば、賽彩若為《いかん》が生ぜん」（伝灯録一四）。

180 ○仰山を… 5の注「恵寂」をみよ。 ○夢中… 『無門関』二五の縁。兜率は、六欲天の第四で、弥勒の道場である。「仰山和尚、夢に弥勒の所に往き、第三座に安んぜらるるを見る、一尊者有り、白槌して云く、今日、第三座の説法に当る、山乃《すなわ》ち起《た》って白槌して云く、摩訶衍《まかえん》の法は四句を離れ、百非を絶す、諦聴、諦聴」。 ○耽源は… 『碧巌録』一八、忠国師無縫塔の評に、次のように言っている。「耽源、名は応真、国師の処に在って侍者と作る、後に吉州耽源寺に住す、時に仰山来って耽源に参ず、源は言重く性悪く、犯す可からず、住し得ず……、山後に挙して耽源に問う、如何が井中の人を出だし得ん、耽源曰く、咄、痴漢、誰か井中に在る、仰山契《かな》わず、後に潙山に問う、山乃ち恵寂と呼ぶ、山応諾す、潙云く、出で了《おわ》れり、仰山此に因って大悟して云く、我れ耽源の処に在って体を得、潙山の処に用を得たり」。

181 ○枕子… 『伝灯録』一一、袁州仰山恵寂章にいう、「僧問う、法身《ほっしん》還って説法せんや、師曰く、我は説き得ず、別に一人有って説き得たり、曰く、説き得たる底《てい》の人、什麽処《いずく》にか在る、師、枕子を推し出だす、潙山聞いて云く、寂子は剣刃上の事を用う」。 ○一宗… 『虚堂録』一、万松山延福録に、右の縁を挙して、次のコメントをつけている、潙仰の一宗を滅却することは、只だ此の語に因る」。 ○法身説法… 『臨済録』にいう、「経論家に約せば、法身を取って根本と為し、報化《ほうけ》二身を用と為す、山僧が見処は、法身は即ち説法を解《よ》くせず、所以《ゆえ》に古人云く、身は義に依って立し、土は体に拠って論ずと、法性の身、法性の土、明らかに知んぬ、是れ建立の法、依通の国土なることを、空拳黄葉、用《も》って小児を誑《たぶらか》す云々」。

182 〇松源和尚…　松源は16、テキストは、『松源語録』下、霊隠入寺につづくもの。巴陵は、雲門につぐ顥鑑で、嶽州の巴陵新開院に住した。『伝灯録』二二に章あり、最初の問答を収める。白雲は五祖法演（—一一〇四）のことで、白雲山海会寺にいたときの上堂であり、『法演禅師語録』中にみえる。ただし、水を掬すれば云々は、于良史の「春山夜月」による。〇祖意…　『禅林類聚』四に、祖教門があって、古来の問答を集大成する。

183 〇涅槃堂　27をみよ。141に延寿堂とするのに同じ。〇眼光…　兜率三関の第二に、「眼光落地の時、作麼生《そもさん》か脱せん」というもの（大恵武庫、無門関四七）。〇螃蟹の…　『伝灯録』一九、雲門章にいう、「忽然として一日、眼光落地せば、前頭に什麼《なに》を将《も》って抵擬せん、一に落湯の螃蟹に似て、手脚忙乱すること莫かれ」。

184 〇竹篦の…　『無門関』四三による。〇首山　風穴につぐ、省念（九二六—九九三）のこと。萊州（山東省東部）の人、姓は狄《てき》。汝州の首山、宝安山広教院、宝応院に住する。汾陽善昭、葉県帰省、広恵元璉、石門蘊聡等の弟子を出し、臨済禅の中興となる。『語要』一巻あり、『伝灯録』一三、『広灯録』一六、『禅林僧宝伝』三に伝がある。〇梨花…　晏殊の「寓意」による。「梨花院落、溶々たる月、柳絮池塘、淡々たる風」。〇愁人に…　『伝灯録』二四、襄州広徳周禅師章にいう、「愁人は愁人に向って道《い》う莫《な》かれ、愁人に向い道えば、人を愁殺す」。

185 〇山居の…　『江湖風月集』に、天台清叟一と、松坡の「擁葉」があり、夾山抄に次のように注する。「南陽の忠国師、曾《かつ》て青銼山和尚と与《とも》に、白崖山に在りて隠居す、一夜天寒、各おの葉を擁して坐す（次にいう、飛花落葉を身に擁する意）」。〇塵寰を…　101の注「折脚鐺中」、及び114の注「曾て…」をみよ。〇三十年来…　『祖堂集』三、『伝灯録』五、いずれも「四十余年、山門を下らず」とする。

○半身は…『江湖風月集』夾山抄によると、忠国師と青銼山のちがいを指す。青銼山のことは、『碧巌録』一八の評にも見える。

186○落葉…いわゆる「飛花落葉の理」を、独覚の悟りとするもの。『摩訶止観』一〇下にいう、「花飛び葉落つるが如き、少因縁を藉《か》るすら、尚お支仏を証す、何ぞ況《いわ》んや世間の旧法をや」。○三冬の…88をみよ。

187○拈華…160をみよ。○金色の…『伝灯録』一、第一祖摩訶迦葉章に、下記がある。「付法伝に云く、嘗て久遠劫中に於て、毗婆尸仏入涅槃の後、四衆、塔を起すに、塔中像面上の金色、少しく欠壊する有り、時に貧女、金珠を将《も》って金師の所に往き、請うて仏面を飾る、既にして因って、共に発願《ほつがん》すらく、願わくは我ら二人、無姻の夫妻と為《な》らんと、是《こ》の因縁に由《よ》って、九十一劫に身皆な金色なり……、中天摩竭陀国婆羅門家に生れて、名づけて迦葉波と曰い、此《ここ》に飲光尊者と云う、蓋《けだ》し金色を以て号と為すなり」。又、頭陀は苦行の意で、迦葉を頭陀第一とする。

188○新法師に…初めての男弟子である。338をみると、初めての女弟子を祝している。○威音…『六祖壇経』の機縁第七、永嘉玄覚章に、下記がある。「玄策云く、威音王已前《いぜん》は即ち得たり、威音王已後、無師自悟は尽《ことごと》く是れ天然外道なり」。

189○会裡の…嵆康の「山巨源に与えて交わりを絶つ書」（文選四三）になぞらえるもの。○徒を…18をみよ。○汗馬…『碧巌録』七の垂示にいう、「大衆、会《え》するや、従前の汗馬、人の識《し》る無し、只だ要す、重ねて蓋代の功を論ぜんことを」。○韓信が…『史記』の淮陰侯伝にいう、「（韓）信曰く、果して人の言うが若《ごと》し、狡兎死して良狗烹《に》られ、高鳥尽きて良弓蔵せらると、敵国破れて謀臣亡ぶ、天下已《すで》に定まって、我れ固《もと》より当《まさ》に烹らるべし」。

190○行脚　外に向って求めてはならぬ。　○咸陽の…　咸陽は、秦の都城で、陝西省西安市の対岸。ここに、天下の黄金と、美女が集められた（李白の「古風」其の八）。　○天外に…　24の注「誰か…」をみよ。

191○達磨大師の…　墨渓の絵につけられた、真筆の賛が真珠庵に現存する（墨蹟一休宗純74）。寛正六年（一四六五）季春の日付である。　○香至…　香至は「カンチー」の音写で、南インドの地名であり、王宮の名でもあるが、ここでは、香という漢字に、特殊の感情がこめられる。

192○譲羽山に…　167をみよ。　○茅屋…　『碧巌録』九〇、智門般若体の頌の評に、下記がある。「又た道《い》う、三間の茅屋、従来住す、一道の神光、万境閑《しず》かなり、是非を把《と》り来って、我を弁ずること莫かれ、浮生の穿鑿、相い関わらず」。　○一盞の…　残灯は、寺名の大灯を、秋点は、李郢の「宿虚白堂」の結句、「二十五声秋点長し」をふまえる。556の注を、あわせみよ。

193○中川を…　文明一一年一〇月二〇日付、中川擯出状が酬恩庵に現存する（墨蹟一休宗純228）。中川は、子天紹育のことらしい。別に、朱太刀像を貰っているから、擯出は其の後のこととなる（同上75）。擯出の作法は、唐の百丈が定める禅門規式にあって、後に長く拠るところとなる。罪をはかって拄杖を与え、衣鉢を焼きすて、偏門より突き出して、一衆に恥辱を示すのである（伝灯録六）。　○蕭墻…　蕭墻（牆）は、168に注する。

194○中川を…　特に勝瓊に与えるのは、事件の一方に、この人がいたのである。奥村本723に、頌号があるのと、同一人物だろう。　○本より…　20の注「客盃の…」をみよ。　○元字脚　130をみよ。　○昨日の…　仏眼清遠に、「前念是凡、後念是聖」以下、六句偈というのがある（古尊宿語録三〇）。　○変通の…　『易』の繫辞上に、「広大なること天地に配し、変通して四時に配し、陰陽の義は、日月に配す」

というのによる。

195 ○病い 117の「病中」とは異なる、文学的な病いがテーマである。○馬祖不安 142をみよ。○毘耶… 166をみよ。○月は… 茂陵は、漢の武帝の陵墓で、陝西省興平市の東北にある。司馬相如は、晩年に病をここで養った。

196 ○紅葉に… 『江湖集』夾山抄四、「擁葉」の注に下記がある。「唐の僖宗の時、于祐、御溝中に一の紅葉を拾う、詩を題して云う、流水何ぞ太《はなは》だ急なる、深宮終日閑かなり、慇懃に紅葉に寄す、好《よ》し去って人間《じんかん》に到れと、祐、一葉に題して云う、曾て聞く葉上に紅怨を題すと、葉上に詩を題して、阿誰《あた》にか寄《よ》する、溝の上流に置くに、韓夫人、之を拾うて、後に祐は韓夫人と偶を成す云々」。○南陽… 185をみよ。○君子… 『禅林僧宝伝』一一、洞山聡の章にいう、「雲居に在りし時、僧伽の維陽に在るを伝う、是《ここ》に於て禅者、問を立てて曰く、既に是れ泗州の僧伽、什麼《なに》に因ってか楊（揚）州に出現する、聡、婆娑《ばさ》して旁より来る、衆戯れて之に対《こた》えしむ、聡曰く、君子は財を愛す、之を取るに道有り、衆目、之を笑う云々」。

197 ○長禄庚辰… 長禄四年（一四六〇）、一二月二一日に、寛正と改元される。足利義政二六歳、日野富子二一歳、三条西実隆は六歳の年まわり、八月二九日の大洪水のことが、『後鑑』一九五に見える。『蔭涼軒日録』と、一休の記録によっている。○法に… 仏法の興衰によって、劫が増減することは、『法苑珠林』の劫量篇にみえる。○任他… 李益の「情を写す」による。愛人の李群玉を喪《うしな》って、発狂するのであり、「此より心の良夜を愛する無し、任他、明月の西楼に下ることを」。

198 ○重ねて… 27の法語に、再びコメントするもの。年譜の享徳三年（一四五四）、一休六一歳の条によると、この法語を認めない養叟との間に、再び論争が始まっている。○李下… 「太公家教」の句で、瓜田の靴と対し、疑いを招くような行為を慎めという、倫理的な教訓だが、別に「桃李満門」という、貴族の門に人が集まる譬えを、一休は重ねあわせる。○江山の… 東坡の「赤壁賦」その他をふまえる。155の注をみよ。

199 ○白居易… 鳥窠のことは、172にみえる。霊山のコメントは、現在の『徹翁録』にみえず、一休一派の伝承のようである。後半はいわゆる、栄衒の法語に重なりあう。「本来無一物、不思善不思悪」は、六祖の句であり、「善悪不二、邪正一如」は、『維摩経』入不二法門による。○学者… 「大灯国師遺戒」をふまえる。「因果を撥無し、真風、地に堕《お》つ、皆な是れ邪魔の種族なり」。○老禅の… 蘇軾の「春夜」に、「春宵一刻、直《あた》い千金」というのをふまえる。

200 ○余… 屈原と漁父の対話による。「屈原曰く、世を挙げて皆な濁れり、我れ独り清《す》めり、衆人皆な酔えり、我れ独り醒《さ》めたり、是《ここ》を以て放たる。漁父曰く、聖人は物に凝滞せず、能《よ》く世と推移す、世人皆な濁らば、何ぞ其の泥を淈して、其の波を揚げざる、衆人皆な酔わば、何ぞ其の糟を餔《くら》って、其の醨を歠《すす》らざる、何が故に深く思い、高く挙げて自ら放たるるや云々」(文選三三)。○糟糠を… 「回や屢《しば》しば空し、糟糠だも厭《あ》かず」(史記、伯夷伝)。ここでは、啜るというのが字眼。○懐沙の… 「乃ち懐沙の賦を作る、是に於て石を懐にして、自ら汨羅に投じて死す」(史記、屈原伝)。○狂雲が… 古人の言句は、すべて糟糠である。

201 ○余四十年… 年譜の応永一六年(一四〇九)、一休一六歳の条に記す。「結制の日、秉払の僧の喜んで氏族門閥を記するを聞き、耳を掩《おお》うて出堂す」というもの。秉払は、結制、解制などの四節の日、住持が払子をもって説法することで、後になると久参の弟子が、住持に代って行い、秉払の五頭首とよばれた(勅修百丈清規七)。禅客は、住持の上堂に際して、質問をかける僧のこと。宋代になると、制度化される（同右二）。「節を撃つ」は、唱和、調子を盛りあげること。円悟の『碧巌録』を、古くは破関撃節と言い、別に仏果撃節の一書がある。　○起倒を…　『伝灯録』二九、雲頂山徳敷の偈に、「問答は須《すべから》く起倒を知るべし」とあり、『円悟心要』上の「蘊初監寺に示す」法語にも、「若《も》し実に悟入の処有らば、起倒を識り、進退を知り、休咎を別ち、滲漏を離れ云々」とあって、問答を立てることらしい。一休年譜一七歳、六二歳の条にみえるほか、道元の『正法眼蔵』行持下にもみえる。　○修羅の…　『臨済録』の示衆の句。

202 ○犀牛の…　『碧巌録』九一に、次のように言うもの。「塩官一日、侍者を喚《よ》ぶ、我が与《ため》に犀牛《さいぎゅう》の扇子を将《も》ち来れ、侍者云く、扇子は破せり、官云く、扇子既に破せり、我に犀牛児を還し来れ、侍者無対」。因みに、犀牛は珍獣であり、その角で作った扇子は、珍貴中の珍貴である。　○行者…　108をみよ。

203 ○仏眼の…　五祖法演につぐ、仏眼清遠（一〇六七―一一二〇）のことばである。清遠は臨邛《りんきょう》の人、姓は李。仏果、仏鑑と合せて、五祖下の三仏とされる。舒州の天寧、竜門、和州の褒山等に住した。語録八巻と塔銘あり、『普灯録』一一。三自省は、早く『禅門諸祖師偈頌』上之下に収められ、第三のみが、諸家の注目を集める。　○蜜を…　『祖庭事苑』八、「二鼠侵藤」の条に、下記がある。『賓頭盧為優陀延王説法経』に云く、昔日有る人、行て曠野《こうや》に在り、大悪象に逐われて、依怙《えこ》する所無し、一丘井を見て、即ち樹根を尋ねて井中に入りて蔵る、上に黒白の二鼠有りて、樹根を牙齧《かく》し、攀《よ》ずる所の樹、其の根動揺す、樹上に蜜有り、三両滴、其の口中に堕《お》つるも、時に樹を動かせば、蜂窠《ほうか》を攲壊《こうかい》して、衆蜂散飛し、其の人を唼螫《しょうしゃく》す云々」（取意）。

204 ○偈を…　「羅漢桂琛が、田を栽《う》えて飯に博《か》えて喫す」というのをふまえよう（宗門統要一〇）。　○東山に…　年譜の応永一三年（一四〇六）、一休は一三歳、東山の慕喆竜攀《ぼてつりょうはん》に依り、作詩の法を学んでいる。東山は、建仁寺である。　○茘支…　58をみよ。

205 ○松源和尚を…　16をみよ。以下、すべて頂相《ちんそう》の賛。　○娘生の…　三転語の第三「明眼の衲僧《のうそう》云々」をふまえる。　○宗風を…　124の注「三十年来…」をみよ。

206 ○運庵和尚を…　松源につぐ、普巌（一一五六―一二二六）のこと。四明（浙江省寧波《ニンポー》）の人、姓は杜《と》。松源の寂後、四明に運庵を創し、次で江浙《こうせつ》各地に住する。行実と語録一巻あり、『増続伝灯録』三、『会元続略』三に伝がある。　○五逆は…　3をみよ。　○臨済…　48をみよ。　○道場…　行実にいう、「松源示寂するに臨んで、伝うる所の白雲端禅師の法衣と、頂相を以てするも、師は衣を却《しりぞ》けて像を受くるのみ」。

207 ○大応国師を…　139をみよ。

208 ○大灯国師を…　2・36・117・138等をみよ。　○蛍火は…　『法華玄義』一〇下にいう、「自ら知る、蛍火は日光に及ばざることを」。『歴代法宝記』の始めにも、摩騰法師の偈をあげて、狐は師子《しし》の類に非ず、灯は日月の明に非ず、池に巨海の納無く、丘に嵩嶽《すうがく》の栄無し」といっている。

209 ○虚堂和尚の…　19をみよ。　○作家の…　『伝灯録』二七、善恵大士章に、「鑪鞴《ろぶく》の所に鈍鉄多く、良医の門に病人足《た》る」とあるのを逆転する。

210 ○漁父　200の注「余…」をみよ。　○限り無き…　12の注「一段…」をみよ。

211 ○霊山の…　霊山の塔は、徹翁の塔であり、正伝庵は徳禅寺のこと。要するに、徳禅寺の住持に、警策を与える意。　○宗乗を…　李商隠の「賈生」に、「蒼生を問わず、鬼神を問う」。又、虚堂の「休征」（288の注）をみよ。　○当機…　徹翁の遺偈の句、「覿面当機、仏祖も気を呑む」。

212 ○白楽天の…　119をみよ。　○自然…　359をみよ。　○双林寺裡の…　善恵大士、傅翕（四九七―五六九）のこと。婺州義烏（浙江省西部）の人。松山の頂に経行して、弥勒の化身であることを自覚し、妻子を売り払って、無遮大会を行じた。梁の武帝に書を送って、自ら双林樹下当来善恵大士と名のり、請によって入内講経する。「空手にして鋤頭を把《と》り、歩行して水牛に騎《の》る云々」の句や、「心王銘」の作あり、又、輪蔵の発案者、大蔵経の守護神とされる。『善恵大士語録』三巻。『続高僧伝』二五、『伝灯録』二七に伝がある。ただし、白楽天と双林寺の関わりは、未詳。

213 ○思旧斎　向秀《しょうしゅう》の「思旧賦」（45をみよ）をふまえる、斎号である。底本に、「旧斎を思う」と訓《よ》むのは誤り。　○山陽の…　山陽は45。子雲は、漢の揚雄の字。「劇秦美新」を書いて、王莽をほめたために、莽の大夫《たいふ》と非難せられる（59の注「烈史…」をみよ）。もともと、守旧派の文学者で、漢の成帝のために、「長楊」その他の四賦を献じている。　○蜜漬の…　123をみよ。　○熟処…　松岩秀の「礼思大塔」による（江湖集）。又、51をみよ。　○一声の…　『華陽国志』の蜀志に、「周、綱紀を失い、杜宇、帝号を称して、望帝と曰う……帝遂に委するに政事を以てし、堯舜禅授の義に法《のっと》って、遂に位を開明に禅《ゆず》り、帝は西山に升《のぼ》って隠る、時に適《たま》たま二月にして、子規鳥鳴く、故に蜀人は子鵑鳥の鳴くを悲しむ云々」。李商隠の「錦瑟」に、「望帝の春心、杜鵑に托す」といい、『琵琶記』にも、同じ句がある。

214 ○昔年の…　黄犬は、秦の李斯《りし》の話。「獄を出でて、其の中子に曰う、吾れ子《し》と復《ま》た黄犬を牽《ひ》いて、倶《とも》に上蔡（李斯の郷里）の東門に出で、狡兎を逐わんと欲す、豈《あ》に得べけんや」（史記、李斯伝）。蒼鷹は、漢の郅都のこと。『史記』酷吏伝に、その冷酷さを述べて、「列侯宗室、都を見れば目を側《そばだ》てて視《み》る、号して蒼鷹と曰う」とあり、『唐書』の酷吏伝に、王弘義のことを述べて、「昔聞く、蒼鷹獄吏と、今は見る、白兎御史」という。　○欺き…　欺は、あざむくのではなくて、あなどる、あまくみること。楊岐は138。

215 ○疎壁斎　祖心紹越の別号か。ただし、紹越は別に、玉垣の号を貰っている。○山舎…『虚堂録』七、恵禅人が万年に之《ゆ》くのに与える偈にいう、「鼠は銭筒に入りて、伎已《すで》に窮まる、十年の蹤跡、眼頭空し、如今又た問う、平田の路、山舎半ば吹く、黄葉の風」。

216 ○滅灯斎　徳山開悟の縁による。○真前の…　大灯の名に因んでいう。次句の霊光も同じ。○徳嶠…『伝灯録』一五、朗州徳山宣鑑章にいう、「因みに竜潭信禅師に至る、問答皆な一語のみ。師、即時に辞し去る、竜潭之を留む、一夕、室外に黙坐するに、竜問う、何ぞ帰来せざる、師対《こた》えて曰く、黒し、竜乃ち燭を点じて師に与う、師接せんと擬す、竜便《すなわ》ち吹滅す、師乃《すなわ》ち礼拝す、竜曰く、什麼《なに》をか見る、曰く、今より向去、天下老和尚の舌頭を疑わず云々」。○江湖…　3の注「桃李…」をみよ。

217 ○斬猫の…　38をみよ。○牡丹…『禅林僧宝伝』二七、金山達観頴章にいう、又た問う、「如何なるか是れ夜半正明、天暁不露。聡曰く、牡丹叢下の睡猫児。頴愈《いよ》いよ疑駭して、日々に之を扣《たた》く」。

218 ○僧に…　201をみよ。○盧能…　盧能は108、馬箕は、153の注「簸箕…」をみよ。○教外別伝…『臨済録』の行録の最後に、「俄《にわ》かに歎じて曰く、此は済世の医方なり、教外別伝の旨に非ずと。即ち衣を更《か》えて遊方す」。又、63の注「竜宮…」をみよ。○井底の…　68をみよ。○皮下に…『大恵武庫』上に、照覚の無事禅を毀《そし》って、次のようにいう、「古人の玄を談じ妙を説くを以て禅と為し、先聖を誣誷し、後昆を聾瞽す、眼裏に筋無く、皮下に血無きの流《たぐい》、例に随って恬然として覚えず、真に憐憫す可し」。

219 ○謹んで…　石頭の『参同契』にいう、「謹んで参玄の人に白《もう》す、光陰虚しく度すること莫《な》かれ」。又、223を併せ見よ。

220 ○八角の…　楊億の偈、「八角の磨盤、空裏に走り、金毛の師子、変じて狗と為《な》る」（虚堂録五、頌古）。

又、大灯年譜の正中二年の条。　○自屎の…　『雲門広録』下、勘弁に下記がある。「師、看経僧に問う。表首は是れ什麼《なん》の字ぞ。僧、経を拈起す、師云く、我も也《ま》た有り、僧云く、和尚既に有り、什麼と為《し》てか却って問う、師云く、与麼《よも》を争奈何《いかん》せん、僧云く、什麼の過か有る、師云く、自屎、臭きを覚えず」。

221 ○前年…　一休の印可を得たという、一部の弟子が増えつつあった。たとえば、『自戒集』の奥書に、下記がある。「寛正二年六月十六日、前徳禅塔主、虚堂七世孫、むかしは純一休、いまは法華だちの念仏宗の純阿弥也」。又、奥村本576に、酬恩庵常住という、大灯国師尊像の賛があり、次のようにいう、「古今仏祖も師の草鞋の埃、遊戯三昧《ゆげさんまい》す、南岳天台、昼夜清宴して、爛酔多盃、女色勇巴、馬腹駆肥、児孫純老、大笑哈々《かいかい》たり、確、三尺の竹篦、掌握の内、臨済徳山も命を乞い来る」。墨蹟一休宗純52には、「虚堂七世大応六代、大灯五葉東海一休子宗純老衲拝賛」とある。

222 ○狂雲は…　84・162と併せみよ。

223 ○謹んで…　219につづくもの。絶交は、189にみえる。崇宗蔵主の伝は未詳。　○元字脚　130をみよ。　○無縄…　『臨済録』にいう、「若し与麼に来れば、恰《あたか》も失却するに似たり、与麼に来らざれば、無縄自縛」。　○虚廓　曹植の「七啓」にいう、「精神を虚廓に耗《こう》し、人事の紀経を廃す」。　○溝壑に…　野たれ死すること。『祖堂集』一一、保福章に下記がある。「吾が徒等の輩、他の先聖の方便を承けざるが為めに、今日、什摩処《いずこ》に向ってか、溝に塡がり壑に塞がる、此の如《かく》くなりと雖然《いえど》も、中に於て還って一人の眼を具する有りや」。　○醍醐の…　『雲門広録』上に、「問う、醍醐の上味、什麼《なん》と為《し》てか翻《かえ》って毒薬と成る、師云く、壂（つめこんだ）」。又、『伝灯録』二八、汾州大達無業国師上堂にいう、「自ら上流と謂い、他の先徳に並ぶも、但《た》だ触目は仏事に非ざる無く、挙足皆な是れ道場と言うのみ、其の習う所を原《たず》ぬるに、一箇の五戒十善の凡夫に如《し》かず、其の発言を観れば、他の二乗十地の菩薩を嫌う、且《しばら》く醍醐の上味は、世の珍奇と為すも、斯等《これら》の人は翻って毒薬と成す、南山すら尚《な》自お呼んで大乗と為すを許さず、学語の流、鋒を脣舌の間に争い、論を不形の事に鼓して、他の先徳に並ばんとす、誠に実に苦なる哉」。

224 ○霊山の…　応永三二年（一四二五）三月、徳禅の禅興春作が、徹翁の行状をつくる。　○聱訛　32をみよ。　○点鬼簿『輟耕録《てっこうろく》』一四の点鬼録に、次のように言っている。「文章に事を用いて、故実を塡塞す、旧に之を点鬼録と謂《い》い、又た之を堆垛死屍と謂う、江氏類苑に見ゆ」。

225 ○香厳…　43の注「撃竹…」をみよ。　○潭水…　『碧巌録』一八、忠国師無縫塔の話をふまえる。「（耽）源云く、湘の南、潭の北、中に黄金有り、一国に充《み》つ、無影樹下、合同船、瑠璃殿上、知識無し」。
○竹枝…　『三体詩』に、李渉、劉禹錫の竹枝詞がある。竹枝は、巴蜀地方の民歌で、曲が先にあって、詞が後から作られた。劉禹錫のものは、そのさきがけである。ここでは、耽源の四句を、香厳の竹枝とする意。　○口喃々　寒山詩にいう、「下に斑白の人有り、喃々として黄老を読む」。　○夜雨の…　巫山の夜雨である。39の注「雲門…」をみよ。

226 ○会裡の…　27の霊山法語になぞらえて、新たに自らつくる、一種の遺戒である。墨蹟一休宗純8―14をみよ。　○須く悪知悪覚を…　『円悟心要』上、隆知蔵に示す書にいう、「須く渠《かれ》をして桶底子の脱し、如許の悪知悪見を喪却し、胸次に糸毫を掛けず、透得し浄尽するに到って、始めて手を下して煆煉すべし云々。　○労して…　『荘子』の天運篇の句、「周を魯に行かしめんと蘄《もと》むる、是れ猶お舟を陸に推すがごとく、労して功無く、身必ず殃有り」。　○獅子尊者…　『伝灯録』二七、諸方雑挙徴拈代別語にいう、「罽賓《けいひん》国王、剣を秉《と》って師子尊者の前に詣《いた》って、問うて曰く……、王便ち之を斬る、白乳出でて、王臂自ら堕つ」。又、同書二の第二四祖師子比丘章。　○涅槃堂を…　27をみよ。　○苦中に…　40をみよ。

227○汲井輪の…　現存の『徹翁和尚語録』には、みえない。○威音…　威音は歴史以前である。188をみよ。　○一たび春を…　回春は、病気が治ること。老人が若がえるのは、転義である。『古今図書集成』芸術典の医部、頤養補益にくわしい。

228○我が病い…　この法語も、現存の『徹翁和尚語録』には、みえない。墨蹟一休宗純88―90をみよ。○仏界…　清素侍者の語をふまえる（59をみよ）。　○愁人に…　184をみよ。　○相如が…　10をみよ。

229○大徳寺…　年譜の文明六年（一四七四）、師の年八一歳の条にみえる。「二月二十二日、広徳寺（摂州尼崎）柔中隆和尚、勅黄を捧げ来って、大徳住持の請を致す、辞す可からざるなり、師、二偈を作って且つ謝し且つ警《いまし》む」、というもの。柔仲は、諱は宗隆、養叟につぎ、広徳寺に住して、大徳四四世となる（世譜）。晩年は一休と共に住吉にあり、床《しょう》（牀）菜庵《さいあん》を与えられる（年譜文明八―九年、奥村本671）。○香を…　いわゆる乳香であり、本師に対して、法乳の恩に酬《むく》ゆるもの。華叟を曇華とよぶこと、すでに150にみえる。　○金色の…　大灯開悟の偈、「金色の頭陀、手を拱して還る」による。

230○文明甲午の…　右に同じ。年譜に、二偈といううちの一つ。　○五十年…　華叟が塵寰を謝していたこと（114をみよ）。　○勅黄　天子の勅詔は、黄紙に書かれる。『勅修百丈清規』四、書記の条にみえる。○解け…　氷を懐くのは、胸中清潔の譬えである。陸機の「漢高祖功臣頌」にいう、「心は冰《こおり》を懐《いだ》くが若《ごと》し」。

231○再び…　年譜の文明一〇年（一四七八）、師の年八五歳の条。「夏末、再び妙勝の席に拠り、虚堂祖翁の衣を披す、偈有り曰く、運庵は衣を還し、純老は衣を留む云々」とする。第一句の先祖は、運庵であり、運庵が松源の衣を還したことは、206や460にみえる。124も同じ。　○斬って…　年譜の応永二七年

（一四二〇）、師の年二七歳の条に、すでにこの問答あり、一休好みの句である。因みに、『円悟心要』上の華蔵明首座に示す書に、「斬って三段と作《な》す」とあり、両段でも三段でも、数には関わるまい。75もみよ。　○是れ…　124をみよ。

232 ○竜宝山…　一般には語録の劈頭《へきとう》にあるもの。寛永本の編者は、上巻の末尾におくことで、『狂雲集』を一休の語録としたらしい。一休の入寺は居成りで、儀式はなかったろう。当時、山門も仏殿も、焼け落ちたままで、建物はなかった。　○一跳…　証道歌の句。三門は、空、無相、無願の、三解脱門にかたどる。　○門々…　正中来の句。「無中、路有り、塵埃を出《い》ず」。　○乾坤に…　黄竜恵南の『黄檗山法語』による。

233 ○仏殿　次の句を言う、手続きである。　○古仏…　39をみよ。　○雲門の…　霧露は、風邪をひくこと。風飧水宿の終着駅である。『楚辞』の哀時命に、「霧露濛々として、其れ晨《あした》に降る兮」。又、『史記』淮南厲王長伝に、「且く淮南王の人と為りや剛、今暴《にわ》かに之を摧折する、臣恐るらくは卒《つい》に霧露に逢うて病死せん、陛下、弟を殺すの名有りと為すを、奈何《いかん》せん」。

234 ○土地堂　寺の守護神を祭る社。南泉が土地神に胸中をのぞかれた話をふまえる（伝灯録八）。　○上天は…　上下は、右と左で、四天王を指す。　○聻　日本の禅語録では、一字関として扱われる。　○六六…　76をみよ。ここでは、三十六天を指す。

235 ○祖師堂　達磨、臨済、開山の大灯を祭る。　○祖師…　『孟子』の離婁下に、「舜《しゅん》も人なり、我も人なり」とあり、唐代に、韓退之（韓愈）が称揚する。　○誰か…　7―10をみよ。

236 ○拈衣　伝法衣を手にとる儀式（勅修百丈清規三、開堂祝寿の項）。　○小艶…　18の脚下紅糸線と、60の注「沉吟」をみよ。　○慈恩…　住吉神社の第二神宮寺として、津守国夏が開創する慈恩寺の二世卓然宗立（―一三八五）を指す。宗立は津守国夏の弟で、出家して徹翁に参じ、その法をついで大徳寺八世となる（大心義統「慈恩寺記」）。一休は別に卓然の賛偈（奥村本583）をつくり、言外宗忠と併せ称揚する。要するに、慈恩宗立を松源、自らを運庵に擬するのである。因みに、慈恩寺のことは、季弘大叔の『蔗軒日録』文明一六年一一月二日の条に、かなり詳しい記事があり、一休につぐ南栄宗橋が三代住持で、季弘は広徳寺長老と共に点心に赴き、床（牀）菜（庵）で大灯、徹翁、言外、華叟、一休の肖像をみていて、一休の自賛と卓然の遺偈を記録する。　○袈裟を…　六祖が大庾嶺で、道明と問答するとき、衣鉢を石上に擲《なげう》つ（伝灯録四）。

237 ○室　維摩の丈室である。入ることとは、出ることである。　○明頭…　『臨済録』の勘弁にある、普化の言葉。　○藞苴僧　**472**をふまえる。　○相如が…　**10**をみよ。　○梅花…　梅花との関係は、大梅法常は**51**、孤山の林逋《りんぽ》は、**474**など。　○打つ　杖で床をたたく。『碧巌録』の著語に、「便ち打つ」という例が幾つもある。

238 ○退院　入院と同時に、退院の式を行うもの。一休の退院は、**79**・**513**にも見える。　○一枝の…　日本では、心地覚心（一二〇七―九八）が入宋して、普化宗を伝えたとし、紀州の興国寺を発祥とする。ぼろんじ、慕露、梵論などとよばれ、中世より近世にかけて、虚無僧の一派を形成する。一休が尺八を吹いていることとは、注目に価いしよう。ただし、中国に普化宗、もしくは虚無僧の伝統が、あったかどうか、必ずしも明らかでない。**69**をあわせみよ。

239 ○帖　勅黄を受ける式。奥村本は、拈衣と室の間におく。　○溥天の…　**16**をみよ。

240 ○大灯国師の…　22—24をみよ。　○慈明下の…　58・59をみよ。　○始め有って…　514をみよ。　○諸訛　32・224をみよ。　○嚼むこと…　『無門関』四七、兜率三関の評にいう、「麁飡は飽き易し、細嚼は飢え難し」。

241 ○慈明の…　『普灯録』三、袁州楊岐方会章にいう、「郡の宜春の人（続灯に衡陽と曰うは非なり）、族は冷氏……、慈明、南源より道吾、石霜に徙《うつ》るに、師皆な之を佐《たす》けて院事を総《す》ぶ。之に依ること久しと雖も、然《しか》も未だ省発有らず。咨参《しさん》する毎に、明曰く、庫司の事繁し、且《しばら》く去れ。他日又た問うも、明の語は前の如し。或は謂いて曰く、監寺、異時、児孫天下に遍くし去らん、何を用って忙為せん。一老嫗有り、寺に近くして居る、人之《これ》を測る莫し、謂わゆる慈明婆なり。明、間に乗じて必ず彼に至る。一日、雨作《ふ》る、明の将《まさ》に往かんとするを知って、師之を小径に偵《うかが》う、既に見て遂に搊住して云く、這《こ》の老漢、今日須く我が与《ため》に説くべし、説かずんば你《なんじ》を打ち去らん、明曰く、監寺、是般の事を知らば便ち休す、語未だ卒《おわ》らざるに、師大悟して即ち泥途に之を拝し、起って問う、狭路に相い逢う時如何、明曰く、你且く軃避せよ、我れ那裏に去らんと要す云々」。　○痛処の…　121をみよ。　○天沢…　1をみよ。
○繡簾を…　円悟の投機の偈をふまえる。248の注「長信…」をみよ。

242 ○門車を…　陶淵明の「飲酒」其の五、「廬を結んで人境に在り、而《しか》も車馬の喧《かまびす》しき無し、君に問う、何ぞ能く爾《しか》るや、心遠ければ地自ずから偏る」。　○五十年来　華叟のイメージ（114をみよ）。　○徳山…　徳山は滅灯（216をみよ）、臨済は滅却。

243 ○暮天は…　「高唐賦」をふまえる（39をみよ）。　○名は…　劉禹錫の竹枝詞にいう、「狂夫に寄せんと欲す、書一紙、家住す、成都の万里橋」。因みに、万里橋は、司馬相如と卓文君が、最初の所帯をもったところ（10をみよ）。又、胡曾が薛濤に贈る詩、「万里橋辺、女校書、枇杷樹下、門を閉じて居る」をも意識しよう。○百年…　虚堂が大応に与える、送別の偈をふまえる（139をみよ）。大徳寺の開創より百年。

244 ○棹を…　12をみよ。○尊宿…　11・13をみよ。又443―450。○野老…　『碧巌録』六一、風穴若立一塵の頌による、「野老従教、眉を展《の》べざるも、且く図る、家国、雄基を立つることを」。○江海の…　37をみよ。

245 ○大灯忌…　毎年一二月二二日、大灯の遷化《せんげ》をしのぶ法要。宿忌は、前夜に行われる。○美人　140をみよ。○夢閨　一休のペンネーム。奥村本819の前書きに、次のように言っている。「渇しては水を夢みる、寒ければ衾を夢みる、閨房を夢みるは、乃ち余の性なり、近古の世、三夢の称有り、謂わゆる夢窓、夢嵩、無夢和尚なり、余が頃《いま》ごろ夢閨を以て、吾が斎に扁する、厥《そ》の名は三夢の躅を践《ふ》むと雖も、実は三夢の事に同じからず、盖《けだ》し彼《か》の三師は、隆徳盛望、人の推す所と為《な》る、余は則ち老狂の薄倖、吾が好む所を標《しる》すのみ」。○私語　白居易の「長恨歌」、及び「長恨歌序」による、「七月七日、長生殿、夜半無人、私語の時、天に在っては、願わくは比翼の鳥と作《な》り、地に在りては、願わくは連理の枝と為らん」。○慈明　241の注「慈明の…」に引く、『普灯録』の話の前半をふまえる。

246 ○大用庵の…　大用庵は、養叟の寺塔である（170をみよ）。寛正五年（一四六四）は、一休七一歳、養叟没して、七年目である。双方の弟子たちのうちに対立が続いていたらしい。○邪を…　破邪顕正は、『三論玄義』の句。○出塵の…　「仏言く、人の妻子士宝、舎宅に繋がるる患《うれい》は、其《そ》れ牢獄よりも甚だし、牢獄は散適の文有るも、妻子は合魂の理無し、情欲の色を愛する所、豈に駆々を憚らん、虎口之《の》禍有りと雖も、心を甘伏に存し、泥に投じて自ら溺る、故に曰う、凡夫にして此の門を透《す》ぎ得るは、出塵の羅漢なりと」（四十二章経）。

247 ○定盤を… 『碧巌録』二、趙州至道無難の評にいう、「鈎頭の意を識取せよ、定盤の星を認むる莫かれ」。○檐板漢 『伝灯録』一二、陳尊宿章にいう、「師尋常、或は衲僧の来るを見るや、即ち門を閉ず、或は講僧を見るや、乃ち召して云う、座主、其の僧応諾す、師云く、担板漢、或は云う、這裏に桶有り、我が与《ため》に水を取れ」。○絃に… 『顔子家訓』帰心にいう、「漢武は弦膠《げんこう》を信ぜず、魏文は火布を信ぜず」。又、東方朔《とうぼうさく》の『十洲記』に、鳳麟洲は鳳啄の麟を以て膠を作り、続絃膠と名づく、能く断絃を続《つ》ぐ」。○正印を… 100 をみよ。

248 ○大徳寺の… 246 の事件につづく。○蝸牛… 『荘子』の則陽篇にある話だが、直接には、白居易の「対酒」による。「蝸牛角上、何事をか争う、石火光中、此の身を寄す」。因みに、夢窓の「乱に因って懐を書す」も、同じテーマの作品である。○殺人刀… 『無門関』一一、趙州勘庵主の頌。○長信… 円悟克勤の投機の偈による。「金鴨の香は銷す、錦繡の幃、笙歌叢裏、酔は帰を扶《たす》く、少年一段の風流事、祇《た》だ許す、佳人の独り自ら知ることを」。長信佳人は、長信宮に退いた班婕妤《しょうよ》を指すが、イメージは司馬相如の、「長門賦」によっている。「夫《そ》れ何ぞ一佳人の、歩み逍遥して以て自ら虞《うれ》える、魂は踰《わた》り佚《のが》して返らず、形は枯槁して独り居る」。

249 ○伏虎… 『漢書』五四、李広伝による。「広出でて猟す、草中の石を見て、以て虎と為《おも》うて之を射る、石に中《あた》って矢を没す、之を視《み》るに石なり、他日之を射るに、終《つい》に入る能わず」。○英雄は… 248 の注「蝸牛…」に引く、夢窓の句による。「道に迷うも、途を失わず」。○仏法… 『江湖風月集』末宗本の「人の蜀に帰るを送る」の句、「巴山の夜雨、青灯の下、仏法南方、一点も無し」。

250 ○養叟の… 澌長老は、春浦宗澌（一四一六―九六）をいう。播磨の人、赤松氏、養叟について、大徳寺に出世し、和泉に陽春庵を営む。正続大宗と勅諡され、行状と語録がある。実伝宗真、陽峰宗韶等、嗣法の弟子多く、大徳寺の正系をなす。○毒虵の……252に引く行状をみよ。○天衣……雪竇につぐ天衣義懐（九九三—一〇六四）と、天衣につぐ仏日智才のこと。「温州楽清の人、姓は陳、振宗と諡する、無為の鉄仏より、越州天衣まで、安徽、江浙の九刹に開法し、疾《やまい》に因《よ》って池州杉山に隠退するが、雖体疲苶するも人に誨《おし》えて倦《う》まず、時に門人智才が杭州仏日に在り、師を迎えて養病せしむ、一日、才は蘇に至って未だ還らず、師遽かに人をして促せしめ、還るに比《およ》んで之に告げて曰く、時至れり、吾将に行かん……、乃ち偈を説いて曰く、紅日、扶桑を照し、寒雲、華嶽を封ず、三更に鉄囲を過ぎ、驪竜の角を投折す、才曰く、卯塔已に成って後、何事か有らん、師、拳を竪起《じゅき》して云く、只だ是れ者箇《しゃこ》、才進んで曰く、復《ま》た何事か有る、師乃ち枕子を弾くこと三下、才曰く、師行く可《べ》し、遂に枕を推して逝く……仏日山に葬る」と『祖庭事苑』五に伝え、語録二巻、『通明集』『池陽百門』等の作があった、別に『続灯録』五、『僧宝伝』一一等に伝があり、恵林宗本、文恵重元、円通法秀、鉄脚応夫等、錚々たる法嗣があって、宋代雲門宗の盛大は、一《いつ》にこの人の動きによる。一休の『自戒集』によると、天衣仏日を「癩病」とするのは大恵らしいが、今のところ根拠を確認できない。むしろ、259に注するように、養叟や春浦が、天衣仏日に私淑するところがあって、一休がこれを名利の故と断じ、過度に非難したのでないか。とりわけ、春浦が「癩病」であったかどうかも、資料を確認できぬ今、一休側の言い分を忖度《そんたく》すると、養叟一門に説禅の風があって、これを翠巌夏末の示衆（50・261をみよ）に引きよせ、雲門関字の意にそむくものとし、大灯の仏法をゆがめるものとして、過度に攻撃する結果となったのでないか。大徳寺の社会史的な盛大は、一に春浦宗熈の活動によるのである。

251 ○咸淳　宋の度宗の年号で、一二六五—七四の一〇年間。元朝の南下で、宋が滅亡する直前である。虚堂の入滅は、咸淳五年のことであるが、元朝の帰依をうける禅僧が次第に多くなる。　○会昌　唐の武宗の年号で、八四一―六の六年間。破仏令は、会昌五年に出る。

252○漑長老の…　京都市東山の霊山、祇園社法観寺の東一帯を鷲尾と称したことが、『東鑑』や『続古今集』に見える（吉田東伍「大日本地名辞書」2）。インドの霊鷲山に擬して、霊山の名が起るのは、平安朝以来のことで、古くは正法寺や双林寺があり、江戸時代に高台寺が創せられる。正続「太宗禅師行状」に、次のように言うのは、この寺のことである。「尓《それ》より来《このかた》（養叟の印可を得て後）、東山祇園の側に庵し、額して大蔭と曰う、学徒麕のごとく至る、大用の先盧を守るの日、綸命を奉じて本寺に視篆《してん》す、実に寛正辛巳仲冬十四日なり、明年（一四六二）七月十六日、大蔭に退去す、台府勝山大居士、亡夫人善室大姉の為めに、妙雲院を創建し、厥の令子通玄尼寺竺英長老をして、鈞旨を奉じて妙雲院を革《あらた》め、養徳と作《な》さしむ、養徳は盖し号を勝山に贈り、師を請じて焉《これ》に居らしめ、其の冥福を資薦するか」（続群書類従二四三）。

253○公案…　「腰に十万貫を纏って、鶴に騎って揚州に上る」を、公案におきかえている。23の注「銭に…」をみよ。　○満目…　6をみよ。第四句の通玄云々も、そこに含まれる。

254○鷲峰…　行状にいう、妙雲寺のこと。　○臭汗衫　『祖庭事苑』五に、尳臭に注していう、「当に鶻臭に作るべし、衫が鶻の腥きに似たるを以てなり、尳は腺病にして、義に非ず」。鶻臭布衫は、洞山三頓の話にあり、一休なじみの句。

255○食淡く…　『史記』九九、叔孫通伝に、「呂后、陛下と攻苦して、啖を食う」とあり、「集解」に「啖は一に淡に作る」とする。貧しい物しか食えぬこと。

256○猢猻…　無尾の猢猻は、人を賤めていう句（144をみよ）。　○勾欄　『唐音癸籤』にいう、「韻書に、勾闌は木もて之を為《つく》り、階除に在《お》くとし、古今注に、漢の顧成廟、槐樹もて扶老鈎欄を設くる、其の始めなり、段国沙州記に、吐谷渾《とよくこん》は河上に橋を作り、之を河厲と謂《い》い、勾闌甚だ厳飾すと。王建の宮詞、李長吉の館娃歌、倶《とも》に用いて宮禁華飾と為す、晩唐の李商隠輩より、之を倡家情詞に用う、簾軽幕重金勾闌の類の如し、宋人も相い沿《う》け、遂に専ら以て教坊に名づけ、復た他用せず、漢書注に拠るに、隷妾を売って闌中に納《い》るるときは、則ち以て麗飾の称と為し、以て簡賤の意を寓すと為す可し、専称も亦《ま》た可なり」。

257 ○単于の… 『史記』匈奴伝に、「皇帝敬問すらく、匈奴大単于、恙無きかと」。「集解」に曰く、「漢書音義に曰く、単于なる者は、広大の貌、其の天の単于然たるに象どるを言う」。 ○厚面… 一休が養叟に、大胆厚面禅師の号を贈ることが、『自戒集』にみえる。

258 ○風流… 養叟や春浦は、尼僧や大姉の入室を歓迎したことが、『自戒集』に見える。 ○慈明… 241をみよ。 ○小艶… 60をみよ。

259 ○頤淵 養叟宗頤と春浦宗淵の諱をあわせていうが、頤は『易』によって、養の意を表し、淵は『老子』によって、淫放、情欲の多い意を表す。一休は、そうした字訓にもとづいて、この一首を作っている（262を併せみよ）。 ○拳を開き… 250の注「天衣…」に引く、天衣末後の問答による。

260 ○亡国… 亡国は、『礼記』楽記に、治世の音と乱世の音を説いていう、「桑間、濮上の音は、亡国の音なり、其の政や散じ、其の民や流る、上を誣《し》いて私を行う、止《とど》む可からざるなり」。伊州は、伊吾、又は伊吾盧とよばれた、西域のオアシス国家で、唐代にその民謡が楽曲となる。白居易に「伊州」あり、羅虬の「比紅児」に、紅児謾《みだ》りに伊州を唱うとある。 ○天宝の… 白居易の「長恨歌」をふまえる。245の注「私語」をみよ。

261 ○伴を…　『碧巌録』一九、倶胝只竪一指の頌に、「癩児、伴を牽く」の著語がある。　○面門…　49の翠岩云々をふまえる。　○自了の…　『碧巌録』一一、黄檗噇酒糟漢の評に、師咄《とつ》して云く、這《こ》の自了の漢、とある。

262 ○頤来…　年譜の応永二六年（一四一九）、一休二六歳の条にある話で、養叟が華叟の像をつくり、華叟に賛をもとめたところ、頤来云々の句があったので、印可状だと受けとったというもの。その全文は、次のようである。「口は仏祖を呑み、眼は乾坤、手裡の竹篦、天魔の魂、一句語に三要の印を提《ひっさ》げ、頤い来って的々、児孫に付す」。　○頤卦　䷚震下艮上、頤は貞なれば吉、頤を観る、自ら口実を求む。象《しょう》に曰く、山下に雷有るは頤なり、君子は以て言語を慎み、飲食を節す」。　○寵は…　梅の故事、未詳。　○金を…　『列子』説符篇にある話で、金を取る時は人を見ず、という句による。『虚堂録』一、『瑞巌録』に、「金を攫む者は人を見ず、鹿を逐う者は山を見ず」とある。　○君子は…　196をみよ。

263 ○人の…　81の注「胡乱」に引く、馬祖の言葉をふまえる。　○淡飯…　171をみよ。

264 ○病中　93・142・163・177などをみよ。　○因果…　199をみよ。　○劫空の…　『臨済録』の示衆にいう、「何を以てか此《かく》の如くなる、祇《た》だ道流《どうる》が三祇劫空《くう》に達せざるが為めに、所以《ゆえ》に此の障礙有り。又た云う、如何なるか是れ焚焼経像、師云く、因縁空、心空、法空なるを見て、一念決定《けつじょう》断じて、迥然《けいぜん》無事なる、便ち是れ焚焼経像なり」。

265 ○美膳…　85をみよ。　○小艶の…　60をみよ。　○荒草…　145をみよ。

266 ○頭を…　『看聞御記』の永享元年（一四二九）九月二四日の条に、「先日召し捕えらる、楠木（光正）、今夕六条河原に於て刎首《ふんしゅ》せらる」とあり、『碧山日録』の長禄四年（一四六〇）三月の条に、「南朝将軍の孫《そん》楠木某、其の黨と与《とも》に窃《ひそ》かに反し……、是の日、六条河上に於て、更に其の頭を刎《は》ねらる」とある。

因みに光正は、和歌三首と次の詩一篇を書きのこしていて、「不来不去楠真空、万物乾坤皆一同、即是其深無二法、秋霜三尺斬西風」というもの、天下の美談なりと言われた。○春闈… 空闈を守る妻の夢に、首を斬られた夫が姿をあらわす。

267 ○波旬の… 僧形の罪人がいた。先にいう楠木光正も、僧体であった。

268 ○羅漢… 欲中に禅を行ずるのが、『維摩経』のテーマである。たとえば、観衆生品に云う、「譬えば幻師が所幻の人を見る如く、菩薩の衆生を観ずること、此の若《ごと》しと為す……、無色界の色の如く、焦穀の牙の如く、須陀洹《しゅだおん》の身見の如く、阿那含《あなごん》の胎に入るが如く、阿羅漢の三毒の如く、得忍の菩薩の貪恚毀禁の如く、仏の煩悩習の如く、盲者の色を見るが如く、滅尽定《めつじんじょう》に入りて出入する息の如し」。

269 ○出塵の… 246にみえる。 ○文殊が… 『首楞厳経』一で、阿難が摩登伽《まとうぎや》に誘惑されるのを、文殊が仏勅によって呪文を唱え、無事に仏所に引きもどす話。

270 ○涅槃像 恵日山東福寺に、兆殿司《でんす》が描く大涅槃像がある。明兆（一三五一—一四三一）は、淡路島の人、字は吉山、破草鞋と号した。大道一以に参じて、東福寺の殿司となり、多くの仏画をのこす。大涅槃像は、応永一五年（一四〇八）、明兆五七歳の作品である。○作仏… 5・32をみよ。○五十二 章安の『涅槃経疏』に、経文を分類して、五二衆を挙げるのによる（会疏一）。○紫磨… 『宗門統要』一に、下記がある。「世尊、涅槃会上に於て、手を以て胸を摩し、衆に告げて云う、汝等善く吾が紫磨金色の身を観、瞻仰して足るを取り、後悔せしむる勿《な》かれ、若《も》し吾れ滅度すと謂《い》わば、吾が弟子に非ず、若し吾れ滅度せずと謂わば、亦た吾が弟子に非ず、時に百万億衆、悉《ことごと》く皆な契悟す」。

271 ○頭上は… 北洲は、北倶盧洲《ほくくる》のこと。正しくは、北鬱単越《ほくうつたんおつ》。四大洲の一つ。南を南贍部洲《なんせんぶ》、又は南閻《なんえん》浮提《ぶだい》という。 ○前三々… 『碧巌録』三五、文殊前後三々の話による。「文殊、無著《むじゃく》に問う、近離什麼処ぞ、無著云く、南方、殊云く、南方仏法、如何《いかん》が住持する、著云く、末法の比丘、少しく戒律を奉ず、殊云く、多少《いくばく》の衆ぞ、著云く、或は三百、或は五百。無著、文殊に問う、此間は如何が住持する、殊云く、凡聖同居、竜蛇混雑、著云く、多少の衆ぞ、殊云く、前三々、後三々」。

272 ○熊野の…　製作の動機を知り難いが、三山の本地を語る、熊野聖の絵解きを聞いて、嘲意を抑え切れなかったのである。○跡を…　三山は熊野坐神社（本宮）、熊野速玉大社（新宮）、熊野夫須美神社（那智大社）の三社で、坐神社は阿弥陀仏、速玉大社は薬師仏、夫須美神社は、十一面観音を本地とする。榎本は、熊野三名族の一つで、榎を神木とする信仰の所産、熊野聖の伝道によるという（柳田国男集11、神樹篇）。○百由旬の…　三社の神体は、那智の滝で、飛流権現とよばれる。○室郡　熊野の地名、三重県と和歌山県にまたがる、牟婁郡のこと。○馬…　『論語』の雍也篇に、下記がある。「子曰く、孟子反、伐《ほこ》らず、奔《はし》って殿《しんがり》たり、将に門に入らんとするに、其の馬に策《むち》って曰く、敢えて後《おく》るるに非ざるなり、馬進まざるなり」。○徐福が…　秦の始皇帝の命で、蓬萊の三神山に不死の薬を求めるが、中国には帰らなかったという、中国側の伝説にもとづいて、熊野山下飛鳥の地に徐福の墳があり、新宮東南の蓬萊に、徐福祠があると信ぜられた（異称日本伝）。ただし、詩句は韋荘の「咸陽」をふまえ「李斯《りし》、倉中に向って悟らずんば、徐福、応《まさ》に物外に遊ぶこと無かるべし」というのによっている。

273 ○閑工夫…　次の正工夫と共に、弟子たちへの警策の言葉。○金襴の…　摩訶迦葉が釈尊より授けられた、金襴の袈裟を身につけ、鶏足山で入定《にゅうじょう》したという、初期禅宗史書の説による。○楼子と…　楼子は**140**、慈明は**241**。

274 ○正工夫…　閑も正も、さして違いはない。問題は、工夫の方にあろう。○機輪…　大灯国師の辞世と、第二二祖摩拏羅《まなら》尊者の偈、「心は万境に随って転ず、転処、実に能く幽なり」というのによる。
○三生… 三生は、南岳恵思の三生石（続高僧伝一七）や、李源と円沢（観）の、「三生石上の旧精魂」（東坡禅喜集、祖庭事苑三）をふまえるが、ここでは、白居易の「長恨歌」に限ってよい。馬嵬は陝西省興平市の西にあり、長安より四川に落ちようとして、楊貴妃が禁軍に殺されたところである。

275 ○洛下に… 地獄の記録。紅欄は、勾欄（256）に同じ。古洞は、胡洞、姑洞とも書き、色街である。安衆坊は、六条と七条の間で、朱雀通りと西京極の間の地区、東西に長い矩形の区割をいい、朱雀通りに近い方が口と言われた。安衆は、人の集まる市場の意。西洞院は、『雍州府志』九、傾城町の条にみえ、小路は、『うつほ物語』の国譲に、「小路隠れ」の句あり、女のところにゆくことらしい。関雎は、『詩』周南の詩の題で、関雎の巣は二室あり、雌雄の別を歌うのによる。亡国は、260の注をみよ。○同居 271の注「前三々…」に引く、文殊の言葉による。『易』の睽にも、「二女同居」とある。○犬は… 古代インドの六種苦行に、雞狗戒がある。終日、片足で立つことらしい。○月は… 李洞「三蔵の西域に帰るを送る」による。「五天に到らん日、応《まさ》に頭白なるべし、月は落つ長安、半夜の鐘」。

276 ○仏… 39をみよ。○途を… 『碧巌録』二、趙州至道無難の評に、「須く知るべし、途を同じゅうして轍を同じゅうせざることを」というのがある。○邪法… 翠巌令参に、「ある僧問う、古人の拈槌竪払する、意旨は如何、師云く、邪法は扶け難し」（伝灯録一八）。

277 ○家国… 『碧巌録』六一、風穴の垂語をふまえる。○雎鳩… 「関雎」第一章。「関関たる雎鳩は、河の洲に在り、窈窕たる淑女は、君子の好逑」。

278 ○俗人… 楼子和尚の話をふまえる。140・273をみよ。

279 ○相国寺の… 事件の内容は明らかでないが、沙弥《しゃみ》や喝食《かつじき》が男色の具とされていたことは、確かである。

○済北の… 済北は、虎関師錬の住院で、済北集という著もあるが、ここでは、広義の臨済宗を指す。蔭涼も、幕府内に設けられて、僧録司が出仕した蔭涼軒のことであるが、『臨済録』に出拠をもつ天下人の帰依処である。○白拈の…『碧巌録』七三、馬祖四句百非の頌に、「臨済は未だ是れ白拈賊にあらず」と言い、元来は臨済の無位真人の話について、「臨済大いに白拈賊に似たり」と評した、雪峰の言葉によっている（伝灯録一二）。

280 ○童謡 堯が天下を治めること五〇年、人民が自分の政治を喜んでいるかどうか、人民の心を知るために、微服して康衢に遊び、童謡を聞いたという伝説にもとづいて、古くより正史に童謡を記すこととなる。一種の政治批判として、日本でも国史の書にうけつがれる。室町中期、『十八史略』のものが知られて、童謡と言えば、堯の話につながる。有名な「鼓腹撃壌の歌」が、これにつづくのである。○稼穡… 109をみよ。

281 ○変雅…『詩経』の大序にいう、「王道衰えて、礼義廃し、政教失するに至って、国は政を異にし、家は俗を殊《こと》にし、変風変雅作《おこ》れり」。又、『禅林類聚』一七の骨董門、趙州到道吾の縁について、径山杲云く、「礼有り楽有り、唱有り酬有り、人平らかにして語らず、水平らかにして流れず」。○骼皮…『礼記』の月令《がつりょう》に、骼を掩い胔を埋む」とあり、「釈文」に、「露骨を骼と曰う」とする。山骨は、水墨の句。

282 ○杜詩を… いわゆる主恩体の作品への、共感である。『新唐書』芸文志《げいもんし》に、下記がある。「数《しば》しば寇乱を嘗《な》め、節を挺して汙（汚）す所無し、歌詩を為《つく》りて、時の撓弱するを傷む、情は君を忘れず、人は其の忠を憐れむと云う」。○江海に… 37をみよ。 ○主恩 「述懐」に、次のように歌う、「去年、潼関破れ、妻子隔絶して久し、今夏、草木長じ、身を脱して西に走るを得たり、麻鞋、天子に見《まみ》え、衣袖、両肘を見る、朝廷、生還を愍《あわれ》み、親故、老醜を傷む、涕涙、拾遺を受け、流離、主恩厚し云々」。○虞舜と…「諸公と同じく慈恩寺の墖（塔）に登る」にいう、「秦山、忽ち破砕し、涇渭、求む可からず、俯して視れば、但だ一気のみ、焉《いずく》んぞ能く皇州を弁ぜん、首を廻《めぐら》して、虞舜と叫べば、蒼梧《そうご》、雲正に愁う」。○涙痕「月夜」にいう、「何の時か、虚幌に倚って、双《なら》び照して、涙痕乾かん」。

283○詩客の…「哀江頭」をふまえる。至徳二載（七五七）、長安の賊中にとらわれていた杜甫が、曲江のほとりを忍び歩いて作るもの。天宝一五載（七五六）、安禄山の軍に追われて、四川におちてゆく玄宗が、馬嵬の駅で楊貴妃をくびり殺させる事件を、テーマとする作品である。白居易の「長恨歌」と、大いに趣を分つ。○寒儒の…282の「杜詩を…」に引く、『新唐書』芸文志をみよ。

284○婬色の…男色の流行を戒めるもの。○巫山の…39の注「雲門…」をみよ。○君子…嵆康の「養生論」にいう、「色を好んで倦まず、以て乏絶を致す」。又、『孟子』の万章上にいう、「好色は人の欲する所、帝の二女を妻として、而《しか》も以て憂いを解くに足らず」。

285○濮上…260の注「亡国…」をみよ。○重華は…重華は、舜帝をいい、二妃は堯帝の娘、娥皇と女英の二人。

286○男児の…『後漢書』五四、馬援伝にいう、「男児は要当《まさ》に辺野に死して、馬革を以て屍を裹《つつ》んで、葬に還すべきのみ」。

287○会裏の…門下の弟子を、武装させたのではあるまい、むしろ、武具を不要とするのである。○乱世の…『黄竜恵南語録続補』に、下記がある。「衆に示して云う、妙と説き玄と談ずるは、乃ち太平の姦賊、棒を行じ喝を行ずるは、乱世の英雄と為す、英雄と姦賊と、棒喝と玄妙と、皆な長物と為す、黄檗門下、総《そう》に用不著《ようふじゃく》なり、且《しばら》く道《い》え、黄檗門下、尋常、箇《こ》の甚麼《なに》をか用いん、咄《とつ》」。

288 ○禅録を… 『江湖風月集』に収める、虚堂の「休征」にいう、「万里の煙塵、一点無し、太平の時節、歓娯す可《べ》し、当年馬上、三千の卒、兵書を読まず、魯書《ろしょ》を読む」。

289 ○乱に因って 応仁の乱に、安史の乱を思う。 ○衆人… 屈原の「漁父《ぎょほ》」をふまえる（30・200をみよ）。

290 ○汗淋 宋の劉攽が、翰林学士王平甫を、からかってよぶ名。墨蹟一休宗純195。

291 ○会裡の… いわゆる、剃頭の俗人。 ○前車の… 『漢書』四八、賈誼《かぎ》伝のことば。 ○鳥啼き… 張継「楓橋夜泊」による。

292 ○全功を… 『列子』天瑞篇にいう、天地は全功無し、聖人は全能無し、万物は全用無し。 ○軍陣中 『観音経』による。 ○意舞… 杜甫「李白に贈る」による、「秋来、相い顧みて、尚お飄蓬、未だ丹砂を就《な》さず、葛洪に愧ず、痛飲狂歌、空しく日を度《わた》る、飛揚跋扈、誰が為めに雄なる」。

293 ○乱に… 坊城少納言は、東坊城長清（一四四〇―七一）で、一休に参じて、宗鏡の号を受ける。『公卿補任』によると、長禄二年六月一一日に少納言に任ぜられる。長清の父益長（―一四七四）は、同じく宗鱗と号し、南江宗沅と交わっているし、長清の子和長が、一休皇胤説の根拠となる、『東坊城和長卿記』の筆者である。 ○詩文の… 一休と菅原氏との関係については、玉村竹二氏の「一休宗純皇胤説の再確認」をみよ（日本禅宗史論集下之二）。

294 ○抜舌の… 『往生要集』上之本に、抜舌地獄の文献を集める。ここでは、文学者としての反省。

295 ○乱裡 応仁の乱。 ○国危の… 『老子』第一八に、「六親、和せずして孝慈有り、国家昏乱《こんらん》して、忠臣有り」。ここでは、美人傾国の危機を、あやぶむ忠臣の心を歌う。

296 ○臈晦 臈月三〇日、大みそかのこと。 ○朝日… 劉禹錫の竹枝詞による。「日出でて三竿、春霧消え、江頭の蜀客、蘭橈を繋ぐ、狂夫に寄せんと欲す云々」。243の注「名は…」をみよ。

297 ○関東の…　永享一〇年（一四三八）九月、鎌倉公方、足利持氏が叛し、戦火は関東北部にひろがり、嘉吉元年（一四四一）に至って、漸く鎮圧される。征討軍の凱旋を歌うもの。御上洛は、首級のそれ。永享、嘉吉の乱については、藤直幹氏の『武家社会』をみよ。

298 ○淫坊の…　養叟、春浦一派に、人々の集まるのを、淫坊に譬える。

299 ○日用　27の題語をみよ。　○東の…　「西天の胡子、甚《なに》に因って鬚無き」（無門関四）という句を、東山に門戸を張る、春浦一派に重ねる。

300 ○祝聖　毎月一日と一五日に、今上の万歳を祝する式（勅修百丈清規一、祝釐章）。　○万年…　万年は相国寺、七百は「黄梅七百の高僧」をふまえる（伝灯録三、五祖弘忍章）。　○天竜…　天竜開山夢窓疎石（一二七五―一三五一）をいう。生前に、夢窓、正覚、心宗国師の勅賜あり、滅後に普済、玄猷、仏統、大円の諡があって、七朝帝師とよばれる。相国寺は、夢窓につぐ春屋妙葩（一三一一―八八）が、足利義満の帰依によって、夢窓の滅後に創して、夢窓を開山とする幕府の祈禱道場であり、五山の中心である。

301 ○徳政　鎌倉末期に、武士の困窮を救うため、質入れの土地や物件を、無償で持主に返す制度を定めたことから、室町時代になると、窮乏した農民が徳政令の発布を求めて、土一揆を起したり、勝手に打ちこわしをはたらく。　○賊は…　『伝灯録』一〇、「湖南祇林和尚、手に木剣を持って自ら降魔と謂《い》う、才《わず》かに僧の参礼する有るや、便《すなわ》ち云う、魔来れり、魔来れり、剣を以て乱りに揮《ふる》って、潜《ひそ》かに方丈に入る、是《かく》の如くにすること十二年の後、剣を置いて言無し、僧問う、十二年前、什麼《なん》と為《し》てか降魔なる、師曰く、賊は貧児の家を打せず、曰く、十二年後、什麼と為てか降魔ならざる、師曰く、賊は貧児の家を打せず」。　○孤独の…　祇園精舎を創した、給孤独《きっこどく》長者のこと。善施という。慈恩の『弥勒上生経疏』上に詳しい。「(祇陀)太子許さず、因みに戯れに言いて曰く、金を布《し》いて地に満てよ、厚く敷くこと五寸、時に即ち之を売らん、善施許諾す……」。○禍は… 『老子』五八、「禍は福の倚《よ》る所、福は禍の伏する所なり」。○青銅… 23の注「銭に…」をみよ。

302 ○乱裡の… 動中の坐禅である。○跋扈… 292をみよ。

303 ○泉涌寺… 京都の東山にあり、東福寺の北につづく、歴代皇室の御廟である。雲竜院は別院で、応安五年(一三七二)、後光厳院の開創。後小松天皇は、応永一八年(一四一一)、泉涌寺の中興俊芿に、大興正法国師と諡する。崩御は永享五年(一四三三)一〇月で、一休は四〇歳である。一休はかつて一九歳で、泉涌寺に詣でて、徹翁下の僧と会っている(年譜の応永一九年条)。ただし、詩句そのものは、『三体詩』に唐の太宗の廟、昭陵を拝む作品が、幾つかあるのに比してよい。○生鉄… 大恵の「許司理に答うる書」、「若《も》し決定して脊梁骨を竪起《じゅき》し、世出世間没量の漢と做《な》らんと要せば、須く是れ箇の生鉄鋳就す底《てい》にして、方《まさ》に了得すべし」。又、汾陽の三玄三要の頌に、「一句分明にして、万象を該《か》ぬ、重陽九日、菊花新たなり」。○玉堦の… 557をみよ。

304 ○日課 日課経をいう。○経呪… 「読書千遍、其の義自ずから見《あらわ》る」(朱熹の訓学斎規)。

305 ○太平の… 太平の姦賊、乱世の英雄、工夫に違いはないが(287をみよ)。○宇宙の… 京の天気は、変りやすい。夢窓の南禅寺退院の偈。○一回… 斫額の句は、大灯百二十則、第二九の南泉水牯牛、趙州の最初の問いの著語。

306 ○乱世の… 内容からいうと、占いのようである。○馬は… 出典未詳。正月一日は鶏、二日は狗、三日は羊、四日は猪、五日は牛、六日は馬、七日は人、八日は穀を占う、皆な晴明温和ならば、蓄息安泰の候とし、陰寒惨烈ならば、疾病衰耗とする(事物紀原、人日)。

307○小欲…『仏遺教経』に、少欲と知足を説いていう、「汝等比丘、当《まさ》に知るべし、多欲の人は、多く利を求むる故に、苦悩も亦《ま》た多し、少欲の人は、無求無欲なれば、則ち此の患《うれい》無し、直尓少欲すら、尚お応に修習すべし、何ぞ況《いわ》んや、少欲は能く諸の善功徳を生ずるをや……汝等比丘、若《も》し諸の苦悩を脱せんと欲せば、当に知足を観ずべし、知足の法は、即ち是れ富楽安隠の処なり、知足の人は、地上に臥すと雖も、猶お安楽と為す、不知足の者は、天堂に処《お》ると雖も、亦た意に称《かな》わず」。○千口も…『普灯録』八、五祖法演章にいう、「崇寧三年六月二十五日、上堂辞衆に曰く、趙州和尚、末後の句有り、你《なんじ》作麼生《そもさん》か会《え》する……只だ是れ諸人不知、会せんと要するや、富んでは千口も少しと嫌い、貧しゅうしては一身も多しと恨む、珍重」。○涓水の…『荘子』の外物篇にある、監河侯との問答による。「荘周の家貧し、故に往いて粟《ぞく》を監河侯に貸《か》る。監河侯曰く、諾、我れ将《まさ》に邑金を得んとす、将に子《し》に三百金を貸さん、可ならんか、荘周忿然として色を作《な》して曰く、周昨来、中道にして呼ぶ者有り、周顧視すれば、車轍の中に鮒魚有り……、我は東海の波臣なり、君豈に斗升の水の、我を活かす有らんか、周曰く、諾、我且《しばら》く南のかた、呉越の王に遊ばんとす、西江の水を激して子を迎えん、可ならんか、鮒魚忿然として色を作して曰く、吾は我が常与を失す、我に処る所無し、吾は斗升の水を得て然《しか》も活きん耳《のみ》、君乃ち此を言わんより、早く我を枯魚の肆《し》に索《もと》めんに如かず」。○明朝の…明朝は、右の『荘子』。蒻扇は、『伝灯録』一七、雲居道膺章に、「体得底の人は、心臘月の扇の如く、口辺に直に醭の出《い》ずるを得るも、是れ汝が彊《し》いて為すにあらず、任運に此の如くなるのみ、恁麼《いんも》の事を得んと欲せば、須く是れ恁麼の人なるべし云々」。広河の流れは、『詩』の衛風、「河広」による（118をみよ）。

308○果満の…『碧巌録』九五、長慶阿羅漢の話に、「寧《むし》ろ阿羅漢に三毒有りと説くも、如来に二種の語有りと説かず」。又、268の注に引く、『維摩経』の観衆生品をみよ。○無衣の…『臨済録』の「薬病相治」をふまえる。　○山堂…　出典未詳。

309 ○悪行…　『浄度菩薩経』にいう、「一念の悪を起せば、一悪身を受く、十念の悪を起せば、十生の悪身を得、乃至、悪法既に然り、善法も亦た然り」。

310 ○習心　習い性と成ること。　○一昼夜…　『浄度菩薩経』にいう、「人、世間に生れて、凡《およ》そ一日一夜を経《ふ》れば、八億四千万の念有り」。

311 ○自戒　一休に、『自戒集』がある。　○罪過…　天童如浄の辞世にいう、「六十六年、罪犯弥天、箇の跨跳を打して、活《いき》ながら黄泉に陥る、咦、従来生死、相い干《かか》わらず」。

312 ○愛念の…　三生の盟いである。　○婆子…　241の注「慈明の…」に引く『普灯録』の文の前半。　○婚姻の…　18の注「明眼衲僧…」に引く、『開元天宝遺事』をみよ。　○驪山…　陝西省西安市東部、藍田とつらなる一峰。唐の玄宗が温泉宮を設けて、しばしば行幸、華清宮と改めた。三生は、「長恨歌」にいう、玄宗と楊貴妃との七月七日の長生殿の誓いだが、春色はこの作品の発端となる、華清宮での入浴のところ。　○海棠…　明皇（玄宗）が貴妃をみて、「此れ真に海棠、睡り未だ足らずや」といった話（唐書、楊貴妃伝）。

313 ○恩愛の…　出家とは、恩愛の絆を断つことだが、捨てられた紅塵を掃くのは、誰か。　○羅睺羅…　『註維摩経』三に、「什《じゅう》（鳩摩羅什）曰く、阿修羅の月を食する時、これを羅睺羅と名づく、羅睺羅は、秦に覆障と言う、謂うは月明を障するなり、羅睺羅は六年、母胎に処《お》る、覆障する所の故に、因って以て名と為す、声聞法中、密行第一なることを明かす」。　○歓喜丸　歓喜天の食物で、男女の欲を促すという。『大智度論』一七に、下記がある。「仏成道し已り、迦毘羅婆に還って、諸の釈子を度す……、羅睺羅は七歳の身を以て、歓喜丸を持って、径《ただ》ちに仏前に至って、世尊に進め奉る云々」。

314 ○地獄　「地獄未だ苦ならず、此袈裟下に大事を明らめざる」（伝灯録一五、洞山章）、眼前の地獄である。　○人の…　命は寿である。『金剛経』にいう「我人衆生寿者」の、人と寿を挙げたもの。

315 ○朝打…　『伝灯録』一七、雲居道膺章にいう、「問う、遊子家に帰る時、如何。師曰く、且喜すらくは帰来せることを、曰く、何を将《も》って奉献せん、師曰く、朝打三千、暮打八百」。

316 ○冬夜…　冬夜は、一陽来復の節だが、この年は来復しなかったらしい。嘉吉三年（一四四三）、南朝の残党が吉野で、再起をはかる事件（平野宗浄氏「《狂雲集》の思想的諸問題」、日本仏教学会年報三七）。

○蛍火…　208をみよ。杜甫に「蛍火」あり、君側の腐吏に比す。

317 ○廃北　他本は、廃址。廃址は、280にもみえる。

318 ○寒夜…　『平家物語』の「生ずきの沙汰」にみえる話。雪山鳥は、寒苦鳥、命々鳥、共命鳥《ぐみょう》ともよばれて、男女抱合の像をつくる（西域文化研究五、図版3）。『雑宝蔵経』三の31に、下記がある。「昔、雪山中に鳥有り、名づけて共命と為す、一身二頭なり、一頭は常に美菓を食い、身を安穏ならしめんと欲得す、一頭は便ち嫉妬の心を生じて、是の言を作《な》す、彼常に言う、何ぞ好美の菓を食わん、我は嘗《かつ》て得ずと、即ち毒菓を取りて之を食う、二頭倶《とも》に死す云々」。　○無間の…　「月沈々」は、杜甫の「月夜」により、夫婦別離して暮すことを傷む句。

319 ○孤独の…　自ら悲歎するもの。孤独は、301をみよ。　○千古…　古は、口に改めてよい。307と同じである。　○青銅…　23の注「銭に…」、および301をみよ。

320 ○相対　沙羅双樹のイメージ。　○一刀…　『朱子語類』（論語）に、「克己なる者は、是れ根源上より一刀両断して、便ち斬絶し了《おわ》る」。　○有無…　『老子』第二にいう、「天下皆な美の美たるを知るも、斯《こ》れ悪なるのみ、皆な善の善たるを知るも、斯れ不善なるのみ。故に有無相い生じ、難易相い成る、長短相い較べ、高下相い傾く、音声相い和し、前後相い随う、是《ここ》を以て、聖人は無為の事に処し、不言の教を行う云々」。

321 ○乱中の… 後土御門天皇が、文正元年（一四六六）の一二月、戦乱の中で践祚されるのを、祝して作る歌。後土御門は、後花園の第一皇子で、後小松の直系ではないが、一休はその蹤《あと》をうけるとするのである。大嘗会は、新帝が践祚後、初めて行われる新嘗祭。○当今… 後小松が百代で、後土御門は、百三代。○風… 温州竜翔の竹庵士珪の句、「雪圧《お》せども摧《くだ》き難し、澗底の松、風吹けども動ぜず、天辺の月」（普灯録一六）。

322 ○各見… 一本に、各見不同に作る。今は、底本による。○水は… 「水流れて元より海に入る、月落ちて天を離れず」（五灯会元一六、福厳守初）。四念は、四念住、又は四念処とよばれる、瞑想法の一つ。身受心法の四について、不浄、苦、無常、無我の理を観ずるもの。○酒客は… 王羲之の蘭亭会に、当時の名士四一人が集まるが、詩をつくる客あり、觴《さかずき》を流す者あり、各見不同である。

323 ○敬って… 天子は、後土御門帝である。335と関係して、日野富子の専横を戒めるもの。○財宝… 「（楊億）侍郎、広恵和尚に問う、尋常承るに和尚の言える有り、一切の罪業は皆な財宝に因って生ずる所と、人に勧めて財利を疎んず、況んや南閻《なんえん》の衆生は、財を以て命と為し、邦国は財を以て人を聚《あつ》む、教中に財法の二施有り、何ぞ人に勧めて財を疎んずることを得ん……」（伝灯録三〇付録）。

324 ○乾坤… 応仁の乱を指す。○栄華… 玄宗と楊貴妃の行状。

325 ○善悪… 善悪一如、不思善悪の立場を、一休は敢えてとらない（199をみよ）。

326 ○過現未… 不昧因果の立場。○悪人は… 『永平広録』三、宝治二年戊申三月一四日の上堂にいう、「只だ他の為めに説く、修善の者は昇り、造悪の者は堕《お》つ、修因感果、抛塼引玉するのみ」。○風流…

いわゆる、「意気有る時、意気を添え、不風流の処、也《ま》た風流」（白雲守端、臨済三頓棒の頌）という、一途さをいうのだろう。

327 ○離魂の…　『無門関』三五に収める、五祖法演の公案。唐代伝奇、「離魂記」によるもの。時は則天武后の天授三年、処は衡州で、張鑑という役人に二人の娘があって、姉は早く死んで、妹の倩女だけが病床にある。美人ゆえに、大勢の求婚者があり、父は賓僚という青年を選ぶが、倩女は王宙と約束している。王宙は仕官して蜀にゆき、追って来た倩女と数年を過して、夫婦で再び衡州にくると、倩女はずっと病床に臥したままである。そこで二人を会わせると、忽ち合体して一つになる、というものがたり。今はその人が、日本に謫居せられている、というのである。

328 ○身心…　二人の倩女の、いずれが真か、いずれが仮か。

329 ○君子の…　196にいう、君子、財を愛する句をふまえる。

330 ○貴人の…　許渾の「隠者を送る」詩をふまえる。373の注「世間に…」をみよ。　○龐老…　153をみよ。
○玉斗を…　『史記』の項羽本紀にある、鴻門の会のものがたり。漢の高祖劉邦が、項羽の臣の范増に、玉斗（玉製の酒器）一双を贈るが、増は剣を抜いて之を撞《つ》き砕く。項羽は范増の計によって、邦を殺そうとするが、邦は張良の計によって、無事に逃れ出るのである。

331 ○日旗の…　日旗は、天子の旗じるしで、日の象を描く、三角の赤旗。杜牧の「雲夢沢」に、下記がある。「日旗竜旆、飄揚せんと想い、一索の功高うして、楚王を縛す、直是《たと》え超然たる五湖の客も、未だ如かず終始、郭汾陽なるには」。

332 ○乱に因って　応仁、文明の乱を生きぬく句。　○韓信…　韓信は漢の高祖の天下平定を助け、大将に拝されるが、項羽の死後、晩に楚王に徙《うつ》され、謀反の誣告をうけ、雲夢の沢で陳平にはかられ、洛陽に引きたてられる（史記九二、漢書三四）。　○荊棘の…　『老子』第三〇、「師の処《お》る所は、荊棘ここに生ず」による。

333　○美色の…　女色に迷うた幽王、玄宗を笑い、今の失政をいましめるもの。「長恨歌」は、「漢皇は色を重んじて、傾国を思う」と歌う。　○幽王…　周の幽王が、寵愛する褒姒《ほうじ》を笑わせるため、事も無いのに烽火をあげて、諸侯を集め、後に有事に烽火をあげても、諸侯が助けず、一族みなごろしとなる話（史記四）。　○馬嵬…　馬嵬は、楊貴妃が殺されたところ、辱井は、江蘇省江寧県の台城内にあり、陳の後主が張麗華、孔貴嬪の二宮人と、その中に投じて、隋兵を避けたところ。一名、臙脂井。

334　○山名金吾…　山名宗全（一四〇四―七三）をほめるもの。金吾は、執金吾の略で、禁軍の長。応仁の乱では、西軍の大将として、東軍の細川勝元と戦う。鞍馬の本尊毗沙門天は、平安以来、時の霊験で知られ、武家の信仰を集める。もともと、この寺は鑑真に従って来日し、『東征伝』成立の本となる、鑑禎上人思託の開創で、魔王降臨にはじまる、歴代天啓の道場である。四十二臂の観世音と魔王尊が、毗沙門天と三位一体である。　○方便門を…　『法華経』法師品の句、「此の経は方便門を開いて、真実の相を示す、是の法華経蔵は、深固幽遠にして、人の能く到る無し」。

335　○婦人の…　日野富子の専横をののしるもの。多欲は、少欲の逆（307をみよ）。

336　○東坡…　蘇軾（一〇三六―一一〇一）と黄庭堅（一〇四五―一一〇五）は、宋文化を代表する二大詩人であり、五山禅林の帰依はただならぬ。二人の姿を、同じ絵絹に描く帳は、文学者の念持仏の意をもとう。蘇軾は、東林常総に参じ、黄庭堅は、晦堂祖心に参じていて、共に禅門の達人である。

337　○大応国師の…　139、及び207をみよ。　○一天の…　思い合せてよいのは、栄西の崇福寺に、扶桑最初禅窟の勅額があることだ。

338 ○乙石…　御用人は、宮中、幕府、大名など、高貴の家に仕える雑職である。乙石の素性は不明だが、三歳の少女である。両親に事情があって、酬恩庵にあずけられたらしい。　○孾孩…　臨済の四料簡による。

339 ○知客の…　知客は、寺の接客掛だが、日本の禅林では、寺務局長である。今は、乙石の保育、責任者、ひょっとすると、乙石の血縁だろう。　○斫額して…　305をみよ。　○摘星楼　江蘇省江都市の西北にあり、賈似道が宝祐城を築いて、その上に建てた高楼。煬帝が築いた迷楼の址で、韓偓に「迷楼記」あり、蘇轍の「摘星亭」（欒城集九、揚州五詠）に歌う。要するに、昔かくれんぼうして、遊んだことを思い出すのだ。

340 ○山徒に…　寛正年間、七社神輿の動座があり、山門の強訴がつづいた。　○妙楽の…　妙楽は、諱は湛然（七一一—七八二）、荊渓尊者のこと。天台中興の七祖で、日本天台の源流となる。　○山猿…　『太平記』二四、天竜寺建立の事、山門の嗷訴に依って、公卿僉議の事など。

341 ○不殺生戒　以下、五戒の各条について。『仏遺教経』がテキスト。　○李広…　『碧巌録』四、徳山挟複問答の頌の評で、円悟は次のように言う、「只だ徳山の如き、什麼《なん》にか似たる、一に李広が天性、射を善くするに似たり、天子封じて飛騎将軍と為す、深く虜庭に入って、単于に生獲せらる、広時に傷を病む、広を両馬の間に置きて、絡して盛臥せしむ、広遂に詐《いつわ》って死す、其の傍を睨《み》るに、一胡児の善馬に騎《の》る有り、広、身を騰《おど》らせて馬に上り、胡児を推し堕し、其の弓矢を奪い、馬に鞭《むちう》って南に馳せ……、這の漢、這般の手段有って、死中に活を得たり、雪竇、頌中に引在し、用って徳山再び入って相見するに比す、旧に依って他に跳得出し去らる、看よ他の古人の見到、説到、行到、用到、妨げず英霊なることを、人を殺して眼を眨《さつ》せざる底《てい》の手脚有って、方《まさ》に立地に成仏す可し、立地に成仏する底の人有って、自然に人を殺して眼を眨せず、方に自由自在の分有らん」。 ○石虎… 李広が石を虎と間違えて、射貫いたことは249の注「伏虎…」にみえる。もう一つ、仏図澄《ぶっとちょう》に帰依する、後趙の石勒《せきろく》と石虎父子のことが、あわせ含まれているかも知れぬ。

342 ○不偸盗戒　夏末の反省。 ○鵝鳥… 『大荘厳論』による話。ある比丘が、珠を加工する店にゆくと、比丘の赤い衣の色が珠に映じ、鵝鳥が餌とおもって呑みこむ、主人は比丘が盗んだとおもって、はげしく責め且つ打擲するが、比丘は鵝鳥が殺されるのを怖れて、自ら堪え忍んで弁明しない、主人はいよいよ比丘を打ち、店中血の色に染まるのをみて、鵝鳥が再び珠を呑み、主人が怒って鵝鳥を殺すと、珠が二つも出てくるというもの。『祖庭事苑』二に引かれて、戒行高潔の例とされる。 ○翠巌… 49をみよ。 ○家裡の… 大応の建長入寺、山門の疏に、「家裏の人、家裡の話を説く、字々句々、皆な春風」という。

343 ○不邪淫戒　男色をいましめるもの。 ○樗蒲を… 李群玉（八一三―八六〇？）、字は文山、澧州の人、仕進を楽《ねが》わず、吟詠を以て自適した。裴休の奏で、弘文館校書郎を授けられた。湘中に帰り、二妃廟に詩を題して、山舎に宿すると、夢に娥皇・女英の二妃が姿をあらわし、「君が佳句の徽珮を承け、将に汗漫に遊ばんとす、願わくば相い従わん」と言う。群玉はこれより鬱々、歳余にして卒《しゅっ》する（唐才子伝七）。伝は、唐の范攄の『雲渓友議』六に更に詳しいが、樗蒲のことは、李群玉の「湘妃廟」による。少《しばら》く風月を将《も》って、平湖を怨む、見尽す、扶桑の水の枯るるに到るを、杏花壇上、相い約し去って、画欄の紅紫、樗蒲を闘わしむ」。 ○虞舜… 舜は娥皇と女英を妻とし、辟陽侯審食其《しんいき》は、呂后に侍しつづける（72をみよ）。

344 ○不妄語戒　説法と文学の妄言を省みる。 ○一字… 166の注「瞿曇…」をみよ。 ○漚和… サンスクリット「ウパヤ」の音写で、近づく意をもつが、ここでは漢字の漚の意味にとり、截流《せつる》に重ねる。唐代、浮漚歌が流行するのも、その先例の一つ。○父は…　『法華経』の従地涌出品にある句。大乗と小乗の関係を説くもの。『祖堂集』六（洞山）、八（曹山、幽棲）、二〇（隠山）などにもみえる。洞山の無心合道頌で、一老一不老というのがそれで、曹山も次のようにコメントする。「他の年少の父を愛して、須く白頭の児を得べし」。

345 ○不飲酒戒　大乗の不飲酒戒である。200をあわせみよ。　○未だ…　40をみよ。　○酔吟…　172・199をみよ。　○稜道者…　長慶恵稜のことば。出典未詳。481―484の念起の句と、関係があるかも知れぬ。○宣明…　『碧巌録』七八、開士入浴の則に、「妙触宣明、成仏子住」というのによる。円悟の評に、「宣は則ち是れ顕なり、妙触は是れ明なり、既に妙触を悟る、成仏子住は、即ち仏地に住するなり」。次の酒伴（387をみよ）と共に、禅林の隠語である。

346 ○南園の…　現成公案である。　○東籬　陶淵明の「飲酒」其の五（71をみよ）。　○三要…　汾陽の頌による。303の注「生鉄…」をみよ。

347 ○高野…　弘法大師空海（七七四―八三五）が、土定に入ったとする信仰。「御遺告」の説による。○迦葉…　迦葉が鶏足山で入定する話は、25の注「霊山…」に言う如くであるが、ここで恵持をいうのは、すこぶる理解しがたい。廬山恵遠の弟で、西林寺を創した恵持（三三七―四一二）のこととすると、入定の話と結びつかない。底本に「恵持す」と訓んで、迦葉にかけて一般化するのも、全く無理である。

348 ○三毒　308をみよ。　○一个…　証道歌に、「絶学無依閑道人」という意。又、『伝心法要』に、「十方諸仏を供養するも、一箇無心の道人を供養するに如かず」とあり、元来は『四十二章経』にいう、仏言く、悪人百に飯するは、一善人に飯するに如かず、……千億三世諸仏に飯するは、無念無住無修無証の者に飯するに如かず。○近年…僧霊徹の「韋舟に答う」、「年老い心閑にして外事無し、麻衣草坐、亦た身を容る、相い逢うて尽《ことごと》く道《い》う、休官し去らんと、林下何ぞ曾《かっ》て一人を見ん」(41の注「麻衣」をみよ)。

349○不殺生戒 341につづく。 ○望帝… 213をみよ。

350○不邪淫戒 343につづく。 ○阿難…『首楞厳経』の発端(269をみよ)。

351○慈明… 241をみよ。○一曲…『晋書』三三、石崇伝に、石崇の家妓緑珠は、笛がたくみである。孫秀が横どりしようと、趙王倫にはかって石崇を捕えるが、緑珠は楼より身を投じて死ぬ。従って、第四句の趙王輪は、趙王倫の誤りだが、強いて輪に従うと、家令王仁の妻羅敷が、陌上で桑を採るのをみて、趙王が奪おうとするが、女は箏を弾じて「陌上桑」をつくり、主人あることを明らかにする、別の話がある(古楽府「陌上桑」)。

352○淫犯…『四十二章経』に、下記がある。「仏言く、人の恚婬止まざる有り、斧刃の上に踞し、以て自ら其の陰を除く、仏之に謂いて曰く、若し其の陰を断つも、心を断つに如かず、心は功曹為り、若し功曹を止めば、従者都べて息《や》まん、邪心止まず、陰を断じて何ぞ益せん、斯須《たちま》ち即ち死せん」。

353○自讃… 十重禁戒の一つ。○前他… 自ら度を得ざるに、先ず他を度するということ。『涅槃経』三八、迦葉品にみえる。神会の『壇語』、恵能の『六祖壇経』に引かれる。○三会 竜華の三会、弥勒の説法である。

354○五逆… 3をみよ。 ○人を汚さんと…「太公家教」の句。132をみよ。

355○正に帰し… 246をみよ。 ○座主の… 161をみよ。

356○誹謗… 十重禁戒の一つ。○残照の… 法眼の円成実性の頌、「頭を挙せば残照在り、元是れ住居の西」（44の注をみよ）。

357○人境… 臨済の四料簡。 ○青塚の… 青塚は、王昭君の墓で、内モンゴル自治区ホフホト市西南にある。「胡中は白草多し、王昭君の墓のみ独り青し、号して青冢と曰う」（帰州図経）。漢の元帝の宮女、王嬙、字は昭君、呼韓邪単于《こかんやぜんう》が美人を求めて、閼氏《えんし》となさんとしたとき、帝は嬙を賜うという。元帝には後宮多く、画工に姿を画《えが》かせて、図によって召幸したので、宮女はみな画工に賂《まいない》するが、嬙独り肯《がえ》んぜず、単于に嫁するに及んで、容姿後宮第一と判る。戎服して馬に乗り、琵琶を提《たずさ》えて去り、単于の妻となって匈奴に死した（漢書九四下）。王昌齢、白居易、杜牧、李商隠等、青冢の作品が多い。

358○両片皮… 38をみよ。 ○混沌… 長生と霊雲の問答。 23の注「露柱…」に引く。

359○倭国… 201と関係する。 ○苔衣… 『江談抄』四（群書類従四八六）に収める、都在中の詩をふまえる。「白雲は帯に似て山腰を囲む、青苔は衣の如く、巌の背を負う」とあり、そこに列挙される女房の歌に、「苔衣着たる巌はま広《ひろ》けむ、衣着ぬ山の帯するはなぞ」とも言っている。当時、これを白楽天の作とする説があり、世阿弥の「金島書」がその一つ、さらに能楽「白楽天」によって、白楽天が九州松浦あたりで、漁夫と問答することとなる。

360○仏祖を… 『碧巌録』七七にいう、「僧、雲門に問う、如何なるか是れ超仏越祖の譚、門云く、餬餅」。又、『睦州録』に同じ問いがあり、『伝灯録』一七の越州乾峰章にもみえる。『霊門録』上で、全く同じ問いに、「師云く、蒲州の麻黄、益州の附子」とするものもある。

361○異類… 67をみよ。

362○井 227をみよ。 ○清華の… 出典未詳。仮りに、華清と読んだ。

363○西江を… 『龐居士語録』上にいう、「居士、後に江西に之《ゆ》き、馬祖大師に参じ、問うて曰く、万法と侶たらざる者、是れ什麼人《なんびと》ぞ。祖曰く、汝が一口に西江の水を吸尽するを待って、即ち汝に向って道《い》わん、士、言下に頓に玄旨を領す」。○深泉に… 『臨済録』にいう、問う、祇《た》だ石室行者の如き、碓《たい》を踏んで脚を移すことを忘却す、什麼《いずれ》の処に向ってか去る、師云く、深泉に没溺す」。○寸縄を… 『伝灯録』九、石霜山性空章に、左記がある。「僧問う、如何なるか是れ西来意。師曰く、若し人千尺井中に在って、寸縄を仮《か》らず、你若《なんじも》し此の人を出だし得ば、即ち汝が西来意に答えん云々」。

364 ○山居 83―87をみよ。○孤峰… 『臨済録』にいう、上堂、云く、「一人は孤峯頂上に在って、出身の路無く、一人は十字街頭に在って、亦た向背無し云々」。○郷信の… 杜甫の「岳陽楼に登る」、「親朋、一字無く、老病、孤舟有り」。

365 ○栄衒の… 養叟宗頤をののしるもの。

366 ○喩を… 359に同じ。○私車の… 『臨済録』の行録で、鳳林との問答について、潙山と仰山が評論するところに、「但有《おょ》そ言説は、都《す》べて実義無しといい、官には針をも容《い》れず、私には車馬を通ず」とする。後者は六朝以来の俚諺だが、言説に実義のないことを、具体的な譬えで表わす。私車とは、喩えを実とする喩えである。○雨声の… 杜常の「華清宮」に、下記がある。「朝元閣上、西風急《いそが》わしく、都べて長楊に入って、雨声と作《な》る」。

367 ○山中に… 許渾の「宋処士の山に帰るを送る」による。「薬を売り琴を修して、帰り去ること遅し、山風吹き尽す、桂花の枝、世間の甲子は、須臾の事、仙人に逢著して、碁を看《み》る莫かれ」。

368 ○邪淫の… 343・350―352と同じように、男色にふける修行僧のこと。○生身… 『臨済録』の示衆にいう、善星比丘のものがたり。

369 ○少年の… 無常感の新しい受けとめ。○朝に… 『論語』里仁篇の句。

370 ○金鍮… 出典未詳。 ○仏魔… 『臨済録』の示衆に、祇だ今、一箇の仏魔有るが如き、同体にして分たざること、水乳の合するが如し、鵝王は乳を喫す、明眼《みょうげん》の道流《どうる》の如きは、魔仏倶《とも》に打す。你若し聖を愛し凡を憎まば、生死海裏に浮沈せん」。又、411をあわせみよ。

371 ○黄檗の… 47と365をみよ。 ○食を… 臨済の四照用による（古尊宿語録五）。「衆に示して云う、我れ有る時は先照後用、有る時は先用後照、有る時は照用同時、有る時は照用不同時。先照後用は人の有る在り、先用後照は法の有る在り、照用同時は、耕夫の牛を駈り、飢人の食を奪い、骨を敲き髄を取り、痛く鍼錐《しんすい》を下す云々」。 ○米銭の… 魔王をだまして、飯銭を索《もと》められること。

373 ○臨済… あえて座主と呼ぶのが、みどころ。 ○大死底の… 大死底の人について、趙州と投子の問答をふまえる（碧巌録四一）。 ○変易… 『勝鬘経』に、二種の生死を説いて、分段生死と不思議変易生死とする。

374 ○暮には… 39をみよ。 ○世間に… 許渾の「隠者を送る」、「世間に公道たるは、惟《た》だ白髪、貴人頭上にも、曽《かつ》て饒《ゆる》さず」。

375 ○恵日に… 東福寺で、争いがあった。五山、林下、何処も同じである。 ○栗棘の… 栗棘庵は、東福寺四世白雲慧暁が、永仁二年（一二九四）に開創、はじめ西陣にあったのを、応仁の乱ののちに山内に移す。慧暁には二〇名の弟子があり、それぞれに門戸を構えて、五山文学の大勢力となる。

376 ○法然上人を… 浄土宗の開山、源空（一一三三―一二一二）と、その一枚起請文を、たたえる作品。

377 ○作家 一休が理想とする、真の作家を明かすために（538）、まず作家ならぬものをあげる、破邪の作品である。 ○照し看る… 王昌齢の「長信秋詞」をふまえて、「玉顔は及ばず、寒鴉の色の、猶お昭陽の日影を帯び来るに」というのである。

378 ○忍辱仙人… 179をみよ。
379 ○傀儡 70をみよ。 ○一曲の… 152をみよ。
380 ○洛陽の… 応仁の乱による、京の町の変貌。 ○黄金の… 南陽忠国師の、無縫塔の縁をふまえる（225をみよ）。
381 ○文章を… 夢窓の遺戒、三等の弟子をふまえよう。
383 ○元本無明 根本無明のこと、天品無明ともいう。円教に四十二品を分つうち、微細深遠なる元品。
○李杜… 『唐書』の杜甫伝にいう、「昌黎韓愈、文章に於て許可を慎むも、詩歌に至っては、独り推して曰く、李杜の文章在り、光焔万丈長しと、誠に信ず可しと云う」。又、『後村詩話』に下記あり、「元祐の後、詩人迭《たが》いに起るも、蘇黄二体を出でず、陳与義云う、詩は老杜に至って極まる、蘇黄従って之を振い、正統墜《お》ちず」。 ○弓影の… 20をみよ。
384 ○譬喩を… 薬病相治を説かず、方便を用いないで、真実をずばりと明かすところ。
385 ○利欲… 欲に目をとられて、名を顧みぬ人々。 ○交りを… 189をみよ。
386 ○売弄… 売弄は小商売、深蔵は大商人、良賈《りょうこ》である。
387 ○色に… 婬色の記録。 ○楚台の… 女体をいう隠語。
388 ○偶作 81をみよ。 ○琹台… 琴台に同じ。10をみよ。
389 ○我れ唯り… 衰弱で気おちしたところ。393にも、同じ気分がみえる。 ○日面… 142の注「馬祖不安」をみよ。 ○牛乳を… 『祖堂集』一に、次のようにいう、『因果経』に云く、浴し已《おわ》るらくは、我れ若《も》し羸劣《るいれつ》の身を以て道を取らば、外道言わん、自餓のとき則ち是れ涅槃と、故に当に食を受くべし、太子纔かに此の念を起す時、難陁波羅奈の姉妹二人有りて、乳糜を捧げ上す、太子又た自ら念言すらく、当た何の器を将《も》って、為めに食を受けんと、纔かに此の念を起す時、四天王各おの石鉢を捧ぐ、其の時、菩薩は平等の為めの故に、並びに総《そう》に之を受け、貪欲を息《や》めんが故に、按じて一鉢と成して、以て乳糜を受け、喰って色力を充たし、正覚山に詣《いた》らんと欲す」。

391 ○頌　月林下の法孫の、誰かの頂相に賛をつけたもの。月林、名は道皎（一二九三―一三五一）、諱は妙暁、京都の人、中納言久我具房の子。高峰顕日に投じ、次で大灯に参ずるが、入元して古林清茂につぐ。花園の帰依をうけ、長福寺を開創する。中国で仏恵知鑑、日本で普光大幢の賜号をうける。語録二巻、行状（続群書類従二三四）がある。○五雲…　入内して天子の帰依を受けたこと。五雲は仙洞のことだが、今は月林の名に因んでいう。

392 ○元日…　応仁二年（一四六八）の正月。前年六月より、両軍が市中で、対峙している（年譜）。○一毛を…　「観音経」の句。

393 ○偶作　388以下につづく。

394 ○睡裡の…　312の注「海棠…」をみよ。

395 ○懐古　頌古、拈古などに対し、新しいスタイルである。357・358も、その一つ。

397 ○警策　自ら省みていうもの。291とは、やや角度が異なる。

398 ○蘇黄…　383をみよ。○若し…　412をみよ。

399 ○迷悟　409につづく。○不成仏性　『法華経』化城喩品に説く、大通智勝仏の縁。○本来成仏…『円覚経』の句（金剛蔵章）。○衆生本来…　『百丈広録』に、「先師云く、迷人の方所を弁ぜざるが如し」とあり、本来的な意味で言われる。

400 ○点頭石に…　『大恵普説』三、虎丘沼長老の請ずる普説に、下記がある。「僧問う、承るに師の言えること有り、剣池辺の磨剣石、石点頭するは伱が説の為めなりと、只だ尽大地《じんだいち》是れ箇《こ》の磨剣石なるが如き、誰か説法聴法の名を為さん……、記得す、生法師は長安に在って、衆と論義して謂う、無情有仏性、有情無仏性と、衆皆な指して誕妄の説と為す、後に虎丘に至って復《ま》た此の義を宣《の》ぶるに、石之《これ》が為めに点頭す、今に至って猶お在り、涅槃後分に至って、果して生の言う所の如しと云々」。なお、虎丘については、136をみよ。

401 ○不行成仏　敢えて成仏しないこと。　○天然の…　149をみよ。○六六…　76・92をみよ。

402 ○書籍を…　徳山、香厳への警告。　○始皇…　焚書坑儒のこと、『史記』の本紀に詳しい。始皇陵の造築にも、工匠を生埋めにしている。罪報のことは、『平家物語』五、咸陽宮。　○劫火…　『碧巌録』二九、大随随他去の話。

403 ○腹中の…　『世説新語』排調にいう、郝隆《かくりゅう》、七月七日に、日中に出でて仰臥す、人其の故を問う、答えて曰く、我れ書を曝す」。『太平御覧』人事一二「腹」に、右の話を引いて、「我れ腹中の書を曬す耳《のみ》」とする、又、『蒙求』に、郝隆曬書の句あり。

404 ○野火…　白居易の「古原の草を賦得して別を送る」。

405 ○名に耽る…　387に対する。　○南北…　『通雅』の称謂に、「男子を称して、南北という、猶お物を称して東西と曰うがごとし」。　○胡王帝…　213・349をみよ。

406 ○金烏…　『碧巌録』一二、洞山麻三斤の頌に、「金烏急に、玉兎速やかなり、善応、何ぞ曾て軽触有らん」。因みに、籠はとりかご、禁である。

407 ○弄業…　夢窓の遺戒にいう、業を文筆に立つる、剃頭の俗人を戒めるもの。

408 ○戦死の…　山名宗全の顔を、彷彿させる兵士であった。　○闘諍…　阿修羅と、帝釈天の戦争については、『菩薩処胎経』七、『法苑珠林』五にくわしい。『臨済録』の示衆にも、「戦い敗れて、八万四千の眷属を領し、藕糸《ぐうし》孔中に入って蔵《かく》る」という。

409 ○偶作　399につづく。

410 ○心は…　西天二二祖摩拏羅の偈（274をみよ）。

411 ○仏魔…　370にみえる。

412 ○婬欲を…　204に「偈を作って飯に博《か》えて喫す」とあり、今は更に婬欲をいう。　○衆寮…　斎食後、修行僧が随意に本を読み、茶湯を喫するところ。寮元とよばれる、役職をおく（禅林象器箋二、殿堂門）。日本では大鑑清拙の東来に始まり、南禅規式が標準となる。　○君恩…　李商隠の「宮詞」にいう、「君恩は水の如く、東に向って流る、寵を得れば移るを憂い、寵を失えば愁う」。

413 ○頌　412につづく。

414 ○妙荘厳王品を…　『法華経』第二七。はじめは、外道の法を信じていた妙荘厳王が、浄蔵と浄眼という二人の子と、浄徳夫人の計らいによって仏に帰依し、出家修行して娑羅樹王になる、本事ものがたりである。二子は、薬王、薬上菩薩であった。

415 ○常不軽菩薩を…　165・179・378をみよ。

416 ○忍辱仙人　176・179・378をみよ。　○阿修羅…　408の注「闘諍…」をみよ。

417 ○円悟大病　60・93・163をみよ。　○睡裡の…　312をみよ。

418 ○巫山…　39の注「雲門…」をみよ。

419 ○狭路の…　241をみよ。　○庭前の…　60の注「沉吟…」に引く『大恵武庫』の文をみよ。　○姮娥…　姮娥は、月の異名、嫦娥ともいう。漢の文帝の諱《いみな》を避けるもの。神話の英雄羿《げい》の妻だが、羿が西王母からもらった、不死の霊薬を盗んで飲むと、急に身が軽くなって月の世界にのぼり、月の精と化する。『淮南子』の覧冥訓にある話。玉簪は、玉搔頭ともいい、「長恨歌」には、「花鈿、地に委して人の収むる無し、翠翹金雀、玉搔頭」とある。又、『瑯嬛記』にいう、「女子呉淑姫、未だ嫁せざる時、晨《あした》に興《お》きて面を靧《かい》するに、玉簪地に落ちて折る、已にして夫亡ず」。

420 ○雞声… 先にいう、60の注「沉吟…」に引く『大恵武庫』の後半と、温庭筠の「商山早行」に、次のようにいうのを、あわせふまえている。「鶏声、茅店の月、人跡、板橋の霜」。すでに168の注「板橋の…」に引くもの。

421 ○宗祐… 伝記を明らかにできないが、第三句で真前と言い、老僧とよぶのは、かなり先輩であったためか。○僧牛… 宗祐の祐字に因んで、潙山霊祐の牛を引き出すもの（5をみよ）。

422 ○宗祐… 右の偈頌とは別に、誰かの作品に和するもの。 ○曹渓の… 6をみよ。 ○南山の… 71の注「東籬の…」をみよ。346も同じ。

423 ○江口の… 金春禅竹の作という、謡曲「江口」は、遊女ものとして知られる。勾欄は、妓楼であり、遊女宿である。年譜の寛正三年（一四六二）、師の年六九歳の春、戯に勾欄曲を製し、寧童に命じて歌舞せしめ、酒闌《たけなわ》にして自ら舞うという。「江口」を、一休の作とする説は、おそらくこれによっている。 ○見色… 43―45をみよ。 ○普賢の… 『法華経』の普賢菩薩勧発品で、普賢は後五百歳濁悪世中に、この経を受持するものを、諸の魔女、魔民より守護するために、六牙の白象に乗じて、身を現ずる菩薩とされる。「江口」でも、遊女を普賢の化身とする。

424 ○泉涌寺の… 泉涌寺は、303に見える。棒のことは、他に史料がないが、戦乱の世ゆえに、自ら棒をとったのだろう。 ○八稜… 出典不明。 ○秋山 おそらくは、人名か。 ○洞山の… 雲門につぐ、襄州洞山の守初（九一〇—九九〇）が、初めて雲門に参じたとき、三頓の棒をくらわされずに、許された話。『伝灯録』二三に、下記がある。「雲門問う、近離、什麼処《いずこ》ぞ、師曰く、楂渡、門曰く、什麼処にか夏在す、師曰く、湖南報慈、門曰く、甚時《いつ》か彼を離る、師曰く、去年八月（二五日）、門曰く、汝に三頓の棒を放す、師、明日に至って、却って上って問訊す、昨日、和尚が三頓の棒を放すことを蒙る、知らず、過は什麼処にか在る、門曰く、飯袋子、江西湖南、便《すなわ》ち与麼《よも》にし去る、師、此《ここ》に於て大悟す」。又、徳山の棒は、**87**をみよ。ただし、棒は禅の誤り。

425 ○偶作　**388**・**393**・**409**等をみよ。いずれも、自分のことである。○餓鬼…　サンスクリット、プレータの訳で、つねに飢渇に苦しむものの意。従って、苦多は、プレータの語呂合せだろう。○五噎　噎は、のどがつかえて、息ができない病気で、気、憂、食、思、労の五つ。○野狐精『臨済録』の示衆にいう、「好人家の男女、這の一般の野狐の精魅の所著を被って、便即《すなわ》ち捏怪す、瞎屢生《かつるせい》、飯銭を索《こ》わることと日有る在らん」。

426 ○鳩鹿…　出典未詳だが、戦乱による女郎の苦悩が、テーマのようだ。○麋鹿の…『墨子』の非楽上に、「今、人は固に禽獣麋鹿、蜚鳥貞虫と異なる者なり」とあり、野獣の代表のようである。獝狘は、共に獣が走りまわること。

427 ○除夜　文明五年（一四七三）、山名宗全が西陣の邸で死ぬ。東軍の細川勝元は、同じ年の五月に死んでいる。勝元は宗全の娘を妻とし、宗全と義父子の関係にある。○金吾…　王建の「宮詞」による。「金吾、除夜に、儺名を進む、画袴、朱衣、四隊行く。院々、火を焼いて、白日の如し、沈香火底に、坐して笛を吹く」。○九五…　九五は、天子の位。客星は、『後漢書』一一三（逸民）の厳光伝に、「客星、帝座を犯す」とあり、天子の位をおびやかす、凶星のことである。

428 ○円相『人天眼目』四、円相因起の条に、次のようにいう、「円相の作は、南陽忠国師に始まり、以て
侍者耽源に授く、源は讖記を承けて仰山に伝う、遂に目して潙仰の宗風と為す」。○潙仰…『伝灯録』
九、潙山霊祐章に、下記がある。師、新到の僧に問う、名は什麼《なに》ぞ、僧云く、月輪と名づく、師、一円
相を作して問う、這箇に何似《いずれ》ぞ、僧云く、和尚が恁麼に語話する、諸方に大いに人有って肯《うけが》わざる在り、
師云く、貧道は即ち恁麼、闍黎は作麼生《そもさん》、僧云く、還って月輪を見るや、師云く、闍黎が恁麼に道《い》う、
此間に大いに人有って諸方を肯わざる在り」。さらに、同書一一の仰山恵寂章に、「師、閉目して坐する
次《つい》で、有る僧潜《ひそ》かに来って身辺に立つ、師開目して、地上に一円相を作し、相中に水字を書いて、其の
僧を顧視す、僧無語」。○剃頭の…夢窓の遺戒、等外の弟子を指す。
429 ○生死…ここでは、環と鉄囲山の囲字が、テーマ。
430 ○円成…ここでは、円成の円と、美人一曲の曲が字眼。○逆行の…『無門関』四〇に、趯倒浄瓶
の話がある。百丈が笑って、第一座、山子に輸却せらると云うのは、正しく一籌《ちゅう》を輸《しゅ》したのである。
○玉楼の…『祖堂集』一六、南泉和尚章に、南泉道者の話があって、冥界で玉女に呼びこまれて、大
楼台閣に上ろうとする処がある。玉楼は獄門台のようである。
431 ○仏祖を…『祖堂集』四、石頭和尚章に、下記がある。「親党の内に、多く淫祀を尚《たっと》んで、率皆《おおむ》ね犢を
宰して以て福祐を祈る、童子（石頭）輙《すなわ》ち林社に往いて、其の祀具を毀ち、牛を奪うて還る、歳に数
十に盈《み》つ云々」。又、同書一四、江西馬祖章に、「有る一日、斎後、忽然として一个《こ》の僧の来る有り、威
儀を具して、便ち法堂に上って師に参ず、師問う、昨夜は什摩処《いずこ》にか在りし、対えて曰く、山下に在り、
師曰く、飯を喫せしや、対えて曰く、未だ飯を喫せず、師曰く、庫頭に去って、覓《もと》めて飯を喫せよ、其
の僧、応喏して便ち庫頭に去る、当時、百丈典座《てんぞ》と造《な》る、却って自个に飯を分って、他の与《ため》に供養す、

其の僧、飯を喫し了って便ち去る、百丈、法堂《はっとう》に上る、師問う、適来、一个の僧有り、未だ飯を喫することを得ず、汝供養し得しや、対えて曰く、供養し了る、師曰く、汝は向後、無量大福徳の人たらん、対えて曰く、和尚作摩生か与摩に説く、師曰く、此は是れ辟支弗僧なり、所以《ゆえ》に与摩に説く、進んで問う、和尚は是れ凡人、作摩生か他の辟支弗の礼を受くる、師云く、神通変化は則ち得たり、若《も》し是れ一句の仏法を説くことは、他老僧に如かず」。○羈客…　李白の「春夜、桃梨園に宴する序」、「天地は万物の逆旅、光陰は百代の過客なり」。又、阮籍の「詠懐」、「羈旅、疇匹無し、俛仰、哀傷を懐く。○元来…　縁に従って有る者は、始終して成壊す（大灯録下、雪竇塔銘）。又、霊雲見桃の縁の後半で、潙山が霊雲を印する語。57の注「霊雲の…」をみよ。○一个の…　貧道、孤貧、屢空など。

432 ○食籍　27をみよ。　○飯縁　『禅林象器箋』飲啖門に詳しい。○竹は…　竹、菊、梅、すべて食料である。

433 ○近侍の…　侍僧との恋ものがたり。　○肥えたるは…　玉環は、楊貴妃、飛燕は、成帝の趙皇后。白居易の「長恨歌」と、司馬相如の「長門賦」をふまえる。

434 ○僧の…　「古人の行脚、叢林を偏歴して、直に此の事を以て念と為す、他の曲録木床上の老和尚、具眼か不具眼かを弁ぜんことを要す」（碧巌録三一則の評）。　○象骨…　象骨は、雪峰義存（八二二—九〇八）のこと。福州雪峰山の別名である。三九の旨については、『碧巌録』二二、雪峯鼈鼻蛇の評に、下記がある。「雪峯、巌頭、欽山と同行、凡そ三たび投子に到り、九たび洞山に上る、後に徳山に参じて、方《はじ》めて漆桶《しっつう》を打破す云々」。　○常に…　『碧巌録』五、雪峯粟米粒の評に、下記がある、「古人は接物利生、奇特の処有り、只だ是れ妨げず、辛懃することを、三たび投子に上り、九たび洞山に到って、漆桶木杓を置て、到る処に飯頭と作《な》る、只だ此の事を透脱せんが為めなり、洞山に至るに及んで、飯頭と作る一日、洞山、雪峯に問う、什麼《なに》をか作す、峯云く、米を淘る、山云く、沙を淘って米を去るか、米を淘って沙を去るか、峯云く、沙米一斉に去る、山云く、大衆、箇《こ》の什麼をか喫せん、峯便ち覆盆す、山云く、子《し》が縁、徳山に在り、指して之を見《まみ》えしむ」。

435 ○桃花を… 霊雲見桃の絵の賛、57の注「霊雲の…」をみよ。 ○瑶池の… 『列子』の周穆王篇に、「遂に西王母に賓し、瑶池の上に觴す」と言い、『漢武帝内伝』で、王母が侍女に命じて、玉盤に僊桃七顆を盛らせ、四顆を武帝に与え、三顆を自ら食べたとする。瑶池は『史記』大宛伝の賛に、「其の高さ二千五百余里」という、崑崙の頂上にあって、日月が相い避けて隠れ、光明と為《な》るところとする。

436 陣を… 57の注「霊雲の…」に引く、『伝灯録』一一、福州霊雲志勤章の文に続いて、次のようにいう。「玄沙云く、諦当なることは甚だ諦当なれども、敢えて保すらくは、老兄の猶お未だ徹せざる在ることを。衆、此の語を疑う。玄沙、地蔵に問う、我は恁麼に道う、汝は作麼生か会する。地蔵云く、是れ桂琛ならずんば、即ち天下の人を走殺せん」。玄沙は霊雲と同時の人、雪峰義存につぐ師備（八三五―九〇八）で、福州閩県の人、姓は謝、はじめ漁夫であったが、芙蓉霊訓（帰宗につぐ）に参じ、雪峰についで、福州に玄沙を創し、閩王審知の帰依で、安国を創している。二種の語録と碑文があり、『祖堂集』一〇、『宋高僧伝』一三、『伝灯録』一八などに詳しい。とりわけ、玄沙は霊雲のみならず、同じく潙山につぐ香厳や、同門の長慶に対して、それぞれの開悟の縁に「待った」をかけて、手厳しい批判を加えていて、他の人々の論議を引き起す、きっかけをつくった。 ○拄杖… 三〇年も行脚して、漸く桃花に出会うところ。桃李の場とするのは、「桃李言《ものい》わずして下に自ら蹊《こみち》をなす」とし、或は桃李の門牆に人が集まるとか、或は桃李の年という、花やいで若いイメージを、玄沙の方に与えてのこと。場は、いわゆる選場であり、場屋である。第一句の法戦場も、同じ。

437 ○香厳撃竹　43・225をみよ。　○画に…　19の注「画餅」をみよ。　○娘生の…　18にいう娘生と、19・43の注に引く『伝灯録』の話の発端として、次のように言うのによる。「鄧州香厳智閑禅師、青州の人……、潙山の禅会に依る、祐和尚其の法器なるを知って、智光を激発せんと欲す、一日之《これ》に謂《い》いて曰く、吾は汝が平生の学解、及び経巻冊子上に記得せる者を問わず、汝が未だ（父母）胞胎を出でず、未だ東西を弁ぜざる時の本分の事を、試みに一句に道《い》い来れ、吾れ汝を記せんと要す、師懵然《ぼうぜん》として対《こた》うる無し、沈吟之を久しゅうす、数語を進めて其の所解を陳《の》ぶるも、祐は皆な許さず」。　○黄陵　湖南省湘潭市の北にあり、一名は湘山、舜の二妃、娥皇と女英の墓のあるところ。唐の韓愈の祭文があり、唐宋の詩文の題となる。斑竹の伝説があり、竹枝の詞もこれに関係する。

440 ○普明国師…　普明は、夢窓につぐ春屋妙葩（一三一一―八八）の勅賜号。甲斐の人、夢窓の甥、三歳で夢窓に見《まみ》え、一七歳で落髪。生涯、夢窓と行動を共にし、滅後、相国寺を創し、初代僧禄司となる。百丈は、7をみよ。普明が百丈の法を破するのは、禅門規式の精神に背いて、幕府に出仕したためである（300をみよ）。又、高次元での破法は506。　○夏を…　10の注「婬坊…」をみよ。　○商君に…　47をみよ。　○大用…　115をみよ。　○南岳…　39にいう、「暮には南岳」をふまえるが、『伝灯録』二七の諸方雑挙徴拈代別語にある、次の一則にも関係がある。「誌公、人をして（南岳）恵思禅師に伝語せしむ、何ぞ山を下って衆生を教化せざる、目に雲漢を視《み》て、作麼《なに》かせん、思大云く、三世の諸仏、我に一口に呑尽せらる、更に甚《なん》の衆生の教化す可《べ》き有らん」。

441 ○霊中…　霊山は25。徹翁の百年忌は、応仁二年（一四六八）、一休は七五歳である。年譜によると、「五月十五日、大会斎を設く、緇白《しはく》来って妙勝酬恩に赴き、方来殆んど足を措く地無し」とある。　○僧は…　薪を運ぶのは、『法華経』の提婆品に、釈迦が前生で国王であった時、阿私仙に仕えて大乗を学び、果を採り水を汲み、薪を拾い食を設けて、この教法を得たこととする、日本における薪の行道の伝統をうける。「法華経を我が得しことは薪こり、菜摘み水汲み仕えてぞ得し」という、行基の歌を唱えつつ、薪を負うて法華八講に参加するのが、平安貴族の習わしであった。もともと、薪を担うという言葉は、子供たちが就学の適齢に達したことを意味する、中国文学史の用例をふまえ、ここでも前師への報恩謝徳の意味を含む。六祖恵能が、町で薪を売り歩き、龐居士が薪を運び水を搬《にな》うと歌うのも、すべて同じところを指す。ただし、霊山という名は、大迦葉と徹翁の二人をかさね含むので、二人を茶毗する香薪を運ぶイメージが、最初にあることは言うまでもない。　○二千四百年　周の穆王五三年壬申(前九四九)より、応仁二年に至って二千四百十七年である。

442 ○癩児…　本山大徳寺では、春浦一派の人々が、同じ百年祭をとり行う。　○霊山の…　徹翁が正法眼蔵を人に付せず、「自ら荷担して弥勒下生《あしょう》を待つ」と遺言したこと(25をみよ)。

443 ○陳蒲鞋　11をみよ。　○鉄眼…　52・150をみよ。　○宗門の…　66をみよ。

444 ○末法…　271の注「前三々…」をみよ。　○桃李…　436の注「拄杖…」をみよ。

445 ○黄衣の…　黄衣は、きわだ染の衣。黄檗の法をつぐ弟子の看板。　○三家…　「古徳云く、三家村裡、須く自箇の叢林なるべし」(円悟心要上、円首座に示す)。

446 ○仏法南方…　文殊の前三々の縁。271をみよ。

447 ○変通に…　句は『易』の繋辞によるが、雲門が睦州の下で悟って、雪峰につぐこと、更に霊樹の下で首座となり、雲門で開堂するのを暗示する。　○仏心宗　35をみよ。　○雲…　39をみよ。　○夜来…　9をみよ。又、別に魏の文帝の愛妾で、六宮に迎え入れるために、文車十乗をつかわされて、その車徒の盛んなること、朝雲暮雨の比でなかったので、「朝に非ず暮に非ず、夜来」と言われた薛霊芸の話があり、第三句につづいて夜来とくれば、そのことを連想してもよいだろう。

448 ○米山…　洪覚範の「陳尊宿影堂序」にみえる。11の注「陳蒲鞋」をみよ。

449 ○道を…　次句に乱裡とあり、太平姦賊の意をかくす。287の注「乱世の…」をみよ。　○韶陽の…　韶陽は、雲門である（39をみよ）。睦州が雲門の脚をくじいたことは、『禅林僧宝伝』二に言うところである。『碧巌録』六、雲門日々好日の評にもみえる。

450 ○平生…　氷雪は、『荘子』の逍遥遊篇に、神人の肌の清潔なことをいう言葉で、氷雪の操ともいう。いわゆる、日用清浄のところ。栄衒の反対である。

451 ○歇林…　真珠酬恩両庵歴代世次にいう、第三世歇叟紹休である。如意庵にも住し、禅玄庵、玄如庵を創し、自ら木人蘆隠と号した、明応九年庚申（一五〇〇）一二月一六日に寂す。　○宗門…　臨済末後の問答をふまえる。伝正という、庵号のよるところである。　○狭路の…　241をみよ。　○墻外…　「問う、如何なるか是れ道、師云く、墻外底」（趙州録中）。

452 ○再来…　再来年《さらいねん》は、来々年である。隔生は、来生、又は前生であるから、再来をつけると、前々生、又は来々生である。隔生即忘は、『法華玄義』六下にある句で、今は前生のことをすべて忘れて、記憶せぬこと。『太平記』一一、越前牛原地頭自害事では、一念五百生、繋念無量劫の業に対せしめる。　○講経…　『碧巌録』六七、傅大士講経竟の話をふまえる。　○炉韛の…　『伝灯録』二七、善恵大士章に、下記がある。「会《たま》たま天竺僧達磨なるもの有り……因みに命じて水に臨み、其の影を観るに、大士の円光宝蓋を見る、大士笑って之に謂いて曰く、鑪韛の所には鈍鉄多く、良医の門には病人足れり、度生を急と為さんより、何ぞ彼の楽しみを思わん」。

453 ○自然外道　インド哲学の一派、中国で老子を当てること、吉蔵の『三論玄義』にみえる。南陽忠国師の広語（伝灯録二八）に、西天自然外道をはげしく非難し、わが道元にも継承される。○大道…『老子』第一八、「大道廃れて仁義有り、智恵出でて大偽有り、六親和せずして、孝慈有り、国家昏乱して、忠臣有り」。

454 ○天然… 149・401 をみよ。

455 ○地獄 314 をみよ。 ○三界… 『法華経』譬喩品の句。 ○箇の… 『無門関』一二、「瑞巌の彦和尚、毎日、自ら主人公と喚び、復た自ら応諾す。乃ち云う、惺々著、喏、他時異日、人の瞞を受くる莫かれ、喏々」。瑞巌は、巌頭につぐ、師彦のこと。閩越の人、姓は許、呉越銭王の帰依をうける。『宋高僧伝』一三、『祖堂集』九（鳥岩）、『伝灯録』一七。

456 ○岩頭和尚 12 をみよ。 ○胡鬚… 百丈野狐の話の後半に、「百丈云く、将《まさ》に謂《おも》えり、胡鬚赤と、更に赤鬚胡有り」。因みに、無門の評に、「風流五百生」とある。 ○邪法… 『伝灯録』一八、翠巌令参（276 をみよ）。 ○象骨老師の… 『碧巌録』二二、雪峯鼈鼻蛇の評に、下記がある。「一日、岩頭を率いて欽山を訪《と》わんとし、鰲山店上に至って、雪に阻まる。岩頭は毎日只だ是れ打睡す、雪峯は一向に坐禅す。岩頭喝して云く、噇眠し去れ、毎日床上に恰《あた》か七村裏の土地に似て相い似たり、佗（他）時後日、人家の男女を魔魅し去る在らん。峯自ら点胸して云く、某甲が這裏、未穏在、敢えて自ら瞞ぜず、頭云く、我れ将《おも》に謂えり、你は已後孤峯頂上に向って、草庵を盤結し、大教を播揚せんと、猶お這箇の語話を作す云々」。 ○臨済… 渡子は、臨済という名からくる連想。 ○棹を… 12 をみよ。 ○確 一休の、一字関として解する。たとえば、『雲門広録』上に、下記がある。「問う、承わるに古言う有り、了すれば即ち業障本来空なり、未だ了せざれば還って須く宿債を償うべしと、未審、二祖は是れ了か、未了か、師云く、確」。又、『円悟録』七の上堂、到南康軍開堂の問答で、「（僧）進んで云く、青山は長飛の勢いを鎖さず、滄海は合《まさ》に来処の高きを知るべし、師云く、分って両段と作《な》る、進んで云く、一挙四十九、師云く、確」とあって、次で提綱に移るので、確で一くぎりついている。ただし、底本は確頌と読むが、確頌は、他に例が無い。　○江海の…　37をみよ。

457 ○学林…　宗参の伝は、はっきりしないが、別にこの人に与える、梅花の寿像があり、次のような賛と為書がついている。「詩情は応是、許渾の図、天沢の家風、一点も無し、夢は冷やかなり深閨、十年の枕、吟身半夜、灯と共に癯《や》す、学林庵主参公、余が夢影を写して讃を需《もと》む、書して以て責を塞ぐ、寛正壬午臈八、夢閨老拙宗純」（墨蹟一休宗純46）。寛正壬午（一四六二）、師の年は六九歳、423にいう勾欄曲を製する年である。学林庵の入寂は、これより間もなくと思われる。第二句の六十年来を実数とすると、年寿は一休自身に近づく。古参の弟子の一人であった。水葬の事情も判らぬが、異常な感じがないでない。水葬は天竺の四葬の一つで、江河に投じて魚鼈に飼わせるもの（釈氏要覧下）、別に『林間録』下や『大恵武庫』に例があって、一般に異とするに足りぬが、日本では珍しいと言える。　○変通に…　194をみよ。　○閻浮…　『大智度論』三五に、「閻浮提の如きは、閻浮は樹の名にして、其の林茂盛し、此の樹、林中に最大なり、提は名づけて洲と為す」（511をみよ）。

458 ○円悟大師の…　円悟は60・93・163などの注「金山大病」、417―420など。とくに、投機の頌は、248の注「長信…」をみよ。

459 ○四睡の図　寒山、拾得、豊干の三人が虎を抱いて睡る絵。　○凡聖…　文殊と無著の問答271をみよ。

460 ○運庵…　124の注「三十年来…」、206、231の注「再び…」などをみよ。　○這の…　16―18をみよ。　○痛処の…　14をみよ。　○脱屣　『漢書』郊祀志にいう、「脱屣の如くなる耳《のみ》」。又、孔稚珪の『北山移文』に、「万乗を屣むこと、其れ脱するが如し」。

461○弟子の…　弟子をもとうとする、自分の癖を戒めるもの。　○臨済…　大人は、君子。司馬相如に、「大人賦」がある。　○元字…　130をみよ。脚頭の頭は、助字。

462○自賛　124・126につづく。　○許渾が…　126をみよ。　○吟じて…　孫覿の「能仁寺悟上人」に、「吟鬚を撚断して、両眉を皺む、氷《こおり》を鏤《え》り雪を琢《みが》いて、児嬉に等し」。

463○臨済…　373・374につづく。　○賊智…　『臨済録』の行録で、臨済と黄檗の钁頭問答を、潙山と仰山が批評して、「賊は是れ小人、智は君子に過ぎたり」とするのによる。『梁谿漫志』一〇、俚語盗智の条に、次のように言う。言葉は確かに下品だが、泥棒の悪知恵は、全く人の意表をつくものだ。ある学士が中央に呼ばれて、泊った宿舎の前に茶店があって、染物屋と向いあっている。用がないので、彼は茶店の椅子によって、通りを眺めていると、ある日、数人の男が眼の前を四度ばかりゆききするが、染物屋に眼をつけていることが判る。妙だなと思っていると、一人の男がさっと近づいてきて、「手前共は仲買人だが、あの家で干している白絹をねらっている、お役人さま、どうか他言なさらないで」、「俺にそれが、何の関係があって、わざわざ人にもらすものか」、男は丁寧におじぎして、退いてゆく。学士は私《ひそ》かに考えた、あの染物は大通りに向って、高々とひろげられている、白昼、万目のみるところで、あいつにもし掠《かす》められるとしたら、これは大した泥棒だぞ、そうして、じっと眺めていると、連中がしきりに左右にゆきかうのが判るが、だんだんゆっくりしてきて、もう一人も目につかぬ、学士は笑った、「インチキめ、やっぱり俺をかついだな」、さて飯を食べようと、宿にかえると、部屋の中は空っぽになっている。

464○癖『瑯琊代酔』三五に、種々の癖を集める。　○睦州…　11—13、443—450をみよ。　○左伝『晋書』三四、杜預伝にいう、「預常に称すらく、王済は馬癖有り、和嶠は銭癖有り、武帝之を聞いて、預に謂いて曰く、卿は何の癖か有る、対えて曰く、臣は左伝癖有り」。和嶠のことは18に引く。○蠟屐『晋書』四九、阮孚伝、「初め祖の約は、性として財を好み、孚は性として屐を好む、是の累を同じゅうして、未だ其の得失を判ぜず、有るひと約に詣《いた》るに、正に財物を料るを見る、客至って屏当し尽さず、両小簏を余して、以て背後に著き、身を傾けて之を障うも、意未だ平らかなる能わず、或は有るひと阮に詣るに、正に自ら屐に蠟ぬるを見る、因って自ら嘆じて曰く、未だ知らず、一生に当た幾ばく量の屐を著けてか、神色甚だ閑暢なると、是《ここ》に於て、勝負始めて分かる」。

465 ○東坡像　336をみよ。　○竺土の…　文殊を七仏の師とする発想が、すでに『百丈広録』にある。釈迦は過去七仏の一人であるが、今は歴史的釈迦と解して、東坡と黄竜に対比させる。　○黄竜の…　東坡は東林常総（一〇二五―九一）に参じ、常総は黄竜恵南につぐ。東坡は、黄竜宗に属した。舌頭は、渓声山色の偈を指す。「東坡禅喜集」の、作品すべてを代表しよう。

466 ○偶作　126の注「許渾が…」にいう、大覚禅師が虚堂を嘲ったことを、ふと思い出してのこと。　○濁醪　200をみよ。又、杜甫の「飲中八仙歌」。　○自ら…　「大覚禅師云く、能く許渾の詩を学んで、禅を識らず」。

467 ○抹香を…　乳香を焼かぬこと。　○殊勝を…　『臨済録』の示衆に、「殊勝を求めんと要せず、殊勝自ら至る」とあり、同義に解してよかろうが、悪殊勝と読めば、変ったことが好きとなる。　○暗に…　陶淵明が眉を顰めたのと同じ（43をみよ）。

468 ○病僧に…　『梵網経』に、五辛を禁ずる。大蒜、蒜葱、慈葱、蘭葱、興渠の五種。『楞厳経』八にいう、「熟を食えば、婬を発し、生を啖《くら》えば、恚を増す」。　○如来…　389の注「牛乳を…」をみよ。

469 ○久参の…　101・219・374などをみよ。　○応庵は…　虎丘紹隆につぐ、応庵曇華（一一〇三―六三）のことば。語録七に収める、「徽禅人に示す」法語による。ただし、白浄は378。

470○薄氷『詩』の小雅、「小旻」にいう、「戦々兢々として、深淵に臨むが如く、薄氷を履むが如し」。
○心上の…『書』の「大禹謨」にいう、「人心惟《こ》れ危うし、道心惟れ微かなり、惟れ精、惟れ一、允《よ》く厥《そ》の中《ちゅう》を執る」。○迷道の…399・409をみよ。

471○金春座者の…金春流の能楽師が、一休の周辺にいる。禅竹の「六輪一露」に、南江宗沅が序を書いているし、伊藤敏子氏の「考異狂雲集」951に、題金春大夫市原小町之能があり、同書996に、金春八郎羯鼓がある。後者は、金春禅鳳である。○雲門…雲門は、39をみよ。王老は、南泉のことだが、出典不明。○震旦の…『睦州録』に、「問う、如何なるか是れ向上の関棙子《かんれいす》、師云く、新羅国裏に坐朝し、大唐国裏に鼓を打つ」とあり、ここで径山と建仁をあげるのは、虚堂と一休自身の、一人二役である。一休は一三歳で、建仁の慕喆について、はじめて文学に開眼する。

472○岐岳和尚…年譜の応永三一年（一四二四）、師の年三一歳の条にみえる。岐岳は、大徳寺の二〇世で、季嶽ともいう、諱は妙周、徹翁下の、大象宗嘉につぎ、崇福寺四三世のとき、大応がのこした杖をもって、大徳寺にのぼり、大応の後身を自任する（延宝伝灯録二九）。年譜に大応の讖《しん》を挙げていう、「吾が滅後一百年、此の山に住する者は、乃ち吾が後身なり、杖を留めて必ず之に付す」と。○御所喝食　年譜では、官寺少年である。『徒然草』第五四段に、御所づめの御室のちごを、そそのかして遊ぶ話がある。座興の風流である。○看雲亭　方丈の南東。○茂陵…195の注「月は…」をみよ。
○無住牓『禅林象器箋』の文疏門に、無頭榜とし、『寂照堂谷響集』に無住方とするのを、拠る無しとする。年譜も、無頭榜である。禅院の事例は、主に日本のものだが、その一つをあげる。「義堂の日工集に云う、石室、無頭榜一巻を出示す、大概、叢林の弁事の不公を挙ぐるの論なるのみ、又云う、石屏寮に、無頭榜の嗤《あざけ》り有り、蓋《けだ》し余が門徒の議に党せず、独立して移らざるを以てなり」。　○蕞苴　『大恵武庫』上に、黄魯直が張無尽の霊源批判を笑って、次のように言ったとする。「無尽が言う所の霊犀一点、箇の蕞苴、虚空の為めに耳穴を安んず云々」。『事文類聚』に、「蕞苴は蜀人をいう、遊誕にして軌範に遵《したが》わざるを、川蕞という」と注す。　○黄金の…　司馬相如が、陳皇后から黄金百斤をもらって、漢の武帝の失寵を怨む「長門賦」を書いたこと。陳皇后は黄金と別に、文君と相如に酒を贈っている。

473 ○夜参の…　雲夢で神女が枕席に侍するイメージ。　○酒…　3をみよ。　○逆　351の逆行に同じ。　○空薄　薄情は、必ずしも反価値的でない。

474 ○尽梅　他本に、画梅とするが、今は底本通り。　○孤山　杭州西湖の西にあり、林逋（九六七―一〇二八）が廬を結んだところ。林和靖の名で知られ、字は君復。生涯めとらず、仕えず、廬の側に墓をつくって、衣食に意を用いず、梅を愛し鶴をかい、詩と書に生きた人。「山園小梅」の詩に、「疎影横斜水清浅、暗香浮動月黄昏」の句がある。　○七宝の…　青黄は51。今は七宝で、花は紅白という栄華である。　○淡烟…　51をみよ。

475 ○自賛　寿像の賛。いずれも現存しない。　○紘膠　247をみよ。　○文君が…　10の注「相如…」をみよ。　○薄情…　杜牧の「遺懐」による、「江湖に落魄して、酒を載せて行く、楚腰繊細、掌中の情、三年して、一たび覚む、揚州の夢、贏《か》ち得たり青楼、薄倖の名」。

478 ○天源の…　鎌倉建長寺にある、大応国師の塔所。特にそれをいうのは、天沢の韻字による。

479 ○鱗を…　竜となって竜門を升《のぼ》るイメージと、現実との二重うつし。　○活潑々…　古くは、活鱍々と書かれた（歴代法宝記）。　○点額の…　『碧巌録』六〇、雲門拄杖子の頌による。29をみよ。

480 ○応無…　『金剛経』の句、六祖恵能の縁。　○百花…　『碧巌録』五、雪峯粟米粒の頌。

481○念の…　『宗鏡録』三八に、次のようにいっている、「禅門中に云う、念の起るを怕《おそ》れず、唯だ覚することの遅きを慮《おもんばか》る。又た云う、瞥起は是れ病い、続《つ》がざるは是れ薬と」。『禅林宝訓』二は、前者を『契経』の句とする。『円覚経』の清浄恵章にも、「得念失念、解脱に非ざる無し」とある。今は先ず、念を警《いまし》めるところ。　○満腹の…　外から来るものでなくて、内から湧くのである。

482○念の…　481に引く、禅門中の後半の意を含む。　○藞苴の…　472をみよ。　○自讃…　353—355をみよ。

483○脚下の…　18と、122をみよ。　○驪山の…　私語は245、三生は274。　○望帝の…　213・349をみよ。

484○心念の…　奥村本は、心念の所作。　○三十年来…　263をみよ。　○子陵が…　55をみよ。

485○末後…　霊山の末後をうけよう。25—27をみよ。　○吟じて…　462をみよ。

486○虚名…　大覚禅師が虚堂を嘲ったのをうける。126の注「許渾が…」をみよ。

487○童子…　『華厳経』入法界品の話。　○美人…　第二六番、婆須蜜女を指す。仏国禅師文殊指南図賛に、次のようにいう。「相い逢うて相い問う、何の縁か有る、高行の如来も一宝銭、手を執り身を抱いて心月静かに、吻唇唼舌、戒珠円《まど》かなり」。

488○紹固…　喝食は、稚児（472をみよ）、紹固は別に文明三年（一四七一）に、堅嶽の頌号を貰っているし（墨蹟一休宗純147）、文明丁酉（一四七七）には、寿像の賛を貰っている（同上40）。入門の年時は確かでないが、僅か四歳で出家するのには、特別の事情があったろう。「考異狂雲集」によると、別に幼い紹固を歌う偈が五首もある。　○恩を…　出家剃髪のとき、共に唱える偈文の一つ。『清信度人経』にいう、「三界の中に流転して、恩愛を断つ能わず、恩を棄てて無為に入るは、真実報恩の者なり」。

489○欽山禅師を…　洞山につぐ欽山は、諱は文邃、福州の人。雪峰、巌頭と伴をくんで行脚し、二人は徳山の法をつぐが、欽山のみ肯《うけが》わなかった。雷満という一旗者の帰依で、澧州に二七歳で欽山を創し、派手好みの家風で知られた。一休の共感もそこにあったろう。又、雪峰、岩頭と共に、河北に臨済を訪ねて、定上座と問答したり、茶店で女主人と問答するなど、逸話が多い。『祖堂集』八、『伝灯録』一七。○佳名…『祖堂集』七、雪峯章にいう、「師上堂して云う、某甲《なにがし》、岩頭、欽山と行脚の時、店裏に在って宿する次《つい》で、三人各おの願有り、岩頭云く、某甲は此より分襟の後、一个の小船子を討得して、釣魚漢子と共に、一処に坐して一生を過却せん、欽山云く、某甲は則ち然らず、大州の内に在って、節度使、某が与《ため》に礼して師と為し、処分して錦襖子を着、金銀床に坐し、斎時には金花楪子、銀花楪子もて、大槃裏に如法に排批し、喫飯して一生を過却せん……」。○茶店の…『伝灯録』二七に、三僧が雲遊して径山を訪《と》う途中、茶店で休んで一婆の供養を受ける話がある。三僧の名は判らないが、『祖堂集』一七では、大慈の話とする。欽山は、大慈のところにいたことがある。○好仇 72をみよ。○慈明の…… 241をみよ。

490 ○新婦の… 123をみよ。○錦帳…『伝灯録』一七、欽山章にいう、「問う、如何なるか是れ和尚の家風、師曰く、錦帳、銀香嚢、風吹いて、満路香ばし」。

491 ○済家の… 定上座を自負するもの。『碧巌録』三二、定上座佇立の評に、次のように言っている。「一日、路に巌頭、雪峯、欽山の三人に逢う、巌頭乃ち問う、甚処《いずこ》よりか来る、定云く、臨済、頭云く、和尚万福、定云く、已に順世し了れり、頭云く、某等三人、特に去って礼拝せんとす、福縁浅薄にして、又た帰寂に値《あ》う、未審《みぶか》し、和尚が在日、何の言句か有りし云々」。以下、無位真人の示衆を挙げると、欽山が非無位を言い、定上座に擒住されるのを、二人のとりなしで、やっと放されることとなる。一休の見方は逆である。

492 ○尿床の… 先の話の最後で、定上座は次のようにいう。「若《も》し是れ這《こ》の両箇の老漢ならずんば、這の尿床の鬼子を塑殺せん」。 ○夜雨… 3の注「桃李…」に引く、黄庭堅の句をふまえる。又、225の「夜雨」をみよ。

493○辞世 下火の句の一つ。 ○還郷… 『伝灯録』二九、同安十玄談に、還郷曲があって、次のようにいう、「中路に於て空王に事《つか》うる勿《な》かれ、策杖、還って須《すべから》く本郷に達すべし云々」。 ○緑珠… 351をみよ。

494○竜翔門派の… 竜翔は、京都の安井に建てられた、大応国師の墓塔の一つ（157をみよ）。 ○扶桑… 14・337をみよ。

495○自屎… 220をみよ。屎でも、尿でも可。

496○蝙蝠 曹植に「蝙蝠の賦」あり、「吁《ああ》、何たる奸気ぞ、玆《こ》の蝙蝠を生ずる、形は殊《こと》なり性は詭にして、毎《つね》に常式を変ず」。

497○渡江の… 118をみよ。

498○三界 人間が生れかわる、世界のすべて。欲界、色界、無色界の三つ。欲界に、六道がある。 ○来往… 32をみよ。 ○修羅 158をみよ。 ○娑婆 忍土と訳されるように、苦悩を忍受する意。

499○劫空の… 空劫以来の、法力の熏習、習心。 ○吾が臍に… 和語だろう。『正徹日記』（一八）にいう、「ほぞにとほりて、さかひにいたらざる人は、人の哥《うた》を見る事もかたきなり」。 ○無色の… ここに生れた有情は、色質を有たず、受想行識の四蘊を体とし、男根を成就しないにもかかわらず、すべて皆な男身である、空無辺処は二万劫、識無辺処は四万劫、無所有処は六万劫、非想非非想処は八万劫の寿量を有する。 ○涙… 『増一阿含経』一八（九）にいう、「時に舎利弗《しゃりほつ》已に滅度を取る、諸天、空中に在って悲号喘啼哭し、自ら勝《た》うる能わず、虚空の中、欲天、色天、無色天、悉く涙を堕す、亦た春月の細雨の和暢するが如し」。　○月は…　213をみよ。

500 ○威音…　188をみよ。　○依草…　『臨済録』の示衆に、「你諸方の道流、試みに物に依らずして出で来れ、我れ你と共に商量せんと要す、十年五歳、並びに一人無し、皆な是れ依艸附葉、竹木の精霊、野狐の精魅、一切糞塊上に向って乱咬す」。

501 ○須く…　「若し、自心は本来清浄にして、元より煩悩無く、無漏の智性、本自《もと》より具足す、此の心即ち仏にして、畢竟《ひっきょう》じて異なる無しと悟って、此に依って修する者は、是れ最上乗禅なり、亦た如来清浄禅と名づく……、達磨門下に展転相伝する者は、是れ此の禅なり」（禅源諸詮集都序上）。　○三界…　455をみよ。　○三車…　『法華経』譬喩品の話。三車は羊、鹿、牛の三つ、三乗に譬える。

502 ○南坊　一休の実子という、岐翁紹偵（一四二八—九四？）である。東坊城和長の日記（明応三年—一四九四—八月一日条）に、次のようにある。「一日丁巳、晴、八朔の慶、例の如し……、予連々、一休和尚の宗嫡南坊紹偵書記に就いて、修名を求む、今朝、之を伝う、頓纇の至り、九喜なる哉、吁嗟《ああ》、我が道既に成る、其の安名は宗鳳、宗の字、代々の嘉模たり……、宗麟、宗鏡なる者は、和尚の賜う所、予《わ》れ祖と子孫と三代の機縁を結ぶ、何ぞ幸と為さざらん哉《や》」。ついで、安名の写しがあって、有名な一休皇胤説の根拠となる、秘伝に入るのである、「云く、安名、宗鳳、明応三載孟秋中三日、岐翁紹偵（印判）、今此の和尚は当歳六十七と云々、住居は摂州桜塚、秘伝に云う、一休和尚は後小松院の落胤皇子なり、世に之を知る人無し、紹—和尚は則ち宗—和尚の実子なり、法の正伝、実の親子、奇なる哉《かな》、偉なる哉」。　○勇巴　男色の隠語。　○妻に…　対は245の題、「美人に対す」に同じ。　○狭路の…　241をみよ。逆行は、351・473をみよ。　○能く…　能は、豈、何、安などに併用して、その意味を強める、今も反語の気分を含むであろう。口を忌むは、『伝灯録』一七、撫州曹山本寂章にある、次の問答をふまえる。「問う、一牛、水を飲む、五馬、嘶《いなな》かざる時、如何、師曰く、曹山能く口を忌む、又た別して云う、曹山老漢」。○雲雨… 雲雨は39、楚台は387。

503○制戒 自ら誓うもの。502のあとがき。○好仇 72をみよ。○悔ゆらくは… 松源の三転語をふまえる（17をみよ）。

504○泉堺の… 泉州堺は、町人の町、巨万の富によって、活気づいている。養叟が早く、関わりを深め、一休も次第に近づく。先にいう南坊は、堺にいる。絶交は189。○利に… 名利共に求めること。名を求めて、利を退けるのが、これまでの一休であった（385・405をみよ）。○霊光 216・229、及び511の注「紙窓」をみよ。○梨冠… 198をみよ。○仏恩を… 『臨済録』の行録で、臨済が黄檗の与える禅板机案を、焼き捨てようとするのを、潙山と仰山が批評することば。元来は、『首楞厳経』の句である。

505○紅紫… 『論語』の陽貨篇に、「紫の朱を奪うを悪《にく》む」というのによる。○牛馬… 『睦州録』にいう、「問う、如何なるか是れ機前の一句、師云く、老僧が一問、你をして摸せしむ、進んで云く、便ち是なる莫きや、師云く、牛に対して琴を弾ず」。『通俗篇』の獣畜部にとられ、対駅撫琴ともいう。

506○松源和尚 16―18・61をみよ。○法を… 破法は440、条については、『碧巌録』一〇、睦州掠虚頭の垂示に、「条有れば条を攀じ、条無くんば例を攀ず」。省数銭は、61をみよ。

507○巡掌… 禅林清規に定められた通りの、きちょうめんな日常行持、山門頭に合掌し、仏殿裏に焼香すること。巡堂は、住持の第一のつとめで、坐禅のとき、上下間をまわるもの。別に巡寮がある。

508○馬糞を… 懶瓚が馬糞を焼いて、芋をたべた話（115をみよ）。斑竹は、黄陵廟（437をみよ）の竹である。具体的には、竹筆用の竹を植えたのだろう（奥村本856に、他の例がある）。ただし、修字は解し難い。○此君の… 『晋書』八〇、王徽之伝に、「嘗《かつ》て空宅中に寄居して、便ち竹を種《う》えしむ、或るひと其の故を問う、徽之は但だ嘯咏し、竹を指して曰う、何ぞ一日も此の君無かる可けん」。○湘水の…164の注「我に…」、165の注「楚雲…」をみよ。

509 ○鳳凰の…『梁書』五〇、彭城王勰の伝に、「鳳凰は梧桐に非ずんば栖《す》まず、竹の実に非ずんば食らわず、今梧桐と竹と並び茂る、詎《なん》ぞ能く鳳を降さんや」とあって、碧梧翠竹の句を生む。○燕雀…『参同契』にいう、「燕雀は鳳を生ぜず、狐兎は馬に乳せず」。又、『史記』の日者伝に、「騏驥は罷驢と駟を為す能わず、鳳皇は燕雀と群を為さず。○臨済は…『臨済録』の行録にある、臨済栽松の縁と、508に注意する奥村本856。

510 ○臨済の…対字の深み、245にあり。

511 ○閻浮樹　単なる自然の木ではない。○葉々枝々…次の512に引く、長沙の偈。○太極…周敦頤の太極図説と、林逋の梅をかさねる（474の注「孤山」）。紙窓は、百丈につぐ古霊の縁。『伝灯録』九、福州古霊神讃の章に、下記がある。「又た一日、（其師）窗下に在って看経するに、蜂子窗紙に投じて、出でんことを求む、師之を覩《み》て曰く、世界は如許広闊なるに出《い》ずることを肯んぜず、他の故紙に鑽まる、馿年にも出で得んや、其の師、経を置いて問うて曰く、汝行脚して何人にか遇える……、師、座に登って百丈の門風を挙唱して、乃ち曰う、霊光独り耀いて、迥《はる》かに根塵を脱す、体露真常、文字に拘わらず、心性無染、本自円成云々」。○暗香…林逋の句。474をみよ。

512 ○妙勝寺の…年譜の康正二年（一四五六）、師の年は六三歳、薪の妙勝は、乃ち大応国師の道場にして云々とし、翌長禄元年（一四五七）の夏末、薪に入りて、居ること十余日とある。竹木を伐ったのは、この前後のことだろう（139・337をあわせみよ）。511の注「葉々枝々…」に言うように、一休は長沙景岑の偈を想起している。『伝灯録』一〇に、下記がある。「師、人の松竹を斫《き》るを誡むる偈に云う、千年の竹、万年の松、枝々葉々、尽《ことごと》く皆な同じ、為めに報ず、四方の玄学の者、手を動かせば、祖公に触るるに非ざる無し」。因みに、祖公は五祖弘忍ならん、五祖山で松を栽えていたという、伝説による。○官に在って… 366の注「私車の…」に引く、『臨済録』の句。○商君… 47をみよ。○去来… 右にいう、五祖弘忍の話。

513 ○酔恩庵を… 事情は不明だが、文明六年（一四七四）二月、大徳入山と関わりがあろう。いずれも、居成りの作品である。○私の… 366、および512の「官に在って…」をみよ。

514 ○禅門宝訓 大恵と竹庵士珪が編したものを、東呉の沙門浄善が増補改修、淳熙年間（一一七四―八九）に完成する。先哲の訓戒、修行の機縁を集める。○円悟 60をみよ。○妙喜 66をみよ。○終りを… 『老子』第六四、「民の事に従う、常に幾《ほと》んど成らんとするに於て、之を敗る、終を慎むこと始の如くするときは、則ち敗事無し」。○故に… 『詩』の大雅、「蕩」の句。○晦堂老叔 諱は祖心（一〇二五―一一〇〇）、南雄始興（広東省）の人、姓は鄔。宗覚と謚する。黄竜恵南に参じ、その席をつぐ。『宗鏡録』百巻を節要する、『冥枢会要』四巻と語録二巻あり、その塔銘は黄庭堅の撰。『続灯録』一二、『禅林僧宝伝』二三。○黄檗の… 黄竜につぐ、惟勝のこと。潼川の人、姓は羅。『普灯録』四、『五灯会元』一七。 ○晩年に… 240の前書きに、慈明下の清素首座の名をあげ、「然りと雖も、晩年に兜率の悦公に遇うて……、遂に敗を納《い》るること一場、惜しい哉、始め有って終り無きことを」というのを想起せよ。大灯国師にも、華叟にも、そして一休自身にも一貫する、納敗一場の吟魂だろう。 ○鐘楼の… 東林和尚雲門庵主頌古（古尊宿録四七）に、下記がある。「挙す、南禅師云く、鐘楼上に念讃し、床脚下に菜を種《う》ゆる時、如何。黄檗の勝禅師云く、猛虎当路に坐す。東林の頌、猛虎当路に坐す、遊魚脚底に過ぐ、紫胡老を学ばず、便ち劉鉄磨を打す。雲門の頌、直出直入、当面に識《し》らず、更に如何と擬す、甚《なん》の死急をか著《つ》けん」。なお、黄竜と惟勝との話は、虚堂の立僧納牌普説（語録四）に引かれて、別に一休の最も共感するところとなり、その親しく写す真蹟の数本を、今日に伝えている（墨蹟一休宗純152）。「老南の黄檗に住せし時の如《ごと》きんば、入室退いて必ず涙下る、有るひと其の故を問うに、乃ち云う、老僧は是れ仏法中の罪人なり、一堂の兄弟、人の一転語を下し得て切当なる無し、法門の興衰、亦た知る可しと。室中常に挙すらくは、鐘楼上に念讃し、床脚下に云々、他便《かれ》ち黄檗を退いて、他に与えて住せしめ、自ら積翠庵に居す、古人が法門の為めにするの切なること、此の如し」。○擡搦…『伝灯録』一六、鄂州巌頭全豁（奯）章に、「我れ当時、一手は擡し、一手は搦す」。又、『碧巌録』一の垂示にいう、「挙一明三、目機銖両、是れ衲僧家、家常の茶飯、衆流を截断して、東湧西没《とうゆさいもつ》するに至っては、逆順縦横、与奪自在なり」。○邪正を…『臨済録』の示衆に云う、「大徳よ、山僧が是の如くに挙する所、皆な是れ魔を弁じ異を揀《えら》んで、其の邪正を知らしむ」。

515○痛処の…14をみよ。○隠れ去れば…『首楞厳経』六に、「譬えば人有って自ら其の耳を塞いで、高声大叫して人の聞かざらんことを求むるが如し、此等を名づけて、隠さんと欲すれば弥《いよ》いよ露《あら》わると為す」。又、『中庸』第一章にいう、「隠れたるより見《あら》わるるは莫《な》く、微かなるより顕われたるは莫し、故に君子は其の独りを慎む」。○明眼の…18をみよ。

516○積翠庵の…黄竜が晩年に積翠に退き、惟勝に席をゆずったこと。514に引く虚堂の普説をみよ。○一夕…『易』の坤卦、「文言」にいう、「臣にして其の君を弑《しい》し、子にして其の父を殺す、一朝一夕の故に非ず、其の由来する所の者は漸なり」。

517○杜牧を…星の数ほどある、晩唐の詩人のうち、一休が許渾と共に思いを寄せる、第一の作家である。○杜書記　杜牧（八〇三―八五三）は、牛僧孺の淮南節度掌書記として、揚州に随行する。「贏ち得たり青楼、薄倖の名」（245の注「夢閨」をみよ）とは、正にこのときのもの。〇独朗…　天台智顗の『摩訶止観』の序。〇紫雲の…　杜牧の「張好々」の詩にいうところ、『本事詩』（高逸篇）に詳しい。杜牧が洛陽で御史の役にあったとき、司徒の李愿が退官して、家妓を集めること第一であった、花を相手に独酌していた杜牧は、俄かに李愿の宴席にかけつけ、酒三杯をのみほし、紫雲の前に進み出て、ずばり自分のものにすると、次の詩を朗吟したというのだ、「華堂今日、綺筵開く、誰か分司を喚《よ》べる、御史来と、忽ち狂言を発して、満座を驚かす、両行の紅粉、一時に廻《めぐ》る」。

518 〇参玄の…　名を重んじて、利を捨てよというもの。385・386をみよ。〇迷道の…　399・409をみよ。

519 〇参玄の…　大智をすすめるもの。〇繋馿橛　『臨済録』の示衆に、「等妙の二覚は、担枷鎖の漢、羅漢辟支は、猶お厠穢の如く、菩提涅槃は、繋馿橛の如し」。又、船子徳誠の語に、「一句合頭の語、万劫の繋馿橛」（伝灯録一四）。〇江湖…　雲門のことば。先に424の注「三頓の棒」に引く、『伝灯録』二三の洞山守初章にみえる。

520 〇曹洞の…　悪見は、虚無的な見方。邪見に同じ。かつて「曹洞土民」と言われた。

521 〇画　行脚僧の絵の賛。〇九たび…　434の注「象骨…」をみよ。〇明白…　「信心銘」の句。〇橋上…　168をみよ。

522 〇水草…　『法華経』の譬喩品に、「身に常に重きを負い、諸の杖捶を加えられて、但《た》だ水草を念《おも》うのみ、余は知る所無し」。〇応身…　72をみよ。

523 〇潙山来也　一休の遺偈に、「虚堂来也」。〇異類…　異類は異類中行（67をみよ）。甘きが如くとは、『詩』の邶風、「谷風」に、「誰か謂う茶は苦しと、其れ甘きこと、薺の如し」とあり、大雅の「菫茶如飴」を箋して、其の生ずる所の菜は、性の苦なる者有りと雖も、甘きこと飴の如きなりというから、異類に甘んずるにしても、必ずしも但だ甘んずるだけではない。522に引く、『法華経』譬喩品の「但だ水草を念うのみ」と、完全に対句をなす。

524〇四睡図　459をみよ。　〇老禅の…　閭丘胤の「寒山子詩集序」に、「二人、声を連ねて胤を喝し、自ら手を相い取って、呵々大笑し、叫喚して乃ち云く、豊干は饒舌饒舌、弥陀は識らず、我を礼して何か為《せ》ん。　〇虎尾…　『臨済録』の行録に、潙山と仰山が、臨済大悟の話を批評し、「但だ虎頭に騎るのみに非ず、亦た解《よ》く虎尾を把《と》らう」とするもの。　〇月は…　寒山の詩、「吾が心は秋の月に似たり、碧潭、清うして皎潔たり、物の比倫するに堪うる無し、我をして如何《いかん》が説か教《し》めん」。

525〇聞声悟道…　45をみよ。　〇三句の…　4をみよ。　〇観音…　「観音経」に、三十三身十九の説法とよばれる段がある。胡餅を求める衆生には、胡餅身を現じて説法、饅頭を求めるものには、饅頭身を現じて説法すというもの。三十二も三も、変りはない。一本に、三十三文銭とする。

526〇底の…　底は、俗語で何、甚と同じに用いる疑問詞（詩詞曲語辞匯釈、一〇一ページ）。食籍は、27をみよ。〇念頭…　481―484に、念起所、又は心念起所というのに同じ。

527〇臨済和尚を…　弟子墨渓の描く臨済像に、自ら賛をつけたもの、真珠庵に真蹟があり（墨蹟一休宗純62）、第三句を「悪魔鬼眼睛」とする。

528〇杜牧　517をみよ。　〇慈明…　58の注をみよ。　〇甕…　出典不明。　〇桑間…　260の注「亡国…」をみよ。

529〇阿房宮　杜牧の「阿房宮の賦」、「六王畢《おわ》って四海一なり、蜀山兀《こつ》として、阿房出《い》ず」。

530〇洞山…　424をみよ。一休が二五歳で、華叟より与えられた、最初の公案である。大灯百二十則では、第一八番目にある。第一九が松源の三転語、第二〇が黄竜の三関である。　〇慈明の…　『林間録』下に、下記がある。「南禅師（黄竜）久しく泐潭の澄禅師に依る、澄已に其の悟解を称して、分座説法せしむ、南書記の名、一時に籍甚す、其の慈明の席下に至り、夜参を聞くに及んで、気已に奪わる、往《ゆ》いて咨詢せんと謀り、三たび寝堂に至るも、三たび進まず、因って慨然として曰く、大丈夫、疑い有って断たず、何をか為さんと欲すると、即ち入室《にっしつ》するに、慈明は左右を呼んで、榻《とう》を進めしめ、且つ坐せしむ、南公曰く、某《わ》れ実に疑い有り、願わくは誠を投じて決を求む、惟だ大慈悲の故に、法施を惜まざることを。慈明笑うて曰う、公已に衆を領して行脚し、名は諸方に伝わる、未だ透らざる処有らば、以て商略す可きのみ、何ぞ必ずしも復た入室せん、南公は再三懇求して已《や》まず、慈明曰く、雲門三頓棒の因縁、且《しばら》く道《い》え、洞山当時、実に棒を喫する分有るか、棒を喫する分無きか、対えて曰く、実に棒を喫する分有り、慈明曰く、書記が解識、此に止まる、老僧固《まこと》に汝が師と作る可し、即ち礼拝せしむ云々」。　○明皇は…　312の注「驪山…」をみよ。

531 ○人の…『金剛経』にいう、「此の経を受持し読誦して、若《も》し人に軽賤《きょうせん》せらるれば、是《こ》の人の先世の罪業、応《まさ》に悪道に堕《お》つべきも、今世の人の軽賤を以ての故に、先世の罪業も、即ち為めに消滅して、当に阿耨多羅三藐三菩提を得べし」。

532 ○東福寺の…　東福寺は271、375の「恵日に…」をみよ。美少年の云々は、稚児として共に慕喆に愛せられたこと。因みに、年譜の応永一三年（一四〇六）、一休はまさに一三歳で、亀嶠を出て東山の慕喆攀公に依っている。因みに、美少年は、杜甫の「飲中八仙歌」で、「宋之は瀟洒たる美少年」というのによる。

○慈楊禅の…　慈明と楊岐の関係をいう（241をみよ）。一休は後に、自ら慈楊塔をつくる（534をみよ）。

533 ○宗門の…66・443をみよ。　○旧約　おそらくは、隠語である。

○大慈は…　痴兀大恵を開祖とし、一派の拠点となる塔頭、大慈院、又は大慈庵のこと（扶桑五山記五）。聖一は、聖一国師、円爾弁円（一二〇二―八〇）で、駿河の人、久能山に出家、入宋して径山無準の法をつたえ、藤原道家の帰依で、東山に東福寺を開く。建仁につぐ、京都第一の禅苑である。○魔宮を…　133をみよ。○南禅寺　円爾につぐ無関普門（一二一二―九一）が、亀山上皇の帰依により、その離宮を改めて禅院とするもの。夢窓につぐ義堂の時代に、五山制の確立と共に、五山之上南禅寺となる。

534○慈楊塔　年譜の文明七年（一四七五）、「師の年は八二歳、薪の虎丘に寿塔を作って、落《らく》す、軒楯《けんじゅん》に掲ぐるに、慈楊塔を以てし、且つ偈を作って、衆に示す」とあるもの。○好境の…　『臨済録』の示衆に、「万劫千生、三界に輪回し、好境に徇って掇し去って、駈牛の肚裏に生ぜん」。○任他…　任他は197、雞足は160。○盟約　312・313をみよ。○馬嵬…　馬嵬は274、青塚は357。

535○大恵武庫に…　大恵宗杲が弟子に語った、宋朝禅林の逸話集。『涅槃経』に、「我が王庫のうちに、是くの如きの刀無し」とあるのを、逆転して書名とする。ただし、ここに挙げる話を、現存の『武庫』は収めない。

536○眼白く…　『晋書』四九、阮籍伝にいう、「能く青白の眼を為し、礼俗の士を見れば、白眼を以て之に対す」。○薄情　517の注「杜書記」に引く、薄倖に同じ。

537○酔郷…　王績の「酔郷記」にいう、「酔の郷たる、中国を去ること、其の幾千里なるを知らず、其の土は曠然として涯無く、邱陵阪険無し、其の気は和平の一揆、晦明寒暑無く、其の俗は大同にして、邑居聚落無く、其の人は甚だ精なり」。又、藁屋は、村田珠光のことば、「藁屋に名馬つなぎたるがよし」（山上宗二記）、というのを連想させる。おそらくは、和語である。○姮娥　419をみよ。

538○観法…　座主の仕事。○黄衣…　禅僧の日常。445をみよ。○蕃苴　472をみよ。

539○冷斎夜話　宋の詩話と禅僧の逸話を集める、覚範恵洪（一〇七一―一一二八）の随想集。○褒禅山安徽省含山県の北、草山ともいう。王安石に、「遊褒禅山記」があり、唐の恵褒の草庵址とする。
○石崖僧の…　恵洪の言うところ、次のようである。「予れ褒《わ》禅山に遊んで、石崖下に一僧を見る、紙軸を以て首に枕し、跣足にして臥す、予れ其の旁に坐すること之を久しゅうするに、乃ち驚覚して起ち、相い向って予れを熟視して曰う、万壑の松声を聴くに方《あた》って、冷然として夢みる、夢に欧陽公の羽衣して角巾を折り、藜《あかざ》を杖ついて潁水の上《ほとり》に逍遥するを見ると。予れ問う、師は嘗て公を識るか、曰く、之を識る、予れ私《ひそ》かに自ら語って曰く、此の道人は欧公を識る、必ず凡ならずと、乃ち問うて曰く、師は此の山に寄る、久如《いくばく》ぞ、曰く、一年、道具は何《いず》くにか在る、伴侶は誰と為す、僧笑うて曰く、出家は累《わずら》い無からんと欲す、公の言う所、衰々として多事の人なり……、予れ愕《おどろ》いて曰く、然らば則ち手中の紙軸、復た何の用ぞ、曰く、此は吾が度牒なり、亦た睡らんと欲して頭に枕せん耳《のみ》、予れ甚だ其の風韵を愛し、恨むらくは我に告ぐるに名字郷里を以てせず、然れども其の呉音なる、也《ま》た必ず湖山の隠者なるを識る。南して海岱に還って、仏印禅師元公が山を出ずるに逢う、荷を重ぬる者百夫、其の輿を擁する者十許夫、巷岱、観を聚め、喧しく雞犬を吠えしむ、予れ自ら笑うて曰く、褒禅山石崖の僧をして之を見せしめば、則ち子は無事の人と為さんか」。　○仏印　雲門宗五世、了元（一〇三二―九八）のこと。饒州浮梁（江西省西部）の人、姓は林。廬山の開先善暹につぐ。江西、江蘇の大刹に歴住し、周敦頤、東坡等と交わり、青松社を結ぶ。仏印は、勅賜号である。『禅林僧宝伝』二九。　○仏法南方…　108・249・446をあわせみよ。

540 ○玉帯『東坡事略』に、下記がある。「仏印、潤州金山寺に住す、公、杭に赴かんとして潤を過ぐ、留まること数日、師、牌を掛けて弟子の与《ため》に入室せしむ、公便ち方丈に入って之に見《まみ》ゆ、師云く、内翰何ぞ来れる、此間に坐処無し、公戯れて云く、暫く和尚の四大を借りて、用って、禅床と作《な》さん、師云く、山僧に一転語有り、内翰言下に即答せば、当《まさ》に請う所に従わん、如《も》し稍や疑議に渉《わた》らば、繋《か》くる所の玉帯、願わくは留めて以て山門に贈らんことを、公之を許して、便ち几上に置く、師曰く、山僧が四大本《もと》より無、五蘊有に非ず、内翰何処に坐せんと欲する、公未だ即答せず、師急《にわか》に侍者を呼んで云く、此の玉帯を収めて、永く山門に鎮めよ」。因みに、『五灯会元』一六の仏印了元章では、更に仏印が雲山の衲衣を贈り、居士が答偈をかえすことになる。　○獄中の…　1の注「虚堂和尚」をみよ。

541 ○百丈…　127―129をみよ。　○薬山…　178をみよ。　○但だ…　六祖恵能の縁を、逆転して用いる（伝灯録三）。今は門外に恵能あり、門内に金襴衣がいる。

542 ○徳禅塔主…　徳禅寺は、徹翁の塔所である。年譜によると、一休は長禄三年（一四五九）、請によって入寺している。六六歳である。又、文明四年（一四七二）、七九歳のとき、自ら位牌をつくって、「住徳禅某甲虚堂七世天下老和尚」と書いている。　○老後の…　『碧巌録』四九、三聖と雪峰の問答をふまえる。「三聖問う、網を透る金鱗、未審《みぶか》し何を以て食と為す、峰云く、汝が網を出で来るを待って、汝に向って道《い》わん、聖云く、一千五百人の善知識、話頭も也《ま》た識らず、峰云く、老僧住持、事繁し」。別に、薬山と龐居士の問答にも、同じ句がある（龐居士語録）。　○江山…　2の注「風飧水宿」と、37の注「江海…」による。

543 ○悪知識の…　劉禹錫の「玄都観」詩をふまえて、宗門の知識を譏《そし》るもの。玄都は神仙のくに、理想の王都である。　○玄都…　劉禹錫の「元和十一年、朗州より召されて京に至る、戯れに看花の諸君子に贈る」に云う、「紫陌の紅塵、面を払うて来る、人の看花して回《かえ》ると道《い》わざる無し、玄都観裏、桃千樹、尽《ことごと》く是れ劉郎が去って後に栽《う》ゆ。　○劉郎　劉禹錫（七七二―八四二）、字は夢得、彭城（江蘇省）の人、実際は河北省の中山ともいう。柳宗元らと王叔文の政界改革にくみし、朗州に左遷される。六祖恵能の仏衣銘を書き、圭峰宗密とも交わる。「玄都観」の詩によって、当路を批判したというので、再び連州に遷されたことは、『旧唐書』一六〇の伝に詳しい。○堯帝の… 『史記』の太史公自序に、堯舜の帝徳をたたえて、次のようにいうのによる。「堂高三尺、土階三等、茅茨《ぼうし》を剪らず、采椽《さいてん》を刮《けず》らず」。

544 ○美人の… 盲女をシテとする、一休の長恨歌である。約束は、血盟である、すること。○蜜に… 『無門関』一三にいう、「徳山一日、托鉢して堂に下り、雪峰に問わるらく、者《こ》の老漢、鐘も未だ鳴らず、鼓も未だ響かざるに、托鉢して甚処《いずこ》に向ってか去る、山便ち方丈に回《かえ》る、峰、巌頭に挙似す、頭云く、大小の徳山、未だ末後の句を会《え》せず、山聞いて侍者をして巌頭を喚《よ》び来らしめて、問うて曰く、汝は老僧を肯《うけが》わざるか、巌頭密に其の意を啓す、山乃ち休し去る云々」（蜜は密に同じ）。○私語の… 私語は245、盟は312。○三生を… 312をみよ。○生身… 来生でなく、今生の今。○超越す… 超越は360、潙山は5の注「霊祐」をみよ。

545 ○杜牧の… 杜牧は517、藞苴は472。○邪法… 翠巌令参の句（276をみよ）。○人の… 『金剛経』の句（531をみよ）。○幾んど… 底本は、「幾ばくか」と訓《よ》んでいるが、今は外道波旬を自己とする気分にとる。

546 ○臨済の… 124をみよ。○正伝… 瞎驢辺は、盲女と自己と、両方にかかる。

547 ○盲女… 盲女との出会いは、556に自ら記す通り。○将に食を… 死んで一休をいさめる意。『後漢書』四六、寇栄伝に下記がある。「蓋《けだ》し忠臣は身を殺して、以て君の怒りを解き、孝子は命を殞《おと》して、以て親の怨みを寧《やす》らかにす」。○百丈の… 127―129。○曾て饒さず… 許渾の句による、373の注「世間に…」をみよ。○楼子を… 140をみよ。○黄泉の… 李商隠の「茂陵」の句、「茂陵の松柏、雨蕭々」による。

548○涅槃堂裡の…　183・374・417等をみよ。

549○森公…　盲女ゆえである。　○鸞輿…　玄宗皇帝さしまわしの輿。　○春遊　20をみよ。　○遮莫…　『鶴林玉露』人、遮莫にいう、「詩家の用いる遮莫の字、蓋し今俗語の謂わゆる儘教なるもの是れなり、故に杜陵の詩に云う、已拚の野鶴、双鬢の如し、遮莫隣鶏、五更を下すともと、言うこころは、鬢は野鶴の如く、已に拚老たり、儘教《さもあらばあれ》、鄰雞、五更を下すとは、日月逾邁して、復た惜まざるなり、而乃、用て禁止の辞と為す者有るは、誤れり」。又、「衆生の」以下は『金剛経』。

550○姪水　血盟の血。　○夢に…　宋玉「高唐賦」をふまえる。上苑は禁苑だが、天上の浄土の景色が重なる。　○枕上の…　巫山の神女が、襄王の枕席に侍したこと。大原の孚上座の偈にも、「如今枕上に閑夢無し」とある。但し、別に寿陽公主の、五出の梅花が、額上に落ちる夢をみて、宮女の粧とする話を、一休は知っている。245の注「夢閨」に引く、奥村本819以下。　○満口の…　孤山、林逋の句をふまえる。474の注「孤山」をみよ。

551○美人の…　陰に二義あり、一に蔭覆の義、二に積聚の義である。新訳以後、前者を退ける。今は、蔭翳の義をとる。　○楚台　387をみよ。　○花は…　17の注「夜来…」に引く、『竜城録』をみよ。
○凌波仙子　黄庭堅の「水仙花」に、「凌波仙子塵襪を生じ、水上に軽やかに盈《み》ちて、微月に歩《ほ》す」とあり、『拾遺記』一〇、洞庭山の条にいう、「屈原は忠を以て斥《しりぞ》けられ、沅湘に隠る、王に逼《せま》り逐われて、乃ち清冷の水に赴く、楚人思慕し、之を水仙と謂う」。

552○我が手を…　黄竜三関をふまえて、森女を歌う。手を把《と》って共に行くところ。　○我が手…　『禅林僧宝伝』二二、黄竜南の章に、「仏手、駅脚、生縁の三語を以て学者に問うに、能く其の旨に契《かな》う莫し、天下の叢林、目して三関と為す、脱《も》し詶《こた》うる者有れば、公可否する無く、目を斂《とざ》して危坐するのみ、人其の意を涯《はか》る無し」。又、『雪臥紀談』上に、その頌を収めていう、「我が手と仏手と、兼ねて挙ぐ、禅人直下に薦取せよ、干戈を動ぜずして道出して、当に仏を超え祖を越えよ云々」。○玉茎　『外台秘要』に、『素女方』を引き、第七の忌とする。「女と共に語話して、玉茎彊盛《きょうせい》なれば、以て陰陽を合す」。

553 ○鴉を…　年譜の応永二七年（一四二〇）、一休二七歳の条に、五月二〇日の夜、大悟のときの作とするもの。字句に、やや出入がある。○豪機…　世阿弥の『風姿花伝』に、「稽古は強かれ、情識はなかれと也《なり》」とし、注によると、慢心のことである。○二十年前…　88をみよ。○鴉は…　王昌齢の「長信秋詞」により、成帝の寵を失った班婕妤が、趙飛燕に怨みをぶっつける、「怨歌行」をふまえる。ただし、出塵の羅漢は246。○日影…　「長信秋詞」にいう、「帚を奉ずる平明、金殿開く、且《しばら》く団扇を将《も》って共に徘徊す、玉顔は及ばず、寒鴉の色の、猶お昭陽の日影を帯び来るに」。

554 ○九月の…九月一日は、晩秋に入る日。古来、八月と九月は、迦絺那衣とよばれる、功徳衣を受けることを許される。勿論、夏安居《げあんご》の成績によるのだが、寒にそなえて衣を重ねる、中国、日本の習俗とも関係する。○紙衣　中国で起り、蚕口衣を用いぬ僧家の製とする（蘇易簡、文房四譜）。○相思う…　相思連理の竹のイメージ。

555 ○森美人の…　550にいう、寿陽公主の夢ものがたりならん。○花顔の…　「長恨歌」にいう、「雲のごとき鬢《びん》、花のごとき顔、金の歩揺、芙蓉の帳《とばり》は暖かにして、春宵を度《わた》る」。黶は、ほくろ、つけぼくろ。○天宝の…　72をみよ。

556 ○文明二年…　年譜は何も言わないが、その前年の七月に薪をたち、奈良を経て泉に入り、住吉浦の松栖庵におちついたとし、「此の地は蓋《けだ》し卓然和尚の、甘棠の遺陰慕うべく、泉津の猿郷は居る可からざるを以てなり」と記しているから、引きつづき住吉浦にいたことは確かである。○薬師堂に…　住吉神社の社主、津守国夏（一二八三―一三五三）が、大徳寺の徹翁と、その法嗣気叟宗意に帰依して、住吉に第二神宮寺を創し、その弟の卓然宗立が第二代となることは、すでに236の注「慈恩…」に記す。国夏が徹翁に帰依したことは、その行状にもみえる。慈恩寺は第二神宮寺であり、その本尊が住吉第一神本地仏の、薬師如来であったことは、大心義統の「慈恩寺記」に詳しい。薬師堂とは、今の神宮本堂である。奥村本541には、住吉薬師堂幷叙という、総叙が「文明…」の先についている。○優遊して…『詩』の大雅、「巻阿」にいう、「伴奐として爾れ游ばんかな、優游として、爾れ休せんかな」。又、小雅の「采菽」にも、「優なる哉、游なる哉、亦た是れ戻れり」とし、「平々たる左右、亦た是れ率い従う」の句に注して、「平々を韓詩に便々に作る、閑雅の貌である」とする。○毒気…『法華経』寿量品に、「毒気深く入りて、本心を失うが故に、此の好色香薬に於て、美ならずと謂う」というのによる。従って、便々は腹がふくれる意もあるが、逆に毒気が消えることらしい。○愁点…李郢の「虚白堂に宿す」、「江風は暁に徹って、寐《い》ぬるを得ず、二十五声、秋点長し」。秋は愁に通じよう。

557○余…556は文明二年仲冬一四日、庚寅の秋の作品、今、辛卯の春とするのは、その翌年に相当する。○風彩を…『漢書』六八、霍光伝にいう、「天下、其の風采を想聞す」。○往日…以下、奥村本に欠く。○王孫の…『文選』三三、淮南王「招隠士」に、「王孫遊んで帰らず、春草生じて萋々」。美誉は、李群玉の「魏三七に贈る」、「名珪は玉に似て、浄く瑕《きず》無し、美誉芳声、数車有り」。○旧約李源と円沢の三生ものがたりをふまえる（甘沢謡）。○玉堦…李白に「玉堦の怨」があり、崔国輔の「長信草」に、「玉階を行かしめず」と歌われる宮怨の句。

558○弥勒下生を…三生を誓うもの。○被底の…被は、合歓のそれだが、「若《も》し同床に臥《が》せずんば、争《いか》でか被底の穿《うが》たるるを知らん」（五灯会元一七、真浄克文章）という、禅の文脈を含む。鴛鴦は、被の名であり、「古詩十九首」の第一八に、「文綵は双の鴛鴦、裁って合歓の被と為す云々」。私語は245。
○本居の…『往生要集』上に、天上の五衰をあげて、次のように言っている、「彼の忉利天の如き、快楽無極なりと雖も、臨命終時、五衰の相現ず、一つには頭上の花鬘《けまん》忽ちにして萎す、二つには天衣は塵垢に著せらる、三つには腋下に汗出《い》ず、四つには両目数眴、五つには本居を楽しまず、是の相現ずる時、天女眷属、皆な悉《ことごと》く遠離し、之を棄つること草の如し」。

559○木稠ぎ…『碧巌録』八二、雲門体露の縁。「僧、雲門に問う、樹凋み葉落つる時、如何、門云く、体露金風」。稠は、多いこと、又、うごくこと。凋とは別。回春は、227の注をみよ。○天沢七世 124―126をみよ。542も同じ。○東海狂雲…112・113をみよ。

仏祖法系図

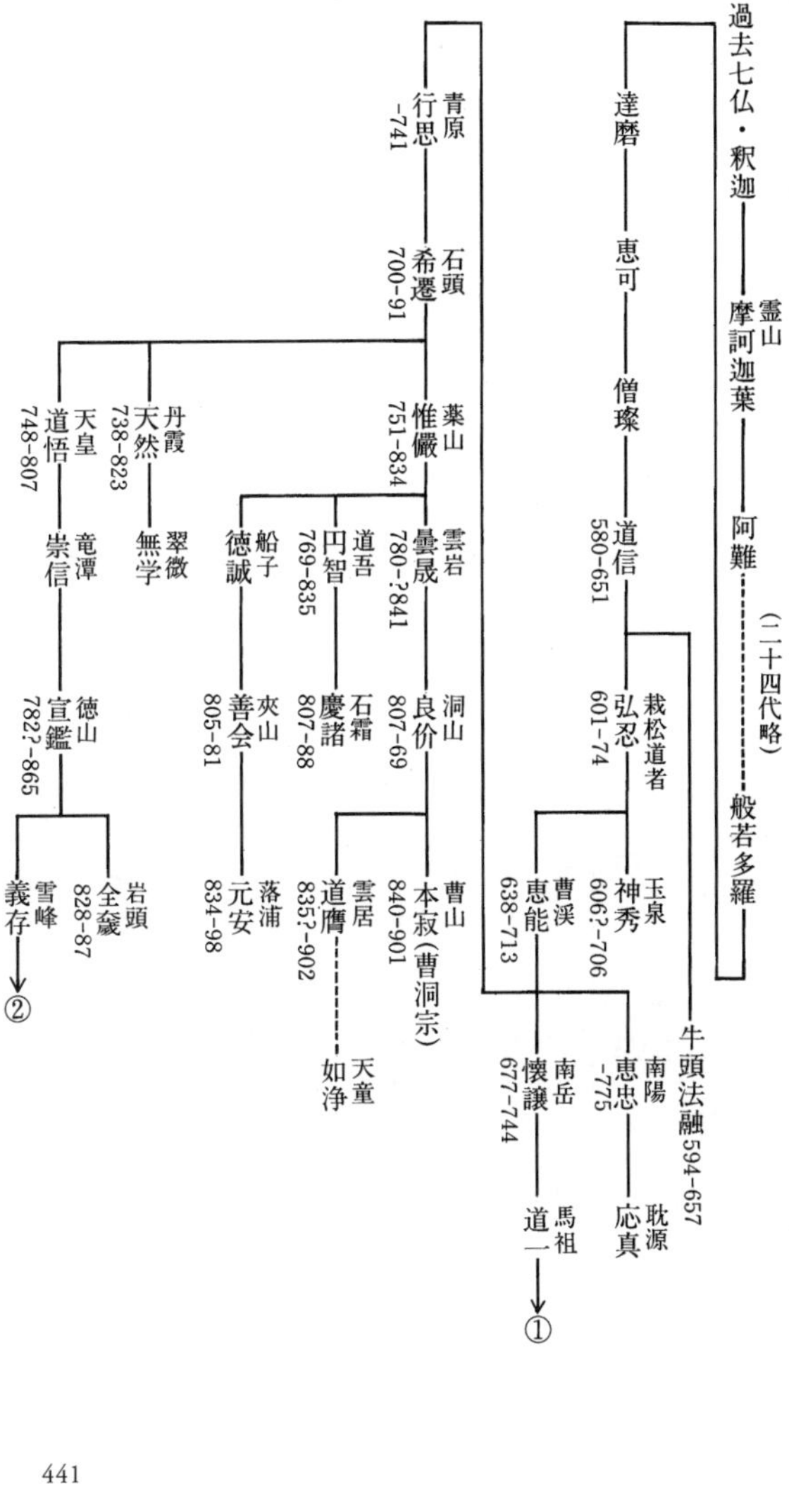

過去七仏・釈迦
霊山 摩訶迦葉
阿難
(二十四代略)
般若多羅
達磨
恵可
僧璨
道信 580-651
栽松道者 弘忍 601-74
牛頭法融 594-657
玉泉 神秀 606?-706
曹渓 恵能 638-713
南陽 恵忠 -775
耽源 応真
南岳 懐譲 677-744
馬祖 道一
①
青原 行思 -741
石頭 希遷 700-91
薬山 惟儼 751-834
雲岩 曇晟 780-?841
洞山 良价 807-69
曹山 本寂(曹洞宗) 840-901
雲居 道膺 835?-902
天童 如浄
道吾 円智 769-835
石霜 慶諸 807-88
船子 徳誠
夾山 善会 805-81
落浦 元安 834-98
丹霞 天然 738-823
翠微 無学
天皇 道悟 748-807
竜潭 崇信
徳山 宣鑑 782?-865
岩頭 全奯 828-87
雪峰 義存
②

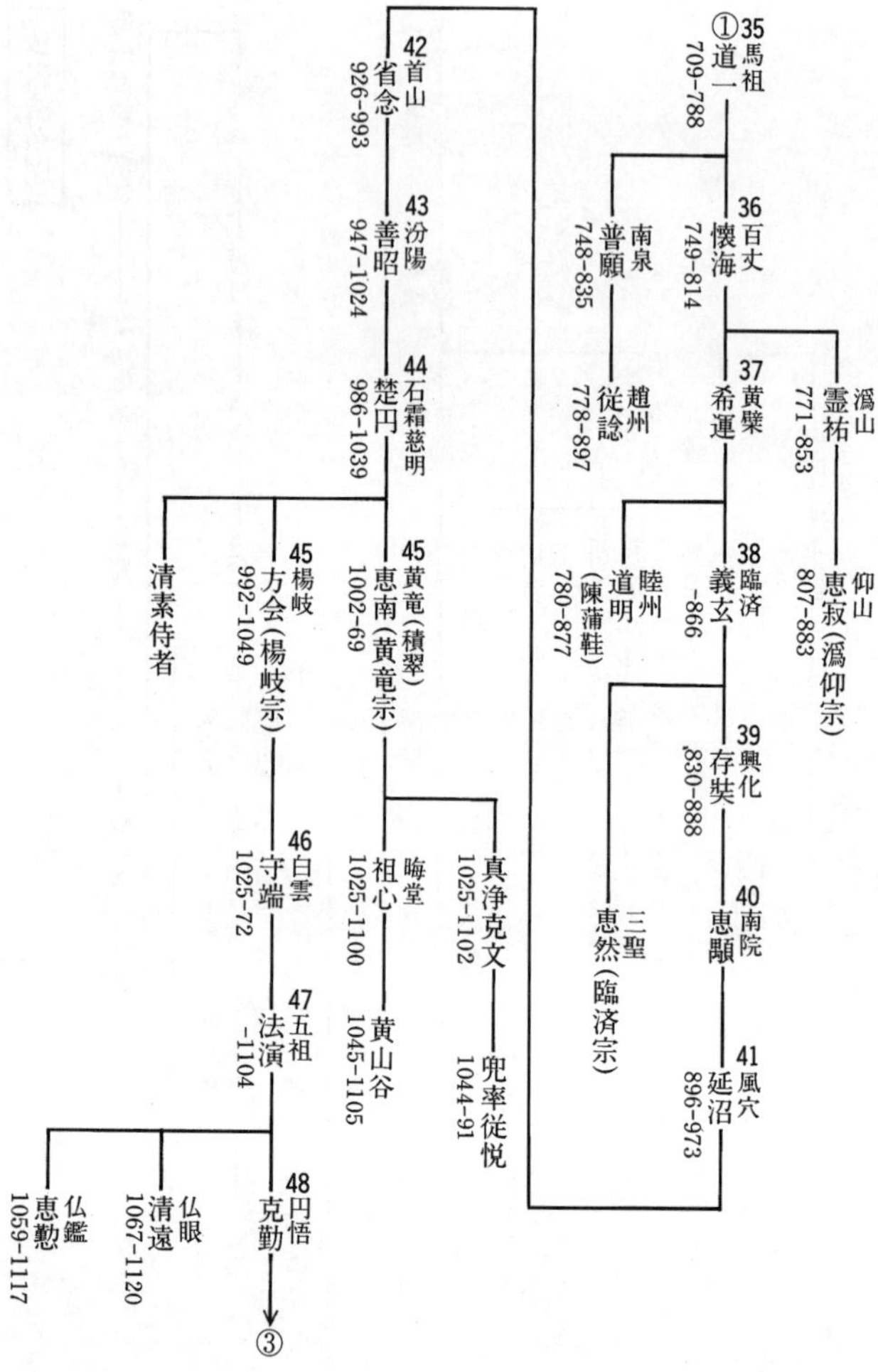

①35馬祖
道一
709-788
36百丈
懐海
749-814
南泉
普願
748-835
潙山
霊祐
771-853
37黄檗
希運
趙州
従諗
778-897
仰山
恵寂(潙仰宗)
807-883
38臨済
義玄
-866
睦州
道明
(陳蒲鞋)
780-877
39興化
存奨
830-888
三聖
恵然(臨済宗)
40南院
恵顒
41風穴
延沼
896-973
42首山
省念
926-993
43汾陽
善昭
947-1024
44石霜慈明
楚円
986-1039
45黄竜(積翠)
恵南(黄竜宗)
1002-69
45楊岐
方会(楊岐宗)
992-1049
清素侍者
真浄克文
1025-1102
兜率従悦
1044-91
晦堂
祖心
1025-1100
黄山谷
1045-1105
46白雲
守端
1025-72
47五祖
法演
-1104
48円悟
克勤
③
仏眼
清遠
1067-1120
仏鑑
恵懃
1059-1117

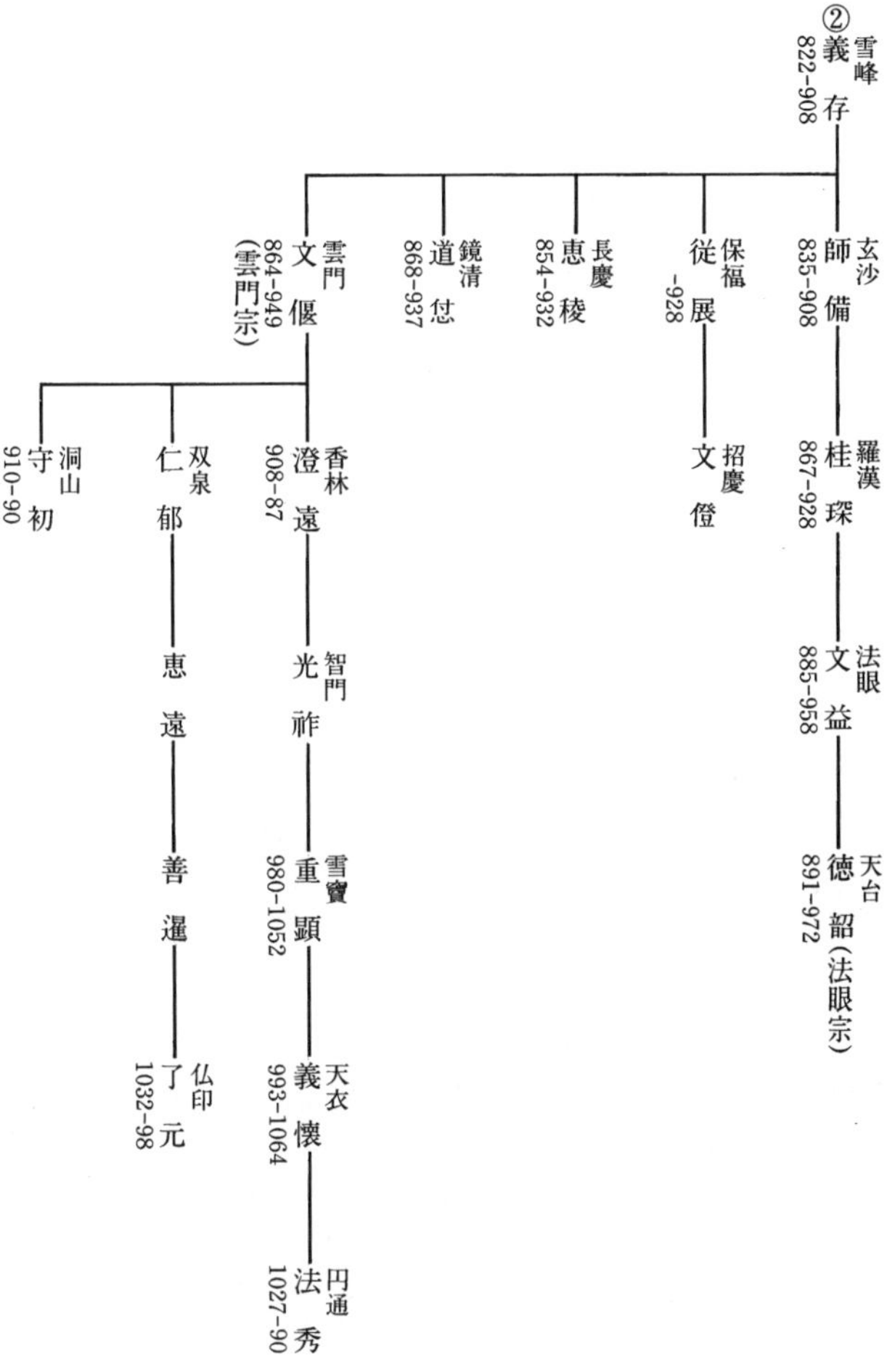

②雪峰義存 822-908
玄沙師備 835-908
保福従展 -928
長慶恵稜 854-932
鏡清道怤 868-937
雲門文偃 864-949 (雲門宗)
羅漢桂琛 867-928
法眼文益 885-958
天台徳韶 891-972 (法眼宗)
招慶文僜
香林澄遠 908-87智門光祚
雪竇重顕 980-1052
天衣義懐 993-1064
円通法秀 1027-90
双泉仁郁恵遠
善暹
仏印了元 1032-98
洞山守初 910-90

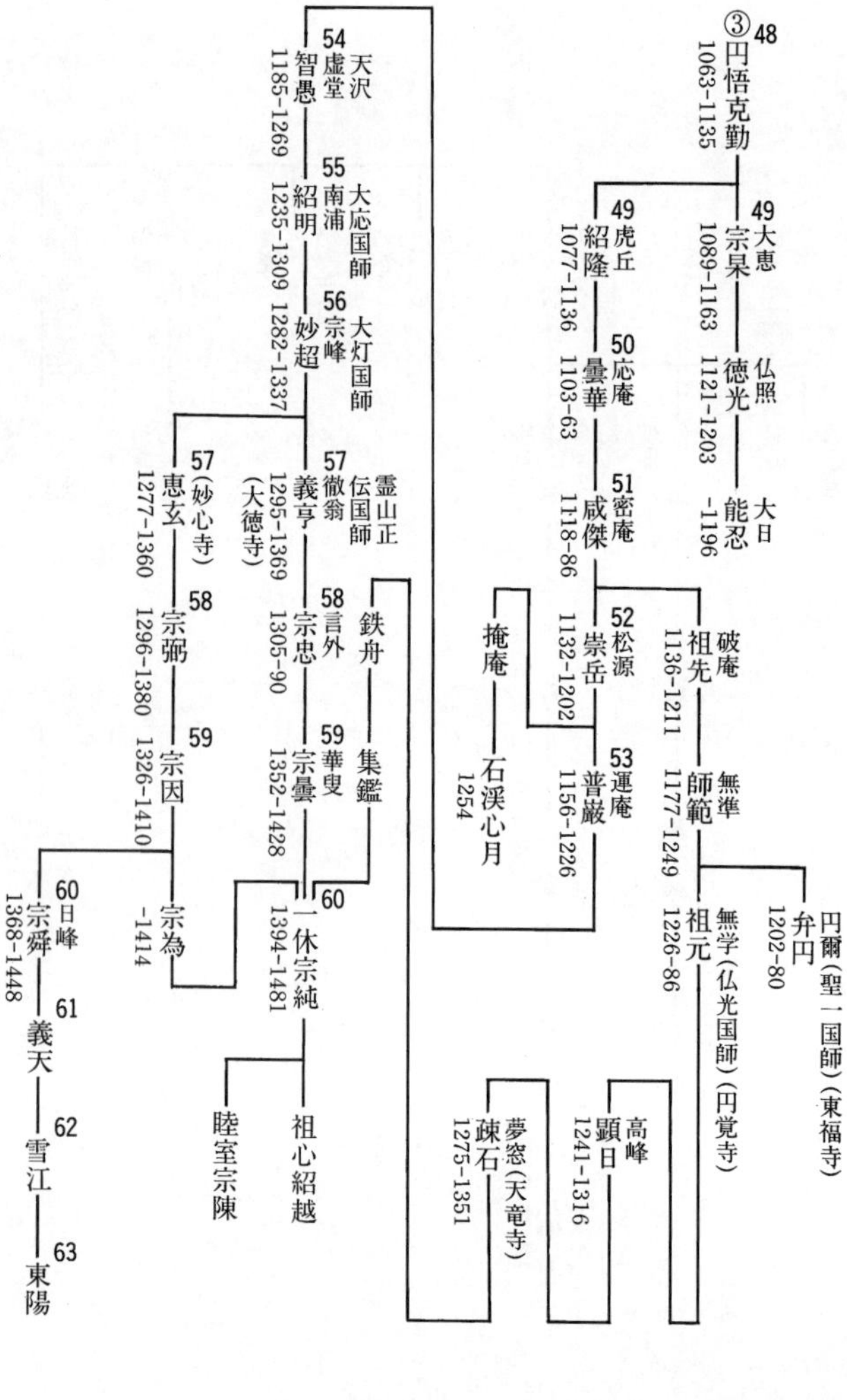
③48 円悟克勤 1063-1135
49 大恵 宗杲 1089-1163
仏照 徳光 1121-1203
大日 能忍 -1196
49 虎丘 紹隆 1077-1136
50 応庵 曇華 1103-63
51 密庵 咸傑 1118-86
破庵 祖先 1136-1211
無準 師範 1177-1249
円爾(聖一国師)(東福寺) 弁円 1202-80
無学(仏光国師)(円覚寺) 祖元 1226-86
52 松源 崇岳 1132-1202
53 運庵 普巌 1156-1226
掩庵
石渓心月 1254
高峰 顕日 1241-1316
夢窓(天竜寺) 疎石 1275-1351
54 天沢 虚堂 智愚 1185-1269
55 大応国師 南浦 紹明 1235-1309
56 大灯国師 宗峰 妙超 1282-1337
57 霊山正伝国師 徹翁 義亨 1295-1369 (大徳寺)
58 言外 宗忠 1305-90
59 華叟 宗曇 1352-1428
鉄舟
集鑑
60 一休宗純 1394-1481
祖心紹越
睦室宗陳
57 (妙心寺) 恵玄 1277-1360
58 宗弼 1296-1380
59 宗因 1326-1410
宗為 -1414
60 日峰 宗舜 1368-1448
61 義天
62 雪江
63 東陽

年譜

年齢の表記は数え年による。

一三九四年　応永元年　　一歳

正月一日、藤原氏（後小松天皇とも言われる）の庶子として、京都に生まれる。幼名千菊丸。

一三九九年　応永六年　　六歳

安国寺の像外集鑑《ぞうがいしゅうかん》（夢窓下三世）について出家、周建《しゅうけん》と名乗る。

一四〇五年　応永十二年　　十二歳

嵯峨の宝幢寺《ほうどうじ》（現・鹿王院《ろくおういん》・右京区嵯峨北堀町）で清叟仁《せいそうにん》の維摩経の講義を受講。衆僧にその才を示す。

一四〇六年　応永十三年　　十三歳

東山《とうざん》（建仁寺のこと。現・東山区小松町）で、慕喆竜攀《ぼてつりょうはん》について、作詩の法を学ぶ。テキストは三体詩。

一四一〇年　応永十七年　　十七歳

西金寺《さいこんじ》の宗為《そうい》（謙翁）に参じ、宗純《そうじゅん》と名のる。

一四一三年　応永二十年　　二十歳

謙翁は、主義として印可証は作らなかったが、一休の心境の高さを認めて皆伝を言い渡す。

一四一四年　応永二十一年　　二十一歳

謙翁病没。一休は、江州石山観音（現・滋賀県大津市石山寺）に参籠後、瀬田川に投身しようとして未遂。

一四一五年　応永二十二年　　二十二歳

近江堅田禅興庵《ぜんこうあん》（現・滋賀県大津市堅田《かたた》）の華叟宗曇《かそうそうどん》に参じ、数年の後、「洞山三頓《とうざんさんとん》の棒」の公案を透過《とうか》して、一休の号をうける。

一四一九年　応永二十六年　二十六歳

法兄・養叟宗頤《ようそうそうい》が華叟の怒りを招いたため、一休がとりなす。

一四二〇年　応永二十七年　二十七歳

五月二十日、琵琶湖で鴉《からす》が鳴くのを聞いて悟る。華叟から印可証を与えられるが破棄。

一四二六年　応永三十三年　三十三歳

徳禅寺（現・北区紫野大徳寺町）の禅興が、「大灯国師行状」を撰する。

一四二八年　応永三十五年　三十五歳

華叟、堅田の禅興庵で病没（七十七歳）。

一四三六年　永享八年　四十三歳

大徳寺（現・北区紫野大徳寺町）にて大灯国師の百年忌。偈《げ》を述べる。このころ、狂雲子と名のる。

一四三八年　永享十年　四十五歳

京都銅駝坊《どうだぼう》の北（冷泉万里小路、現・中京区銅駝）の小庵に移る。

一四四〇年　永享十二年　四十七歳

六月二十七日、大徳寺如意庵《にょいあん》で華叟の十三回忌を営む。

一四四二年　嘉吉二年　四十九歳

譲羽山《ゆずりはさん》（現・京都市西京区大原野出灰町《いずりは》）に尸陀寺《しだ》を営む。

一四四三年　嘉吉三年　五十歳

源宰相の妾宅に移る。

一四四七年　文安四年　五十四歳
大徳寺事件起こり、譲羽山で断食する。

一四五二年　享徳元年　五十九歳
永昌坊口に、瞎驢《かつろ》庵を営む。

一四五五年　康正元年　六十二歳
『自戒集』を編む。

一四五六年　康正二年　六十三歳
薪《たきぎ》村の妙勝寺（現・京田辺市薪）を再興し、酬恩庵《しゅうおんあん》（一休庵）を営む。

一四五七年　康正三年　六十四歳
法話『骸骨』を刊行。

一四五九年　長禄三年　六十六歳
京都、徳禅寺の住持となる。虚堂智愚《きどうちぐ》の唐本画像を酬恩庵に安置。

一四六二年　寛正三年　六十九歳
桂林尼寺《けいりんにじ》に寄寓。このころ、夢閨《むけい》と名のる。

一四六七年　応仁元年　七十四歳
応仁の乱の戦火を避け、八月、瞎驢庵から東山の虎丘庵《くきゅうあん》に移り、九月より薪村の酬恩庵に入る。

一四六八年　応仁二年　七十五歳
霊山和尚の百年忌を酬恩庵《しゅうおんあん》で営む。

一四六九年　文明元年　七十六歳
戦火、薪村に及ぶ（現・京都相良郡加茂町の瓶原《みかのはら》）。難を避け、木津さらに奈良、和泉を経て住吉の松栖《しょうせい》庵《あん》にとどまる。
一四七〇年　文明二年　七十七歳
住吉坂井（現・大阪市住吉区住吉）の上の雲門庵に移る。住吉の薬師堂で森女《しんにょ》と出会う。
一四七四年　文明六年　八十一歳
二月、大徳寺に入山する。
一四七五年　文明七年　八十二歳
酬恩庵に寿塔《じゅとう》を営み、慈楊塔《じようとう》と名づける。
一四七六年　文明八年　八十三歳
住吉にあり、床菜庵《しょうさいあん》を営む。連歌師宗長が薪にくる。
一四七八年　文明十年　八十五歳
薪村にあって、夏末、虚堂の衣をつけて、偈を示す。
一四七九年　文明十一年　八十六歳
堺の豪商、尾和四郎左衛門一家の寄進により、大徳寺再建。
一四八一年　文明十三年　八十八歳
大徳寺法堂の山門を修復、十一月二十一日、酬恩庵にて入寂。
一四九一年　延徳三年　大徳寺真珠庵開創。

参考文献

テキスト

森大狂参訂『一休和尚狂雲集』(民友社蔵版　明治四十二年九月、昭和四十六年に再刊　晩晴堂文庫)
伊藤敏子『狂雲集諸本の校合について　附考異狂雲集(『大和文華』第四十一号)』(昭和三十九年八月　大和文華館)
祖心越禅師筆『一休和尚狂雲集』(昭和四十一年十一月、所蔵者奥村重兵衛が限定五百部を影印する)
市川白弦校注「中世禅家の思想〈狂雲集〉(一休宗純)」(昭和四十七年一〇月　日本思想大系16　岩波書店、奥村本)
富士正晴「一休」(昭和五十年十一月　日本詩人選27　筑摩書房、「富士正晴作品集3」に「一休断片」の題で抄録　昭和六十三年九月　岩波書店)
平野宗浄訳注「狂雲集全釈　上」(春秋社　昭和五十一年三月、一九九七年七月「一休和尚全集」1に収録)
柳田聖山「一休」(昭和五十三年十月　日本の禅語録12　講談社)

評伝

柳田聖山「一休・良寛」(昭和六十二年六月　大乗仏典　中国・日本篇26　中央公論社)

武内義範、梅原猛『日本の佛典』(昭和四十四年二月　中公新書)
市川白弦『一休—乱世に生きた禅者』(昭和四十五年十二月　日本放送出版協会)
柳田聖山『一休—「狂雲集」の世界』(昭和五十五年九月　人文書院)
水上勉「一休」(昭和五十二年四月　水上勉全集18　中央公論社)
唐木順三「応仁四話」(昭和五十七年三月　唐木順三全集10　筑摩書房)

研究論文、その他

唐木順三「大燈国師、一休宗純」(昭和五十年　書道芸術17　中央公論社、昭和五十七年四月　筑摩書房「唐木順三全集13」に収録)
A Zen Poet and Medieval Japan, Ikkyu and The Crazy Cloud anthology (昭和六十一年　東京大学出版会)
中川一政編『墨蹟一休宗純』(昭和六十一年六月　中央公論社、一休の墨蹟を体系化し寛永版「狂雲集」を影印し、「年譜」を訓読文で附録する)
柳田聖山『風狂と数奇「狂雲集」—その仕掛けについて』(平成六年九月　岩波講座　日本文学と仏教5)

中公
クラシックス
J1

狂雲集《きょううんしゅう》
一休宗純

2001年4月10日初版
2024年12月25日7版

訳者紹介

柳田聖山（やなぎだ・せいざん）

1922年（大正11年）滋賀県生まれ。

現在、花園大学・京都大学名誉教授。

国際禅学研究所終身所員。日中友好漢詩協会顧問。著書は『柳田聖山全集』（全6巻）『禅思想』『一休狂雲集の世界』『ダルマ』『未来からの禅』などがある。

2006年（平成18年）死去。

訳　者　柳田聖山

発行者　安部順一

印　刷　TOPPANクロレ
製　本　TOPPANクロレ

発行所　中央公論新社
〒100-8152
東京都千代田区大手町1-7-1
電話　販売 03-5299-1730
　　　編集 03-5299-1740
URL https://www.chuko.co.jp/

Published by CHUOKORON-SHINSHA, INC.
Printed in Japan　ISBN978-4-12-160003-5　C1215

■「終焉」からの始まり
――『中公クラシックス』刊行にあたって

二十一世紀は、いくつかのめざましい「終焉」とともに始まった。工業化が国家の最大の標語であった時代が終わり、イデオロギーの対立が人びとの考えかたを枠づけていた世紀が去った。歴史の「進歩」を謳歌し、「近代」を人類史のなかで特権的な地位に置いてきた思想風潮が、過去のものとなった。

人びとの思考は百年の呪縛から解放されたが、そのあとに得たものは必ずしも自由ではなかった。固定観念の崩壊のあとには価値観の動揺が広がり、ものごとの意味を考えようとする気力に衰えがめだつ。おりから社会は爆発的な情報の氾濫に洗われ、人びとは視野を拡散させ、その日暮らしの狂騒に追われている。株価から醜聞の報道まで、刺戟的だが移ろいやすい「情報」に埋没している。応援に疲れた現代人はそれらを脈絡づけ、体系化をめざす「知識」の作業を怠りがちになろうとしている。

だが皮肉なことに、ものごとの意味づけと新しい価値観の構築が、今ほど強く人類に迫られている時代も稀だといえる。自由と平等の関係、愛と家族の姿、教育や職業の理想、科学技術のひき起こす倫理の問題など、文明の森羅万象が歴史的な考えなおしを要求している。今をどう生きるかを知るために、あらためて問題を脈絡づけ、思考の透視図を手づくりにすることが焦眉の急なのである。

ふり返ればすべての古典は混迷の時代に、それぞれの時代の価値観の考えなおしとして創造された。それは現代人に思索の模範を授けるだけでなく、かつて同様の混迷に苦しみ、それに耐えた強靭な心の先例として勇気を与えるだろう。そして幸い進歩思想の傲慢さを捨てた現代人は、すべての古典に寛く開かれた感受性を用意しているはずなのである。

（二〇〇一年四月）